雪原の月影

三日月

Tsukiya
月夜

Cover illustration
稲荷家房之介
Fusanosuke Inariya

この物語はフィクションであり、
実際の人物・団体・事件等とは、いっさい関係ありません。

Characters 登場人物

ガンチェ

戦闘種族ダンベルト人の元傭兵。皇太子を廃されたエルンストを追ってメイセン領に来る。エルンストの体液適合者。26歳。

エルンスト・ジル・ファーソン・リンス・クルベール公爵

リンス国の元皇太子。少年の体のまま成長できない病、クルベール病を罹患し、位を剥奪され、最貧領地メイセンの領主となる。外見は少年だが、中身は有能な施政者。60歳。

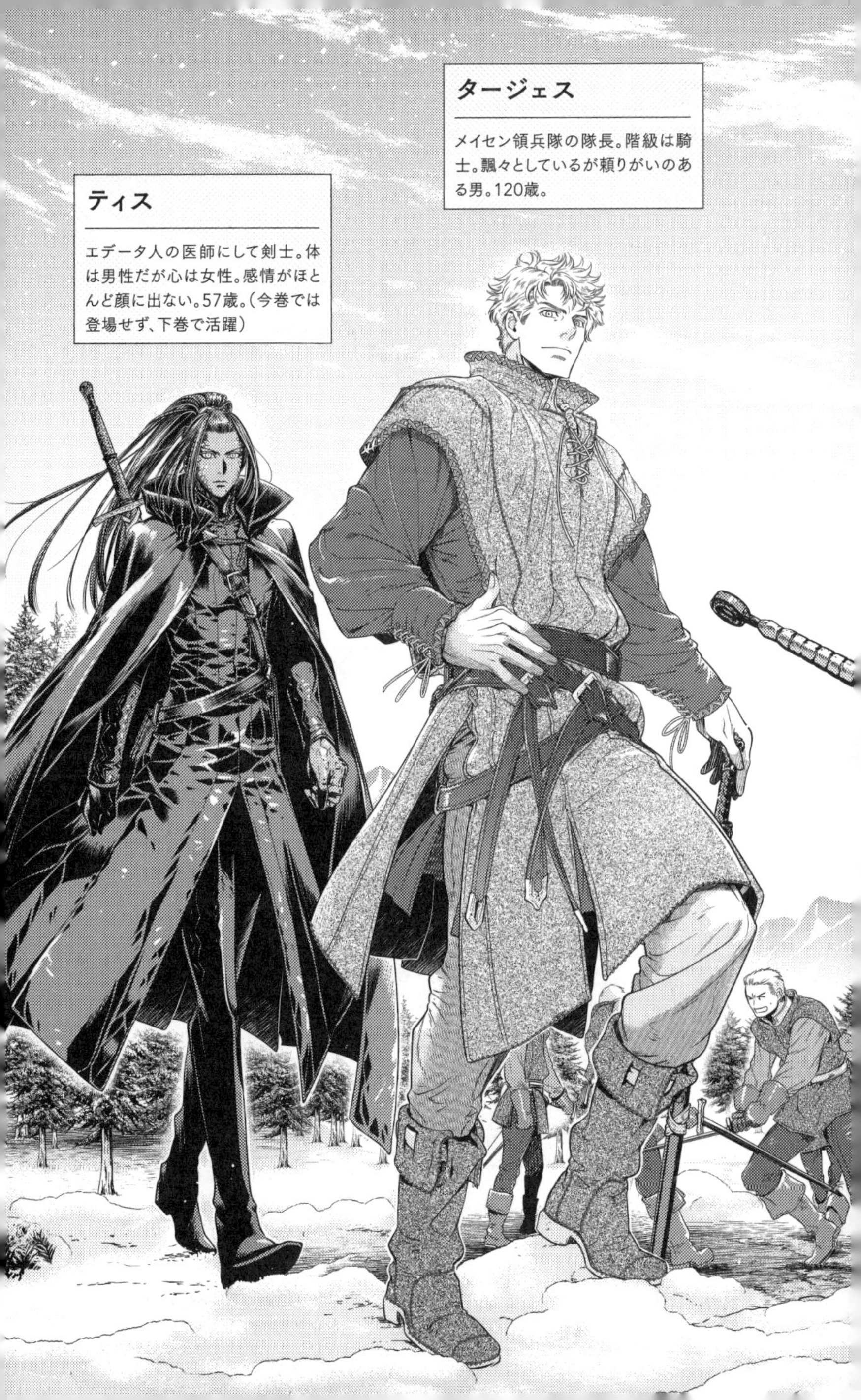
タージェス
メイセン領兵隊の隊長。階級は騎士。飄々としているが頼りがいのある男。120歳。
ティス
エデータ人の医師にして剣士。体は男性だが心は女性。感情がほとんど顔に出ない。57歳。（今巻では登場せず、下巻で活躍）

Meissen territory map
メイセン領地図
MOON SHADOW IN THE SNOW FIELD
Spider thread
リュクス国カプリ領
bee
ヤキヤ村
バステリス河
メヌ村
カタ村
ラテル村
イイト村
リンツ谷
領主の屋敷
アルルカ村
サイキアニ町
領主の館
deer
フォレア町
スニカ村
リンツ領
ヒライキ村
ウィス森
領主の館
ダダ村
王都へ
sheep
キャラリメ村
イベン村
グルード郡地
castle
王都
エグゼ山

朔月

1

湯殿の下男は大きな男だった。

揺れる灯火の中、下男の肘から先の太さにも及ばない己の太腿を見る。華奢《きゃしゃ》な腕、細い指、何もかもが幼く頼りなげだった。

たっぷりの泡を使い、大きくて厚い手が直接肌を洗っていく。緩く優しく傷つけぬように。逞《たくま》しい腕は、この腰よりも太いのかもしれない。下男に気づかれぬように、そっと溜め息をついた。

多分、この下男はダンベルト人なのだろう。二メートルを超す鋼《はがね》の体、赤銅色の肌、茶色の巻き毛に赤茶色の瞳、隙のない身のこなしはこの男もまた、ダンベルト人として生きている証《あかし》なのか。

ダンベルト人は国を持たない。類い稀なる戦闘力を誇る種族であり、非常に好戦的で個人主義でもある。

おおよそ集まって国を統治しようという人々ではない。十歳を迎える頃には親元を離れ、ダンベルト人の家業とでもいうべき傭兵《ようへい》として生きていく。財産を持つことにも家族を作ることにも無頓着である。


文献で得た知識がエルンストの頭の中に浮かぶ。

その人生の多くを緊張の中で過ごすはずが、なぜ、このようなところにいるのか。薄い風呂衣を纏《まと》っただけの大男を見る。

下男は蹲《うずくま》ってエルンストの足の指を丁寧に洗っていた。武骨な指が意外と器用に動く。触れる皮膚は硬い。この男も剣を握り、槍を摑み、剛弓を引いて戦っていたのか。濡れた風呂衣では隠せるはずもない盛り上がった筋肉が見える。その大きな体の全てが筋肉で作られているようだった。

膝に触れられ、立ち上がる。膝をつき頭を垂れた下男の頭はエルンストの腹にまで達する。己の幼い姿にほとほと嫌気がさした。

この下男はエルンストの半分も生きてはいないだろう。


エルンスト・ジル・ファーソン・リンス・クルベール。国の名と、種族の名を持つ彼は、リンス国の皇太子である。

いや、皇太子であった。もう十年以上、この日が来ることを覚悟していた。

今朝、朝食が終わった頃合を見計い、皇太子付きの侍従長がやってきた。いつになく緊張の面持ちで何を言おうとしているのか、エルンストは瞬時に覚《さと》った。

皇太子の位から降ろされるのだ。そう覚悟して待ち、覚悟したとおりの言葉を何度も言いあぐね、馴染《なじ》んだ侍従長が訃《つ》げる。

そのときが来たらみっともなく取り乱してしまうのではないか。エルンストはそれを恐れていた。覚悟することと、現実に起こるということは違う。どれほど覚悟し準備していようとも、心は乱れるのではないのか。

だがエルンスト自身もあっけなく感じるほど、すんなりと受け入れた。どこかで、ほっと息をついた己を意外に思いながら。


リンス国には厳格な規律がある。

それは、皇太子は第一子である、ということだ。男子でも女子でも構わない。第一子であるということが重要であり、皇太子は生まれ落ちたその瞬間から次代の王となるべく養育が始まる。そして、幼子でなければ帝王学を身に付けることはできないと考えられているため、皇太子が身罷《みまか》ったときには王の子の中で最も幼い者に、急いで帝王学を叩き込むのである。

リンス国では皇太子が廃嫡《はいちゃく》されるということはまず起こり得ない。たとえ心身に不安を抱えている者だとしても、周囲を優れた人材で固めることでやり過ごす。そのような国にあってなお、エルンストは位を追われた。

王には次代の王をなすという大事な仕事がある。エルンストではそれが果たせないと判断されたのだ。


クルベール人にはクルベール病という、特有の病がある。クルベール病は第二次成長期を迎える頃に発症する。命に関わる病ではないが治療法はなく、一生を病とともに過ごす。エルンストはクルベール病だった。

平均寿命二百歳のクルベール人の彼は、この新年で六十歳を迎えた。しかし、健康なクルベール人であれば立派な青年に成長するだろう年を越えてもなお、彼は幼い少年の姿をしていた。

クルベール病は、発症したときより成長することのない病なのだ。二百歳を迎え老人となり死に瀕《ひん》しても、その姿は少年であり、少女である。

エルンストは同年代の者と比べて幾分華奢ではあったが、三十歳までは順調に成長した。しかし四十歳を過ぎても少年のままで、五十歳を迎える頃には国中の医師が王宮に喚《よ》ばれた。そして、彼を診《み》た全ての医師が同じ診断を下す。間違いなく、クルベール病であると。

次に、別の意味で医師が喚ばれた。エルンストに子種はあるのか、と。しかし彼を診たどの医者も、皇太子に子種はないと診断を下した。

十年の歳月をかけて検査と診断が繰り返され、ようやく王が決断を下したのだ。第一子エルンストを、皇太子の位から廃すると。


蹲り、エルンストの太腿を、そして股間を丁寧に洗う下男を見る。大きな手が、小さな男の証を洗う。エルンストの口元に皮肉な笑みが浮かぶ。これはただの飾りなのだと言ったならば、この大男はどんな顔をするだろうか。

いや、と己の愚かな考えを振り払う。エルンストと下男ではあまりにも身分が違いすぎ、言葉が通じないのだった。同じ言葉を話しても、王族の言葉を、たかが湯殿の下男が『理解』してはならない。

ダンベルト人の寿命は百年、この下男は三十歳頃だろうか。気づけばこの、皇太子用の湯殿にいた。以前はクルベール人であったはずだ。たしか、数年前まではそうだったと記憶している。

この大男はなぜ、湯殿などにいるのだろうか。なぜ傭兵をしていないのだろうか。風呂衣から覗《のぞ》く肌には無数の傷跡が見える。重傷を負い戦えなくなったのか。それにしても、屈強な大男と風呂場があまりに似つかわしくない。この下男は、自分が仕《つか》える皇太子の幼さを、内心嘲《あざわら》っているのではないのか。

エルンストは憂鬱《ゆううつ》な気持ちに覆われた。

皇太子として生まれてからずっと、他人に傅《かしず》かれてきた。人前で全裸を晒《さら》すことなどなんとも思わない。病を得てからもそれは変わらなかった。だが今は、居たたまれなく感じる。このダンベルト人には見られたくはない。

決して得ることのできない立派な体軀《たいく》。たとえエルンストが健康な男子であったとしても、クルベール人である彼には得られない屈強な体。

全てを洗い終わった下男が温かな湯をエルンストの肩からかけ、泡を流す。そのまま頭を下げる下男の、茶色の巻き毛を見下ろす。

盛り上がった背中の筋肉、太い首、この男の男根はどれほど逞しいのだろうか。自分のもののように、細く短いということはないだろう。この大きな体に見合った、太いものなのだろう。エルンストの腕ほどもあるのかもしれない。

薄い風呂衣を脱がせ、白い下着を剝《は》ぎ取ってやりたい気持ちに駆られる。今ならまだ、この下男はエルンストを皇太子と思っているだろう。その指のひと振りで弾き飛ばされるエルンストの、なすがままなのだ。

頭に浮かんだ残酷な考えに苦笑し、湯船に向かう。静かに下男が続く。もし万が一、エルンストが足を滑らせたりすれば、身を挺《てい》して守るために。

たっぷりと張られた湯に身を沈める。十人でも二十人でも楽に入れそうなこの湯船を使うのは、皇太子ただひとりなのだ。エルンストが当たり前だと思っていた日常の全てが、そうではなくなる。

彼が王宮にいられるのは、あと三日だ。


リンス国で王族と言われるのは王と皇太子のみであり、それ以外はたとえ王の子であろうと貴族になる。

王宮で暮らすのも王と皇太子のみ。王の相手となる者たちは馬車で一時間ほどの離宮で暮らし、王に喚ばれた者だけが、一夜二夜を仕えるために王宮へと上がる。

皇太子位を廃されたエルンストは三日のうちに王宮を出て、離宮のひとつへ降《くだ》らなくてはならない。三日という期限が長いのか短いのかはわからない。そもそも皇太子位を廃された者がエルンスト以外にいない。

クルベール病はクルベール人にとってさほど珍しい病ではなく、百人にひとりの割合で発症する。ただ、王族で発症した者はいない。過去にはクルベール病の者を好んで離宮に迎えた王がいたが、それでもその子らが発症したという記録はない。貧しい者に多く、貧乏人の病などと揶揄《やゆ》されていた。

だからか、とエルンストは思う。

彼がクルベール病だと確定されるまでには時間がかかった。まさか王族が罹《かか》るとは誰も思いたくはなかったのだ。そう考えれば、三日という日数は短いのだろう。できるだけ早く王宮より追い出し、エルンストという皇太子がいたことを闇に葬るのだ。

そういえば……。

エルンストの喉から乾いた笑いが零《こぼ》れる。

次代の皇太子の名前もエルンストだ。今年で十歳、いや七歳だったか。国民にしてみれば皇太子が代わることなどどうでもいいだろうが、新たに名前を覚えなくてもよいだけ楽だろう。

必要なものを侍女たちに命じ纏めさせることになっている。しかしエルンストが使っていたものは皇太子のものであって、エルンストのものではない。生まれてから六十年、側《そば》にい続けた侍従長についてくるかと訊《たず》ねれば、畏《おそ》れ多いことながらと辞退された。物も人も全て、エルンストのものではない。

ふと、背後に控える下男を思う。

この大男も新たな皇太子を洗うのか。エルンストにしたように大きな手で、武骨な指で、次の皇太子を洗うのだろうか。

皇太子位を廃されて、二日目。

侍従も侍女も、心は既《すで》に次代の皇太子に向かっているらしい。

エルンストがその場にいても構わず、次代の、幼い皇太子の話をする。お召し物を新調しなければ。お小さい皇太子様に合うように椅子も机も新調しましょうか。

エルンストは歴代の皇太子が使っていたものを使用していたはずだが、次代の皇太子には新調するのか。

次代の皇太子の母はカタリナ侯爵の娘だ。かの侯爵家は非常に裕福で、王家と変わらぬ資産を持つ。やがてこの国の盟主となる孫のためならば、金に糸目はつけないということだろう。

朝食前に庭を歩くのがエルンストの日課だった。今までなら皇太子宮の中であるにもかかわらず、どこへ行くにも必ず近衛兵がついてきた。

しかし、今日は誰もついてこなかった。周囲の変わりように、怒りより笑いしか浮かばない。

誰も彼もがエルンストに膝をつき、頭を下げていた。それが今朝、いや昨日から、エルンストを見ようともしない。確かにここにいるのに、まるで自分が消えてしまったかのような気になる。

エルンストがまだ幼かった頃、どこへ行くにも集団でついてこられ、何をするにも口を出され、手を出され、ほとほと辟易《へきえき》してひとりになりたいと切望したものだ。幾度か身を隠してみたが僅《わず》かな時間で見つけ出され、静かに重く、侍従長に叱られたことを思い出す。

エルンストは己に語りかける。

自分は皇太子でありたかったのか。

王になりたかったのか。

それとも、自由になりたかったのか。


この日も湯殿に控える大男の姿を見たときは、微《かす》かに驚いた。

この下男も次の皇太子に心を奪われ、湯殿には誰もいないのではないかと思っていたのだ。いくら身分の低い下男であっても、エルンストがもはや皇太子ではないことくらい知っているだろう。だがいつもと変わらぬ様子で、いつもと同じ手順で洗っていく。

ふと、名を訊ねたくなった。皇太子の位を追われた今なら、エルンストの言葉に答えても不敬にはならないだろう。

だが、声を発することはできなかった。

大男に名を訊ね、何の返答もないことを恐れたのかもしれない。空気のように存在の薄くなった今、話しかけて聞き流されたならば、心が打ちのめされるかもしれない。それほど柔《やわ》ではないはずだが、なぜかこの下男に自分の存在を軽んじられるのは耐えられないと思った。

武骨な指が丁寧に、エルンストの体を洗っていく。下男が動くたびに、滑らかに動く筋肉を見ていた。

湯殿は思慮の場だった。学んだ学問を自分なりに考え直す場であり、教師に訊ねるべきことを整理する場でもあった。国の歴史に思いを馳せ、自らが王となったときに行うべき施政を幾重にも考える。湯殿は深遠に浸かる場でもあるのだ。だが皇太子位を廃されてからは唯一、何も考えずにいられる場となった。跪《ひざまず》きエルンストに仕える大男を、見下ろすだけの場所だった。

エルンストは、ふと思う。物理的に決して敵《かな》うはずもないこの大男を従えることに、優越感を覚えているのではないのか。

侍従も侍女も近衛兵も、これまで最敬礼で仕えていた者たちの誰もがエルンストを蔑《ないがし》ろにする皇太子宮で唯一、変わらぬ忠誠を見せようとする。この者はどこまでエルンストの行動を受け入れるのだろうか。どれほど理不尽な行いをしようとも、この下男は皇太子に仕えるように甘んじて受け入れるのだろうか。

次々と浮かぶ残酷な考えを振り払うように頭を振った。水滴が飛ぶ。己が卑小なるものに堕《お》ちていくようで情けなかった。

膝に触れられ立ち上がる。大きな手が丁寧に股間を洗う。太い指が小さな男をそっと掬い上げ、両手で包み込むように柔らかに洗う。爪先が痺れるような感覚に襲われた。

クルベール病だと診断されてから、医師たちは小さな男の証が男として役に立つのかどうかを見極めようとした。あるときは鳥の羽根を使い、あるときは麦の穂を使って。だが小さな男の証は、ぴくりとも反応しなかった。

幾人もの医師や侍従長の前で全裸になり、勃起するかどうかを診られた。医師長の細い枯れ枝のような指がエルンストの柔らかな男を恭《うやうや》しく摘《つま》み上げ、擦った。

そのときのことを思い出すだけで吐き気が込み上げてくる。とても長い時間をエルンストは耐えたが、やはりそこは、ぴくりとも動かなかったのだ。

だが、この下男の手には何か違うものを感じる。それが何なのか、エルンストにはわからない。

柔らかな湯をかけられ湯船に浸かる。温かな湯に体中の筋肉が弛緩《しかん》するかのようだ。この体に筋肉などというものがあれば、だが。

下男はいつものように背後に控えていた。頭の中で何を考えているのだろうか。

クルベール人とダンベルト人では種族が違う。民族が違うのではない、種族が違うのだ。犬と猫のように、あるいは、牛と馬のように、似て非なるものである。

クルベール人が属するシェル郡地の種族には青い血が流れている。ダンベルト人が属するグルード郡地は赤い血だ。暖かな色をした血が流れるこの男の心もまた、温かいのだろうか。

まるで少女のような考えに、エルンストは微かに笑む。流れる血で性格が変わるなど、馬鹿馬鹿しい。

皇太子宮で迎える最後の夜だった。明日にはこの宮を出なければならない。

生まれる前からこの宮で過ごしてきた。王の第一子として生まれたエルンスト。王が抱える数人の妃の中で一番初めに身籠《みごも》った彼の母が、産み月を皇太子宮で過ごしたのだ。母は出産後数日で宮を出され、エルンストに母と過ごした記憶はない。亡くなった今となっては、母の名しか知らないと言っても過言ではない。

生まれる前から六十年。それは長い年月なのか、それとも……。

クルベール人の人生は二百年だ。順当に生きていけば、エルンストに残された年数はあと百四十年。皇太子宮で過ごした年月の二倍以上が残っている。そう考えれば、皇太子宮で過ごした時間は短いものだ。

荷物などいくらもなかった。数着の衣装と、数冊の本。人は誰もついてこなかった。ついてくるかと聞くほど愚かでもない。誰もが、ただの貴族となったエルンストより次代の王に仕えたいだろう。小さな衣装箱ふたつに収まった今までの六十年間は清々しいほど何もなかった。

湯殿ではいつものように大男が膝を折って頭を垂れ、エルンストを迎えた。変わらずいるだろうと思いながらも、心のどこかでは僅かに不安でもあった。今日は、夕食を忘れられたのだ。

エルンストは何をするにも時間が決められていた。朝の散策時間、食事時間、勉学の時間、風呂の時間に睡眠時間。時間を守るのは皇太子としての一番の務めで、よほど体調が悪くなければ崩してはならない決まり事だった。もし気紛れに規則を破ると、彼に仕える侍従や侍女、料理人たちが混乱する。エルンストは決して時を、自分の思いのままに使うことは許されなかった。

しかし今日の夕食は、時間が来ても出されなかった。料理人が、エルンストは今日、皇太子宮を出たのだと勘違いしたためだ。

宮で最後の晩餐を、生まれて初めて、決められた時間から遅れて食した。愉快だった。時間を決めずに動くということがこれほど愉快だとは。宮を出たら気儘《きまま》に食べ、寝てみようと思った。


下男は相変わらず丁寧に洗う。

たくさんの泡をエルンストの肩にふわりと乗せ、ゆっくりと優しく背中を洗った。大きな手が時折肌を擦る。背骨の一本一本を確かめるように洗う手に、エルンストは息を止めた。

太い指がエルンストの首を洗い、ゆっくりと胸に降りてくる。小さな乳首を人差し指と親指の腹で摘むように洗う。吐息が漏れそうになる。片手で摑めそうに細いエルンストの腕を、泡で包み込み優しく洗った後、小さな手の、細い指の一本一本を武骨な手が洗っていく。蹲って同じように、足の指も。

膝に触れられ立ち上がる。白い太腿を掌《てのひら》で撫でるように擦られ、こそばゆいような何とも表現し難《がた》い感覚に襲われる。これが、性的に感じるということなのだろうか。


自分が男として役に立たないとわかったとき、貪るように読んだ本、本、本。性的な興奮とはどのような状態なのか、勃起するというのはどのような状態なのか、そのときどのような感覚に襲われるのか。決して得られるはずのない感覚を知りたいと思った。

だが、机上で得られることなど限られている。どれほど言葉を尽くして語られようと、エルンストにはわからないことだった。

恋をしたことなどなかった。愛しいと思った者も、抱きたいと感じた者もいなかった。性的な興奮を知らずに生きる体だとしても不自由はなかった。

丁寧に膝裏を洗う茶色の巻き毛を見下ろす。

男同士ならば、どうなのだろう。本来、シェル郡地の恋愛は自由で性別に囚われない。皇太子であったがために、相手を異性に限って見ていた。だが、これからは自由なのだ。いつ起きようと、いつ寝ようと、いつ食事をしようと誰にも何にも縛られない。誰と恋をしようと、誰にも迷惑はかけない。

心が沸き立つように弾んだ。太い指が小さな尻の狭間《はざま》を行き来する。足を開き下男の指を迎え入れる。小さな窄《すぼ》まりの入り口に硬い肌の指先が微かに潜《もぐ》り込み、洗う。爪先が痺れるようだった。これも、そう、なのか。

大きな手がエルンストの小さな袋に触れる。掌に乗せ、片方の指で捏《こ》ねるように洗う。真剣な眼差《まなざ》しで傷つけぬように、丁寧に洗っていた。内股が震えるように感じるのに、小さな男はやはり、垂れ下がったままだ。

太い指にそっと摘み上げられ、大きな両手でエルンストの細く小さな男を包み込む。大切な宝物を扱うように、武骨な手がゆっくりと動く。エルンストの腹で、何かが渦巻《うずま》いた。

ここを洗い終われば全てが終わる。何かを摑めそうなのに。この下男の手で、何かを呼び起こされそうなのに。何もわからないまま終わるのは嫌だった。今、その何かを摑むことができたなら、この先、男として生きていけるような気がした。

洗い終わり、離れようとした太い腕に手を伸ばす。エルンストの指が触れただけで下男は動きを止めた。動きを止めたその大きな手に股間を擦りつけた。袋もペニスも簡単に一摑みにできそうな、大きく厚い、熱い手。太腿で下男の手を挟み込み、逞しい腕に縋《すが》りつく。

筋肉質な腕に頬を寄せ、下男の股間に手を伸ばした。硬い布できつく縛られた大男の股間。形を知ろうと撫でるが、厚い布に遮られて何もわからない。エルンストは切なげに腰を揺すり、大男の手に股間を擦りつける。下男はされるがまま、微動《びどう》だにしなかった。

天井から落ちる雫《しずく》が、湯を弾く音を聞く。

ふっと、諦めにも似た吐息を零し、何事もなかったかのようにエルンストは男から離れた。

小さな男は何も示さず垂れ下がったままだ。エルンストは役立たずの飾り物を見下ろした。下男の手に触れれば、思いのままに触れればあるいはと、血迷ったことをした。

だが、後悔はなかった。気まずいとも思わなかった。最後の皇太子宮。何が起ころうと、みな、明日迎える新たな皇太子のことで頭がいっぱいだろう。

下男が柔らかな湯をかける。エルンストは自嘲気味に笑うと湯に浸かった。

無駄に広い湯船だった。

朝早く馬車に乗り込んだ。朝食もなかった。何もなかった。この宮でエルンストができることはもはや、何もなかった。

誰も彼もが、エルンストが早く立ち去ることを望んでいた。今頃エルンストに気兼ねすることもなく、明日迎える皇太子のために走り回っているのだろう。

馬車の窓にかかる薄い布を指先で開ける。朝靄《あさもや》の中、流れていく石畳が見えた。皇太子宮を出るのは初めてだった。王と皇太子が王宮を出ることは決してない。王宮深くに居を構え、その目で王宮の外を見ることは一生を通じてない。

橋に差し掛かる。これが下界へと繋がる橋なのか。これを渡れば『外』なのだ。そこには街があり村があり森がある。エルンストがこれから過ごす世界なのだ。振り返り、後ろ窓の布を引き上げた。

王宮が離れていく。

それは大きくて、ちっぽけな世界だった。

2

新たに暮らすことになったのは、王宮から最も離れた離宮だった。周辺に別の離宮はもちろん、貴族の屋敷もない。そこにはエルンストを他の貴族と触れ合わせないようにしようとする意図が感じられた。もっとも、それが配慮なのか排除なのか判断はつきかねたが。

離宮で働く者たちは急に集められたのか落ち着かない。何をするにも無駄な動きを重ね、探し物ひとつ見つけるのに多くの時間が必要だった。そして、元皇太子であるエルンストの扱いに困り果てていた。

それはエルンストも同じだった。今まで王宮で働く者しか知らなかった。王宮のみで行われていることを、王宮で働いたことがない者は知りようがない。それが、離宮で暮らし始めたエルンストと使用人たちの間に、埋めがたい溝を作った。

エルンストは、朝目覚めれば寝台の横に立っていればよかった。ただ突っ立っていれば、侍女たちが着替えをさせた。

離宮で迎えた初めての朝、エルンストはいつものように立っていた。だが何も起こらず、部屋にいた侍女との間に気まずい空気が流れた。六十歳にもなってこの元皇太子は何をしているのか。憐れみにも似た視線を感じ、エルンストはそこで初めて、自分で着替える、ということに気づいた。エルンストが読書家でなければ到底気づけないことではあっただろう。

　湯殿には当然のごとく、誰もいなかった。体を洗ってくれる下男もいない。朝、非常に苦労して身につけた衣服を、夜には四苦八苦して脱ぎ、湯殿でひとり立ち尽くした。何をどうすればよいのかさっぱりわからなかった。

　泡で洗われていた。だが泡がどこにあるのかわからない。全裸のまま、今まで見知った湯殿の五分の一ほどの広さの湯殿をうろうろとした。泡は、どうしても見つけられなかった。結局その日は湯船に浸かるだけで済ませた。

　翌日侍女に訊ねると、怪訝《けげん》な表情を浮かべて白い固形物を手渡された。泡について訊ねたのにどうしてこれを渡されたのか、長い間理解できなかった。


　離宮では、全ての時間があやふやだった。

　決意と裏腹に、エルンストは長年刷り込まれた時間で動いていた。毎朝ひどく苦労して衣服を身につけ、急いで朝食の時間に間に合わせる。間に合わせるために、目覚める時間を一時間早めた。だが慌てて食卓に着いても、朝食がすぐに出てくることは稀だった。それは、昼も夜も同じだった。

　食卓で騒いではいけない。何が出てこようと、口に合わないものであろうと、ただ黙して食す。それが、正しい王族の姿だと教えられていた。

　だから食卓に着いてから、ときには一時間以上も待たされたが、エルンストはただ黙って座っていた。食卓の壁際では、エルンストに付き合って控える侍従が迷惑そうな視線を向けてきた。だが一度座った椅子から、食事が済んでもいないのに立つことは許されない。

　離宮で起きることは物珍しく、楽しかった。侍従も侍女も料理人も、少しずつエルンストに慣れ、少しずつ会話を交わし始めた。王宮を一歩外に出れば、愉快なことが多かった。

　エルンストは退屈を忘れた。

　泡の作り方を教わり、どうにか自分で洗うことにも慣れてきた。あの大きな手の動きを思い出し、真似る。背中を洗うのは難しい。首を洗い、手を洗い、下男がしたように足を洗う。尻の間を洗い、小さな男を洗う。下男と同じように洗うのに、あのとき感じた爪先の痺れを感じることはできなかった。

離宮で暮らし、ひとりになることを知った。王宮にいた頃は眠るときでさえ誰かが部屋にいた。今、エルンストはその気になれば、いくらでもひとりになれる。

湯殿で小さな男の先を摘み、上へと向かせた。文献の中に挿し絵があった。勃起とは、こういう形をしてはいなかったか。引っ張り上げてみたが、なんだかおかしな感じだった。これほど柔らかく頼りないものが、どうやればこのように不自然な形になるのだ。

文献で読んだだけのことを実際に目にし、体験する。ぼんやりと見えていただけのものを、離宮での暮らしで輪郭《りんかく》を作るようにはっきりと理解する。

だが性的なことはやはり、エルンストにはわからなかった。

離宮での暮らしが三ケ月を越えた。

貴族の多くは大小の領地を統治し生活をしている。ただの貴族となったエルンストにも統治すべき領地が与えられるはずだ。

領地は国王から与えられるものであり、家に付いているものではない。そのため領主が死んだ場合、子がいたとしても次の領主について国に諮《はか》られ、領主不在の間は隣地の領主が仮に治めることになる。今現在、十六の領地に領主がいない。

エルンストの、かつての位に相応《ふさわ》しい領地を選んでいるのか。もしくは、かつての位を消すような貧しい領地か。どちらでもあるのだろう。ふたつの意見がぶつかり合い、これほどの時間を要しているのだ。

もはや皇太子ではないエルンストに対して使用人たちは、顔を見ること、話をすることを覚えた。不敬には当たらないとようやく、彼らの心が理解したのだ。

どこの領地を治めるのでもいい。だがお互いにどうにか慣れて、僅かに親しみを覚え始めた離宮の使用人たちと離れるのは惜しいと思った。

しかし、だからといって、ついてくるかとは聞けない。王宮の者たちのように、畏れ多いことながらと言われたならば心が痛いだろう。

皇太子ではなくなったあの瞬間から、自分が弱くなっていくようで嫌だった。

離宮は、王宮を挟んで街の反対側にあった。訪ねる者もなく、通りかかる者もなく。高い塀も低い柵もなく、裏庭の向こうには森が広がっていた。

離宮で暮らし始めた頃、森に大きな興味を持った。入り口付近から窺《うかが》うだけでもわかる、その大きさと深さ。時折聞こえてくる、微かで軽やかな声。通りかかった侍従に、あれは何か、と訊ねた。侍従はじっと森を見て振り向くと、あれは狼にございます、と答えた。

狼。

それは文献で挿し絵を見たことがある。

王宮にはあらゆる動植物が載っている文献があった。エルンストは勉学に厭《あ》きるといつも、その本を眺めていた。シェル郡地の動植物からグルード郡地、スート郡地、ヘル郡地にシスティーカ郡地まで、世界の全ての動植物が載っていた。とても興味深かった。

今目の前の森に、あの文献で見た狼がいるという。これはぜひとも探し出し、直にこの目で見てみたい。

だが興味を示したエルンストに対し侍従は、憚《はばか》りながら、と自らの体験を語ったのだ。

青ざめた顔で声を震わせ語られる狼の姿、その所業は、エルンストを凍りつかせた。通りがかった侍女までもがその身を震わせ、涙ながらに、憐れにも狼により命を絶たれた知人の話を語って聞かせたのだ。

あまりの恐ろしさにエルンストはこれより数日悪夢にうなされ、森に近づくことさえできなかった。

ふたりの話が真っ赤な嘘だと気づいたのは、ひと月も過ぎてからだ。

森の狼は恐ろしかったが、離宮内で籠《こも》っているのは嫌だった。身に染みついた散策の習慣をやめることもできない。エルンストは裏庭を通るときは、離宮の外壁に添うようにして歩いていた。

その日も森を睨《にら》みつけながら、外壁を背中で擦って歩いていた。裏庭など狼の一跳びで越えられそうだ。もしその姿が見えたなら、すぐに離宮へと駆け込もう。森を凝視しつつ歩くエルンストの耳に、あのとき聞こえた軽やかな声が聞こえた。

狼だ。

背に汗が流れた。汗をかくなどということも、この離宮で覚えた。

あのときのことを思い出すと笑わずにはいられない。緊張に震えながら見つめるエルンストの目に飛び込んできたのは小さな青い鳥。木々を揺らしながら飛び立ち、裏庭の樹木に止まると聞き覚えのある声で楽しそうに囀《さえず》り始めたのだ。

壁に張りついたまま事態が飲み込めず固まるエルンストの姿を、怪訝な顔をして侍女たちが見ていた。

あの声は狼ではなかったのか。いや。エルンストとて話を聞いたときにおかしいとは思ったのだ。そんなに恐ろしげな獣があのように可愛らしい声を出すのかと。いやしかし、狼そっくりの声を出す小鳥がいるのかもしれない。侍女を問い質《ただ》すと、何を言われているのかさっぱりわからないといった表情で侍女が答えた。この森に狼はいません、と。

その日の夕食時、側についた件《くだん》の侍従に何気ない風を装い、狼について訊ねた。侍従は悪戯《いたずら》が見つかった子供のように照れ笑いを浮かべて言った。森で迷われたらいけないと思いまして、脅すようなことを言ってしまいました、と。

それならばそうと正直に言えばよいのにと思ったが、怒りは湧いてこなかった。離宮に来た頃のエルンストであったならば、彼らの気遣いの言葉を素直には受け入れなかっただろう。

かつて、森の歩き方などという本を読んだことがあった。その本のとおりにすれば森で迷うことはないと思えるほど詳しく記されていた。

知識の多くは文献から得たものであるにもかかわらず、それが全てで正しいと思い込んでいた。

だが、今ならわかる。

文献にも誤りがあるということが。

ある日、散策途中で見たこともない滑稽《こっけい》な動物を見つけた。どうやら料理人と話している男が連れてきたらしい。近寄って、これは何かと訊ねた。男は、そんなことも知らないのかと目で言いながら、ロバでございます、と絡まる舌で答えた。

ロバ。これがロバだというのか。エルンストは信じられなかった。本の挿し絵で見たロバは馬より小柄なだけで、馬と全く変わらない容姿をしていた。こんなに間抜《まぬ》けな顔はしていなかったはずだ。

これは本当にロバか、それともこのロバだけが滑稽な顔をしているのかと訊ねると、自分のロバを滑稽と言われた男は幾分むっとした表情を浮かべて、いえ、みなこのようなものです、と言ったのだ。隣で料理人も頷《うなず》いていた。

文献が間違っているとは俄《にわか》には信じられないことだった。文献が全てだった。教師はみな、本を開いて講釈をした。わからないことの答えは全て、本の中にあると教えられた。皇太子宮に納められた本は全て読んだ。その多くを今でも諳《そら》じられる。あれは全て無駄だったのか。

だが、文献に助けられたこともある。

ある晩、侍女のひとりがひどい腹痛を訴えて倒れた。医師に診《み》せたくとも外は嵐で、出歩くのは危険だった。たとえ出られたとしても、広い王宮を回り込むように行かなければ医師のいる街には着けない。どちらにしろ深夜で、医師が侍女ひとりのために駆けつけてくれるとは思えなかった。誰も為《な》す術《すべ》もなく、苦しむ侍女を前に、離宮中が重苦しい雰囲気に包まれた。

エルンストは就寝していたが、ふと目が覚めた。離宮に流れる異様な空気を感じ廊下に出ると、真夜中だというのに声を潜《ひそ》めて話す者たちがいた。声を辿っていき、そこで初めて侍女が苦しんでいるのを知った。なぜすぐに報《しら》せなかったのかと責めたところで仕方がない。仮とはいえ当主であるエルンストに、侍女ひとりの体調不良を報告する者などいなくて当然だ。

エルンストは容態を見、話を聞いて食中《しょくあた》りだと判断した。侍従に命じ、森近くに自生しているチゴの葉を採ってこさせ、それをラスビの根とザロイの茎と一緒に煎《せん》じたものを飲ませた。周りはみな、怪訝《けげん》な顔をして見ていた。

医療は医師が行い、薬も医師が処方する。医師は薬草を使っているが、何をどれだけ使えば何に効くかは医師のみが知る。そのため時に国民は、高い金を払い、庭に生えているものと変わらない効能を持つ薬草を買うのだ。

エルンストの見立てと処方に間違いはなく、侍女は明け方には快癒した。

離宮に来て、多くのことを学んだ。

文献は正しくもあるし、間違ってもいる。重要なことは、真偽を自分の頭で計ると言うことだ。本のみが正しいと現実から目を背けてもどうにもならない。挿し絵と大分違うが、実際のロバは間抜けな顔に愛嬌があったのだから。

3

冬が近づいた頃、エルンストが統治すべき領地が決定された。

侍従も侍女も料理人も、あのロバの男までもが涙ながらに別れを惜しんでくれた。嬉しいと感じた。王宮を離れるときは誰も彼もが、早くエルンストに立ち去ってほしいと態度で表していた。それなのに、この離宮の者たちは泣いてくれる。泣いて理不尽だと怒ってくれる。

エルンストの領地は国境の僻地《へきち》、メイセンだった。

メイセン。

それは隣国、リュクス国カプリ領と国境を接する領地だ。雪深く土地は痩せており、隣のリンツ領とは険しい山と谷で隔てられ、冬場は行き来することもできない。領内には険しい山と深い森、リュクス国との国境でもある荒れ狂う大河を持つ、広いだけの貧しい領地だった。領民の多くは餓えているという。そして百年以上、メイセンを治める領主はいない。

そんなところになぜ行かなければならないのですか。狼で脅してくれた侍従が泣いて叫んでくれた。だがエルンストには嘆くよりも怒るよりも、まずやらなければならないことがある。それは、出立の準備をすることだった。

今すぐに旅立ったとしても、無事に辿り着けるかわからない。冬はもうすぐやってくる。いや、かの地ではもう雪がちらついているのかもしれない。

この時季、リンツ領との境である山と谷を越えられるかわからないのだ。

だが、王からの正式な命令を、次の春まで放置することは許されない。エルンストは命令を受け取った翌朝早く、支度もそこそこに旅立たねばならなかった。

リンツ領までは馬車で進んだ。

離宮からリンツ領まで、馬車を急がせても十五日かかった。リンツ領に入ったときには、空から白い雪が舞い始めていた。

せめて準備のお手伝いくらいはさせてほしい、と言う離宮の侍従たちの申し入れをありがたく受け取った。彼らは馬で駆け抜け、エルンストがリンツ領に到着するまでの間に、その先の護衛ともなる従者や馬、食料に防寒具まで揃えていてくれた。

これは本当に助かった。エルンストは彼らの好意に報いたいと思ったが何も持ってはいない。せめてもと、薬草について書かれた本を手渡した。このように大切なものをと彼らは辞退したが構わない。もともと気を紛らせるために持ってきたものだ。内容は全て頭の中に入っている。

彼らに本を持たせ、一人ひとりと握手して別れた。みな、いい手をしていた。湯殿にいた下男のように、実直に人生を生きている者の手だった。

リンツ領で馬車から馬に乗り換え進む。

エルンストは馬に乗れない。皇太子たるもの動物に触れてはいけないと教えられた。馬は馬車を牽《ひ》かせるもので、王族が乗るべきものではなかった。だが離宮で練習しておけばよかったと後悔した。

王宮の者たちはこの事態を予測したのだろうか。

いや案外、こうなることを期待して冬が近づくまで領地を決定しなかったのかもしれない。

もはや皇太子ではないというのに、一体エルンストの何を恐れているのか。それとも、そこまで邪魔者扱いをされなければならないほど嫌われていたのか。

雪に脚を取られ嫌がる馬を、綱を引く男が宥《なだ》める。

森の行進は歩を進めるにつれて困難さを増していく。メイセンに近づけば近づくほど、雪が深くなる。今では馬の膝近くにまで達する。それなのに、まだ半分も過ぎてはいないのだ。

時折、森の奥から腹に響くような獣の声が聞こえる。あれは、狼だ。正真正銘、本物の狼なのだ。長い冬の始まりを迎え、腹を空かしているらしい。狼にこちらの存在を察知されないよう、風下を選んで従者たちは進んでいく。

彼らはこの森で生きる木こりであり、狩人だ。腰に、大きく重そうな斧を差し、鋭い切れ味のナイフを持っていた。弓を背負い、険しい顔で森を進む。

三人の従者は全員、クルベール人であった。彼らで大丈夫なのか、エルンストには微かな不安もあった。

三人とも、クルベール人としては逞しい体格をしている。だがどうしても、あのダンベルト人と比べてしまうのだ。

あの男ならば、この雪に足を取られることもなく悠々と歩くのだろう。

枯れたように立つ木々の、枝の間を雪が舞い降りてくる。時折、吹雪《ふぶ》いた。

これほどの寒さを体感したのは生まれて始めてだ。侍従たちが用意してくれた防寒具を凍らせるほどの寒気に包まれる。知らず知らず俯《うつむ》いてしまう。あまりの寒さに前を見ることもできない。

馬や従者たちの、雪を踏み締める音を聞く。それだけが聞こえる静かな行軍だった。馬の背で眠りそうになるエルンストを従者が起こす。起きているようで眠っている、曖昧《あいまい》な時間を過ごした。

夢の中、あの暖かな湯殿にいた。大男の下男がいた。優しく体を洗っていた。大きな手に全身を洗われ、小さな男に触れられた。

暖かな幸せを感じた。


馬はエルンストのためだけに用意されていた。少年の体では、雪の中に立つだけで精一杯だったのだ。他の者たちはみな、自分の足で歩いていく。

森を進む。進み続ける。雪はますます深さを増したが、男たちは気にせず進んだ。狼の咆哮《ほうこう》が、遠く、近くに聞こえた。

夜は雪に穴を掘り、中で休んだ。雪が暖かいものなのだと初めて知った。

従者たちは順番に休んでいるようだった。火を絶やさずに燃やす。エルンストも代わろうかと言った。日中、馬に乗っているだけの自分と、雪道を歩き進む彼らとでは疲れが違うだろう。

男たちは虚を衝《つ》かれた顔をしてぎこちなく笑うと、エルンストの申し出を断った。厳《いか》つい顔をした怖い男たちだが、笑った顔は素朴でよかった。

彼らとも少しずつ話をするようになった。日中は黙々と歩いたが、夜になると火を囲んで話をした。森での暮らしやリンツ領で過ごした幼い頃のことを、男たちは静かな声でぽつりぽつりと話す。

火を見ているると不思議と静かな気持ちになった。狼の咆哮は夜のほうが響く。恐ろしさは感じるが、森に入った頃ほどではない。従者たちのことがわかりかけてきたからだ。徒《いたずら》に不安がらなくてもいいのだと、彼らを知り始めて思う。

持ってきた食料を少しずつ食べていく。荷物は少しずつ軽くなってきたが、男たちの顔は険しくなった。なぜだと聞くと、ここから先、もし狼に襲われたときに囮《おとり》として使える食料がないことになるからだと言う。

そうなのか。食料は自分が食べるだけではなく、いざというときは狼の注意を逸《そ》らす役割も担うのだ。もちろん、だからといって余分な食料を持ち込めるほど、雪道を歩くのは楽ではなかった。

荷が軽くなったために、進む速度も上がった。狼と出会う前に森を抜けなければならない。次に立ち塞がるのは谷だという。谷の前に狩人の小屋があるらしい。そこまで行き、馬を置いて徒歩で進むのだ。森を抜ければ狼はいない。彼らの足は速くなった。

夜も休まずに進んだ。火を恐れて狼は来ないというが、集団で取り囲まれればどうしようもなくなる。火にくべる薪《まき》がなくなるまで待つ程度の知能を狼は持っているのだ。

馬の吐く息が白く立ち上る。夜空から舞う雪がきらきらと輝く。結晶のまま落ちてくる雪は美しく、冷たく、残酷だ。眠ってしまわないよう、エルンストは手綱《たづな》を握る手に力を込めた。

ふと、何かの視線を感じた。男たちの足が止まる。目配せを交わし、一番年若い従者がエルンストの腕に触れた。静かに、馬から降りるよう言われて従う。

まだ森は抜けていない。休めるような場所でもない。彼らの様子に危険を察知し、だが問い質すことも抗《あらが》うこともしなかった。この森において、エルンストが彼らより長じていることなど何もない。

年長の従者が馬の引き綱を木に結わえた。慰めるように詫びるように惜しむように、その首筋に触れる。馬が、落ち着かなく脚を踏み鳴らした。

従者たちに囲まれ静かに、だが素早くエルンストは雪道を進んだ。前を行く従者が雪をかき分けて進む。続くエルンストが歩きやすいように。それでも足を取られそうになったが、懸命についていった。恐ろしい考えを追い払うように。

両手を握り込み歩き続けるエルンストの耳に、馬の嘶《いなな》きが聞こえた。狼の歓喜が聞こえた。強く瞼を閉じ、頭を振った。荒い息を吐き出す。森を進む。従者たちがずんずんと進む。エルンストが転げるように進む。体が崩れそうになるエルンストの腕を、従者のひとりが摑んで進む。誰も何も言わなかった。誰も何も言えなかった。エルンストは泣きたくなった。

　だが、泣くわけにはいかなかった。


　無事に森を抜け、辿り着いた小屋で一日を過ごした。小屋で留守を守っていた狩人が温かなスープで出迎えてくれる。馬がいないことに気づいただろうが、何も言わなかった。

　谷を無事に抜けられる体力を回復するため、エルンストは身を横たえていた。体はとても疲れていたし、神経はそれ以上だった。だが眠ることはできなかった。

　彼らの行動は正しかった。馬を犠牲にしなければ、誰かが死んだのだろう。いや、全員死んだのかもしれない。一頭の馬は狼の群れを満足させた。そうでなければ、エルンストの足で逃げ切れるはずがない。

　馬の背で揺られ続けた日々が心に浮かぶ。

　王となる者、国民のひとりやふたりの犠牲を厭《いと》うてはならないと教えられた。千人の命より、国の大事を迷わず選択しろと。エルンストも、それが正しい為政《いせい》者《しゃ》の姿だと信じていた。

　だが今、たかが馬一頭の犠牲を前に、これほど打ちのめされた自分を知る。

　弱くなったものだ。いや、あの王宮という箱の中で、何も知らずに生きていただけなのだ。生きるということ、死ぬということ、何も知らなかったのだ。

　何も知らないからこそ、議論の中であってもあれほど簡単に、国民の命を棄てられたのだ。


　谷を行くのは森より困難だった。

　狼に代わる狂暴な獣がいるのではない。地形が危険なのだ。

　そこは、夏は岩場なのだという。だが今エルンストの目の前に広がる光景は、一面の白だった。白い雪で覆われた下に、不安定な岩が無数にあるのだ。

　狩人たちが慎重に足場を選んで進む。森を抜け、遮る木がなくなったことで風が真横から叩きつける。吹き飛ばされそうになるエルンストの小さな体を、狩人のひとりが自分と縄で繋ぎ止めた。

進むにつれて地面は少なくなっていく。崖が迫ってくるように道を狭める。

歩き始めて三日目で、一番の難所に差し掛かる。深い崖がぱっくりと黒い口を開けている。この場所を無事に通り抜けることが可能なのか、エルンストは身が縮むほどの恐怖を覚えた。

狩人たちはその崖を前に一日の休養を取った。布と枝、雪を使って風を避ける。小屋から持ってきた木々を使い、火を熾《おこ》す。雪を溶かし、三日ぶりに温かな飲み物を口にした。

貴重なバターや茶葉を入れ、明日に備えて体に力を蓄える。


翌朝は晴天だった。風も少ない。これなら渡りやすいだろうとエルンストは安堵したが、狩人たちの顔は曇っていた。晴天だと気温が上がり、雪が溶けやすく、足を滑らせる危険性が高まるのだという。

だがもちろん、吹雪いているときよりはましだと足を進めることになった。冬はまだ入り口に過ぎない。早くここを通り抜けなければならないのだ。


まずは年若の狩人が進んだ。慎重に足場を探る。両手で岩を摑んでいる。エルンストは食い入るように狩人の姿を見ていた。あのようにしなければならない。もし足を踏み外せば崖に落ちる。覗き込んでも地面は見えない。決して助かることのない崖を背後に意識し、自分ひとりで歩かなければならないのだ。

二番手がエルンストだった。

年長の狩人がエルンストの腰に縄を括《くく》りつけ、渡り切った狩人に向けて飛ばす。対岸でしっかりと摑まれたことを確認してから、エルンストを促した。緊張した面持ちで頷き、エルンストは足を踏み出した。三人の狩人を信じていた。

先に渡った狩人の足跡を辿る。崖に指を掛ける。分厚い手袋ではいくらも役には立っていない。精一杯、指先に力を込めて岩場に縋りつく。ゆっくり、ゆっくりと足を進めた。

防寒着を着込んでいるため足下が見えにくい。よく見ようと身を僅かに乗り出したところで年長の狩人の声が響く。足先で探るように進めと言っていた。

慌てて首を引っ込める。僅かに身を乗り出しただけで、下から吹き上げてくる風に体の芯が崩れた。目に頼ってはいけないのだ。全神経を足に集中させ、震える指先を叱咤《しった》するように力を込める。体の後ろに広がるだろう光景を意識から追い出す。寒さで睫毛《まつげ》が凍っていた。

ゆっくりと進みながら視線をやると、綱を持った狩人の真剣な眼差しとぶつかった。エルンストに雇われているからとか、元皇太子だとか関係なく、全員で無事にここを抜けようとする意思が感じられた。体の底からふつふつと、力が湧いてきた。

はじめに渡った狩人の何倍もの時間をかけて渡った。最後の一歩は待ち構えていた狩人の力強い手に引っ張られてだった。そのまま倒れ込んだエルンストの小さな体をしっかりと抱き留めて、よくやったと誉めるように背中を叩いた。王宮で難しい公式を解いたときより、誇らしいと感じた。

残りふたりの狩人は危なげなく渡り切った。また四人で歩き出す。一番の難所を過ぎたからといって、平坦な道が広がっているわけではない。崩れた岩場や、凍りついた巨大な岩をよじ登る。雪の下が空洞で、危うく落ちかけたりもした。だが、三人の狩人たちがいてくれるのならば、恐れることなど何もなかった。一日一日、一歩一歩、エルンストは自分が強くなっていると確信した。

人を信じるということを初めて学んでいると感じた。王宮の者たちが誰ひとりエルンストとの別れを惜しまなかったのは、仕方のないことだったのだ。エルンストは誰の名も知らない。生まれたときより仕え続けた侍従長の名も知らなかった。知らずとも不便はなかった。名も知らず、話しかける内容は全て指示だった。親しみを感じるはずなどなかったのだ。

そういえば、と気づく。

名を訊ねたいと思ったのは、あの大男だけだった。

狩人たちと過ごす最後の夜だった。あと一日歩けば、メイセン領の外れの村へと着く。村には屋敷からの迎えが来ているはずだ。狩人とはそこで別れることになっていた。

せめて一日でも屋敷で休んでいけばいいだろう、そう言ったが固辞された。雪はますます深くなる。出立を一日遅らせれば、それだけ谷が閉ざされるのだという。谷を過ぎてメイセン領の森に入った。どうにか集めた枯れ木で火を熾す。この森は静かだった。

温かな茶を飲みながら、静かに話をした。彼らの話を聞き、エルンストは離宮での話をした。侍従に騙《だま》された狼の話に、狩人たちは厳つい顔に笑みを浮かべた。

このまま別れるのは惜しいと思った。

せめて、なくした馬の詫びと、無事にメイセン領に着いた礼をしたいと伝えた。だが、固辞された。既に受け取った報酬以上のものはいただけない、と。

茶を飲み干し、休むための準備に入る。今日の火の番も狩人たちで行った。四人で困難を乗り越えた。色々な話をした。明日の夜には彼らがいないのだということに実感が湧かなかった。


森を進んだ。メイセン領の森の木は太く大きい。これでは切り倒すのに苦労するでしょうねと木こりにもなる狩人たちは言った。薪にする木に苦労しているようだ、とも。なぜわかるのかと聞けば、森に枯れ木がなかったからだと答えた。そう言われれば昨夜、ひと晩火を熾すだけの木を集めるのに多くの時間を要した。

木々の間を動くものがあった。狩人たちの足が止まる。後ろ手にエルンストを庇《かば》いつつ、森の奥を凝視する。鹿だ。

エルンストの目にも、大きな角を持つ鹿の姿が見えた。とても大きい。狩人たちが感嘆の声を漏らす。

エルンストの頭に、メイセン領の地図が浮かぶ。メイセン領の東側をずっと進めばグルード郡地に入る。

あの湯殿の大男はグルード郡地の四つの種族のひとつ、ダンベルト人だ。グルード郡地の種族は四つとも、巨大で頑丈な体躯をしていた。そこに暮らす獣たちもシェル郡地では考えられないほどの大きさなのだ。

あの鹿はグルード郡地からやってきたのだろうか。

鹿は、じっとこちらを見ていたが、身を翻《ひるがえ》して駆け去った。

あの鹿を仕留めることはできるかとエルンストが聞くと、大きすぎてシェル郡地で使われる道具では仕留められないと狩人たちは言った。

遠くで哀しげに鳴く狼の声が聞こえた。大きすぎる獲物を前に、狼も鳴くことしかできないのか。

森は枯れてはいないのだ。だが、目の前にあるのに手に入れることができないもどかしさがあった。

村はうら寂しく枯れていた。屋敷からの出迎えはひとりの侍従だけだった。

崩れかけた小屋からよろよろと這い出してきた村人は、擦り切れた衣服を身につけている。いくら寒さに強いクルベール人であっても、この地でする服装ではない。痩せ衰え、棒のような手足をしていた。

思わず立ち尽くすエルンストの背を、狩人がそっと押した。はっとして進み、出迎えた侍従を労《ねぎら》う。

それではと立ち去ろうとした狩人を、エルンストは慌てて引き留めた。礼を言い、生まれて初めて、頭を下げた。狩人や侍従、村人が驚いていたが、自然と頭が下がったのだ。それほど困難な道で、そして、頭ひとつ下げただけでは足りないほどの犠牲を払わせた。

頭を上げ、狩人たちの顔を見た。一人ひとり脳裏に焼きつけるように見た後手を握り、別れた。

分厚く荒れた手をした、温かい人たちだった。

4

メイセン領外れのこの村から領主の屋敷までは、馬車で半日ほどの距離らしい。それだけでも、メイセン領の広さがわかる。

早く屋敷に戻ろうとする侍従を止めて、領内を見回ることにした。全ては無理だろうが、せめてこの場から屋敷までの道程に点在する村々を見ておきたい。

手始めに、この村の長は誰かと訊ねた。村人の視線を受けて出てきたのは自力で歩くことも覚束ない老人だった。このような者で務まるのか、エルンストは内心で眉を顰《ひそ》めた。

よく見渡してみるとこの村には、働き手となるような者の姿が見えない。老人と多くの子供だけだ。大人は働きに出ているのかと訊ねれば、いいえ、と村長が首を振る。ではどこへ行ったのだ。エルンストの疑問に村長は幾人もの子供を指し示し、あれらはみなクルベール病でございますと言った。

エルンストが自分以外のクルベール病の者を見たのはこれが初めてだった。王都で発症する者は少ないが、王都の下町にはいる。しかしそれ以上に、王都から遠く離れた辺境の貧しい地域に多発していた。

命じられてから出立まで時間がなかったため、急いで取り寄せた資料をリンツ領までの馬車の中で読んだ。

リンス国のクルベール病発症率は百人にひとり、だがメイセン領のそれは、二十人にひとりであった。

クルベール病だからといって誰もがみな、エルンストのように子種がないわけではない。寧《むし》ろエルンストのように全くの子供だということのほうが珍しい。クルベール病の者同士で子をなすことも可能だ。

エルンストは改めて村人たちを見渡した。この村のクルベール病発症率は、五人にひとりではないのか。ふと思い立ち、村長に年を訊ねる。村長は、この新春で百四十七歳になりますと答えた。

その言葉にエルンストは驚いた。

このリンス国で多数を占めるクルベール人を含めた、シェル郡地の種族の平均寿命は二百歳だ。

目の前の老人はどうみても、百九十歳から二百歳を越えている。百四十七歳ならば、まだまだ働き盛りで足腰も十分強いはずだ。それがなぜこのように老いているのか。何か病でも抱えているのか。

エルンストは釈然としない思いを抱えたまま、次の村へと進んだが、この村も同じようなものであった。高いクルベール病発症率、そして実年齢に見合わないほど年老いた村人たち。

次の村も、次の村も変わらなかった。

メイセン領の平均寿命はいくつなのか。屋敷が見え始めたところで侍従に訊ねた。

だが、侍従は首を振り答えない。正確な数字を聞いているのではない、いくつか。重ねて訊ねたが首を捻《ひね》るばかり。何をそんなに首を捻る必要があるのか、エルンストが怪訝に思い始めたところで侍従がおずおずと訊ねてきた。平均寿命って、なんですか。

エルンストは愕然とした。まさか屋敷に仕える侍従がそんなことも知らないとは。

そこで、ふと思い出す。

リンス国の識字率はシェル郡地の他の国、シルース国とリュクス国、このふたつの国と比べても明らかに低い。貴族や裕福な商人ならまだしも、一般国民は五人にひとり、字が読めるかどうかだ。

だがメイセン領ではもっと低いのかもしれない。屋敷に仕える侍従がまさか字が読めないということはないだろうが、知識水準は疑わしいとエルンストは感じた。

急いで取り寄せた資料には隣国リュクス国との関係、グルード郡地との関係など対外的なものばかりが列挙されていた。しかしメイセンは、内に問題を抱えているのではないのか。

百年以上、治める者のいなかった土地。エルンストは馬車の窓から景色を眺める。

真っ赤な夕日が雪原の彼方に沈もうとしていた。


エルンストが到着したとき、屋敷は闇に包まれていた。リンス国でも北に位置するメイセン領では陽が落ちるのが早い。

音に気づき、屋敷から初老の男が出てきた。身形《みなり》から侍従長だろうと想像がついたが如何《いかん》せん、身のこなしが覚束ない。舌を噛みそうになりながら男は挨拶《あいさつ》をした。やはり侍従長なのだ。

だが、これは……エルンストは一抹の不安を覚えた。

百年に及ぶ当主の不在は、メイセン領からあらゆるものを奪っていた。この屋敷に仕える者たちもエルンストが来るまでは他の領民と同じように、土を耕《たがや》し猟をして暮らしていたのだろう。

リンス国内でこのメイセン領よりひどい領地は、エルンストの知る限りない。エルンストはこの地の領主として一生を過ごすことになるのだろう。だが幸いにも、エルンストに与えられた時間は長い。気長にやろうと思った。

北の領地に闇の帳《とばり》は早く降りたが、夜にはまだ浅い。だが、メイセン領としては精一杯のご馳走をエルンストが食べ終えたら、即就寝を促された。長旅であったし確かに疲れてはいたが、湯も使わずに休むのか。エルンストは不思議に思ったのだが彼らもまた、湯を使うと言ったエルンストを怪訝な表情で見返した。

王宮には王宮の、離宮には離宮の、メイセン領にはメイセン領の流儀があるのだろう。エルンストは彼らの流儀に敬意を払い、早々に寝具にくるまった。

屋敷にいながら湯を使わない状況に眠れないかと思ったが、無事に辿り着いた安堵感からか気を失うように眠った。


翌早朝に起こされた。どうやらエルンストにしてみれば、かなりの早寝早起きがここの流儀らしい。暖炉《だんろ》に火もなく、寒さに震えながら着替えた。もしかすると、暖炉に火を入れるのは夜になってから、という決まりもあるのかもしれない。

食卓で質素な朝食をとる。薄いスープと固いパン。果物のひとつも、茶の一杯もない。熱い白湯を飲んだ。

落ち着いたところで屋敷の者と面会した。侍従が二人に侍女が三人、料理人ひとりに侍従長。仮住まいだった離宮より少ない。離宮よりも広いこの屋敷を、総勢七人で支えていけるのか。

朝より具がひとつ増えたような気がしないでもないスープと、固いパンを昼食にとる。昼からは領兵と会った。メイセン領は、辺境とはいえ国境地である。当然に、領兵を抱えていた。

だがしかし、これが領兵なのか。エルンストは狼狽《うろた》えそうになる我が身を叱咤した。昨日見た村人と大して変わらない、みすぼらしく痩せた男たちがぼんやりと立っていた。この者たちで戦えるのか、敵を打ち崩せるのか、そもそも剣が持てるのか。

隊長だという不遜《ふそん》な目をした男と話をした。クルベール人としてはいい体格をしている。この男は唯一、兵士に見えた。だが有事の際にはどこかに行ってしまいそうな雰囲気も纏っていたが。

領兵は屋敷の、あまり広くない中庭に集められていた。屋敷の壁に隠れて見えない者もいる。エルンストは愕然とした思いを隠すように領兵の間を努めてゆっくりと歩き、一人ひとりの顔を覚えていく。だが、列の最後尾、今まで屋敷の壁に隠れて見えなかった領兵たちを視界に捉え、エルンストの足が止まった。

三食同じものを出すのがメイセン領の流儀なのだろう。朝、昼と全く変わらないスープと、焼かれて柔らかくなったパンが夕食だった。

侍従長の、昨夜と同じくさっさと就寝してください、と言わんばかりの非難の視線を受け流し、エルンストは私室の暖炉に火を入れるよう命じた。

暖かな火にほっと息をつきながら椅子に腰かける。燭台で燃える蠟燭《ろうそく》は短い。これが燃え尽きる前に寝ろということなのだろうか。

雪深い地の夜は静かだ。屋敷の者たちもみな寝入ったのか。当主が起きていれば屋敷中の者が起きているのが普通だと思っていたが、ここでは違うらしい。

エルンストは、メイセン領の人々のやり方に、まずは添ってみようと思う。

遠慮がちに扉を叩く音が聞こえた。

「入れ」

分厚い扉が軽々と開き、大きな男がおずおずと入ってくる。エルンストは無言で、暖炉の前のもうひとつの椅子を指し示した。

男が上目遣いにエルンストを見ながら椅子に座る。大きな体が収まりきらず、椅子に尻を引っかけるようにして身を縮めていた。だがもちろん、椅子のせいばかりではないのだろう。

「私の思い違いでなければ、私はお前を知っている」

大男を横目で見ながら言った。大きな体がびくりと動いた。

「ふむ。どうやらお前は、私の見知っている者らしい」

大きな体がますます強張る。

「さて、お前はここで、何をしているのか？」

男がおずおずと口を開いた。

「私は、領兵にございます」

「あの場にいたのだからそうなのだろうな。私が聞きたいのは、かつて皇太子宮の湯殿にいたお前が、なぜ、今、メイセン領の領兵なのか、ということだ。よもや、ただの偶然などと言うのではないだろうな」

大きな手が、ぎゅっと握り締められたのを視界の端で捉える。

エルンストの前で大きな体を縮めているこの男は、あの湯殿の下男だった。勇敢なグルード郡地の種族、ダンベルト人だ。エルンストに詰問《きつもん》されて身を固くするこの姿からは、勇猛な姿なぞ想像もできないが。

「偶然ではありません。……私は、エルンスト様がメイセン領の御領主様となられると聞き、一足早くこのメイセン領へ入り領兵となりました」

「……なぜだ？」

国を治める者、権力を欲する者、あるいは今の地位に固執する者、いずれの者かは知らないが、どうやら邪魔者だと思われているようだ。エルンストとて今の状況を考えれば、どこかの誰かに疎《うと》んじられていることなど想像に難くない。

もしやこの大男は、エルンストを殺害しに来たのではないのか、そうとも思えたのだ。だが、これほど目立つ刺客もないだろう。あまりに大きな体は身を隠すこともできない。

では何をするために、ここにいるのか。エルンストの胸にひとつの光が灯《とも》る。

体を僅かに大男へ向けて、ダンベルト人の言葉を待った。

「私は……エルンスト様に仕えたかったのです」

頭を下げて呟《つぶや》く大男の言葉にエルンストは高揚《こうよう》した。あの王宮で、誰ひとりとも本当には関係せず生きてきた冷たい王宮で、エルンストを慕ってくれた者がいたのだ。エルンストも通った危険な森、険しい岩場をものともせず、自らの意思ひとつでエルンストを追いかけてくれた者。

「そうか！　そうか！」

エルンストは椅子を倒す勢いで立ち、男の大きな手を握った。厚い、熱い手だ。

「私は決して誉められた者ではなかっただろう。今となっては仕えてくれる者に満足な報酬も与えてやれぬ。それを知ってなお、私に仕えようと言ってくれる者がいようとは！」

大男が顔を上げた。赤茶色の瞳が、なぜか苦しそうに見えた。

「エルンスト様、違うのです。私は、私は……」

「何だ？　何が違うというのだ？　……私は、何か勘違いをしているのだろうか。お前は今、私に仕えたいと言ったのではないのか？」

膨らんだ歓喜が萎《しぼ》んでいく。

「いえ！　私はエルンスト様にお仕えしたいのです。エルンスト様のためならば、この身ひとつ、いつでも捨てられます！」

大きな手に、エルンストの小さな手が握り込まれる。強い力だった。

「では、何が違うのだ……？」

「私は……エルンスト様を、お慕いしているのです……」

男は苦しそうに吐き出した。

「慕う？　私を慕ってくれる者がいたのか……ああ、なんと光栄なことだろう。このようにつまらぬ私を、慕ってくれる者がいたとは。……私のこの喜びが、お前にわかるだろうか……？」

みな、皇太子としてのエルンストに価値を求めていた。何もかもをなくしたエルンストに、ついてこようとする者はいなかった。それぞれの生活を持ち、実直にその場に根付いて生きていた。エルンストはただ、彼らの前を通り過ぎるだけの存在だった。軽い、存在だったのだ。

だがこの大きな男は、エルンストただひとりを追いかけてきてくれたのだ。これ以上の喜びをエルンストは感じたことがない。それは生まれて初めて知る、本当の喜びだった。

「違うのです！　違うのです！　違うのです！」

大男が激しく首を振った。

「何が、違うのだ……」

赤茶色の目に苦しみを浮かべて、男がエルンストを見つめた。なぜだかわからないが、この大きな男が憐れに思えた。

「私の慕うと、エルンスト様の慕うでは、意味が……違うのです。私はエルンスト様を……愛しているのです……」

男が去った室内は冷えきっていた。暖炉の火がとっくに消えてしまったことに、エルンストは長く気づけなかった。あまりの寒さに身震いし、がたがたと震え出した体で冷たい寝具にくるまった。

あの男は、何を言っていたのか。

寝具に潜り込んでも一向に眠気は訪れなかった。

5

一睡もせずに朝を迎えた。燃やし尽くした薪と蠟燭を見て、侍従は責めるような視線を向けた。寝不足のぼんやりとした頭のまま、昨日と全く変わらない朝食をとる。

朝食後は、侍従長に揃えさせたいくつかの書類に目を通した。メイセン領の村の数、町の数、それぞれの人口、年齢構成、領兵の数、領内で採れるもの、他領地との交易、家畜の数、農耕地の面積と稼動率、隣国リュクスとの関係、グルード郡地との関係、かつての領主の治世。知るべきことは尽きなかったし、しなければならないことはそれ以上あるのだろう。

だが何ひとつ、頭に入ってこない。寝不足のせいばかりではない。そんなことはエルンストにもわかって

いる。

昨夜、あの男は何を言っていたのだろうか。エルンストは、男が言った言葉の意味を夜通し考えていた。

愛している。

あいしている。

アイシテイル……。

人を愛するという概念が、エルンストの中でぽっかりと抜け落ちていたことに今更ながらに気づく。

皇太子であったのだ。生まれてから六十年、ほんの数ヶ月前までは皇太子であったのだ。誰かに軽々しく心を移してはならず、エルンストが愛すべき相手は、国の重鎮《じゅうちん》たちが決めたどこかの有力貴族の娘だった。幾人かの相手を、エルンストの意思に関係なく迎え入れなければならない存在だったのだ。愛するということにおいて、エルンストの都合は一切関係ない。

それが当然だと思っていた。エルンスト自身、それが当たり前だと信じていた。

愛する……。

愛するとは、どういう感情なのだろう。

一晩中、考え続けた。

今も領内の資料を見ながら、頭の大部分ではそのことばかりを考えている。

王宮では、人はモノだった。侍従長も侍従も侍女も近衛兵も、モノだった。それは机であり椅子であり、壁であり柱であった。人が代わったところで顔が変わっただけに過ぎず、椅子の背布が張り替えられる程度のことだった。

エルンストが誰の名も訊ねなかったのは、そういうことなのだろう。人を、モノと同列に見ていたのだ。王宮を訪れる各国の大使たちも、モノだった。儀礼で名前を口にしただけで、誰を誰と区別していたわけではない。

人を、人として認識していなかったエルンストに、愛するということは到底理解できないことであった。

しかし、と考えてみる。

これからは自由なのだ。王族ではなく、ひとりの貴族として生きていくのだ。愛する相手もエルンストの裁量で選んでいいのだ。

では、と考えてみる。

あの男を愛しているのか?

男を相手にするということは真剣には考えたことがなかった。それは仕方がない。王族だったのだ。絶対に、子を残さなければならなかったのだ。相手が男ではなし得ない。

しかし、これからは自由なのだ。そもそもシェルの種族は他郡地の種族に比べると長命で、子をなすことに意味を見出さない。そのうえ妊娠しにくく、子は生まれにくい。

結婚自体、契約を取り交わす面倒を嫌がり、王族や貴族間でしか行われていない。国民の恋愛は自由だった。エルンストも離宮で暮らした数ヶ月で、この目で直に見ている。男同士、女同士、数日間だけの恋人たち。そう、彼らは自由で、エルンストもまた、今となっては自由の身なのだ。

自由、なんといい言葉なのだろう。エルンストは執務室の窓から外を眺めた。

ここには視界を阻《はば》む高い塀はなく、彼方に大きな森が広がっているのが見える。今のエルンストならば気儘に、あの森まで駆けることもできるのだ。エルンストは走ったことがない。それは下品な行いだと禁じられていた。だが、今は自由なのだ。エルンストの行動を阻む者は誰もいない。春になって雪が解けたらあの森まで走ってみよう。それは、わくわくとする思いつきだった。

ああ、違う。

随分と先の春より、当面の問題だ。

愛する、だった。

あの男はなんと言っていたのか。

そう、エルンストの側にいたいと言っていた。

エルンストは嬉しかった。側にいたいと言ってくれる者がいたことが。これが、愛するということか。

いや、違うだろう。

エルンストは、今まで見知った顔を思い浮かべる。あの三人の狩人たちが側にいたいと言ってくれても嬉しい。離宮の侍従や侍女が言ってくれても嬉しい。だからこの気持ちは、愛する、ではないのだ。

いつの間にか昼食の時間だった。朝と同じものをぼんやりと食す。

考え続けて頭が膨らんだような感じだ。首から上を切り離してどこかに置きたくなってきた。

執務室に籠っていても仕方がない。屋敷内を歩いてみる。改めて見てみると、みすぼらしい屋敷だった。

壁紙はなく剝《む》き出しの石壁が続く回廊。どこか壊れているのか、所々雪が吹き込んでいる箇所がある。屋敷内だというのに、エルンストは分厚い外套を着て歩く。

みすぼらしい割には、広さだけはある屋敷だった。随分と歩いたが、屋敷で働く侍従や侍女に出会わない。広い屋敷の、使用する場所を限っているように感じた。メイセン領の者たちは合理的なのだろう。

威勢のいい声が風に乗ってやってきた。エルンストは廊下を進み、窓から見下ろす。領兵たちが訓練をしていた。いや正確には、目つきの険しい隊長とあのダンベルト人が手合わせをしていた。

さすが領兵を率いる者として、領隊長の動きはエルンストの目から見ても素早く鋭い。だが生粋《きっすい》の戦人であるダンベルト人に敵うはずもない。軽くいなされていた。

見物していた領兵たちも立ち上がり、木で作られた模造剣を構えた。領隊長が止めたが聞かず、ダンベルト人に向けて数人が駆け出す。エルンストは思わず身を乗り出した。いかにダンベルト人とて、あの人数を相手にして無傷でいられるとは思えない。

ダンベルト人の身のこなしが変わった、そう思ったときには繰り出される全ての剣をかい潜《くぐ》り、領兵たちが元いた場所に立っていた。見物の領兵から感嘆の声が漏れる。

ほっと胸を撫で下ろすのも忘れて見惚れた。あれほどの鮮やかな動きを、あの巨体でこなすとは。

その後、悔しがって再度立ち向かってきた領兵や新たに加わった領兵、あわせて数十人を相手にダンベルト人は立ち回った。だが最後まで、誰ひとり、巨体に傷ひとつ負わせられなかったのだ。疲れて倒れ込むクルベール人の中で、ダンベルト人は息も切らさず立っていた。

みな、いい顔をしていた。全く歯が立たず完敗していたが、領兵たちは笑っていた。あのひと癖もふた癖もありそうな領隊長でさえ、声を上げて笑っていた。

ダンベルト人は夕日の中で、一番いい顔で笑っていた。

今宵《こよい》も火の用意を、そうエルンストが言ったときの侍従長の顔を思い浮かべ苦笑する。この屋敷は相当の財政難らしい。明日こそは財政状況を確認しなければ。

揺れる炎を眺めていた。不思議と静かな気持ちだった。扉を叩く音がする。躊躇《ちゅうちょ》するような、迷うような叩き方だった。

「入れ」

声が、少し震えたか。どうやら思ったほどには落ち着いてはいないらしい。

入ってきた男に椅子を促す。窮屈そうに座った。もう少し大きなものを用意してやらねば。

「お前が言ったことを、私なりに考えてみた」

男がびくりと体を震わせる。昼間の勇敢さはどこへ行ったのか。

「愛するということ、誰かを愛するということが、私にはよくわからない」

男が項垂《うなだ》れる。

「お前が追いかけてきてくれて嬉しかった。だが、道を案内してくれた狩人たちが来てくれても、やはり私は嬉しいのだ」

赤茶色の目がエルンストを捉える。不安に揺れる瞳に、エルンストの姿が映っていた。

「愛するということは、他より一段上に誰かを置くことなのだろう？　だとすれば、お前は私の中で誰かより上なのだろうか。私はそれを考えていた」

蠟燭は昨夜よりもっと早く火が消え始めた。随分と短いものを用意したのだなと、場違いなことを考える。

「名を、知りたいと思ったのだ」

「名前、ですか……？」

男が初めて口を開いた。

「そう、名前だ。かつて私は、人を人だとは思っていなかった。一人ひとり、みな名前を持っているという当たり前のことに気づいていなかった。それで、不都合もなかった」

「……それは、仕方がありません。エルンスト様は皇太子様で、エルンスト様の周りにいる者は皆、皇太子様の目の動きひとつで動く者たちですから」

男が寂しそうに笑う。

「そうだ。私は誰かの名を知りたいとは思わなかったし、名を持っているということにも気づかなかった。あの王宮で、そうやって過ごしていたのだ。だが、お前は違う」

蠟燭の火が消えた室内で、暖炉の炎だけが灯《あか》りだった。

「あの湯殿で、私はお前の名を、知りたいと思ったのだ」

　覗き込んだ赤茶色の瞳の中で暖炉の炎が揺れる。それは、男の心の揺れを表しているようだった。

「お前に触れられると、私の体は痺れるようだった。

お前の体に触れたいと思った。……お前の名を、知りたいと思った」

　男が僅かに身を乗り出す。

「これは私の中で、誰かよりお前が上にいるということではないのか？　これは、私がお前を愛している、ということなのだろうか？」

　エルンストの問いかけに、男は困ったような微笑を浮かべた。


　昨夜も満足に眠れなかった。あの男は自分にとって特別なのだろうか、愛はそこにあるのか。見つけられない答えがもどかしい。

　かつての立場であったなら、いつか誰かが、誰かに都合のよい誰かを連れてきて、さあ愛しなさい、と言ったのだろう。そのほうがよほど楽だと思ってしまう。

　昨日はあれほど自由が素晴らしいと思っていたのに、今は選択肢が増えたことに翻弄されている。

　思い迷うなど、本当にみっともない。エルンストは自嘲した。せねばならないことは山積しているというのに、今日も朝から何も手につかない。

　そうなのだ。そもそも、あの男の名前を知りたいなど思ってしまったから特別だと錯覚したのだ。あのときは、多分、もしかしたら、色々あって、そう、心細かったのかもしれない。変わらぬ態度で接してくれた唯一の者を特別だと思ったのかもしれない。

　ああ、そうだ。あの男は、皇太子位を廃されたエルンストに対して何も変わらぬ忠誠で仕えてくれたのだった。だから、名を知りたいと思ったのだ。

　……名前。

　エルンストの口から声が漏れる。

　また、名を聞き忘れてしまった。

　今日も一日、何も手につかなかった。執務室に籠っていられたのは半日だけで、昼からは屋敷内を歩いた。足は知らず知らず、領兵の訓練場を見下ろせる廊下へと向かう。窓辺に凭《もた》れてぼんやりと見ていた。ダンベルト人と並ぶとクルベール人の頼りなさが強調されている。リュクス国が攻めてきたとき、果たしてこの領兵たちで立ち向かえるのか。エルンストの胸に初めて、不安の文字が広がった。


三日目の夜だった。屋敷で一番大きな椅子を用意させたが、それでもこの男には小さいらしい。

クルベール人とダンベルト人では明らかな体格の違いがあるのだ。そのクルベール人の中にあっても病患うエルンストは少年の体だ。この男からすれば、小さな子供にしか見えないだろう。それともこの男は、そういった嗜好なのだろうか。

「お前は、幼い子供が好きなのか？」

浮かんだ疑問を口にする。

「いえ。我々グルード郡地の男は、家族や子供というものに全く興味がありませんから……」

「いや、そういうことではなく。愛する者として、子供を対象にしているのか、と」

男はエルンストの言葉を理解しようと太い眉を寄せ、慌てて首を振る。

「いいえ！　いいえ！　そのようなことは……！　私が今まで相手にしてきたのはグルード郡地の女ですから。あ、もちろん成熟した女です。断じて子供などでは……！」

ということはエルンストが小さな体だから愛している、というわけではなさそうだ。

エルンストは静かに考える。どう考えても王宮で暮らしていた頃の自分は、他人に好まれるとは思えないのだ。

「そもそも、お前はなぜ、王宮の湯殿なぞにいたのだ？」

それは他人に興味を持たなかったエルンストが唯一、感じた疑問だった。

「はじめは、門番になろうと思ったのです」

ああ、それならば納得がいく。この大きな男が立っているだけで、人々は近寄ってこないだろう。

「ですが面接を受けに行ったら、とても多くの希望者がいたのです」

「門番とは、それほどなりたい仕事なのか？」

「まぁ……周りを威圧しつつ立っていればいいだけで

すから」

男が苦笑する。

「人で溢《あふ》れる部屋で面接の順番を待っていたとき、誰かが話しているのが聞こえてきました。皇太子様の湯殿の下男も募集していると」

それは、いつの話なのだろう。エルンストには下男がいつ交替したのか、全く記憶がない。

「皇太子様の近くで仕えるのは気が重いから、なり手がいないと話していました。畏《おそ》れながら、私もそうだと思いました」

やはり、気が重いだけの存在だったのか。

「待つのに飽きて、窓から王宮のお庭を眺めていたのです。完璧に手入れされた広いお庭でした。ふと見ると、遠くにたくさんの人がいるのがわかりました。そのとき、横にいた者が言ったのです。皇太子様だ、と」

男はゆっくりと指を組み合わせ、暖炉の火を眺めた。

「リンス国の方々にはよく見えなかったでしょうが、ダンベルト人である私の目にはお姿が見えました。周りの御付きなど見えません。エルンスト様だけがはっきりと、私の目に飛び込んできたのです」

エルンストは男の顔を見上げた。

「あの一瞬で全てが変わったのです。ダンベルト人としての誇りも、今までの生き方も、何もかもが消え去って……ただひとつ、あの御方のお側に在《あ》りたいと」

赤茶色の目がエルンストを捉えた。逸らすことのできない、強い光だった。

「私の心は、あのときから全く動いておりません。貴方様に縛りつけられたままなのです」


昨夜も眠れなかった。

ダンベルト人の強い思いが、重い。

エルンストは深く溜め息をつく。どうすればいいのか、もはや完全に答えを見失った。何も手につかない。

領内の資料を揃えさせたのに一枚どころか一文字も読んでいないエルンストに、侍従長は軽蔑の眼差しを隠さない。スープを掬って口に運ぶことを忘れるエルンストの姿に、侍従たちは嘲《あざけ》りの笑みを浮かべた。

こんな僻地に送り込まれる領主にろくな者はいない。彼らの声が聞こえてくるようだった。だがエルンストにはどうすることもできない。小さな体の全てで、困惑していた。統治することばかりを習ってきた。人との関わり方など、誰も教えてくれなかったのだ。

愛していないのならば、そう言えばいいのか。いや、本当に愛していないのか。特別なのだろう。いや、特別なのだろうか。名を知りたいと思っただけだ。それは本当に、特別、なのか。

どうすればいいのか。こういうとき、どうすればいいのか。エルンストは自分の心を見失った。

何も考えられなくなってもう嫌だと思うのに、足はやはりあそこへ向かうのだ。領兵の訓練をぼんやりと見下ろす。

見た目は……ああ、そうだ。見た目は、好みだ。自分が小さいからか、エルンストは大きなものが好きだった。見た目はとても好ましい。少々、大きすぎるとは思うが。

雪がきらきらと輝きながら舞い降りる。冬はまだ始まったばかりだ。

何も言わなくても薪が用意されていた。だがとても少ない。明日こそは必ず、領内の財政状況を確認しなければならない。

暖炉の火を見ていた。他に見られるものがないからだ。蠟燭は用意されていない。どうやら蠟燭のほうが高価らしい。

男は大きな体で暖炉前の敷物の上に座っていた。この体に合う椅子がどうしても見つからないのだ。床に座るなど、かつてのエルンストならば行儀が悪いと見下げただろう。だが森で、岩場で、地面に座り続けた結果、そんなことは些末《さまつ》なこととしか思えない。

大きな体が幾分緊張気味に強張っている。

「正直に言おう」

厳つい肩がびくりと震える。エルンストの言葉ひとつで大きく反応を返す姿が哀れだった。

「私には、愛する、ということがよくわからないのだ」

じっと、赤茶色の目が見上げてくる。敷物の上に座った男の頭が、椅子に腰かけたエルンストの肩あたりにある。ダンベルト人は本当に大きい。

「ああいう立場で過ごしてきたからか、私には、愛するという気持ちがよくわからない。一体、どういう感情になれば、愛する、なのか」

「皇太子様というお立場であられたのですから、貴方様の戸惑いはわかります。それに、エルンスト様はシェル郡地の方ですから」

エルンストは男を見下ろした。

「シェル郡地の方は長命で、我々グルード郡地の二倍は長生きされます。だからでしょうか。我々に比べて、とても深く、物事を考えられます」

それは、文献で読んだことがある。では今思い悩んでいるのは、エルンストが判断力を失っているというよりシェルの種族としての特性なのか。

「ではダンベルト人であるお前は、もっと早く決断するのか」

「そうですね……ですがそれは、多分、我々が戦いの場に身を置くことが多いからだと思います。戦場で判断が遅いというのは致命的ですから。それに、いつ死ぬかわからぬ身であればこそ、決断が早くなるのだと思います」

「ふむ。それは、そうだろうな」

「ですから、自分でも驚いているのです」

男が視線を逸らし、照れたように笑った。

「今まで、気が合えばすぐに肌を合わせていたのです。できない相手には思いを残さず、次へと意識が向かいました。グルードの種族は皆そうですから、それが普通だったのです。……ですが、エルンスト様に対しては違いました。一瞬で心を奪われ、それから今までずっと、想い続けているのです」


ダンベルト人を理解しようと、自分の気持ちを見定めようと、連夜話をしてみたが日増しにエルンストの困惑は深くなる。

メイセン領に着いて十日が過ぎたが未だに書類一枚読めていない。これでは駄目だと自分でもわかっていた。一度はダンベルト人を頭から追い出そうと部屋に呼ばなかった夜もある。

だが結局、自分自身を苦しめただけだった。

毎夜呼んでおきながら今宵呼ばなかったことにあの大きな男が悲しんでいるのではないのか、明日も訓練だろうに眠れずに怪我でもしないだろうか、そんなことばかり考えてエルンストは一睡もできなかったのだ。

次の夜、再び部屋へと呼んだ男が、ほっとしたような笑みを浮かべたのを見て、エルンストは覚悟した。

悩み抜いてみようと。

　悩んだときは本だとばかりに、エルンストは屋敷の書棚を見ていく。これまでの領主たちはなかなかの読書家だったらしい。書棚だけの広い部屋があった。床から天井まで、高い書棚がいくつも並んでいる。ただ、何人もの領主が揃えただけあって統一感はない。

　エルンストが今まで見たこともない本が何冊もあった。王宮では決して目にしなかったもの、俗な恋愛小説などだ。かつてのエルンストであったならば、意味のないものとして廃棄していたかもしれない。しかし今のエルンストにとってそれは、教典とも言える存在だった。

　ここ数日、書庫へと通い恋愛小説を読み耽《ふけ》っていく。みな、とても簡単に恋をしていた。出会って一目惚れ、想いを告げられ惚れて、助けられて惚れる。わずか数行で恋に堕ちる者たちの気持ちがエルンストには理解できない。

　読み疲れて部屋を出る。エルンストは一切の無駄な足掻《あが》きを止めた。書類を手にしたところで内容が頭に入ることもないのだ。執務室には三日前から入ってもいない。


　午後になると廊下の窓から下を眺めた。領兵たちの訓練はいつも午後からだった。

　彼らは日増しに精悍《せいかん》になっていくようであった。領隊長はこの夏からの着任らしい。癖はありそうだが意外と面倒見がいい。新人の領兵にそれとなく適度な試練を与えている。

　しかし、やはり一番大きな存在はあのダンベルト人だ。やる気のある者もない者も纏めて相手をしている。何人相手にしようと、長時間相手にしようと息も乱さない。

　あそこまで見事に自分の体を動かすことができれば気分がいいだろう。エルンストは窓辺にもたれて溜め息をついた。

　シェルの種族は筋肉が付きにくい体質だ。どれほど鍛《きた》えても、グルードの種族には敵わない。その中でも少年で成長を止めるクルベール病の者には筋肉など望むべくもない。

　決して手に入れることのできない強い体を見下ろす。男は息も乱さず余裕の笑みを浮かべていた。

　エルンストは、この男の笑顔が好きだった。大袈裟《おおげさ》でもなく静かに、だが大らかに笑う姿が好きだ。

領隊長が男に近づく。どうやらこのふたりは役割を分担しているようだ。新参兵は領隊長が、それ以外はダンベルト人が訓練をしている。

領隊長は、クルベール人にしては体が大きい。ダンベルト人の肩あたりに頭がある。エルンストの位置からは聞こえないが何事か言葉を交わし合った後、ふたりで笑っていた。

領隊長に肩を叩かれ、ダンベルト人は声を上げて笑っていた。


暖炉の炎がちらちらと揺れる。エルンストの乱れる心を示しているように。

「エルンスト様、どうかされましたか？」

男の低音が直接響く。何でもない、という風に頭を厚い胸に擦りつけた。

「ご気分でもすぐれないのでしょうか……？」

ご気分ではなく、ご機嫌がすぐれないのだ。だがさすがにそんなことは言えなかった。

エルンストの脳裏に昼間見た光景が広がる。声を上げて笑う男の姿。その大きな手が領隊長の背を叩いていた。

あのように笑うのか。エルンストの前では、あのように笑ったことなどないというのに。

「エルンスト様……」

男の困惑した声が頭上から落ちてくる。エルンストは構わず男の服にしがみつき、鼻先を擦りつけ思いっきり男の匂いを吸い込んだ。

幾度目の夜からか覚えていない。

敷物の上に座る男の姿に気楽さを覚え、エルンストも椅子に座ることを止めた。暖炉の前に並んで座り、男に話をした。だがそのうち背をもたせかけたくなり男に身を寄せた。今では引き締まった太腿に乗り上げて座っている。

男の体臭はあのとき旅した森のような匂いだ。吸い込んでいると、どうにも言えない安心感があった。

「……今までの相手とは、どのように過ごしたのだ？」

ずっと気にかかっていたことを口にした。過ぎ去ったことなどどうでもいいことなのに、領隊長に見せたような弾ける楽しさがあったのだろうか。

「どのように……」

困惑したように呟き、そろそろと大きな手がエルンストの背を撫でる。当初、エルンストがどれほど身を寄せようと、男は固まったように指先ひとつ動かすことはなかったが、昨夜からようやく、恐る恐る背に触れてきた。男の指は、やはりとても心地よい。

「エルンスト様にお聞かせできるようなことでは……」

「よいから話せ」

むっとした声を隠すこともできず、半ば命令する。

「大概は、酒場です。隣り合って話をして気が合えば、そのまま……」

「そのまま？」

「え、まあ……そのまま、宿に移動を……」

「移動して、どうするのだ？」

なかなか進まない男の話を急《せ》かす。

「移動して、ですね……えと、まあ、なんです。あれを、したのです」

男が早口で言った。

「何だ？　あれとは何だ？　お前は、何をしたのだ？」

エルンストは下から覗き込むように男の顔を見上げた。男の首筋からは、柔らかな草のような匂いがした。春の匂いだ。

「あれ、とは、つまり、その……交尾を、したのです」

大きな顔を明後日の方角へ向け、男は言った。


交尾とは、つまり、交尾なのだろう。エルンストはまた一睡もできなかった。最近ではよく眠れることも多くなっていたというのに、昨夜の男の言葉が頭の中で木霊《こだま》する。

男は男で、大人の男で、体も大人で、それは交尾ぐらいするだろう。今更ながらのことに気づく。

グルードの種族は気が合う相手とはすぐに体を合わせると言っていたではないか。男もそうだったと言っていたではないか。あのときなぜ気づかなかったのか。

エルンストは書庫へと向かった。男が言った交尾が具体的にどういうことか知りたくなったのだ。

王宮で得た知識は役に立たない。エルンストは閨《ねや》での手順を少しだけ習ったことがある。だがそんなものが世間一般に通じるとはさすがに思っていない。

講義者はこう言ったのだ。

股間のものが雄々しく勃つように侍従めが擦り上げますから、エルンスト様は寝所で天を向いて横たわってくだされればよいのです。さすれば姫君が、畏れ多くもエルンスト様のお腰の上に座らせていただきますから、と。

そんなものが全てだと信じていられるほど、世間を知ったエルンストはおめでたくはない。それにあの男は、姫君ではない。

はた、と足が止まる。

そうだ、あれは男で自分も男だ。男同士ならどうすればいいのだ。それも調べねばならない。

この蔵書のどこに何が収められているのか、大体エルンストにもわかってきた。恋愛ものは三代前の領主の好みだったらしい。しかし彼の愛読書は所謂《いわゆる》純愛もの、なのだ。少女が好みそうなものばかりで全く役に立たない。

エルンストは書庫の奥へと向かう。このあたりは先代の領主が集めたものだ。この者はなかなかの趣味人だったらしい。統一性はなく、あらゆる専門書が並んでいる。何にでも興味を示し、全てを中途半端に終えたのか。

隙間なく本が詰まった書棚を眺める。この先代ならば一冊くらい、閨での技を記したものを持っていても不思議ではない。

ずらりと並んだ背表紙に触れながら進んでいたエルンストの指が、一冊の本で止まる。

背皮が、おかしい。豪華な装飾がされているのに、指で押さえると微かに沈む。装飾の割に装丁がお粗末だ。

不思議に思い取り出すと、一冊の本が床に落ちた。手に持った本と、落ちた本を見比べる。どうやら別の本の背表紙だけを取り除き、落ちた本の上に被《かぶ》せていたようだ。落ちた本を拾い上げ、表紙を確かめる。

『ケダモノのアナタ』

エルンストの青い目が文字を凝視した。無言で書棚を見、隣の本を手に取る。音を立てて一冊が落ちた。次も、次も、次も、次も、次も。

十二冊の本が床に散らばったところでエルンストは脱力感を覚え、座り込んだ。

『熱いカタマリ』『獣たちの夜』『三匹の交わり』『私を満たして』

いかに世俗に疎いエルンストとて、どういう種類のものなのかわかる。先代の幅広い趣味にうっすらと涙さえ浮かべて一冊を手に取った。とりあえず、望むものはあったのだ。

それに、と書棚を見上げる。

怪しい背表紙はまだまだ点在しているようだった。

一枚頁を捲るごとに身を逸らし、挿し絵が現れるたびに目を閉じた。どうにか一冊を読み終え、二冊目で突っ伏した。あまりに刺激が強い。本を書棚に戻し、元どおりに片付ける。書庫の掃除はあまりされてはいないようだった。書庫には、いや、書棚には近づいてはならないと歴代の領主が言い渡したのだろうと想像する。


暖炉の炎を見ながら男の厚い胸に頬を寄せた。逞しい背中に手を回し、服を摑む。領兵である男の服は厚く、硬い麻でできていた。

じっと、男を見上げる。

太い眉、強い光を宿す赤茶色の瞳、筋の通った鼻、大きくて大らかな口元。精悍な男の顔をじっと見る。

この男も、あの本に書かれているようなことをしたのだろうか。今エルンストの背に添わせているこの太い腕で、誰かをあのように乱れさせたのか。硬い太腿の上に乗せた尻をそっと動かす。内腿で男の足を感じる。

ぞわりと背筋が震えた。

「エルンスト様？」

男が窺うような視線を向けた。

「なんでもない」

素っ気なく答え首を横に振ると、赤茶色の瞳が少しだけ傷ついた色を浮かべた。慌てて身を寄せる。本当になんでもないのだと言い聞かせるように、厚い胸に手を添わせ撫でた。

硬い筋肉に覆われた厚い胸。こんな布地など剝ぎ取って、その体を見てみたい。

「お前は、男を相手にしたことはあるのか？」

ぽつりと呟いた。

あの本たちは、ざっと見ただけだが全て男女の交わりのようだった。あの女たちのような穴は、エルンストにはない。

この男は、エルンストを愛していると言った。かつては気が合うだけであのようなことをしていたのだろう。愛しているというエルンストにも、同じことをしたいのだろうか。

「いいえ」

男が首を振る。

エルンストの胸がつきりと痛んだ。男を相手にしないこの男が、エルンストを愛しているというのは間違いではないのか。

エルンストはぎゅっと硬い服を摑み、男の匂いを嗅《か》いだ。

もはやこの匂いなしに安眠は訪れないというのに。


男同士の本を探した。

あの男がエルンストのことを本当はどう思っているにせよ、エルンスト自身がやり方を知らなければいけないと思ったからだ。

何冊も何冊も本を手に取る。その都度《つど》、エルンストは打ちのめされた。全て男女の交わりで、本の中の男たちはみな、女を見て、感じて、勃起していた。出会って紙一枚分の会話を交わし、勃っていたのだ。

あの男が言ったように、これが普通の姿なのだろうか。だとしたら、あの男がエルンストを愛しているということ自体が信じられなくなってきた。

エルンストは焦りを覚えて廊下を走る。下では領兵たちが訓練をしていた。あの男もいた。雄々しい体、躍動する筋肉。精悍な顔つきが時折真剣みを帯びる。

どきりとエルンストの鼓動が高鳴った。


暖炉の前で、エルンストは男の首に縋りつく。首筋からは一層、いい匂いが漂っていた。

「お前はよい匂いがするな。ダンベルト人とはみな、そうなのか？」

春の若草の匂いだ。

「そうでしょうか？　我々は他種族の方からは、獣臭いと言われますが……」

男が喉の奥で笑う。密接した体に直接響く低音に指先が震える。

「私にはエルンスト様のほうが、よい香りだと思います」

エルンストは、すっと顔を上げた。男の太腿に座ると、どうにかエルンストの目が男の顎先《あごさき》に届く。

「若い、果実のような香りです」

男が鼻先をエルンストの首筋に寄せてきた。かかる息がくすぐったくて笑う。

「畏れながら、エルンスト様は私の体液適合者でいらっしゃるのかもしれませんね」

男はそう言ってエルンストの鎖骨を、熱い舌でゆっくりと辿った。


体液適合者。

それは一体何なのか。翌日、エルンストはまた書庫へと足を向けた。連日書庫へと籠るエルンストの姿に、侍女らが思わせぶりな視線を向けた。どうやらこの者たちは、あの書庫に何が所蔵されているのかを知っているらしい。

エルンストは侍女たちの視線を咳払いひとつで無視し、書庫の扉を開ける。途端《とたん》、紙のいい匂いに包まれる。本は知識の宝庫だ。幼い頃からいつも、エルンストを慰め、導いてくれた。

エルンストは背表紙を見ていく。男が呟いた言葉が何なのかを確かめるために。

まずは辞書を引いた。ここに収められている辞書は薄く、あまり役に立ちそうではなかったが導きの微かな光くらいあるかもしれない。

「これか……」

エルンストの口から思わず声が漏れた。

【体液適合者。

他種族間で互いの体液が完全に適合する者同士のこと。体液適合者が生まれる確率は数百万に一、一生のうちで出会える確率は数千万に一とも言われる】

ごく稀に、存在するかもしれない、ということか。体液が完全に適合するとはどういう状態なのか。そこを知りたいのだが辞書にはそこまで詳しく載ってはいなかった。

エルンストは書棚を凝視し、溜め息をついてあの怪しげな背表紙へと手を伸ばす。よくわからないが、多分、探している答えはこれのどこかに記されているような気がする。

いくつかの本をぱらぱらと捲ったが見つからず、本棚に戻す。ふむ、と考えもう一冊を手に取った。

『溺れる泉』

泉で、溺れるのだろう。泉が溺れてどうする。努めて冷静になろうと本に悪態をついた。

深呼吸をして、本を開く。

答えは見つかった。本に書かれていたことが正しければ、だが。

体液適合者とは、つまり、辞書で書かれていることなのだ。互いの汗、唾液、精液、そして血液、全てを好ましく感じることらしい。体液の匂いも味も、全てが自分の好みなのだ。

男は、獣臭いと言われると言った。だが、エルンストには信じられない。

男の体臭はいつも、生命力に溢れた森の匂いだ。春の若草の香りだ。花が開き始めた暖かな命の匂いなのだ。

太い首筋に鼻を寄せ、胸いっぱいに吸い込み昨夜男がしたように舌を這わせた。瑞々《みずみず》しい味が広がる。

「エルンスト様……！」

焦った声が聞こえたが、構わず続けた。

「お前が言っていた体液適合者とやらの意味がわかった。お前はそういう者に出会ったことがあるのか？」

硬い太腿に腰を落ち着け、男を見上げた。

「いいえ。体液適合者というのは……なんと言いますか、その、そういう世界では半ば伝説化しておりますから」

「そういう世界、とは？」

「つまり、その、女を買ったり、男を買ったりする店のことです」

そういう店があるのは知っている。本に出てきた。

「……お前も買ったことがあるのか？」

自分でも剣呑《けんのん》な目になっている自覚はあった。

「え、と……まあ、その……どうしようもないときには……」

ぐっと睨んでから視線を落とした。男の服を両手で握り締める。

あの本の中に出てきた男たちのように、女を買い求めたときがあったのか。買い求めて吐き出さねばならないほど、熱い夜があったのか。

「エルンスト様……？」

黙り込むエルンストを不思議がる、男の声が聞こえた。エルンストの心情をわからぬ男を腹立たしいと、初めて感じた。

伝説化するほど稀なことなのか。本ではあらゆる場面で簡単に出会っているのに、現実には稀な、というよりほぼ出会うことは不可能なのだ。

エルンストはぼんやりと、廊下の窓から男を見下ろした。今日は暖かいのか、厚い上着を脱いで訓練をしていた。

あの男と体液適合者ならいいのに。窓に頬をつける。最近、あの男のことを考えると体が熱くなってかなわない。冷たい石の壁が心地よい。

領隊長に何事か言われ、男が勢いよく服を脱いだ。上半身裸になった男の逞しい体に領兵たちが歓声を上げる。盛り上がった胸の筋肉、引き締まった腹筋に流れる汗が、陽の光を受けてきらきらと反射した。領隊長が感心したように男の腹筋に拳《こぶし》を当てる。

その情景にエルンストの腹の中で、どす黒い感情が渦巻いた。

男の胸に口を寄せる。硬い布に口をつける。肌に触れたいと、痛烈に感じた。領兵が触れていたのに、なぜ自分が触れられないのか。エルンストの小さな体は黒い感情でどうにかなってしまいそうだった。

「エルンスト様？」

この男はいつも落ち着いた声で、落ち着いた物腰でエルンストに接する。グルードは、出会って即交尾する種族ではなかったのか。この男がいつから湯殿の下男だったのか知らないが、何年もエルンストに触れずによく我慢できるものだ。本当にグルードの種族、ダンベルト人なのか。

それともやはり、本当にはエルンストを、愛してはいないということか。

「エルンスト様……？」

訝《いぶか》る男の声に顔を上げる。赤茶色の瞳を覗き込み、身を乗り上げて厚い唇に吸いつく。至近距離で、戸惑う精悍な顔を見た。

「私は男だ。女しか相手にしてこなかったお前が、男である私を愛しているというのはどういうことだ？

お前は、本当に、私を愛しているのだろうか？」

　息が掛かるほど近くで囁く。不安な心を隠すように、男の広い肩を強く摑む。

「エルンスト様」

　戸惑って揺れていた赤茶色の瞳が真っ直ぐにエルンストを見た。強い力を湛《たた》えてエルンストの青い瞳を射《い》貫《ぬ》く。

「男だとか女だとか、関係ありません。エルンスト様がどちらであっても、どのようなお姿であっても、私はエルンスト様を愛したでしょう。私の心が愛したのは、エルンスト様が初めてなのです。そして……最後なのです」

　小さな体を太い腕で抱き締めて、男の熱い息が唇を覆っていった。


　男の舌はエルンストを陶酔させた。昨夜はふわふわと綿のような心を抱えて眠った。ふわりと飛んでいってしまいそうな心地は今も続いている。これは体液適合者だから、だろうか。

　それとも……。

　エルンストはひとつの思いに辿り着く。

　男だとか女だとか関係ない。

　そうだ、エルンストにももはや関係はなかった。男でも女でも関係ない。体液が適合しようとしまいと関係ない。

　あの男を、愛してしまったのだ。

　エルンストの足はまた書庫へと向かった。こうなると問題はまた別のところへ向かう。まだ見つけられていない導き。つまり、男同士だとどうすればいいのか。

　あの男は、女しか相手にしたことはないと言っていた。だが、エルンストが男でも関係なく愛しているという。そして愛しているとすれば、それを望むだろう。

　怪しい背表紙を片っ端から探した。出てくるものはみな、男と女。もしくは、獣。エルンストは萎《な》えそうになった。

　この大量の蔵書の中で、一体この手の本がどれほどを占めているのか。そして、歴代の領主は何を思い集めたのか。読んだのか。回廊に飾られた領主たちの肖像画を思い浮かべる。どの顔の領主が、獣と人の交わりを読んだのだろうかと。

疲れたエルンストの細い指が一冊の本を抜き出した。ああ、やはり。最近ではエルンストも目が利く。これはと思った本はほぼ全て、手に取ると背表紙が二重となっており、それであった。

『剣と剣』

勇ましい題名だ。知らぬ者が見れば剣術の指南書だと思うだろう。しかし、こういう収められ方をしているのだからこれは、そういう本なのだ。

エルンストは恐る恐る頁を捲る。目で字を追う。探す答えの全てが書かれてあった。


この男は果たしてああいうことを望んでいるのだろうか。エルンストと、ああいうことがしたいのだろうか。

「エルンスト様?」

赤茶色の瞳を覗き込む。

「お前は私を愛していると言った。なのになぜ、このように落ち着いていられるのだ? ダンベルト人は、すぐに肌を求めるような種族なのだろう? ……それとも、やはり、このような子供の身ではその気にならぬか」

冷静に話そうとするのに拗《す》ねた声になってしまう。男を愛していると認識してから、男同士の方法を知ってしまってから、エルンストの心は落ち着かない。抱き合うのに、口づけを交わすのに、この男は一向に先へとは進まない。

「そんな! エルンスト様、そのようなことはありません! なぜなら、私は……!」

ぐっと、背に回された腕に力が込められたのを感じた。

「私は……エルンスト様にお詫びしなければなりません」

男が項垂れる。

「エルンスト様からお叱りを受けることはわかっています。私を軽蔑されるだろうことも。できることならば一生黙っていようと、卑怯《ひきょう》にも思っていたのです」

気落ちして項垂れる大きな男が可哀想で、茶色の頭を撫でてやる。

「湯殿の下男には決まりがあります。決して破ってはならない決まりです。それは……皇太子様の御身に触れてはならない、ということです」

巻き毛に指を絡めて引っ張る。

「本当は……皇太子様のお体は、金布でお洗いしなければならないのです」

「ふむ。私の思い違いでなければ……」

「……はい。私は、素手でお洗いしておりました……」

今となっては微かな記憶だが、確かに他の下男は何かを使っていたような気がする。

「はじめは、私も金布を使っておりました。ですが、エルンスト様はいつも何か難しいことを思案なさっているようで、私の所作など全くお気に留められていないご様子でした。……ある日、ほんの僅か、指の背を、エルンスト様の肌に触れさせたのです」

この男がいつから湯殿にいたのかエルンストの記憶は定かではない。王宮で過ごしていた頃は他人を認識していなかった。

「エルンスト様は私の肌が触れたことにもお気づきではありませんでした。私は毎夜、密《ひそ》かにエルンスト様の柔らかなお肌に触れておりました。そのうち、金布を使うことを止めたのです。それでもエルンスト様はお気づきではなく……」

男が自嘲するように苦笑した。エルンストはたまらず大きな口に吸いつく。舌を潜り込ませ、厚い舌を味わう。男の唾液が甘く口中に広がった。

「許せ。私は、王宮での私は、人ではなかった」

男の舌が、エルンストの濡れた唇を舐めた。

「許しを乞うのは私です。エルンスト様がお気づきではないのをいいことに、申し訳ないことをいたしました。私はエルンスト様のお体に触れながら、この身が熱くなるのを抑えられずにいたのです」

男が覆いかぶさるようにエルンストに口づける。熱い舌が潜り込み、エルンストの舌を追いかけ、絡めた。上顎をねっとりと舐められ腰が痺れる。歯に触れる男の舌をそっと噛む。男の笑う気配を口中で感じた。


熱い舌でエルンストの口中をまさぐるのに、熱い体を抑えられずにいたと言うのに、男は昨夜も、暖炉の炎が消える前に帰ってしまった。男が去った室内は、暖炉の火があったとしても寒いのだ。

エルンストは昨日見つけた本を読み返す。本の中の男は男根を隆々と勃たせ、相手の尻の穴に挿《い》れる。尻を穿《うが》たれた男もやはり勃起していた。それを見て、挿入した男は喜んでいた。

あの男も、そういう反応をエルンストに求めているのだろうか。だから何もしないのか。あの者ならば、エルンストの男がどういうものか知っているだろう。何をしようと、勃つことはない。

エルンストは病に冒された体を改めて悔しいと思った。何年経とうと、死を迎える頃になろうと、この身は子供のままだ。

訓練をする領兵たちを見下ろす。あの兵もあの兵もあの兵も、みな男だ。あそこに広がる領兵たちは全員、勃起できるのだ。領兵たちは全員、あの男を喜ばせられるのだ。


「エルンスト様?」

その夜、男が敷布に座るのも待てず、大きな体に縋りついた。

「お前が私に触れぬのは、私が男ではないからか!?」

エルンストは生まれて初めて大きな声を出した。

「お前も知っているのだろう!?　私の男は、この股間のものは、垂れ下がったままの役立たずだということを!」

言いながら泣けてきた。人前で泣いたことなど一度もなかったのに。

「エ……エルンスト様、落ち着いてください。ええと、まずは、座りましょうか。ここではお寒いでしょう」

男は軽々とエルンストを抱き上げると暖炉の前で腰を下ろす。男の冷静さが悔しい。

「お前は、私と何もせずとも平気なのか……?　私はもはや、お前と何もせずに、こうやって話をするだけでは足りぬというのに」

流れる涙を男が舌で掬う。

「お前がかつて触れた者たちを探し出し、一人ひとり、斬り捨ててやりたいほど、憎い」

嚙み締めるエルンストの唇を、大きな指が撫でていく。

「エルンスト様、そのようなことはお考えにならなくていいのですよ。私自身、誰を相手にしたのか忘れてしまったのですから」

男の目を見つめる。

「私は、お前を愛しているのだ」

呟くエルンストに、赤茶色の瞳が驚きに見開かれる。その姿にエルンストは、男に想いを告げていなかった己の不手際を思い出した。

「ああ、そうだ。言うのを忘れていたが、私はお前を愛してしまったのだ」

暖炉の炎が大きく爆《は》ぜた。


「本当に……あの、本当に、私が触れてもよいのでしょうか……？」

「ああ、構わない。私はお前に触れられたいのだ。そして、お前に触れたい」

エルンストは不器用な指先で服に手をかけた。自分で衣服を身につけ出してから随分と経つのに、未だに器用にこなせない。今は指先が震えてどうにもいうことをきかないのだ。

「ああ、駄目だ。悪いが脱がせてくれ」

男に向き直ると、伸びてきた大きな手が器用に素早くエルンストの衣服を剝ぎ取る。

「ああ！　エルンスト様……！」

全裸となったエルンストの体に男が口づける。小さな胸の飾りに吸いつき、柔らかな腹を撫でていく。

「ま、待て……！」

股間に吸いつき、小さな男を舌の上で恍惚《こうこつ》と転がし始めた男の巻き毛を引っ張る。這い上がってくる快感に全身が震え、広い背中に覆いかぶさるようにエルンストは縋りつく。

「……待て。私もお前に触れたいのだ……」

肩を叩くと男はようやくエルンストから離れた。すっくと立ち上がり、勢いよく衣服を脱ぎ捨てる。途中で上着が破れてしまったのにも構いはしない。

「ああ……凄いな……」

エルンストの口から感嘆の声が漏れる。

盛り上がった肩、厚い胸、引き締まって割れた腹、太い腕に逞しい足。阻むものをなくし、男の全てが惜しげもなくエルンストの目に晒されている。

エルンストは震える指先を、隆々とした男の股間へと伸ばす。勃起したそれを、初めて目にした。それが愛しい男のものだと思うだけで、体の芯が痺れるようだった。

「とても……大きい」

うっとりと両手で握る。厚い下生えは男の髪と同じ、だが髪よりも濃い色をしていた。エルンストはつるりとした己の下半身が恥ずかしくなってきた。

「私は……みっともないな」

温かな胸に頬を寄せて呟く。

「何を仰《おっしゃ》るのです。エルンスト様は本当に素晴らしい。私はエルンスト様のお近くにいられるだけで、このように自分を抑えることもできないのですよ」

男が、エルンストに握られたままの下半身を突き出すように腰を動かした。

「お前は今まで、随分と大人しかったと思うが……」

「ずっと、戒《いまし》めていたのです。硬い布を厚くきつく巻きつけて、エルンスト様の前で無様《ぶざま》な姿を決して見せないよう、己を戒めていたのです」

濡れる先端に指先で触れながら、ふと考える。そういえば王宮最後のあの夜、男に触れたとき、随分と硬い布を下着に使っているのだなと思った。あれは、そういうことだったのか。

エルンストの口元に笑みが広がる。

なんだ、随分と前からこの男に欲されていたらしい。

「……エルンスト様！」

焦る声を聞きながらエルンストは背を丸め、握った男に顔を寄せる。噎《む》せる香りに頭の芯が揺れる。

男の精液は、芳《かぐわ》しい香りがした。唾液でも汗でも敵わない、エルンストの理性を狂わせる匂いだ。たまらず舌先を伸ばし、舐めてみた。

「……っ！」

大きな手がエルンストの肩を摑み、そこから引き離す。

「何をする。私の邪魔をするな」

非難の目を向けると、赤茶色の瞳が切なげにエルンストを見下ろしていた。

「そこを……そのようにされますと、私は我慢できそうにありません」

「何を、我慢するのだ？」

「つまり、その、射精してしまいそうになるのです」

「すればよいではないか」

それは何度も本で読んだ。それが、男の到達点だ。

「そんな……！　このままでは畏れ多くも、エルンスト様のお顔につけてしまいます」

男が何を畏れているのかわからない。このように芳しく美味なるもの、味わい尽くさずしてどうするというのだ。

「出せばよい」

言うや否や、小さな口を精一杯開けて、ぱくりと咥《くわ》え込んだ。

男の精液は素晴らしかった。皇太子であった頃、システィーカ郡地の国のひとつ、ルクリアス国からの貢物を受け取ったことがある。いくつかの品物の中でエルンストが一番に気に入ったのが、ルクリアス酒だ。ルクリアスでしか作ることができず、希少価値の高い酒。毎夜僅かずつ、楽しんで口にしていたものだ。男の精液はそれと同じ、いや、あのルクリアス酒以上の素晴らしい味だった。

「エルンスト様！　エルンスト様……！」

男の声が切羽詰《せっぱつ》まる。咥えた隆起がどくんどくんと脈打ち出す。溢れる泉がごとき精液を啜《すす》った。

ああ、もっと、もっと、もっと！

だが強い力で、しかし乱暴ではなく、大きな手がエルンストの顔をそこから剥がした。邪魔をする男を非難しようと見上げたエルンストの顔に、熱い飛沫が叩きつけられる。

「……っく！　……ああ、エルンスト様！」

慌てて布を探そうとする男を見ながら、エルンストは半ば茫然《ぼうぜん》と立ち尽くす。額から頬から、流れる男の精液に体が震える。噎せ返るような男の匂いに包まれて、エルンストの小さな体の中に獣が生まれる。

「エルンスト様、申し訳ありません……」

項垂れるように意気消沈した男が、柔らかな布でエルンストの顔を拭《ぬぐ》う。

「何を謝る必要があるのだ？　私は今、とても大きな幸せを感じているというのに」

顔を拭う大きな手に縋り、精一杯背伸びをして口づけをねだる。すぐに与えられた厚い舌に口中を翻弄される。

「お前を愛している。お前の、全てを愛している」

囁きは、再び始まった口づけに飲み込まれた。

暖炉に向かって大きく足を広げる。男の逞しい膝に乗り上げ、エルンストの体内を出入りする太い指を見る。

「……は……ぁ……っ」

男の腕に頬を寄せ、たらりと垂れ下がった小さな男を摘む。

「エルンスト様」

男が優しくエルンストの肩に口づけた。

「ここが、このようになったほうが、お前も楽しいのだろうな」

くい、と持ち上げた。抱き締める腕の力が強くなる。

「そのようなお姿、私に見せてはいけませんよ……」

くぐもった低音で囁かれる。

「抑えが利かなくなってしまいます」

腰を引き寄せられ、男の股間に擦りつけられた。熱く、硬い男が触れる。

「それを、私の中に挿れたいのだろう？」

「ご存じでしたか……」

「それほど世間知らずではない」

ふん、と笑ってやった。付け焼き刃の知識だとは知られたくない。

「挿れたければ、挿れればよい。そのようにいつまでも、尻を弄《いじ》っておらずともよい」

腰に力を入れ、入ったままの指に吸いつく。

「……っ！　ですが、エルンスト様。エルンスト様のこちらは大変お可愛らしく、私の不躾《ぶしつけ》なものなど到底挿入できそうもありません」

後ろ手に握った男の大きさと、入っている指の違いぐらいエルンストにもわかる。だが男は、それを望んでいるのだろう。それに、今まで女たちにも同じことをしてきたはずだ。顔も覚えていない女にしておいて、愛しているというエルンストに与えないのは不公平だ。

「私の体なぞ気遣う必要はない。私はお前を挿れたいのだ。お前を強く感じたいのだ。誰よりも、強く、だ」

摑んだ男をぐっと握り、仰《の》け反《ぞ》って赤茶色の瞳を見上げた。そこに、獣の光を見つける。

「お前を、与えてくれ」

尻に入った指が増やされたのを、感じた。

三本を楽に飲み込むことができたら。男はそう言い、長い時間をかけて解《ほぐ》してくれた。

エルンストは敷布に横たわり、覗き込んでくる男を見つめる。最後の最後まで躊躇を見せる男に向け、大きく足を開いた。

「エルンスト様！」

男の中で何かが弾けたのがわかった。

エルンストの小さな体を気遣って男は、仰向けに寝転がった自分の腹の上にエルンストを乗せた。もう一度、具合を確かめるように指を入れる。男の引き締まった腹に手を置き、中を探る指に眉を寄せた。

「痛くありませんか？」

気遣う男に笑みを返す。

「痛くはない」

躊躇する男を促すように、エルンストを狙い屹立する男根を握る。腰を落とし、太い指を咥え込んだままのそこに口づけさせた。

「息を、してください」

男は指を抜き、エルンストの手越しに己を摑む。そうしてゆっくりと、押し入ってきた。

「あっ……っ！」

みしり、と体の中で音がする。目を見開いたまま涙を零すエルンストの姿に男が動きを止めた。

「だ……駄目だ」

硬い腕に触れ、先へと促す。男は己から手を離し、エルンストの腰を優しく摑んだ。

「一番、太いところですから。ここを挿れてくだされば、少しは楽になるかと……あと少しだけ、耐えてください」

男の言葉にこくこくと頷く。もはや、声さえ出せなかった。

ぴきぴきと体が裂かれる音がする。指など比べものにもならない。男の太さと長さ、そして硬さに恐怖心が頭を擡《もた》げる。だが、やめてくれとは言いたくなかった。

荒れた指先で頰を撫でられ、赤茶色の目を至近距離で見る。エルンストを気遣う色を見て、安心させるようにふっと笑う。エルンストの笑みにつられるように、男も笑みを浮かべた。その顔に、エルンストの体から微かに力が抜けた。

ずっ、と大きなものが挿入《はい》ったことがわかった。その途端、ずるずると男が奥へと進んでいく。厚い胸に頰を寄せ、体を割って挿入る圧倒的な物量に耐える。きつく、痛く、苦しい。だが望み望まれ挑む行為に、エルンストの胸は高鳴る。

やがて、男が最奥《さいおう》に辿り着いたことを感じた。優しく背を撫でられ、浅い息を繰り返す。

「エルンスト様、エルンスト様」

男の気遣う声に弱々しく頭を上げた。

「エルンスト様、大丈夫ですか？」

赤茶色の瞳は泣きそうだった。エルンストが苦しいように、男もまた苦しいのだ。くすりと笑うと震える腕を伸ばし、男の頰を撫でた。

「大丈夫だ」

エルンストの指先を咥えて舐め、男が緩やかに笑った。

律動はゆるゆると行われた。

エルンストが男の形に慣れるまで、男は辛抱強く待っていた。やがて慣れてきた小さな体が、もぞもぞと動き出す頃合を見計らって、エルンストの腰を大きな手が摑んだ。ゆっくり、ゆっくりと動かす。エルンストの反応を見ながら、ゆっくりと。

エルンストは厚い胸に頬を寄せて、揺られていた。男の強い鼓動が頼もしい。逞しい生命力を感じる。うっとりとその鼓動を聞きながら、男が与える感覚を楽しんだ。

飲み込むのに苦しんだ男は、エルンストの中で獣のように荒れ狂おうとしていた。あの長い指でも届かなかった場所を軽々と突き上げてくる。

「ああ……ああ……！」

「エルンスト様、大丈夫ですか？　……お辛くはありませんか？」

「辛くなどない……っ……ああ、お前は本当に……大きいのだな……」

熱い吐息を吐き出すエルンストに、男がくすりと笑った。

動きはだんだんと激しくなっていく。もはやエルンストは満足に口も利けない。ただただ、喘ぎ続けるだけだ。

「エルンスト様！　エルンスト様！」

狂ったように腰を動かしながら、男は何度もエルンストの名を呼んだ。体内に取り込んだ男が、ひときわ大きく熱くなるのを感じた。その先からあの美酒が溢れ出しているのだろう。エルンストがそれを感じたときには抑えようもなく、体が甘く痺れ出した。

「ああ……」

体中が痺れる。脳天まで痺れる。エルンストの命令を何ひとつ、体が聞かない。

「ああ！　……何だ？　これは……!?」

目の前の男に縋りつく。何かに摑まっていなければ底の見えない暗闇に落ちてしまいそうだ。

「エルンスト様……？」

「何だ、これは……何なのだ!?」

「エルンスト様、落ち着いてください」

大きな手に背中を擦られ、エルンストは浅い呼吸を繰り返す。

「大きく息をなさって、そう。大丈夫ですよ」

震える腕を叱咤し、エルンストは男の上で身を起こした。

「どこかに、落ちてしまうかと思った……」

「大丈夫です。私がしっかりと繋ぎ止めておりますから」

腰を突き上げられ、エルンストの体が仰け反る。

「畏れながら、エルンスト様と私は体液適合者ですから、御身の中で私の精液を感じて乱れてしまわれたのでしょうね」

「……そうかもしれぬ」

物語の中の人物たちも、そのようになっていた。体液適合者同士は口ではなく、体の奥深くで相手をより強く感じるのだと。

引き締まった体の上に座り、男を咥え込んだままの場所を意識する。自分の体が意思に反して蠢くのを感じた。奥深く迎えているというのに、もっと奥へと貪欲に誘う。

硬い腹の上に手を起き、そっと覗き込む。そこで見た、信じられない光景に息を呑《の》んだ。

「こ……これは……?」

「どうかなさいましたか？」

不思議そうに見てくる男に、啞然と呟く。

「見てくれ。私が、勃っている……」

男はせっかく潜り込ませた男根を引き抜き、エルンストの股間にむしゃぶりつく。

「なぜ抜いたのだ！」

エルンストの抗議も虚《むな》しく無視された。

優しく熱く、引き千切《ちぎ》られそうに強く、男が吸い続ける。同時に尻の穴を弄られ、エルンストは魂《たましい》が抜けるほどの陶酔感を味わった。

「くっ……！」

敷布の上で両腕を伸ばし、薄い胸が上下する。

「はぁ……何をしたのだ……」

茶色の巻き毛に指を絡め、小さな男と後ろの袋を同時に咥えてしゃぶり続ける男に聞いた。

「エルンスト様は射精なさったのですよ」

にこりと笑った男の口元が濡れていて、エルンストの脳天がくらりと酩酊《めいてい》する。

「ああ、私は幸せ者です。エルンスト様が初めてお出しになったものを、この口にすることができるとは！」

大きな口を開き、再びエルンストの股間へと顔を埋めた。

「待て、待て！」

不満そうに顔を上げる。

「私に子種はないぞ？　そう医師に告げられた。その私が、なぜ射精するのだ？」

「それは……私にはわかりませんが……」

弄られて赤くなった小さな男を、大きな指が擦る。

「もしかすると、私の精液を御身の中で感じてくださったからではありませんか……？」

男がふと、思いついたように呟いた。エルンストも考える。

確かに、そうかもしれない。男の精液を体内で感じたとき、今までにない快感を得た。

「それは……よいかもしれんな。それは、とてもよいな」

エルンストはにっこりと笑って茶色の巻き毛を撫でた。

「お前は私の特別だと誰かに言われているようで、とてもよい」

暖炉の炎はとっくに消えていた。体温の高いダンベルト人に抱き締められ、冷えた寝台に上がる。だが寒さなど微塵《みじん》も感じなかった。

再び硬く引き締まった腹の上に座り、興奮で反り返る男を迎え入れる。エルンストの腹を、男が中から抉《えぐ》っていく。薄い腹に手を当てると、その動きがよくわかった。

「すごいな……突き破られてしまいそうだ」

鎧戸《よろいど》は壊れ、冷えた硝子《ガラス》窓から雪明かりが差し込む。薄暗がりの部屋で、男の目がぎらぎらと光っているのがわかった。大きな手が、エルンストの腹にそっと触れる。

「ここに……いますね」

「ああ、そうだ。今……っ……奥へと、進んだ……っ……はぁ……」

掌で男を感じた。恐怖はもう感じなかった。どのように扱われようと決して、この男はエルンストを傷つけない。

男が身を起こし、足を組んで座る。エルンストは大きく足を広げ、太い腰を挟む。男の先端が、また別の場所に触れる。ぐり、と抉られ爪先立つ。

「あ……っ」

仰け反るエルンストの後頭部に大きな手が添えられ

る。男の熱い舌がねっとりと首筋を舐めていく。大きな体を丸め、エルンストの小さな胸の飾りに吸いついた。

「……ん……っ」

背を這い上ってくる快感に、男を咥え込んだ場所が、きゅっと締まる。エルンストを抱き締める硬い腕に力が入る。エルンストに挿《さ》し入れたまま踵《かかと》を尻の下で立て、男が寝台で膝をつく。エルンストの腰を緩く摑むと、男は精悍な眉を苦し気に寄せ、大きく腰を振り上げた。

力強い動きに翻弄され、エルンストの視界が揺れる。暗い天井や壁、火の消えた暖炉が視界の中でぐるぐると巡る。硝子窓から差し込んでくる白い雪明かりが冴えて美しく、エルンストはふわりと笑った。

ぐっと抱き締められ、熱い飛沫を体の奥深くで感じた。熱い熱い生命が、エルンストの体内で弾け飛ぶ。どくどくと際限を感じられない命の迸《ほとばし》り。愛しい者の力強さを、エルンストは恍惚と感じた。


朝を、逞しい腕の中で目覚めた。

鼻先を厚い胸に擦りつけ、男を見上げた。男はとっくに目覚めていたらしい。困惑した目とぶつかった。

「どうした？」

訝しむエルンストの問いに、戸惑いながら答える。

「先ほど、侍従が来ましたよ」

ああ、もう起きる時間だったのか。随分と遅くまで眠ったことに気づく。

「あの、私を見て、驚いて出ていきましたが……」

男が困ったように笑った。

「それがどうかしたのか？」

「今頃、屋敷中が大騒ぎですよ？」

「それはそうだろうな。だが、構わないではないか」

「そうですか？」

「私はお前を愛していると言っただろう？　それとも、お前はもう、私のことはいいのか？」

グルードの種族は特定のひとりを愛し続ける種族ではないと言っていた。

エルンストは泣きそうな目を男に向けた。もう用は済んだと言われたならば、この先、まともに生きていけそうにない。

「エルンスト様！　そのようなお顔をなさらないでください。もちろん、私も愛しております。ずっとずっと求めてきたお方がこの腕の中にあって、これほどの幸せを感じておりますのに」

　強く抱き締められ、愛しい男の匂いに包まれた。

「ならばよいではないか。他に何を困ることがある」

「私はダンベルト人なのですよ？　エルンスト様は御領主様で……私はなんと言われようと光栄にしか感じませんが、エルンスト様のお立場を悪くするのではと」

　男の気遣いにエルンストは笑う。声を出して笑ったことなど初めてだった。

「何を言うかと思えば。私はメイセン領の領主なのだぞ？　これ以上に悪くなど、なろうものか」

「そうでございますか？」

「ああ、心配することなどない。それに領主を追われ、ただの一国民となってもよいではないか。そのときは、まあ、お前に食わせてもらうことになるだろうが……」

「それはお任せください！　エルンスト様のおひとりやおふたり、この腕でお守りいたします！」

「ならば、思い煩《わずら》うことなどない」

　エルンストがそう言い男の胸に口づけたとき、おずおずと扉が叩かれ侍従長が顔を覗かせた。

「ああ、ちょうどよい。これは私の伴侶とする」

　エルンストは身を起こし、同じく起きた男の胸にもたれ、太い腕を叩いた。

　グルードの種族は婚姻を交わさない。シェルの種族も上位でなければ交わさない。契約に縛られる面倒な行為だからだ。

　だがエルンストは、男との関係を簡単なものにしたくはなかった。契約で見せつけ、男に誰も近づけたくはなかったのだ。

「私と生涯を共にすることを、書面で交わしてほしい。……構わぬか？」

「エルンスト様……！」

　男がエルンストを抱き締め、茶色の頭をぶんぶんと上下させた。

「ふむ。では、決まりだ。正式な契約は後日交わすが、今このときをもって、この者を私の伴侶とする」

　エルンストは高らかに宣言し、愛しい男を見上げた。

　そして、ふと気づく。

「そう言えば、お前の名は何だ？」

　男は一瞬呆気にとられたようにエルンストを見下ろ

した後、大きな声で笑いながら答えた。

「ガンチェと申します」

それがエルンストの生涯で、生まれて初めて得た、他人の名前だった。

閑話　伴侶契約書の夜

信じられないことに、この高貴な人が自分の腕の中に降りてきてくれた。

エルンストが自分を伴侶にすると宣言した日から既に十日が過ぎている。この間、ガンチェは今までと変わらず兵舎で生活を送った。毎夜、エルンストの私室に呼ばれ語らいながらも、あの伴侶宣言はエルンストの気まぐれではないかと、頭のどこかでは疑っていた。

ガンチェはダンベルト人だ。グルード郡地の種族は特に、シェルの人々に嫌われる。臭いのだそうだ。自分ではよくわからないが、獣臭がするという。領兵隊でも、お前は風下にいろと言われることが少なくはない。

そんな自分を、あのエルンストが、愛してくれるなど誰が思うだろうか。自惚《うぬぼ》れを通り越して、頭がおかしいと言われても仕方がない。

だが、確かに、伴侶にすると言ってくれた。それに、抱かせてもくれた。向かい合って、あるいはガンチェの膝に座って、話をしてくれる。だが、とガンチェは自分を戒めた。

この十日間、伴侶契約の話は一度も出なかった。だから、あれはエルンストの気の迷いだったのだと自分に言い聞かせた。エルンストは毎夜ガンチェと話しながら、いつ言おうか迷っているのではないのかと思った。いつ、伴侶の話はなかったことにしてくれと言い出すのかと思っていた。

それなのに、今日ガンチェは伴侶契約書に署名をした。エルンストが練り上げた伴侶契約書、その一字一句を立会人の領隊長が読み上げるのを聞いたのは、今朝のこと。内容のあまりの細かさに驚きつつも、嬉しかった。エルンストの愛が書き尽くされている。そんな、気がした。

全てを読み終えた隊長が疲れた声で署名を促したとき、ガンチェは震えそうになる手で自分の名を書いた。背後で、侍従長が貧血で倒れる音を聞きながら。

あれを読めば、誰でもわかる。特に、自分たちグルードの種族は違《たが》えず意味を理解するだろう。

エルンストが作成した伴侶契約書は、完璧なものだった。どこからも、誰からも、どのような立場の者であっても切り崩すことができない。それは、この国の国王であっても不可能なものだった。あれほど完璧に練り上げられた契約書を、ガンチェは初めて見た。

あの契約書ひとつで、この小さな領主がどれほど思慮深いのかが理解できる。あれほど多面的に物事を捉えられる人もいないだろう。そして、これほど人の負の部分を正確に理解している人もいない。

エルンストは、この世の全て、生きる人の全てを俯《ふ》瞰《かん》的《てき》に見ているような気がした。絶望でも投げやりでも希望でもなく、人の心、行動というものを理解していた。嫉妬《しっと》や羨望《せんぼう》、そういう負の感情が人にどういう行動を取らせるのか、よくよくわかった上で先手を打つ、そんな契約書にもなっていたのだ。あれを読めば、エルンストが自分をどれほど愛してくれているのか、ガンチェにはわかった。

だが、だ。だが、なのだ。だからこそ、恐ろしい。

エルンストが気の迷いか何かで愛してくれている期間を、できるだけ長くさせたい。ガンチェの醜い部分を見て、エルンストが幻滅するのを避けたいのだ。

それには、できるだけ、長時間一緒にいないことがよいと思うのだが。


「では、エルンスト様……」

そう言って部屋を出ようとしたガンチェを、エルンストが引き留めた。

「このような時間に、どこへ行くのだ」

「兵舎に戻るのですが……」

その言葉に、エルンストの細い眉が寄る。それはほんの少しの動きであったが、ガンチェの鼓動は無様にも跳ね上がった。

「何をするために、兵舎に戻るのだ」

「あの、その、寝るために……ですが……」

エルンストの静かな声が、怖い。生まれつき高貴な人というだけではなく、何よりもエルンストの機嫌を損ねたくはないガンチェにとって、エルンストの一挙手一投足が恐ろしい。

「ガンチェは私の伴侶であろう？　ならば、ガンチェが寝る場所は、ここだ」

「しかし……私は、一兵卒ですし」

「隊長には許可を得た。ガンチェは今日から、私とここで暮らすのだ」

そう言うとエルンストは、ガンチェの目の前に立つ。小さなエルンストが背伸びをするようにして、ガンチェを見上げた。ガンチェの腕に触れ、軽く引く。ガンチェにしてみたら葉が触れた程度のものだったが、抗うことなどできようはずもなく、膝をつき視線を合わせた。

「ガンチェは……私と共にいるのは、嫌か？」

傷ついたような目で、エルンストが問いかける。

「私は、気安い者ではないだろう。私といても、息が詰まるだろうか」

揺れる青い目が泣きそうで、ガンチェは慌てて首を振った。

「いいえ、いいえ、そのようなことは……ただ、私は……」

ガンチェは床を見て、そして、心情の一部を吐露《とろ》する。

「私は、ただ、エルンスト様に嫌われたくなくて……」

「私が何を嫌うというのだ」

驚いたように目を見開く。

「その……私は、その、不躾な者ですし……エルンスト様のお気に障《さわ》るのではないのかと」

王宮にいたといってもガンチェは湯殿の下男で、王宮で働く者としては最下層に位置する。王宮の常識や規則など知らない。エルンストにしてはならないことをしているかもしれないし、言葉遣いも全くできていないだろう。知らず知らずのうちに、エルンストの気に障ることを積み重ねてしまうのではないのかと、恐れた。

「ガンチェがすることで、私の気に障ることなど何もない。ガンチェが側にいないことが、私の気に障るのだから」

頭を撫でられて顔を上げる。小さなエルンストが、不思議と大きく感じられた。

「ガンチェの存在が、私を安心させるのだ。ガンチェの声や匂いや体温が、私を癒すのだ。ガンチェの話は興味深く、ガンチェの考え方は私の目を覚まさせる」

柔らかく頭を抱かれ、エルンストに包み込まれるようだった。

「気づまりではないと思ってくれるのならば、私とともにいてはくれないか？　伴侶契約書を取り交わすまではと自分を諌めていたが、もはや、私は一瞬たりともガンチェと離れてはいたくないのだ」

額に口づけをされ、ガンチェは折れそうに華奢な体を抱き締めた。

「エルンスト様、あの、水でも浴びてきましょうか？」

おずおずと申し出たガンチェの首筋を、エルンストが舐めていく。

「なぜだ」

「……臭いでしょう？」

ガンチェのその言葉に、エルンストは不思議そうに首を傾げた。

「何が？」

「私ですよ。グルードの種族は獣臭いのではありませんか？」

エルンストは身を起こすと、ガンチェの腹の上に座った。

「ふむ。私は、ガンチェ以外のグルードの種族に会ったことはない。故《ゆえ》に、グルードの種族がどういうものか、本当のところは知らない。だが、これだけは確信をもって言える」

見下ろすエルンストが、ふわりと笑った。

「ガンチェは、若草だ。初夏の香りだ」

ゆっくりと近づくと、ガンチェに口づける。そのまま小さな舌が入ってきて、ガンチェの舌先を舐めていく。


「エルンスト様……っ」

焦りを含むガンチェの声までも飲み込まれた。

ガンチェの荒い息遣いが暗い部屋に響く。今やこの部屋には、獣臭が満ちていることだろう。だがエルンストは恍惚とした表情を浮かべ、ガンチェを見上げていた。

ガンチェが若草だというのなら、エルンストは花の香りだ。甘い、桃の花だった。エルンストの鎖骨を舐め、細い首を辿り、深く口づける。小さな唇の全てを閉じ込めてしまうほど、がっぷりと口づけた。

頭に直接響く水音を聞きながら、たまらず腰を揺らす。この小さな体に包まれる悦《よろこ》びを知る股間が、欲を溢れ出させていた。

「は……あ……ガンチェ……」

濡れた唇で、エルンストが囁いた。

「ガンチェ……触れたい……」

何をと問いかける前にエルンストは身を起こし、ガンチェの肩を軽く押して座らせた。そのまま、寝台で胡坐《あぐら》をかくガンチェの股間に顔を近づける。

「エルンスト様っ」

慌てて押し止めようとしたガンチェの手を握り、エルンストが指先に口づけた。

「ガンチェから若草の香りが強くするのだ。私は先ほどから頭の芯が痺れて、どうにも堪《こら》えられない」

ガンチェの指に吸いついて、エルンストの熱い舌がまさぐる。

「ガンチェ……構わぬだろう？　私が、触れても」

艶を帯びた青い目に見つめられ、ガンチェは硬直したように動けなかった。

隆々と天を衝く太い男根を、エルンストの小さな手がしっかりと握る。両手で摑み、先端に吸いつく。ちろちろと舐められ、ガンチェは思わず仰け反った。慣れないエルンストの行為は、稚拙《ちせつ》なものだ。それなのに、これがエルンストの舌だと思うだけで、いきそうになる。エルンストが与えてくれる刺激は何もかも、その視線だけでもガンチェを煽《あお》った。

先端からどろどろと溢れていくものを、エルンストは舌先で絡めるように味わう。竿を舐め上げ、そして吸いついた。溢れ出す前のものを吸い上げられ、ガンチェは下腹にぐっと力を込めた。

ぜぃぜぃと息を荒らげながら、快感に耐える。ほんの少しでも気を抜けば、たちまちエルンストの顔に叩きつけてしまいそうだった。

ガンチェは視線を、壁に天井にと向けた。僅かな光量があれば、ダンベルト人の目は夜でも利く。視線をあちこちに彷徨《さまよ》わせていたガンチェの目が、一点で止まった。

四つん這いになってガンチェの股間に吸いつくエルンストの白い尻が、高く持ち上がって揺れていた。まるでガンチェを誘うように揺れるその動きに、辛うじて繫がっていたガンチェの理性の糸が、切れた。

丸く滑らかな尻を撫でる。エルンストの薄い背中を舐めながら、尻の割れ目に指を添わせた。するすると動かし、小さな窄まりに指先を添える。指先で軽くつついて離れ、細い腰を撫でてからエルンストの腹側に手を回した。

小さな男が薄い腹に添って立ち上がり、ぷるぷると震えていた。ガンチェはエルンストの背に頰を寄せて笑うと、優しく揉みしだく。覚えたての坊やを驚かせないように、優しく、甘く。ガンチェの親指よりも可愛いそれを指の腹で撫でていると、エルンストの体が強張り、吐き出したのを感じた。

全てを掌で受け止め、甘い桃をねっとりと味わう。

ふと視線を感じて下を向くと、エルンストが物欲しそうな目で見ていた。濡れそぼつガンチェをしっかりと摑んだまま。

愛しい人の誘いを断れるほど、ガンチェは淡泊でも大人でもなかった。


夜明けが近いことを、空気で感じる。自分の上で眠る軽い体を労《いたわ》るように撫でる。無理をさせてしまったのではないのか、傷つけてはいないか、探りながら。

「ガンチェ……」

眠っていると思っていたエルンストが、小さな声で囁く。まるで、始まろうとする朝の空気を壊すまいとするかのように。

「私は、幸せ者だとは思わぬか？」

ガンチェの胸に両腕を置いて、エルンストが頭を上げた。至近距離で青い目が楽しそうに笑う。

「メイセンはこれから、ますます雪深くなるのだそうだ。聞くところによると、メイセンでは一年の大半が雪に閉ざされ、夏は一瞬だという。それなのに私はいつも、夏を感じていられるのだ」

身動《みじろ》ぎして顔を寄せると、ガンチェに軽く口づけてくる。

「ガンチェとこのように身を寄せ合っていると、私は真冬であっても、若草を思い出す。目を閉じれば、初夏の景色しか浮かばぬ」

うっとりと目を閉じて、ガンチェの頰に頰を寄せてきた。

「私が暮らした離宮は、森を背負っていた。離宮を包む緑の香りは濃く、まるで離宮自体が森の中にあるようだった。離宮で暮らした数ヶ月のうちに、夏が来た。王宮では感じたことのない、草木の生命力を強く感じた夏だった」

エルンストの息遣いがゆっくりと、深いものに変わっていく。眠りに落ちていこうとするのを妨《さまた》げないように、ガンチェは黙ってその声に耳を傾けた。

「真夏より春より、初夏がよい。草木が力を溜めている匂いが好ましい。これから雄々しく伸びようとする空気に包まれる。メイセンは冬だが、初夏だと思いたい。今は、力を溜めているのだ。大きく成長するために、力を溜めているに過ぎぬ。ガンチェの香りに包まれていると、私はそう、信じていられるのだ」

深く眠るエルンストの肩を抱きながら、ガンチェは天井を見上げていた。メイセンの初夏を、ガンチェもまだ見たことがない。春も夏も短いのならば、そもそも、初夏といえる時季などないのかもしれない。

　エルンストは、自然の移り変わりを言ったのではない。もちろん、そんなことはわかっていた。その比喩的表現が、現実のものになればよいのにと思う。長い冬の間に力を養い、初夏に溜め、そして一気に伸び上がる。

　この人はただ、夢見るだけの人ではない。夢を確実な未来とするために、動く人だ。エルンストの行く道にどれほどの困難があろうとも、離れず側にいよう。この人に愛想を尽かされるまで、側にい続けよう。

　小さな体をそっと抱き寄せ、両腕で包み込む。

　眠るエルンストの夢が、初夏だとよいのだが。獣臭いと言われるこの体臭を若草のようだと言ってくれるのならば、深くそれを感じられるように優しく抱き締める。

　雪が降り始めたのを感じ取る。雪はまだまだ降り積もっていく。春は遠い。

　けれども夢の中だけでも、幸せな初夏を感じてほしかった。

閑話　ガンチェの修繕

メイセンは非常に貧しいが、土地だけはある。

領民は知らないだろうが、国土の二十分の一はメイセンなのだ。ただしメイセン領の七割が森か山で、樹木に覆われていた。

領主の屋敷も広大な敷地を誇っている。実際のところ、どこからどこまでが領主のものなのか誰にもわからないが、その敷地には少なくとも三つの森が含まれていた。

屋敷自体も非常に大きなもので、エルンストがかつて暮らした皇太子宮の三倍の広さがあった。部屋の一つひとつも広く、天井が高い。おかげでガンチェの体格でも全く不便なく暮らせるが、修繕を怠《おこた》られた屋敷からの声なき悲鳴はあちらこちらから感じられた。

「エルンスト様。廊下の壁に大きな穴が空いていましたよ」

領兵というのは暇な存在だとガンチェは思う。タージェスが隊長となってからは毎日午前か午後を訓練に費《つい》やしているが、今まではその訓練自体がなかったらしい。領兵の主な仕事は屋敷内の畑を耕すことだった、と平和ぼけした顔で兵たちは言っていた。

「ふむ。南棟の二階と東棟一階、それに西棟の三階と二階、だな」

何事か書類に書きつけながらエルンストは答えた。

「ご存知でしたか……」

いつものことだがエルンストの明晰さにガンチェは舌を巻く。一体どれほどの情報がこの小さな金色の頭に入っているのかと不思議なくらいだ。

「そう、ご存知なのだが修繕する金がない」

そう言ってエルンストは苦笑した。


エルンストがメイセンに来て二ヶ月、ガンチェを伴侶として一ヶ月が過ぎていた。この一ヶ月、エルンストは今までの怠慢を取り戻すかのように執務室に籠っていた。

そんなエルンストの仕事の邪魔になってはいけないと近寄らなかったガンチェを執務室に招き入れたのは、他ならぬエルンストであった。夕食から翌朝の朝食まででしか共にいられないのは寂しい、用事がないなら側にいろと。嬉しいながらも気兼ねしつつ、おずおずと執務室に入ったガンチェだが、それが杞憂《きゆう》であったと気づくのに時間はかからなかった。

　他愛ない会話をしながら複雑怪奇な書類を読み、難解な文章を駆使して公文書を作成していたかと思うと、所用で入室した侍従長に、三日前に提出された書類の計算違いをそれとなく指摘するようなことを平気でやってのけるのだ。エルンスト様の頭の中には十人の人間が住んでいる、とはタージェスの言《げん》である。

　そのエルンストの頭脳をもってしても、メイセンの財政難は手強い代物《しろもの》だった。

　メイセンの場合、ひとりの領民が納める税は5シットである。領兵は免除されているから兵を除いた五百三十九名が税を納める。つまり、2，695シットが毎年領主に入ってくる。

　そしてメイセン領主は、リンス国王に税を納めなければならない。これは、領民の数と領土の広さで決まる。領兵は領主に税を納めなくてもいいのになぜか、領主が国王に納めるときには領民全ての数、つまり百五十七名の領兵込みの数になるのだ。

　領主は、抱える領民ひとり当たり1シットを納める。メイセンでは毎年国王に696シットと、領地分の税2，500シット、総額で3，196シットを納めなければならない。そのため現状では、毎年501シットの赤字となっている。

　メイセンの広大な土地は仇《あだ》となっているのだ。

　国法で定められた民ひとり当たりの税は最低5シットであり、領主は5シット以上ならいくらにでも税額を変えることができる。エルンストが領主となるまでは隣地のリンツ領主がメイセンの税を集め、国王へと納税していた。当時の税額は領民ひとり当たり10シットであった。リンツ領主は毎年、メイセンから集めた税から国王に納税した後の差額、2，194シットをその懐に収めていたのだ。

「税額を上げてはいけないのですか？　せめて6シットであれば、国王に納める税が捻出できますが……」

　一度、そう進言したことがある。だがエルンストの答えは明確であった。

「確かに、そのとおりだ。だが、出稼ぎに行く領民ひとりが一年で稼げる金額はせいぜい7シットなのだ。私の手元にあるのは二十年も前の資料だが、実情はさほど変わっていないだろう。出稼ぎに行く村は、村人の半数を外に出している。その半数で、村が納める税の全てを稼ぎ出しているのだ。……ひとり5シットでも厳しいのがわかる」

「……そうですね」

「だがこの税額は国法で決まっているものだ。私にはどうすることもできない」

そう言ってエルンストは、重い溜め息をついた。

エルンストの話し方は誰に対しても、このようなものだった。

まずは肯定し、受け止める。

その後、現状と持論を話す。

頭ごなしに否定することもなければ、どれほど的外れな意見であっても馬鹿にすることはない。そして、相手を諭《さと》すような話し方は決してしなかった。

あるとき、領兵がエルンストに対して非常に無礼なもの言いをしたことがあるらしい。その場にいたタージェスは一瞬凍りついたというのだが、エルンストは鷹揚《おうよう》に構え、領兵の言を受け止めたという。そして、兵の勘違いをさり気なく正した。

あの方の見かけと経歴に騙されてはいかんぞ。タージェスはにやりと笑いながらガンチェに囁いた。

これから毎年出てくるであろう赤字の補塡《ほてん》について、エルンストには秘策があるのだろうか。

税額を下げたことについて侍従長が、領民への機嫌取りだと言っているのをガンチェは知っている。腹立たしいと殴りつけたくなったが、その話を聞いたエルンストは静かに笑っただけだった。

「エルンスト様。私がお屋敷の穴を修繕しておきましょうか？」

エルンストのために何かできないか。そう考え申し出たガンチェの言葉に、少し驚いたような表情を浮かべてエルンストは了承した。

「お屋敷を直すなどと言うからどうやるのかと思えば……」

「随分と、大胆な直し方だな」

「そんな不恰好ではエルンスト様がお怒りになるだろうに」

煩《うるさ》い外野を無視して、ガンチェは片手で斧を振るう。運んできた木は丸太のままだった。薪用にと、積み上げられていたものだ。

「中の石組みに合わせて石を詰めなきゃならんだろ

う」

「そうだな。石を削って入れるんだ」

「お前は知らないだろうが、石には目というものがあってだな。その目を狙えば簡単に割れるんだぞ？」

「石組みというのは経験がものをいうからなぁ。やはり職人にやらせなきゃならんだろう」

「……それにしても、お前がやるとまるで紙のように木が簡単に割れるな……」

　今日の訓練は午前で終わった。畑仕事があるとは言っても成人男性ばかり百五十七名もいる。さすがに領隊長以下中隊長まではやらないが、それでも結構な数だ。領主が抱える畑の世話など、二時間も費やせば終わる。

　そんなに暇なら屋敷内で使う薪でも集めてくればいいだろうに。ガンチェはそう思う。

　腹に溜まるものを食わせてもらえないから力が出ないんだと領兵たちは言うが、それなら森で獣でも狩ればいい。メイセンの領兵はひょろひょろとした体で、ふらふらと歩いていることが多かった。

「……煩いっ！　手伝わないのなら散れ」

　睨みを利かすが三ヶ月付き合った仲だ。エルンストの伴侶となるまでは同じ兵舎で寝起きをともにしていた。今更ガンチェを怖がる者もいなかった。

「いやいやいやいや。お前が何か失敗でもしないかと気がかりでな」

「穴を塞ぐだけで、何を失敗すると言うんだ」

「お前はそう簡単に言うがな、簡単なものこそ実は難しいんだぞ？」

　第四小隊の兵士が言うと、そうそう、と周りの者たちも訳知り顔で頷いた。

だからガンチェは、シェル郡地の種族が嫌いなんだ。

　二百年を生きる彼らは、大人として独り立ちしたときには既に四十歳を越えている。二十代のガンチェなど赤子に等しいのだ。お前は知らないだろうが、と知識をひけらかし経験を論じる。ガンチェの親やそのまた親が生まれてもいない頃のことを自らの体験として語られても、圧倒的に違う経験差を前に口を挟む余地も与えられない。

　理屈を捏《こ》ねる前に指の一本でも動かせ。そう思うのだが、口にするほどガンチェは愚かではない。そんなことを言えばその倍は返ってくるとわかりきっている。

「……何を、しているんだ？」

新たな声が加わる。その声の主がタージェスだとわかって、領兵たちは姿勢を正した。

「見ればわかるだろう。屋敷を直しているんだ」

ガンチェは憮然《ぶぜん》としたまま、答えた。

ガンチェはもともと領隊長タージェスと契約を交わし、領兵として雇われていた。契約上、ふたりの立場は同等であった。そのため、エルンストの前以外では相手が領隊長であっても敬礼をせず、敬語を使うこともない。

親の前でいい子を演じる息子のようだな、そう言って笑ったタージェスを殴りつけてやったのだが、予測していたのか、すんでのところでかわされた。

「穴を塞ごうとしているのはわかるんだが……それでいいのか？」

もともとは石組みの上に板を張り、壁紙が貼られていた。長年の風雪で壁紙が剝がれ、板が腐り、石組みが露出した箇所から石が落ちて穴となっていた。

空いた穴に太い棒や石を無理矢理塡《は》め込み、上の石組みとの支えとしてから板を打ちつけていたのだが、あまりにそれでいいのかと確かめられると気が沈んでしまう。

やはりこんな不恰好ではエルンストも喜びはしないだろう。

意気揚々と始めた修繕だが、止めたほうがいいのだろうか……。

「集まって、何をしているのだ？」

軽やかな声が聞こえて、ガンチェを囃《はや》したてていた領兵たちが静まる。

「いえ……あの……壁を……」

不恰好に直された壁をその身で隠すようにしながら、タージェスが答える。

「ああ、壁を直してくれているのだ。みなも、してくれているのか」

明るい声を出しながら小さな顔が、領兵たちの間からひょっこりと現れた。ガンチェが直した壁を見たエルンストの青い瞳が、ゆっくりと驚きに見開かれる。

「あの……エルンスト様……」

おずおずと口を開いたガンチェを振り向き、エルンストは弾けるような笑顔を見せた。

「素晴らしい。ガンチェ、私はこのようなやり方は思いつかなかった」

「え……？　非常に不恰好ですが、これでいいのですか?」

タージェスが訝しげに問いかけたが、エルンストは事も無げに言った。

「穴が塞がればいいのだ。私は屋敷の修繕というものは、大工職人にそれなりの金銭とともに依頼し、行うものだと思い込んでいた。だがしかし、穴が塞がればそれでいいのだ」

膝をつき、修繕跡に白い手を添える。

「ガンチェはとても柔軟な考えを持っているのだな」

そう言ってエルンストは、優しい笑みを浮かべた。

エルンストの賞賛を得たかったのかどうかはわからないが、領兵たちは我先にと屋敷の修繕に取りかかり、あっという間に全ての不良箇所が直された。

ガンチェに負けず劣らず不細工に直す領兵たちに侍従長が卒倒しそうに騒いだが、肝心の領主が了承しているので何も問題はなかった。


「エルンスト様は恐ろしい方なのかもしれんぞ?」

訓練後、副隊長のアルドと酒を酌み交わしていたガンチェにタージェスが言った。

「訓練も畑仕事も嫌がり、何かというと楽をしようとする。骨の髄まで怠惰が染み込んだような奴らを、あっという間にやる気にさせてしまった。……それも、命令することなく」

椅子にどっかりと腰を下ろし、手酌で酒を注ぐ。

「確かに……」

アルドが呟いた。

「エルンスト様はただ、ガンチェのやり方に感心されただけだ。それだけで兵たちは競うように動いた」

「そうだ。あいつらをやる気にさせるのがいかに困難なことか、俺は身をもって知っているぞ。怒鳴りつけようが、宥めようが、動きやしない」

「それは、私も申し訳なく思っています……」

タージェスが領隊長となるまではアルドがその任にいた。

五十年以上を傭兵として各地を転々としていたタージェスだが、それ以前はリンス国軍の騎士だった。リンス国で騎士となれるのは、生まれながらに騎士の称号を持つ者に限られる。それは貴族に次ぐ階級であり、アルドはタージェスの経歴と称号に敬意を払い領隊長の座を渡したのだ。

だが、とガンチェは思う。

あの領兵たちを見れば、前任アルドの苦労がわかる。タージェスが現れ、これ幸いと匙《さじ》を投げただけではないのだろうか。タージェスは何度も固辞したらしいが、気づくと外堀を埋められていたらしい。人の好い顔をしているがアルドには気をつけろよ、とタージェスが耳打ちしてきたことがある。

「メイセンの領兵をやる気にさせるのは、不可能ではないかと思ったくらいだ。だがしかし、エルンスト様は簡単にそれをなされてしまった。あの領兵たちには誰かに必要とされたい、認められたいという、隠れた欲求があったんだ。それを一瞬で見抜いてしまったのか……」

「……待て。エルンスト様は確かに素晴らしいお方だが、お前たちが言うように、他人を動かすために何かを画策するようなお方ではないぞ？」

このままではエルンストが、ただの腹黒い策略者だと思われそうだ。

「まあ……そうだろうな。あのお方は王族であらせられたのだから」

タージェスが酒を呑み干し続ける。

「俺は騎士として、先代国王陛下のお側で仕えていた。傭兵として、他国の王族に仕えたこともある。王族というのは……おおよそ、他人の心情など気にもかけない。特にこのリンス国のように王族が二名しかおらず、その地位と権力が飛び抜けて高い国では何者も侵しがたい存在だ。エルンスト様は、ほんの半年前までは皇太子殿下であらせられた。限られた者しか口を利くことは許されず、王宮を出ることもない。エルンスト様は、他人の思惑を気になさる必要はなかっただろうな」

「そう考えれば、あの方のあれは、素のお姿なのでしょうね」

アルドが感心したように呟く。

「そう、だから、怖い方なのだ」

そう言うタージェスの青い目は、楽しそうに笑っていた。


「……それは、思いつきもしなかった」

昼間の会話を聞かせると、エルンストは虚を衝かれたような顔をした。

「だが、みなが働いてくれたおかげで随分と過ごしやすくなった」

確かに屋敷のどこを歩いても寒風を感じることはない。エルンストも外套を着込むことはなくなっていた。

「畏れながら……」

暖炉の前で座り、膝に乗せた小さな体に背後から声をかけると、エルンストはくすくすと笑い出した。

「伴侶なのだ。ガンチェが畏れることなど何もない」

「では……。エルンスト様は、お怒りになることはないのでしょうか?」

「何を怒るのだ?」

「エルンスト様は皇太子様であらせられたし、今は御貴族様で御領主様でもあらせられます。それなのに皆好き勝手なことばかり言っていますし、あまりに無礼ではないのかと思うのですが……」

ガンチェが傭兵として仕えた先の多くは貴族だった。どの郡地のどの国のどの貴族も、大なり小なり貴族としての振る舞いをし、下の階級を侮蔑《ぶべつ》していた。周囲の者は貴族を怒らせないよう礼儀と節度をもって接していたものだ。メイセンは辺境の地であるせいか、領民も領兵も侍従たちもエルンストに対する接し方があまりにお粗末だった。


「ふむ……まあ、よいではないか」

ふふふ、と笑うとエルンストは背を預けてきた。

「忌憚《きたん》なく話してくれることは貴重なことだ。私を敬《うやま》い畏れ、私に与える情報をみなが取捨選択してしまっては、私は歩く道を誤るかもしれぬ。……時々は、驚いてもしまうが、不敬だと打ち据えたところで私の益となることは何もない」

振り返り、青い瞳がガンチェを映す。

「それに、ガンチェが先に怒ってくれるから何も腹立たしいことはないのだ。……ガンチェが私のことで心を乱すことがあるのを、申し訳ないが、嬉しいと思う」

悪戯っぽく笑った薄い紅色の唇に、たまらず口づけた。


「領主が口にする言葉は、領民を惑わせることがある」

エルンストは静かな声で囁いた。

僅かな光量があれば、ダンベルト人の目は闇の中でも利く。暗闇に包まれた室内だが、エルンストの顔をガンチェの目は捉えていた。

「人は、自分に都合がいいように解釈する。そして自分勝手な解釈を、まるで現実に、今すぐ起こるかのように他人に話す。……人から人へ伝播《でんぱ》していくうちに情報は形を変え、私を突き刺す刃と化すやもしれぬ。私の手足を縛る、縄となるかもしれないのだ」

目を伏せ、細い指先がガンチェの胸を擦っていた。

「ガンチェは、みなが私を元王族とも思わない態度だというが……誰よりも私を元皇太子として見ているのは、実はこのメイセンの民なのかもしれない」

エルンストの顔が自嘲に歪む。

「元皇太子だ、不可能なことなど何もない。民はそう思っているのだろうな。……私が魔法の杖を持っていると信じているのかもしれない」

それはガンチェも気になっていた。領兵たちと交わす会話の中でも、そう思うことがたびたびあった。エルンスト様にそれとなくお願いしてみてくれんか、と無茶な話を持ってきた領兵はひとりやふたりではない。

「……私は、エルンスト様が望むことならば、それは実現可能なことだと思っています。ですがそれは、エルンスト様が皇太子様であられたからではなく、エルンスト様がエルンスト様であられるからです」

真意をはかるように、暗闇で見えぬはずの青い目がガンチェを見上げる。

「私の心を一瞬で射貫いたのはエルンスト様のお体から発せられていた強烈な光でしたが、この心を捉えて離さないのはあの湯殿で見た、深遠を見るエルンスト様の青い瞳でした。エルンスト様がどれほど深く物事をお考えになっているか、毎夜あの瞳を見ていた私は誰よりもわかっています」

その青い瞳が大きく見開かれ、微かに潤んだ後、ゆっくりと閉じられた。

「ガンチェは本当にすごいな。私の鬱屈《うっくつ》とした気分を、あっという間に消し去ってしまった」

笑って、再び開いた瞳にはもう涙の気配はなくなっていた。

「ガンチェ……」

「はい」

「私が思い描くメイセンの未来を語っていきたい。確かな道筋が見えるまで、誰にも語ることはできないが、ガンチェにだけは聞いてほしい。……私の夢物語に終わるかもしれぬがな」

華奢な体を抱き寄せる。

「私は最後までエルンスト様のお側にあります。学はありませんし、難しいことなどわかりませんが、エルンスト様のお役に立てることがあるならば、どのようなことでもいたします。ですが……夢物語に終わったとしてもよいではありませんか。エルンスト様と共に見られる夢ならば、どのようなものであったとしても幸せな夢なのですよ」

小さな手が伸びてきて、しっかりと抱きついた。

「ガンチェは、乾いた大地に降る雨のようだ。私の心はガンチェの言葉に満たされて、何度も息を吹き返す」

ダンベルト人は破壊の民だ。戦いの中で生き、戦いの中で死ぬ。創造の文化を持たず、その場限りの感情で動く。退屈を嫌い、一瞬の高揚感を追い求める種族なのだ。

だが、エルンストと共にあり、エルンストと共に見られる未来に向かって進むのならば、この平穏な土地で残りの人生を過ごしたとしても、退屈など感じるはずがない。

エルンストの語る未来にガンチェは思いを馳せる。

誰も、想像すらしたことがないだろうメイセンの未来が、そこに広がっていた。

閑話　ガンチェのお風呂

「ああ、これだ。これを倒してくれ」

「いや、こっちだろう。これは燃やすといい香りがするんだ」

「そうだな。それで薫製《くんせい》を作るといいぞ。しかし暖炉にはこいつだろう。じっくり燃える」

「じゃあ両方切り出していくか。ガンチェ、頼むぞ」

その声に、十日前に倒した大木の枝を切り落としていたガンチェの手が止まる。

「うるさいっ！　倒したきゃ勝手に倒して持っていけばいいだろう」

「なんだ、お前は。こんな年寄りを働かせる気か」

「誰が年寄りだ。お前らの年は二で割って考えろ。九十のお前は四十五だ」

ガンチェがそう言い放つと、第二小隊のイトルは悪びれた様子もなく笑っていた。


領主の屋敷には立派な風呂場があった。皇太子宮のものと比べても見劣りしない広さだ。なぜ使わないのかと侍従長に聞くと、燃料がないと言う。燃料なら森に腐るほどあるだろうに、この屋敷の者たちはよほど怠慢なのか、料理用と暖炉用の薪しか用意していないのだ。

そんなことだから森がどんどん広がっているんじゃないかとガンチェは思うのだが、とにかく立派な風呂を使わない手はない。何よりエルンストが、湯に浸かることをこの上もなく楽しむことを知っている。

ガンチェは早速、領主の森から木を切り出してきた。百年使われなかった風呂だ。丸一日をかけて丹念に磨いた。そしてかき集めた雪を湯船に入れ、火を焚いた。さすがにどこか不具合が出ているのではないかと恐る恐る様子を窺ったが、一時間ほどで湯が沸いた。小躍りしながらエルンストを呼びに行きかけて、はた、と気づく。湯はできたが石鹸がない。ガンチェは踵《きびす》を返し、サイキアニ町へと走った。

王宮で使われているような上等なものはなかったが、どうにか石鹸も手に入れる。訝しむエルンストを促して風呂場へ連れていくと、驚いてガンチェを見上げ、満面の笑みを浮かべてくれた。

それから毎日、ガンチェは風呂を沸かしている。

燃料など森にいくらでもあった。大木一本で五日は沸かせる。乾いたほうが火のつきがいいだろうと、ガンチェは纏めて伐《き》り倒し、森に放置しておいた。あとは、五日に一本運び出せばいいだけだった。

この日も一本を運び出そうと森へ来たのだが、なぜか領兵たちがついてきた。五人もついてきて何をするのかと思えば森の木々を指し示し、ガンチェに倒せとさっきから騒いでいるのだ。

「斧を持ってきただろう」

領兵は斧を手にしている。屋敷で使う薪を用意するのも領兵の仕事だ。ほぼ人数分の斧が兵舎の道具小屋にはあるはずだ。

「こんな大木を、こんな年寄りに伐り倒させるのか……」

第一小隊のタイトが嘆く。たしかこいつは新年で七十二歳。グルードの年齢に換算すると、三十六歳だ。

「……だから二で割れと」

最近領兵たちは何かと言うと年齢を持ち出し、ガンチェに力仕事の全てをやらせようとする。

「まあまあ、いいじゃないか。ちょっと斧を叩きつけて倒してくれ。運ぶのは俺たちでやってやらんこともない」

ガンチェは溜め息を吐いて腰を上げた。

これ以上相手にするのも面倒だ。運ぶのはやると言ったのだから今のうちに倒して、本当に運ばせたほうがいい。あんな木の一本や二本運ぶのは簡単だが、この森から屋敷までは一時間もかかる。風呂用の木も運ぼうとしたら二回は往復しなければならない。運搬だけで三時間も費やしては、風呂を沸かすのが遅くなってしまう。

「……どいていろ」

領兵三人でやっと抱えられるほどの木を見る。一応倒そうとしたのか、斧で伐りつけた跡がある。刃先ほどの切り込みだが、これだけあればいいだろう。

領兵が木から離れたのを見て、十歩ほど下がって倒す木に狙いを定める。

「……おい？」

斧を捨て、身を屈《かが》めたガンチェにイトルが怪訝な声を上げた。

膝に力を溜め、木に向かって突進する。肩から思いきりぶつかる。

どんっ。

大きな音を上げ木が震える。鳥が騒いで飛び立ち、頭上から雪が落ちてきた。

また離れて、突進する。

どんっ。

木が傾《かし》いだ。

もう一度、肩をぶつける。

大木は最後の悲鳴を上げながら、ゆっくりと倒れていった。

「……考えられん倒し方をするな……」

詰めていた息を吐き、タイトが呟いた。

さあ次はこれだ、どうせなら運んでくれ。そんなことを領兵たちが言い出す前に、ガンチェは風呂用の大木一本を軽々と肩に担ぐ。

そして呆けたままの領兵を置いて、さっさと屋敷へ帰っていった。


「毎日湯を沸かすのは大変なのではないのか」

皇太子時代から着ている上等な服を傷つけぬように、そっと脱がせる。

「いえいえ。なんということもありませんよ」

風呂場に続く小部屋で膝をつき、エルンストの服を脱がせる。熟《う》れた桃の皮を剝くような楽しさがある。生まれながらに他人の世話を受けてきた人だ。エルンストは、服や靴の着脱を自分の手ですることが苦手だった。

「そうか……。私は毎日湯が使えて嬉しいが、ガンチェの体が一番大事なのだ」

細い指が伸びてきて、頬を撫でていく。青い瞳の中に気遣う色が浮かんでいて、ガンチェの胸に温かいものが広がる。

ガンチェをこき使おうとする領兵たちは、それもまた気安さから来る親しみの行動なのだろうが、正直面倒だと思うこともある。

だがエルンストはいつも、ガンチェを気遣ってくれた。領兵らと同じシェル郡地のクルベール人なのに、ダンベルト人のガンチェを自分と同じように考えてくれる。

「私はダンベルト人ですから、強いのですよ?」

「ガンチェが強いことはわかっているが、ダンベルト人であっても疲れはあるのだろう？　ガンチェがとても疲れているときは無理をしないでいいのだと、覚えておいてほしい」

ゆっくりと頭を撫でられて、ガンチェは目の前の柔らかな腹に吸いつく。嬉しさを伝えるように白い肌に痕《あと》を残しながら、エルンストが身につけていた最後の一枚を脱がせる。細い小さな性器を口に含む。舌に乗せ転がしていると、むくむくと自分のペニスが勃ち上がるのがわかった。

「ああ……」

甘い声が聞こえ、巻き毛を引っ張られる。

「ガンチェ……風呂場へ行こう。せっかくの湯が無駄になってしまう」

口を離し、薄い色のそこをぺろりと舐め、小さな体を抱き上げた。

風呂場での所作は王宮の湯殿で覚えたものだ。あの頃と違うことは、ガンチェも何も身につけていないということと、一緒に湯船に入るということだ。

そして、小さな尻の窄まりに根本まで指を突き入れることが許されていた。

「はぁ……」

エルンストが悩ましい吐息を零しながら、ガンチェの肩に縋りつく。温かな湯の中で華奢な体が身動《みじろ》ぎをしていた。

「エルンスト様。大丈夫ですか?」

細い首筋に指を這わせると気のせいか、いつもより熱く感じられる。

「少し、のぼせたのかもしれない……」

「お出になりますか?」

「……もう少し、このまま風呂場にいたい」

ガンチェはくすりと笑うとエルンストの体を湯から上げた。

細い足の、膝から下だけを湯に浸けて、ゆっくりと小さな体の上体を倒す。頭をぶつけてしまわないよう、自分の掌で支えた。

風呂場の床は石でできていた。大きな岩を平らに均《なら》し、敷き詰め、床石としたようだ。エルンストはほっと息をつくと床石に頬を寄せ、両手を広げた。

「冷たくありませんか?」

「いや。……この石は多分、リヌア石だ。熱を伝える石で、湯の熱が床石にまで伝わっているのだろう。とても温かい」

気持ちよさそうに目を閉じる姿にガンチェも嬉しくなる。小さな膝をそろそろと撫でながら、薄い腹がゆっくりと上下するのを見ていた。

エルンストに突きつけられる難題は、日々大きくなっていくように思えた。ひとつが片付いても、新たにそれ以上のものが出てくる。目に見えぬ誰かが、エルンストの限界を試そうとするかのように。

領民たちの前では、なんでもないことのように落ち着いてみせるその姿の裏で、小さな体が悲鳴を上げているのを知っている。エルンストの体は最近、あちこちが強張っていた。

ガンチェの前でだけ見せる、完全に弛緩した姿に目を細める。エルンストが気を抜ける場所を作るためならば腕の一本や二本が折れていたとしても、自分は毎日湯を沸かし続けるだろう。

細い太腿にそっと頭を乗せる。内腿の柔らかさを頬で確かめるように擦っていたら、小さな手が頭を撫でてくれた。

エルンストはよく、ガンチェの頭を撫でてくれる。頭を撫でられるなど、親にもされた記憶がない。こんなに心地いいものなのか。それとも与えてくれるのがエルンストだからなのか。

白い内腿の間に顔を潜り込ませようとすると、細い足が開いて迎え入れてくれた。

たらりと垂れ下がる小さな男を口にする。続く袋も一緒に含んで舌で転がした。そのまま指を窄まりに差し入れると、口中のエルンストがほんの僅か堅くなる。

口から出して見てみると、薄く色づいたものが震えながら、ちょこんと勃っていた。小さな男の子が両手を握り締めて必死に顔を上げているようなその姿に、ガンチェは我を失いそうになる。柔らかな腹に吸いつき、無毛の股間を舐め回した。

「あ……」

細い指が髪を引っ張る。潜り込ませた指を二本に増やし、指の間から舌先を差し入れた。ガンチェの鼻先では、小さな袋が微かに持ち上がっていた。

ガンチェの精液をその体の奥深くで感じなければ反応を見せなかった未熟な性器が、今ではガンチェが与える悪戯だけで震えている。

可愛らしくて、愛しくて、たまらなくて、むしゃぶりついた。

「ああっ……！」

エルンストは青い果実の香りがする。

そしてエルンストの薄い精液は、水桃だ。

スート郡地は果実の産地である。温暖で、その地のほとんどを海が占める。点在する島では果実が、特に桃が育てられていた。主要な交易物である桃には千もの種類がある。その多種多様な桃の中でも、ガンチェが一番に好んだのが水桃だった。

スート郡地ではふたつの国が長い戦争をしていた。二百年前から今にまで続く戦争に、ガンチェも傭兵として参戦したことがある。一年の契約期間中、ガンチェは水桃を楽しんだ。

水桃は、スート郡地ではどこにでも自生する珍しくもないものだが、非常に傷みやすく、もぎ取って一日もすれば腐ってしまう。そのためスート郡地でしか食べることのできない桃だった。契約が終わりスート郡地を離れるとき、ガンチェが何よりも惜しんだのはその味を楽しめなくなることだった。

エルンストが生まれて初めて出した蜜を、幸運にもガンチェは味わうことができた。そのときの幸福感、そして衝撃は今でもはっきりと覚えている。

かつてあれほど愛した水桃と全く同じ味、いやそれ以上の素晴らしさだった。小さな体は、毎夜ガンチェを受け入れることはできない。だがエルンストは毎夜、ガンチェに蜜を与えてくれる。ガンチェは恭しく口に含み、滲《にじ》み出てくる蜜を楽しんだ。


未熟な性器が小さく震えながら、蜜を絞り出す。性的な反応を見せ始めた体だが、ガンチェのように爆発的に吐き出すということはしない。深窓の姫君が、そそと泣いているようなその姿が奥ゆかしくて、たまらなかった。

下からじっと、青い瞳が見上げてくる。

「ガンチェ……」

「はい」

「今日は、いいのではないか……？」

細い腕が湯の中に入り、そそり勃つガンチェの巨根を擦る。

「ご無理はしないでください」

「無理などしていない。私は……いつだって、ガンチェを感じていたいのだ」

先端の膨らみに、頭を撫でるように触れていた。

眉を寄せながらガンチェは思案する。前に導かれたのは五日前だ。確かめるように、薄い背を撫でていた手を下ろし、小さな窄まりへと指を潜り込ませる。

一本、二本。先ほどまで弄っていたせいか、腕の中のエルンストの体は、二本の指を差し込まれても強張ることはなかった。痛みを隠しているようでもない。

そっと、指を三本に増やす。

「あ……」

ガンチェに縋りつき、吐き出す吐息は甘かった。

「エルンスト様……」

囁きかけた声が低く、くぐもる。

「お部屋へ、戻りましょう」

抱き上げ、湯から出た。

小部屋で体を拭き、まずはエルンストに、薄手の外套のような衣を着させ、細い腰のところを紐で緩く縛る。湯上がりに着る衣だが、最近ではこれが寝衣ともなっていた。この小部屋から部屋までの移動中しか着ない。部屋に着けばすぐに脱ぎ捨て、寝台ではいつも、互いに一糸纏わず肌を合わせて寝るからだ。繋がれる夜もそうではない夜も、眠りにつくときはいつもそうだった。

エルンストを長椅子に座らせ、ガンチェも衣を纏う。その姿を、エルンストがうっとりと見上げていた。

「ガンチェは、いつもすごいな」

衣を合わせる手を止めて、振り向く。

「そのように、大きくさせて……」

椅子に腰かけたエルンストに近づくと、細い指が伸びてきて、腹につくほどにそそり勃つものに触れる。

「苦しくはないのか？」

「血が集まりすぎて、熱いといいますか……うずくような、痛いような、感じはあります」

性的な興奮を知ったとはいっても、エルンストのそれは未熟だ。本当の男が、普通に見せる興奮の状態というものに興味を見せる。

ガンチェはエルンストの探求心を満たすべく、できるだけ正しく答えた。

ガンチェは手を伸ばし、自分の袋を掬い上げる。

「エルンスト様、こちらを」

小さな手は素直にガンチェの袋に触れる。その掌に袋を乗せた。

「重い……」

「はい。興奮が強くなると、このようにこちらが膨らんで重くなります。そしてもっと強く感じると、今の私のように、立ち上がってくるのです」

「袋が？」

「はい。そのようになっているでしょう？」

「ああ。……私でも、このようになっているのだろうか」

「はい。エルンスト様は小さくて、大変可愛らしくはありますが、少しだけ立ち上がっていますよ」

ほんのりと頬を染め、満更でもないようにエルンストが笑う。

「こちらが空になると柔らかくなりますよ。……いつか、空っぽになるまで、エルンスト様のお体に注げるようになるかもしれませんね」

そっと手を伸ばし金の髪に触れる。

「そのようなときが、早く来るとよいな」

エルンストはガンチェを摑んだまま、その大きな手に頬を寄せ、目を閉じた。

暗闇に包まれた室内で、腕の中で眠る体を守るように抱き締める。

ひとりの人を、これほど長く愛し続けたことはない。今までは一夜限りの恋だった。いや、あれは恋などではない。ただの、繁殖行動だった。

エルンストの額に口づける。エルンストに対する愛しさが込み上げてくる。数日に一度しか繋がることのできない体だったが、物足りないなどと思うはずもない。ましてや誰かで、などと考えることもできない。もはやガンチェは、エルンストにしか激情を感じられなくなっていた。

華奢な体を抱き締め、髪の匂いを胸いっぱいに吸い込む。

エルンストに遠慮なく触れられる日が来るとは、王宮で仕えた頃の自分は思いもしなかった。ガンチェは身に余る幸運に感謝した。

この幸運を守るためならば、自分はどんなことでもするだろう。毎日でも風呂を沸かし、エルンストが命じるならばエルンストを苦しめる者たちを殺すことも厭《いと》わない。ガンチェにとってエルンストだけが、何よりも大事なのだ。

身を屈め、眠るエルンストに口づける。何度も何度も口づけて、そうしてようやくガンチェは、眠りに落ちた。

三日月

1

「我がメイセン領の、一番の問題は何だと思う？」

羽毛で仕立てられた厚い寝具の中、体を撫でていく大きな手を心地よく感じながらメイセン領第十七代領主、エルンスト・ジル・ファーソン・リンス・クルベール公爵は訊ねた。

「一番かどうか私にはわかりかねますが、お金、でしょうか？」

エルンストの伴侶、ダンベルト人のガンチェが茶色の頭を少し傾げて答えた。

「そう、財政難は、我がメイセン領の大きな問題だ。だが、一番ではないと私は考える」

ガンチェに口づけながらエルンストは思案する。

「メイセン領の、民の数を知っているか？」

「六百九十六名です」

「では、領兵の数は？」

「百五十七人です」

即答する声が暗い寝室に響く。

「そうだ。領兵は隊長以下百五十七名。メイセン領民は、領兵を含めて六百九十六名。さて、この数は妥当なのだろうか……」

ガンチェは動きを止め、続くエルンストの言葉を待っていた。

「六百九十六名の領民のうち、百五十名がクルベール病を発症している。クルベール病ではない五百四十六名のうち子供が百名、老人が八十名だ。残り三百六十六名のうち、領兵が百五十七名」

「それだと病ではない大人の、ふたりにひとりほどが兵士だとなりませんか？　とても、多いように思いますが……」

「そうだ。とても多い。しかし、不要な数だとも言えないのだ」

茶色の巻き毛を撫でてやる。

「国から課せられたメイセンの、領兵の数は二百名だ」

「それは……無理ではありませんか？」

「メイセンの実情から言えば不可能な数だ。しかし決して、国は無理難題を押しつけているわけではない。なぜならば、メイセンと国境を接するリュクス国カプリ領の領兵は、三百人なのだ」

ガンチェの広い肩が、ぴくりと跳ねたのがわかった。

「三百の兵が、今すぐ攻めてくるわけではない」

逞しい腕に口づける。

「リュクス国カプリ領の民は千二百。メイセンの隣、リンツ領は千。メイセンもかつては千百名の民がいたという。その当時のクルベール病発症者は百名だ。今より民の数は多いが、罹患した者は少ない」

エルンストは、ガンチェの頭を抱き寄せた。熱い息が胸を擽っていく。

ガンチェと過ごす閨は、エルンストにとって懸案事項の多い日常を忘れさせてくれる唯一の憩いの場であり、また、思考を固める場でもあった。

エルンストはガンチェの大きな手に頬を寄せ、ふぅと息をついた。優しい伴侶はそんなエルンストを見て、触れるだけの口づけを深いものへと変えた。

体を撫でていく熱い手に全てを委ねる。気がかりな問題ばかりで心が安らぐことなどないが、せめて今は、愛しいガンチェとの時間を楽しみたい。


六十年間王宮で刷り込まれたものは、そう容易《たやす》くエルンストの中から立ち去りはしなかった。まるで体内に時計を仕込まれているかのように正確に動いてしまう。

エルンストは朝食後すぐに執務室に入り、昼食まで籠る。着任当初に揃えさせたメイセンの資料を読み、分析を行っていた。

昼食後は屋敷中を歩く。屋敷は昼食後の運動にちょうどいい広さだった。本当は外を歩くものなのだろうが、雪に慣れていないエルンストは早々に諦めた。

いつもの回廊に差し掛かり、訓練を行う領兵を見下ろす。ガンチェが気づき笑みを浮かべる。周りの領兵たちも気づき、ぎこちなく敬礼をした。

エルンストは腕を上げ、構わずに続けよと身振りで示した。再び始まった訓練を見て、僅かながらに安心する。

着任当初のあの頼りなかった様子に比べて、随分と逞しくなったと思う。

「この屋敷まで、子供の足で歩いてこられる村はどれほどあるのか？」

侍従長に訊ねた。

「十歳くらいの足で考えれば、みっつくらいでしょうか。雪がもう少し浅ければ、あとひとつは大丈夫だと思いますが」

「ふむ、それに屋敷から一番近い町がひとつだと考えれば、みっつの村とひとつの町か」

「それがどうかしましたか？」

「子らを屋敷に通わせ、字を教えようと考えている」

エルンストの言葉に、侍従長は迷惑そうな顔を隠そうともしなかった。

「そんな顔をするな。私が教えるのだ。そなたらは普段どおりで構わない」

エルンストは苦笑して侍従長に言った。

リンス国では字を教える学校というものは非常に高額な授業料を取る。個人教授を雇えない下級貴族や裕福な商人など、限られた者しか通うことができないようにしているのだ。それは、農民や山民《やまたみ》、川民《かわたみ》など下級層の者は、上級層の言うことに無条件で従えと言っているようなものだった。

現在のメイセン領民の多くは農民で、文字を読める者がいるとは思えない。屋敷に仕える侍従でさえ、満足に字を書くこともできない。そもそもメイセンに学校がない。メイセンの歴史をいくら紐解いてみても、学校があったという記録すらないのだ。

彼らに知識を与え、自分の頭で考えられるようにしてやりたい。それにはまず、字を覚えることだ。字を覚え、本を読む。正しい本も間違っている本も読むのだ。今日、明日ではなく、十年後、百年後で考えられるようになってほしい。

それがメイセンを救う手立てとなるだろうし、それがエルンストの願いだった。


「エルンスト様……お疲れではありませんか？」

ガンチェの大きな手がエルンストの体を労るように撫でていた。

「子らに字を教えるのは三日に一度とはいえ、エルンスト様は御領主様としてのお仕事が随分とお忙しいのに……。それに最近では、子供どころか大人まで訪れているということですが……」

「ああ、そのとおりだ。みな、やる気があって随分と頼もしい」

「ですがエルンスト様。早々に屋敷に着いた者を相手にされて、御昼食をとることもままならないですし……それに、エルンスト様を医師のように思っている者もいるでしょう？　領兵も領民も、すぐにエルンスト様を頼ってくるではありませんか」

百年前に先代領主が亡くなって数日後、ただひとりいた医師が去ってから、メイセンに医師はいない。

メイセンでは、病に罹《かか》れば自然治癒を望むしかなかった。メイセン領民が百年の間に四百名も減少したのは、医師がいないことも大きな原因なのだろう。そのせいなのか、メイセンの民は過剰なほど、病や怪我を恐れた。

エルンストが薬草に精通していることを知った領民は、少々の体調不良や小さな切り傷でもすぐさま屋敷に駆け込んでくる。執務中に呼び出されたり、夜中に叩き起こされることも多くなっていた。

心配の文字を貼りつけた大きな顔を両手で挟み、エルンストは正面から赤茶色の瞳を覗き込む。

「ガンチェ、リンス国民の数を知っているか？」

「いいえ」

「約一千万人だ」

厚い唇に口づける。

「私は、一千万の国民を背負って立てるよう教育されていた。メイセン領の七百人を背負ったところでびくともしない」

愛しい男を安心させるように深く口づける。

「だがしかし、もし私が潰されそうになったら……私を、助けてくれるだろうか？」

はいと答える代わりに、ガンチェは力強くエルンストを抱き締めた。


屋敷を訪れる者には二種類ある。

字を覚え勉学に励みたい者と、エルンストに話を聞いてもらいたい者だ。大人たちは往々にして後者である。

そしてそのどちらも、エルンストが屋敷に迎えたかった者たちだ。

「昔はこれでも、まだ住める土地だったんですよ。でも、今じゃねえ？」

「ああ。子供らがどうやって生きていけばいいのか……」

エルンストの前で話しているのは、カタ村とラテル村の者たちだった。どちらも一時間以内で来られる、屋敷に近い位置で暮らす者たちである。

　もちろんメイセンの感覚で、ということになるが。

「私らが子供の頃は、冬場には冬場の仕事ってもんがあったんですよ。それが今じゃあ……」

「そうそう。こうやって暢気《のんき》に茶を飲んでいるんだから」

「お前ら口を慎め。普通の御領主様なら、屋敷に儂《わし》らなぞ入れてくれんぞ」

「そうだぞ。それに、これは茶ではなく湯だ」

　そこで村人たちは爆笑し、エルンストは苦笑した。

　茶を出してやりたいのだが、エルンストとてここメイセンで、茶など飲んだことはない。メイセンの財政難はエルンストの想像以上で、嗜好品の類《たぐい》は一切なかった。

「冬場の仕事とは何だったのだ？」

「それはまあ、色々ですよ。麦を育てたり……」

「それは今でもやっているだろう」

　ひとりの農夫が茶化す。

「メイセンでは一年中働かなきゃ食べていけませんからね。麦を育て、芋を育てる。でも、昔はもっと色々な仕事がありました」

「そう、金になる仕事です」

「麦わらで籠《かご》を作ったり、網を作ったり……でも今じゃ、焚き物にしなきゃ冬場凍えてしまいます」

「木を薪としないのか？」

「冬が来る前に伐り倒しますが、昔はもっと大勢で伐り倒していたんですよ。でも今は村人が少なくなって、十分な薪を得ることは難しくなっているんです」

「あたしらの仕事だってなくなりましたよ」

　女たちが負けじと話を始める。

「冬場には前の春に刈った羊の毛を紡いだり編んだり、そりゃそれなりに忙しくしていたもんです。メイセンの羊毛はリンツ領でもカプリ領でもいい値で売れたんですよ」

「ああ、あの頃は薪を買うこともできたからなぁ」

「羊がいたのか？」

「昔は、ですよ。いつだったかね？　七十年くらい前までは飼ってましたね」

「ふむ。食べてしまったのだろうか？」

　資料ではその頃、麦が不作だったと書かれていた。

「まあ……それもあるんですけどね。一番の理由は、キャラリメ村ですよ」

女のその言葉に、残りの村人たちは露骨に顔を顰《しか》めた。


領兵たちの訓練を見下ろす。

領兵たちは最近、目覚ましい成長を遂げている。統率が出てきたのだ。隊長の指示ひとつで、それなりに機敏な動作ができるようになっていた。

彼らはみな、貧しいが故に兵士となっている。領兵であれば寝床と食料を与えられる。そして領兵は、領主に税を納めなくてもよい。

村人を領兵として差し出すことは二重の意味で口減らしとなる。その代わりに村の働き手がいなくなったとしても、村人ひとり分の食料と税のほうが重いのだ。


エルンストの講義室には町の者たちもやってきた。町を構成する民の位《くらい》は商人である。

「それでもまだ、五十年くらい前までは商売も成り立っていたんですよ」

サイキアニ町の商人が愚痴る。

「御領主様が来られてからは、お屋敷相手の商売が大きいですね」

「私が言うのもどうかと思うが、この屋敷だけを商売相手にしていても成り立たないだろう？」

メイセンの財政状況を誰よりも把握しているのは、エルンストだ。

「ええ、まあ……」

「以前は、外に向けての商売は大きかったのか」

メイセンの羊毛はいい値で売れたと村人が話していた。

「はい、それなりに、ですが。村人から作物や薪、工芸品などを買って他の領地で売り、外で買ったものをメイセンで売る。今でも商売はしていますが以前ほど活発じゃありませんね」

「今のメイセンでは、自分の村で採れたものを売れるほど、余裕のあるところは少ないですから」

「それでもダダ村や、カタ、ラテル、ヒライキ、スニカ村なんかは採れた物を売りに来ますよ」

「ふむ。その五村は、生活が成り立っているのか」

「まあ、所詮《しょせん》はメイセンの村ですからね。かろうじて、ということでしょうね」

　屋敷を訪れる民はカタ村やラテル村、スニカ村、そしてこのサイキアニ町の者に限られていた。残りの村や町は屋敷から遠すぎて気軽に来ることはできない。

　かつてエルンストがメイセンに入って屋敷に移動する道中で訪れた村の民を思い出してみても、みな痩せ細り貧しい服を身につけていた。メイセンの民は、生きていくだけで精一杯なのだろう。

「しかし農民にしろ、山民にしろ、絶対に金が必要です」

「そして奴らは、商人にしか物を売ってはなりませんから……」

　そう言うと、商人たちは得意気に頷き合った。

　リンス国には非常に厳密な、階級制度がある。

　農民や山民、川民は自分が収穫したもの、作ったものを直接他人に売ってはならない。唯一売り渡していい相手は、商人のみである。

　また、各々が属する位も厳格に決められていた。リンス国では主に、母の位を子が引き継ぐ。農民の母を持てば子は農民に、医師の母を持てば医師となる。婚姻契約を交わした者同士から生まれた子のみが、両親どちらかの位を引き継ぐのである。別の位に変わるには、複雑で煩雑な書類を揃えた上で多額の金が必要となる。しかし、金を取られただけで位替《くらいが》えは認められないことも多い。

　そしてリンス国にはもうひとつ、国民にとっては非常にやっかいな国法がある。

　国民はその地を治める領主に、金で税を納めなければならないのだ。もちろんそれ以外にも、山民は薪や肉、毛皮などを納め、農民は作物を納めなければならない。職人や商人は現物がない分、高い税を納める。

　税に関することはどうにかしてやりたいとエルンストは強く思うのだが、税に関する法律は抜け道のないものであった。領主ができるのはその税率を動かすことくらいなのだがそれも、下に、ではなく上にだった。

「では町の者たちは、その商売で食べていくことができるのか」

「とんでもありません！　我々が商売で得るものだけでは到底、生活ができません」

「ええ、そうですよ。私らは薪にしろ食料にしろ、生活の糧《かて》は全て金で購入するのですから」

「そうです。まず商売で得た金は税として納める分を取り置き、残ったもので生活の必需品を買います。ですが最近では非常に難しく……」

「そう、非常に難しいので、慣れない農作業などをして庭や町の外れなどを耕しているのです」

「農民どもに馬鹿にされながらね……」

男たちは自嘲気味に笑った。

「なぜ、そうなったのだろうか？」

「それは、まあ、ヤキヤ村のせいでしょうね」

「ああ、そうだろうなぁ。ヤキヤ村とメヌ村が、いつの間にかうまいことやっていたからなぁ」

「でも、まあ……メヌ村は、今は……なぁ？」

そう言って商人たちは、エルンストが名しか知らない村を嘲笑《あざわら》った。


帰る子らに薄く切った板を渡す。巨木で作った薪を薄く切ったものだ。

エルンストの腕の三本分ほどの幅があるその板の、上端に一単語だけ書いて渡す。子らはそれに、石で削るように字を書いて覚える。エルンストが渡した板一枚分を書き終えたら、火にくべればいい。


週に三回、エルンストのもとへと通う子らにいい顔をしない大人もいる。だが彼らも、エルンストが渡す薄い板一枚分だけは黙っていることだろう。


「キャラリメ村とヤキヤ村というのは、どういう村か？」

執務室で侍従長に訊ねた。

「キャラリメ村は……ああ、あのクルベール病の村ですね。奴らはクルベール病のくせに怠け者で……あ、これは失礼しました」

滑り出した口を侍従長のシングテンは慌てて閉じた。

「私に構うことはない。続けよ」

エルンストは大きな椅子に背を預ける。

「……あの村は、畑を放棄した村です」

「畑を？」

「はい。放牧だけで生きていくと言って、畑を耕すことを止めてしまったのですよ。まあ、放牧のほうが楽ですからね」

そうなのだろうか。畑を耕したこともなければ放牧をしたこともないエルンストには、何とも言えないところだった。

「ですがそのせいで、メイセン領の村々は家畜を手放したのですよ」

「なぜだ？」

問いかけたエルンストを、背の高いシングテンは見下ろして続けた。

「ひとつの村が羊を大量に飼って放牧するのです。とれる羊毛の量も半端ではありません。大量に刈り取った羊毛を安く売る。他の村は、キャラリメの羊毛の価格に太刀打ちできなかったのです」

それでカタ村やラテル村は家畜を手放したのか。しかし、それだけで生活が逼迫《ひっぱく》したとは、単純には考えにくい。

「では、ヤキヤ村は？」

「ヤキヤ村？　……ああ、リュクス国の村ですね」

エルンストは怪訝な顔で問いかけた。

「メイセンの村だろう？」

「ええ、まあ、そうですが……奴らはリュクスだと、メイセンの領民たちは思っているでしょうね」

「どういうことだ？」

「リュクス国との国境となるバステリス河ですが、なにも一年中荒れ狂っているわけではありません。一年のうち二ヶ月ほどは舟で渡れるのですよ。ヤキヤ村の連中は、渡しの仕事も請け負っています」

農民は農業にしか従事できない。舟を扱うのは川民の仕事だ。

「ヤキヤ村の民は農民ではなく、川民なのか？」

「先の御領主様に位替えを願い出て認められたのです。ですからヤキヤ村の数名は農民でもあり、川民でもあります」

完全な川民としなかったのは、渡しの仕事が年に二ヶ月しかないからだろう。そして完全な位替えではない故に、ほぼ不可能と言われる位替えがなされたのか。

「しかし、それがどうして、リュクスの村と言われるのだ？」

「ヤキヤ村はメイセンの商人に村の産物を売らずに、バステリス河を渡ってリュクスの商人に売ったんですよ」

「リュクスに？」

「はい。ですからメイセンの商人は、商売が立ち行かなくなったのです」

いつもは見下ろしているだけの領兵の訓練所に初めて足を踏み入れた。すぐさまガンチェが気づいて駆け寄ってくる。

「エルンスト様、どうかなされましたか？」

「いや、大したことではない。領隊長はどこだろうか？」

心配するガンチェを安心させるように、逞しい腕に軽く触れる。ガンチェの腕が、しっとりと汗に濡れていた。

エルンストに気づかず訓練を続ける領兵の間を、ガンチェに守られながら進んだ。剣がぶつかり合う金属音がすぐ側で響くが、ガンチェが側にいてくれるおかげで少しも怖いとは思わなかった。

「どうかしましたか？」

隊長タージェスはいつものように、新参兵を教育していた。眼光の鋭さは相変わらずで、エルンストの前であっても膝を折ることはない。

「少し、話がある。時間はあるか？」

「……おかしなことを。貴方は、私に命令さえすればいいのですよ」

「それはそうだが。常日頃から命令ばかりしていたら、ここぞというときに何の価値もなくなるだろう？」

エルンストの言葉に、タージェスはガンチェと視線を交わした。頭いくつ分も上で交わされる二人の思わせぶりな視線に、エルンストの腹に苦いものが広がる。

「時間などいくらでも作れますよ。さて、どちらに行きましょうか？」

ここではできない話なのでしょう、とその目が語っていた。察しのよい男が、エルンストの嫉妬心まで見透かしているようだった。

エルンストは微かに目を逸らすと、後ろに控えたガンチェの腕を取る。

「では私の執務室に来てくれ。ああ、急ぎではないから」

タージェスの、クルベール人特有の青い目がふっと笑うと、軽く敬礼をして領兵たちの元へと去っていった。

執務室の扉が閉まるのを確かめもせず、エルンストは大きな体にしがみついた。

ここにも察しのいい男がひとり。すぐに小さな体を抱き上げてくれた。

「エルンスト様」

「何も言うな。……わかっている」

太い首に鼻を触れさせ、愛しい匂いを胸いっぱいに吸い込む。

エルンストは自分が情けなかった。ガンチェの周りにいる全ての者に嫉妬してしまう。誰も彼も、ガンチェの隣に立つのに相応しい人物に見えてしまうのだ。この小さすぎる体ではなし得ないことも、あの者たちは易々と乗り越えるのだろう。ガンチェと共に。

ガンチェの耳の下に口づける。喉にも顎先にも。頬に口づけて、間近で赤茶色の瞳を覗き込む。ガンチェはエルンストを見つめたまま、深い口づけをくれた。

厚い舌を味わい、エルンストはようやく安心して瞳を閉じた。

互いの息を交わし合うように口づけていたのに、不粋な音に中断させられる。思わず剣呑な目で扉を睨みつけたエルンストをガンチェは微かに笑い、小さな体をそっと床に下ろした。

もう一度聞こえた音にエルンストは溜め息をつき、扉に向けて声を発した。

「入れ」

領隊長タージェスが入ってきた。その目がおかしそうに笑っている。エルンストが急ぎではないとわざわざ付け加えた理由を違えず覚っているのだろう。ガンチェとの時間を楽しめるだけの間を置いてやってきた。

「では、私は戻ります」

ガンチェが、エルンストとタージェスに声をかけ出ていく。

「……同席させないのですね」

タージェスが意外だというように問いかけた。

「その地位が領隊長と同列とはいえ、ガンチェが一兵卒であることに変わりはない。もっとも、私が必要だと判断すれば聞かせることはあるが」

メイセンの領兵は、領主の屋敷の敷地内に建てられた兵舎で暮らす。家族と共に暮らしてよいのは中隊長以上で、数部屋を持つ戸建てに住めるのは小隊長からだ。それ以下は、ひと部屋ずつに区切られた集合兵舎で生活を共にする。

ガンチェはエルンストの伴侶ではあるが、同時に領兵でもある。本来ならば兵舎で暮らさなければならない。その大きな体では随分と窮屈ではあったが、かつては暮らしていた。

だが今は、エルンストと共に領主の屋敷で暮らしている。領兵隊の決まり事を破ったのはエルンストだ。ガンチェと僅かな距離であっても、離れて暮らすことに耐えられなかったのだ。

ガンチェはここメイセンで、いやでも人の関心を集める。外から入ってくる者が極端に少ないメイセン領では、ダンベルト人ということだけでも目立つのだ。

領主の伴侶となった今、ガンチェに反感を持ち陥《おとしい》れようとする者が出てくるかもしれない。そうなるきっかけを、簡単に作り出してはならない。すでにひとつ、エルンストが決まり事を破らせている。そのためエルンストはこれ以上、他の者の勘繰《かんぐ》りが入らないよう、殊更《ことさら》に気を配っていた。

「近いうちに、キャラリメ、アルルカ、ヤキヤ、それからイベンとイイト村を廻る」

タージェスが目を見開く。

「どの村も遠いですよ？　せめて、雪が解けるまで待たれては？」

「そうも考えたのだが、あまり時間を空けぬほうがいいだろう」

「……なぜですか？」

「できれば百五十歳以上の者の話を聞きたい。この百年の間に何があったのか」

「必死で生きてきた、ということだと思いますが」

タージェスの声に皮肉が混じっていた。

タージェスは昨年の夏からメイセンに住み着き、剣の腕前を買われて領兵に、そしてエルンストが着任する数日前に領隊長となった。

かつてはリンス国軍の正規兵だったと聞いた。今でもその位は騎士なのだ。メイセンに辿り着くまでの数十年間を、ガンチェのように傭兵として過ごしていたという。

どのような経緯があり、高い給金を約束された国軍を去り傭兵へと身を投じたのか。傭兵としてどのような日々を送ったのかエルンストは知らない。だが、権力者にあまりいい印象がないのだろうということはわかった。

「ふむ。メイセンの民は自分たちの力で懸命に生きてきた。その過程をも、私は知りたいのだ」

エルンストは静かにそう言うと、タージェスを見上げた。タージェスは僅かに沈黙した後、軽く頷いた。

「……では、領兵を出しましょう。いい機会だ。新参兵を中心に、行軍の訓練といきましょうか」

いつもの不敵な笑みを浮かべて提案した。


「エルンスト様、領内を見回られるのですか？」

自らが全裸にさせたエルンストの体を撫でながら、ガンチェが問いかけた。

「ああ、そうだ。といっても、この屋敷から遠い村を見てくるだけだ」

同じく全裸となった逞しい胸に頬を寄せ、吐息と共に答える。

「遠いとは、どのくらいです？」

「一番遠いキャラリメ村は、屋敷から徒歩で十時間ほどだ。一番近いアルルカとイイト村でも六時間らしい」

「……私も同行して構いませんよね？」

エルンストが領主として行うことに一切口を出さないガンチェが珍しく、要望を口にした。

「ふむ。もちろん、私はそのつもりだが」

「ありがとうございます」

弾けるような笑みを浮かべたガンチェにたまらなくなり、エルンストは大きな口に吸いついた。

大きな体で年相応の姿をしているのに、ガンチェはやはり、若さを内に持っていた。六十年を生きたエルンストにはない、三十年足らずしか生きていない者の若さだ。

それがまた、エルンストには可愛らしく愛おしい。

「どの村も方角が全く違うから一度には無理だろう。訪れるのに一日から二日、滞在に二日をかけたとして、一村を見るのに六日はかかる。五つの村全てを見終わるのに二ケ月はかかるだろうな」

メイセンの村を辿るように、引き締まったガンチェの腹の上で指を巡らす。くすぐったいのか、ガンチェが笑った。

「楽しみですね」

「なぜ？」

「一日中、エルンスト様と共にいられるではありませんか」

可愛いことを言う。

「雪が積もっていますから、馬車は使えないかもしれませんよね。それでしたら私が、エルンスト様をお運びしますよ」

ガンチェが楽しそうに言うからエルンストも思わず頷きそうになる。

「私もそうしてもらいたいが。残念なことに、メイセン領の馬車は雪道を走るために作られたようなものらしい」

「……そうなのですか……」

エルンストの言葉に気落ちしたのか、肩を落とすガンチェの巻き毛を撫でてやる。

「共にいられることに変わりない。もし、ガンチェが屋敷に残っていることになれば長い間、離れていなければならないのだからな」

「そうですね」

エルンストの慰めに、ガンチェは元気を取り戻す。

領兵内では自分より二倍も三倍も年齢が上の者たちと対等であろうと気を張っているせいか、エルンストとふたりきりのときのガンチェは殊更子供っぽい。だがそれも、エルンストには可愛くてたまらない。

小さな手で摑んだガンチェの男根に口を寄せる。太くて長くて重い。興奮して勃ち上がったその姿に、エルンストの腰は痺れるような快感を覚えた。この凶悪とも言える大きさで中を抉られる悦びを、エルンストの体は知っている。

筋が張り出した赤黒い男根に舌を這わせる。ここがこの色になるまでどれほどの者たちを抉ったのか。顔も知らない者たちが憎くて、悲しい。

エルンストはガンチェしか知らない。エルンストの小さな男根は、ガンチェの口中しか知らない。六十歳となった今でも無毛の下半身には、薄い花色のものがちょこんと垂れ下がっているだけだ。

太い男根を口いっぱいに頬張る。嘔吐《えず》きそうなほど奥へと迎えているのに、先端を咥えているだけにしかならない。ガンチェの太さと長さに驚喜し、自分以外の者が同じように、いやエルンスト以上に上手に悦ばせたのだろうと悔しくなる。

「エルンスト様……」

悦《えつ》に入ったようなガンチェの声が降ってきて、優しくエルンストの髪を撫でた。

唐突に、ガンチェに対して強い執着が沸き起こる。この男は私のものだ。伴侶とし、契約を交わした男だ。誰にも渡さない。

膨れ上がった大きな睾丸を摑み、揉む。エルンストの口中で滲み出した美酒を、啜り味わう。小さな男が精一杯、自己主張を始めたのを感じた。

2

準備を整え一行が屋敷を出たのは、それから五日後であった。

エルンストに同行するのは侍従のマイスと領隊長タージェス、第二小隊長アル以下第二小隊の二十二名、新参兵四十八名である。もちろんガンチェもいた。

エルンストの留守は侍従長が、タージェスの留守は副隊長のアルドが預かる。

まずは、放牧のみで生きているというキャラリメ村を目指した。

キャラリメ村は屋敷から一番遠く、南西の方角にある。エルンストが通ってきたリンツ領との境にあるリンツ谷へと続く森と、同じくリンツ領へと続くエグゼ山とのちょうど中間に位置する。エグゼ山は高く険しく人を寄せつけない。

五十年ほど前に行われた人口調査では、村人の全ての大人がクルベール病であった。

エルンストが乗る馬車を、侍従のマイスが操る。領兵たちは当然のように徒歩だ。領隊長のタージェスと第二小隊長のアルは馬に乗る。

出発前、マイスにキャラリメ村について訊ねた。だがマイスは、村の名前と位置しか知らなかった。マイスはまだ若い。屋敷に仕えて日も浅い。他の村のことを知らなくても無理はないのかもしれない。

だが、とエルンストは思う。

メイセンの民は総じて視野が狭い。彼らはみな、自分の村だけで物事を捉える。もしくはカタ村やラテル村のように、往来の容易い近い村の者たちだけで考える傾向が強い。

メイセンという同じ領地に住む、遠い村の者たちのことに対してあまりにも関心が薄いのだ。

屋敷とキャラリメ村の中間に、領主が持つ小さな館があった。メイセン領は広大な土地のため、このような領主の館が領内に点在した。

朝早く屋敷を出発し、昼過ぎには館に着いた。

「やはりお屋敷から持ってきて正解でしたよ」

館内部を見回ってきたマイスが言った。

「薪の一本もありませんでした」

普段、全く使うことのない館だ。それは当然だろう。

「領兵たちはどうしている？」

「なんだかよくわかりませんが、領隊長さんが怒っていますよ」

「領隊長が？」

「はい。領兵は気の毒なくらい落ち込んでいます」


「お呼びですか？」

椅子を軋《きし》ませながら座っていたエルンストの元に、タージェスがやってきた。

「ああ、かけてくれ」

指し示した椅子に、同じように軋ませながら座る。

「……大丈夫ですか？　これ」

「どうだろう。何せこの百年というもの、誰も使わなかった館だ。何もかもに不都合が出ているようでマイスが困っている」

「まあ……そうでしょうね」

タージェスが床板を見て、天井を仰ぐ。床板は所々剝がれているし、天井には穴が空いていた。

「メイセンに余裕が出たら修繕してもよいが、今のところはこのままだ」

今後の状況によっては館自体を解体し、小さな小屋にしてしまってもいいとエルンストは考えていた。

「それで、ご用件は？」

「ああ、そうだった。館に着いたとき、領隊長が怒っていたとマイスが言っていたから……何かあったのか？　あ、いや、別に、隊内のことに口を出そうとは考えていない。……だが、少々気になってな」

口を出す気はないのだが、どうしても聞かずにはいられなかった。

領兵が落ち込んでいた、ということはガンチェも落ち込んでいるのかもしれない。慰めるにしても事情を知ったほうがいいと思ったのだ。

「……ご安心ください。確かに少々強く指導いたしましたが、ガンチェには関係のないことです」

笑いを堪えた青い目を向けられて、エルンストはわざとらしく咳払いを返す。

「どうも新参兵は自覚が欠けているようです。エルンスト様が領主となられるのが決まってから慌てて領兵隊に組み入れた者たちですし、無理もないと言えないこともないのですが」

　領主不在の間、領兵の多くは数だけの兵士だった。常には村で過ごす農民であり、兵士としての訓練は受けていない。国軍の監察を受けるときにだけ、付け焼刃の訓練を行っていたのだ。

　これが、百五十七名の領兵隊のうち、三分の一が新参兵である理由だった。

「エルンスト様もお気づきでしょう？　このメイセンは国境地であるにもかかわらず、兵がお粗末だ」

　エルンストは細い指を軽く組んだ。

「リンス国は今まで、リュクス国やシルース国と争ったことはありますが、あのバステリス河を越えて侵入されたことはない。奴らはいつもメイセンではない、別の領地から攻めてきた。ということは、メイセンは国境であるにもかかわらず、一度も戦った歴史のない土地です」

「そのとおりだ。国の正規軍も駐屯しておらず、領兵も領民も、国境の地としての自覚はない」

「はい。しかし、この土地は……」

「孤島である」

　エルンストの言葉に、タージェスはにやりと笑った。

「冬場になればリンツ領との道は消える。夏場でも、あの谷を渡るには人数が限られる。リュクス国がその気になれば、メイセンを陥《おと》すことは容易い。領民はバステリス河が守ってくれていると考えているようだが」

「本当にメイセンを守っているのはリンツ領との境にある、リンツ谷です。たとえリュクス国の兵が雪崩《なだ》れ込んできても、あの谷を渡ろうと思えばひとりずつ渡って行かなければならない。そんなことを数千、数万の兵でできるわけがない」

「だからリュクス国はメイセンを通って、我がリンス国を攻めようとはしないのだ」

「ですが、だからといって、領兵がのんびりとしていていいわけではありません。私はここまでの道を、領兵たちがどのように進むのか見ておりました。どいつもこいつも散策気分で……のんびりとしたものです。兵同士で話したり、通りすがりの農夫と近況報告で話し込んだり。武器を忘れてきた者までいたのですよ？　ひどい者は、武器が重いとはじめから置いてきているのです」

訓練での動きもよくなっていると素人目《しろうとめ》で判断していたが、やはり見る者が見ればまだまだということか。

「第二小隊は、新参兵に比べれば幾分かまし、という程度です」

「そうか……メイセンはたくさんの問題を抱えている。領兵隊も、メイセンが抱える問題のひとつだ。だが私は、気長に着実に取り組めば解決できると信じている。少なくとも、領隊長が危機感を持って事に当たっているのだから、領兵隊の問題の半分は解決されたようなものだと思わないか？」

静かにそう言って見上げると、いつも不敵な色を湛えた目が泳いでいた。どうやらこの領隊長は、照れ屋なのかもしれない。

国境を守る兵としての自覚がないことを、当初からエルンストも危惧していた。だが、兵を強くすること、規律を作ることは領隊長に一任すると決めていた。

王は軍隊の最高位に座っているが、軍人としての訓練など受けない。それどころか人生の中で一度も、剣を握ることはない。

剣も握らず行軍のひとつも経験したことのないエルンストが、領兵に語る言葉を持っているはずがない。領兵を導く領隊長がエルンストと同じ思いを持っていると確信できた今は、安心して全てを任せられる。

エルンストは、背負った荷物のひとつが軽くなるのを感じた。

タージェスが去った室内でひとり、エルンストは思案する。

メイセンを守っているものはバステリス河とリンツ谷。タージェスにはそう言ったが、メイセンを守っているものはもうひとつあると、エルンストは気づいていた。

皮肉にもそれこそが、メイセンを守る最大の盾なのだ。


翌日も朝早く出立し、昼前にはキャラリメ村に着いた。

道中、馬車の窓から見ていたが、領兵たちの動きは昨日と比べてさほど変わっているとは思えない。こちらも一筋縄ではいかないらしい。

キャラリメ村は、想像以上に酷いところだった。

メイセンに着いて、エルンストが初めて足を踏み入れたアルルカ村から徒歩で三時間ほどの位置にあるこの村は、本当にクルベール病の村だった。三十人の村人のうち、七人の子供を除けば、二十三人の大人全員が病に冒されていた。

「この村はいつから、クルベール病の者ばかりになったのだ？」

村長の家で四人の長老と向かい合った。長老と言ってもみな百四十歳から百七十歳で、王都であれば現役で働く若い年代だ。

「さて……私の母親はまともな大人でしたから……あれは百六十年ほど前でしょうか」

「では少なくとも百六十年前までは、病に罹《かか》らない者がいたということか」

村人たちは頷き合った。エルンストを含め、傍目には少年少女が語らっているとしか思われない状況である。

「一体、何が原因でこのようなことになったのだろうか」

「そんなこと儂らにはわかりませんよ。クルベール病の原因さえわかっていないのに」

突き放すように話す村人の言葉に、エルンストは苦笑を浮かべて頷く。確かに、病の原因自体が解明されていないのだ。

百人に一人の割合で発症するといわれるクルベール病を村人全員が発症しているとなると、この村に何かしらの原因があると思わざるを得ない。だが見たところ、彼らは病の原因を探すより、生き延びることを考えるだけで精一杯のようだった。

「この村は、放牧だけをしていると聞いたが？」

エルンストの言葉に、村人は皮肉な笑みを浮かべた。

「ふん。どうせ他の村が、なんか言ってるんでしょう？」

「怠け者だとかなんだとか……」

「あいつらは何も知らないのに、いつだって偉そうに儂らを馬鹿にするんだ」

ひとしきり他の村々を罵《ののし》った後、ひとりの村人がエルンストに向き直った。

「御領主様、畑を耕したことはありますか？」

「いや……」

「では、放牧は？」

エルンストは軽く首を振って否定した。

「畑仕事は、夏場だけやっていればいいというわけではありません。短い夏場で一年の糧を得られるように耕すのは無理です。ですから冬場には、冬場の作物を育てるんです」

それはカタ村やラテル村の者にも聞いた。冬場に育つ麦や根菜類を育てるのだと。

「冬場の凍《い》てついた大地を耕すのは、とても力のいる仕事です。私らにそれが難しいということは、御領主様にはわかっていただけると思います……」

男たちがエルンストを窺うように見てきた。クルベール病を患う者は生涯において、少年少女の力しか持てない。

「村人がだんだんとクルベール病になっていって、私らの親たちは悩んだんです。このままでは、自分たちが耕した広さの畑を私らが耕していくのは難しくなると」

「だから、放牧だけにしたんです。放牧なら、羊たちを追っていけばいいですから」

「でもだからと言って、ただ楽をしようとしたわけじゃない。私らは色々考えて、放牧したんです。どの草を食べさせるか、いつ羊を移動させるか、どのくらいの頭数なら世話ができるか、飢えさせないか……色々と……本当に、色々考えたんです」

「少ない力で羊を押さえる方法、できるだけ早く毛を刈る方法、どの羊を増やせばいいか……そんなことを考えたんです」

「春も夏も秋も冬も、羊を追っていきました。儂らは儂らなりに、そりゃ一生懸命働いたんです」

昔を懐かしむように男たちは遠い目をした。

「それを……儂らの努力を全て無駄にしたのは、アルルカ村の奴らです。あいつらがいい加減なことをしたから、メイセンの羊毛は見向きもされなくなったんだっ！　それを知らずに他の村の奴らは全部、儂らのせいにするっ!!」

辺境の地の、辺境の村だ。村人は誰ひとり、教育など受けてはいない。エルンストに対する言葉遣いもはじめこそ丁寧さを心がけていたようだが、激昂する感情と共に忘れてしまっている。

この場にいるのはエルンストと侍従マイス、そして村人だけだった。だが村人の声が聞こえたのか、静かに戸が開き、タージェスが姿を見せた。村人たちはタージェスに気づいてはいなかったがエルンストは目で制し、退出させた。

「アルルカ村は、何をしたのだろうか？」

村人の感情が幾分収まった頃、エルンストは静かに訊ねた。

「あいつらは……儂らの真似をしたんです」

「真似？」

「ええ……あいつらは耕していた農地を放棄し、今の土地に移り住んで、儂らのように放牧を始めたんです」

農民は住む土地を変えてはならないが、同じ領内であれば違法ではない。

「でもあいつらは、私らのように頭を使わなかった」

「あいつらは毛質の悪い羊を増やしただけだ。質の悪いものを他の領地で売ったところで、高値で売れるはずもない。メイセン産の羊毛は、一気に買い叩かれたんです」

「そのうえアルルカ村は放牧自体、いい加減だった。草を食い尽くさせ、羊を餓死させたんだ……」

「あいつらは何時間もかけて儂らの放牧地にまでやってきて、草を食わせた。おかげで儂らの羊まで飢えて……」

村人は、涙混じりの声を絞り出した。

キャラリメ村に足を踏み入れて、エルンストは意外に思ったのだ。放牧の村だと聞いたはずが、羊の姿があまりに少ない。どこか遠くの放牧地に行っているのかと思っていたが、どうやら違ったようだ。

商売だけで立ち行かなくなったサイキアニ町のように、このキャラリメ村も放牧だけでは生きてはいけなくなったのだ。

「今は、どうやって暮らしているのか？」

「出稼ぎです。毎年、十人ずつ出稼ぎに行きます。それでなんとか税を納めて、食い繋いでいます」

「でも、それも難しくなってきました。来年からは、出稼ぎに行く数を十五人にしなけりゃならないかと……」

村人たちは溜め息を吐いて俯いた。

村長の家を出たとき、陽は完全に落ちていた。僅か半日ばかりの話し合いなのに、その何倍も滞在したような気がした。エルンストはとても疲れていた。

村まで同行させたのは領隊長以下十二名の新参兵とガンチェのみだった。彼らはエルンストに気づくと整列をした。

「すまない。待たせたな」

周囲は暗く、頭ふたつ分上にあるタージェスの表情が見えにくい。

「今から戻るのは無理だな」

「そうですね……すぐに出発しても、お館に着くのは真夜中になってしまいますね。明日もここに来られるのでしょう？」

「ああ、もう少し見回ろう」

明日は村の周りを見てみたい。

「では野宿といきましょうか。エルンスト様、大丈夫ですか？」

もちろん、と頷いた。

こうなることを予想していたのか。タージェスは館を出るときに一夜分の薪と食事を運んできていた。その上、昼間のうちに領兵たちに命じ、野宿ができる場所を探していたのだ。

「どうして村に滞在しないんですか？」

領兵のひとりがタージェスに訊ねていた。

「見るからに疲弊《ひへい》しているあの村に、この数が受け入れられるわけがないだろう。それにお前たちは、野宿というものを知らなきゃならん」

確かに、とエルンストも思う。

この場にいる者で野宿をしたことがあるのはタージェスとガンチェ、そしてエルンストのみであった。

元皇太子で領主でもあるエルンストが野宿を知っているのに、曲がりなりにも兵士である領兵が誰ひとり、外で寝ることを知らないのだ。

「狼が来るかもしれんからな、火を絶やすなよ」

タージェスが笑いながらそう言うと、領兵たちは慌てて火に薪を入れた。


「どうでしたか？　村は」

総勢十五名である。火は三つ作った。エルンストはタージェスとガンチェ、三人で火を囲む。

「ふむ。村人たちはよく協力し合い、生きているようだ」

少し離れた場所で火を囲む領兵たちの、賑《にぎ》やかな声が聞こえる。タージェスが気に病む遊び気分はまだ続いていた。

「三十名の村人は、三つに分かれて暮らしているそうだ」

「私も確認しました。昔はそれぞれで暮らしていたのでしょうね。いくつかの家、といいますか小屋が点在していましたが、どれも朽《く》ちていました。今は比較的しっかりした造りの家、三軒に分かれて暮らしているようです」

エルンストが村人たちと話している間、タージェスはさりげなく村を見て廻っていたようだ。

「そうか。十人ずつ毎年出稼ぎに行くというから、村は大きな家族のように全てを共有して暮らしているのだろうな」

「そのようですね。村には七人の子供がいましたが母親が出稼ぎに行っても困らないように、年老いた村人と同じ家で暮らしていますよ」

「この村は貧しいなりにも、よく考えて動いているようだ」

いつの間にか領兵たちが静かになっていた。火を絶やすなと言われたのに、みな寝てしまっている。

「あいつらは……本当に、頭までどっぷり平和に浸かっているようです」

溜め息を吐いてタージェスは立ち上がった。数歩進んで足を止め、振り返る。

「向こうの火の面倒は俺が見るから、ガンチェはそっちの火を見ていろ。……私はあちらにいて戻りませんから、おふたりでどうぞ」

にやりと笑って遠ざかっていった。

「お休みになっていただいて構いませんよ」

ガンチェが薪を火に入れながら言う。

「エルンスト様？」

エルンストは立ち上がると、敷布の上で胡座をかいて座るガンチェの膝に腰を下ろした。厚い胸に背を預け、ほっと息をつく。

「ふむ。これでいい」

逞しい腕を抱き寄せ、エルンストは目を閉じた。ガンチェの自由なほうの手が頭を優しく撫でていく。

長い、長い一日だった。


翌日は村の周りを見ていく。羊の数は少ないが、どれもよく肥えていた。

「メイセンの羊毛の価値は落ちましたから、これ以上飼っても仕方ないんです」

「でも、かつての牧草地がありますからね。どいつもよく食って肥えているんですよ」

昨日話し合った村人とは別の、若い村人たちがエルンストに説明する。

「この頭数で牧草地は維持できるのか？」

「いいえ、無理です。ですから毎年少しずつ、牧草地が荒れています」

村人は悔しそうに言った。

「羊を増やすとどうなるのだ？」

「放牧にはさほど人手は必要ありません。私らには羊を操る技がありますから。ですが、問題は毛刈りです。あれは人の手が必要です。もし羊を増やしたら、全部を春に刈るには村人総出でやらなきゃならない。でも、毛刈りの季節にはまだ出稼ぎから戻っていない村人がいますから」

「羊ってのは、毛を刈ってやらにゃ、伸びた毛で窒息することもあるんでさ。特にキャラリメの羊は毛質のいい、長い毛を持っているからね。こいつらは絶対に、雪が解ける前に刈ってやらにゃ」

浅黒い肌をした村人の言葉にエルンストは足を止め、彼方で草を食《は》む羊たちを見渡した。

雪を自分で掘りながら、隠れた草を食べている。シェル郡地でもメイセンが位置するあたりでは、雪が降ろうと大地が凍ろうと、その下で生きる植物は枯れない。

キャラリメ村が放牧を選んだ理由のひとつには、冬場の餌確保が容易であったことも大きいのだろう。この地で生きる羊たちは餌を与えてやらなくとも自分で雪を掘り、探し出す。村人は他の領地のように、夏場に大量の牧草を刈り取り冬に備えなくてもいいのだ。

3

アルルカ村へは館に戻ってから行くよりも、キャラリメ村から向かうほうが早い。

エルンストがキャラリメ村に滞在していた二日の間に、第二小隊は新参兵を連れて屋敷に戻り、代わりに第一小隊がキャラリメ村へと赴いてきた。

エルンストが乗ってきた馬車もマイスと共に屋敷に帰した。馬車で進むには今冬の雪は深い。だがそれ以上に、マイスを連れていくのは避けたほうがよいとエルンストは判断した。

今屋敷で働く者は全て、祖父母の誰かが屋敷で働いた者たちだ。侍従長だけが唯一、自身が先代に仕えている。

エルンストは屋敷で働く者に、屋敷の雑事をこなすことと領主の補佐としてメイセンを運営する力をつけることを求めていた。

本来なら行政官が領主の下で働き、領地を滞《とどこお》りなく運営する。だがメイセンにはそのような立場の者はおらず、領地内に適任者がいるとも思えない。

マイスはまだ若い。これから多くのことを学び、いずれは何かを任せたいと考えていた。そのために屋敷から連れてきたのだ。

だが、マイスには屋敷近くで育った者が持つ、欠点があった。それは屋敷から遠く離れた村々に対する侮蔑の心である。意味もなく嘲り、見下げる。また、そういう態度を隠そうともしない。

エルンストはメイセンを変えたかった。そのためにはまず、ここに暮らす人々の心を変えなければならない。

だがしかし、人の心はそう容易く変わりようもなかった。

エルンストとタージェス、ガンチェ、そして第一小隊、総勢二十五名でアルルカ村へと向かう。

キャラリメ村からアルルカ村までの道は冬の間、通る者もいない。降り積もった雪は深く、領兵の脹《ふく》ら脛《はぎ》にまで達する。エルンストでは膝が軽く埋まっていた。

メイセンで降る雪はふわりと軽く、歩きにくい。

ガンチェが運ぶというのを制したが、三歩も進まぬうちに諦めた。どう頑張っても、エルンストの足で辿り着くのは無理だった。

ガンチェに抱き上げられると視界が一気に広がる。

高い視点から遠くまで見渡せるが、目に入るのは一面の雪原と、冬でも枯れない落葉樹だった。

「これは、グルード郡地の木だろうか？」

白い息を吐きながら呟く。

「いえ、グルードの地にはこのような木はありません。あそこにあるのは棘《とげ》のあるものばかりですから」

「エルンスト様」

隊列を乱さず行進する第一小隊長ブレスが、ガンチェとの会話に遠慮がちに入ってきた。

「私はイベン村の出身です。私が子供の頃は、イベン村が背負うエグゼ山の木々は、冬には枯れておりました」

「ふむ。ではこのように、冬でも葉を保ち出したのはいつ頃だろうか？」

「私は来月の新年で九十七歳になります。六十四歳のときには気づきましたから、少なくとも三十三年前にはこのような状態だったと思われます」

ブレスはエルンストが意外に思うほどはっきりと、年数を口にした。エルンストの表情に気づいたのだろう、ブレスが続ける。

「六十四歳のとき、カタ村の女との間に子が生まれまして……その子供を連れて村に帰ったときに気づきましたから、よく覚えているのです」

そういう事情なら記憶に焼きついているだろう、とエルンストは頷いた。

ガンチェは深い雪を全く苦にせず進む。後ろからついてくる領兵たちも頑張ってはいるが、どうしても遅れがちな者が出てきた。タージェスやブレスがつれている馬でさえ、脚が埋まる雪を嫌っているようだった。

ガンチェが着る、獣の皮で作られた領兵の外套に頬を寄せる。太い首筋から森の香りがした。頭の上に広がる樹木だけを見て、ガンチェの匂いに包まれていると、今が真冬だとは思えなくなってくる。

冬に枯れない落葉樹。

これは異常なことだと、誰か気づいているだろうか。アルルカ村が見えてきたときには、タージェスらの馬でさえ息が切れていた。領兵たちは今にも座り込みそうだった。

そんな中、ガンチェだけが平然としていた。

「疲れたのではないのか？」

遅れる領兵たちを捨て、ガンチェはすたすたと進む。

「いいえ。エルンスト様の香りを吸い込んでいると、私は誰よりも強くなれるのです」

エルンストはつと黙り込み、ガンチェの男らしい顎先に軽く口づけた。

「奇遇だな。私もガンチェの匂いを感じると強くあれる」

笑うと、ガンチェも笑い返してくれた。

「それにエルンスト様は羽根のようで……私の剣よりも軽いのですよ」

ガンチェの軽口のようだが、それは事実であることをエルンストは知っている。以前、戯《たわむ》れにガンチェの剣を持とうとして寸分も動かせなかったのだ。

「あの剣より重くなろうとしたら、私はメイセン中の作物を食べなければならない」

細い眉を寄せるエルンストに、ガンチェは大きな声で笑った。


エルンストがメイセンに入って、初めて通った村がアルルカ村だった。狩人たちと別れた村。あれから二ヶ月以上が経っている。

村の手前でガンチェから離れ、エルンストは自分の足で歩いてアルルカ村に入った。以前にもエルンストを出迎えた村長がよろよろと歩いてくる。

百四十七歳だったか……エルンストは目の前の村長を見る。王都ではまだまだ働き盛りの年齢だが、過酷な生活が村長から若さを奪っていた。

「私を、覚えているか？」

威圧的にならないよう、努めて静かな声を出した。

村長はゆっくりと頷き、エルンストを家へと招き入れた。

アルルカ村は、キャラリメ村より困窮を極めているようだった。

アルルカ村の人口は三十六人。子供は五人、大人三十一人のうち、クルベール病は二十七人である。

「アルルカ村は放牧を続けているのか」

暖炉はあるが火はない。家も朽ち始めていたが補修もできないらしい。どこからか冷たい風が入ってくる。

「はあ……昔は、放牧を主にやっていましたが……」

村長の家には村長以下七名の老人とエルンスト、タージェスがいた。

「ふむ。ではもう、羊を飼うのは止めたのか？」

七名の村人たちは互いに顔を窺い合う。誰が口を開くのか、譲り合っているようにも、押しつけ合っているようにも見えた。

「今は……五頭ばかりを飼うだけで……」

村長が答える。

「では、畑を耕しているのか？」

村人はお互いを窺い出した。

キャラリメ村のほうが話は進みやすかった。アルルカ村には明確な長はいないのかもしれない。村長とはいってもただ単に、年嵩というだけなのかもしれない。

「ああ、まぁ、麦を育てるくらいですが……」

村長が渋々答える。

「ふむ。それでは食べていけぬのではないのか？」

また村人たちの無言の牽制《けんせい》が始まった。

「若いのが、出稼ぎに行っておりますから……それで……」

村長がぼそぼそと答える。

「そうか。では私がメイセンに辿り着いたときは、出稼ぎに行く前だったのか」

あのとき、村人は今より多かったはずだ。今は七人の老人と、五人の子供だけとなっている。

「薪は、どうしているのだ？　買うのか？」

村長が話すだろうと、六人の村人は身を固くして床を見ている。

「薪は……その……買えませんから……森で、木の皮を剥いで……それで……」

村長の言葉に、暖炉にそっと視線を走らせる。そこには薪と言えるようなものは何もなかった。

アルルカ村は森を背にしている。この森はエルンストも通った森だ。あの狩人が言ったように、アルルカ村では木を伐り倒せないのだ。


「アルルカ村は先代領主の頃も、生活は苦しかったのだろうか？」

百四十七歳の村長では覚えていないかもしれないと思いつつ、エルンストは問いかけた。

「前は……こんなんじゃなかった」

村長が、ぼそりと言った。

「子供の頃は、作物もたくさん作って、それを食べていけばよかった。あの頃は誰も、出稼ぎなんかにゃ行かなかった」

痩せ細った体を震わせて、村人のひとりが言った。

「御領主様は、先にキャラリメ村に行きなさったんでしょう？　あいつらは、儂らのことをなんて言ってましたか!?　どうせ、儂らの悪口に決まってるんだっ！」

その言葉に、置物のように黙って座っていた他の村人たちも怒りを露《あらわ》にし始めた。

「あいつらはうまいことやってた。だが独り占めしようとしたんだっ!!　……儂らがいくら頭を下げても、絶対に教えてはくれんかった」

「何度も、何度も、何度も、頭を下げに行ったんだ！　村人全員で頭を下げたこともある。でも、あいつらは儂らを馬鹿にして……っ！　村人全員で頭を下げたら、笑いやがったんだ……」

　まるで昨日の出来事のように感情を高ぶらせ、涙を浮かべた。

　いつの話なのか、そもそも何のことを言っているのかエルンストにはわかりかねたが、黙って激昂する村人の話を聞いていた。

「だから儂らは自分で考えて、羊の世話をしたんだ。昼も夜もなく頑張ったのに……儂らの羊は毛が切れて……」

「質が悪いって、商人に買い叩かれて……村人全員食わせるためには羊を増やすしか方法がなかった……」

「この土地は、豊かな牧草地になれるはずだったんです。森は冬でも枯れなかったし、ちょっと雪を掘ったらすぐに青々とした草が生えてたんです」

「なのに……いつの頃からか、森の木がどんどんでかくなり出して……儂らが牧草地としていたところにまで木が生えて」

「これ以上森が広がらないように、儂らは必死で若木を倒していったんです。でもクルベール病の者が増えて、力作業ができなくなって……」

「今でも森は広がっています。羊に食わせる草も、思うようにいかなくなりました。今じゃ五頭ばかし、飼えるかどうかです」

　切々と訴えていた村人の激情が消えていく。

「昔の土地に戻ろうにもダダ村の奴らがいるから……あいつら、儂らが頭下げて頼んでも退きやしない」

　諦観した溜め息を、村長が力なく吐き出した。

　アルルカ村を覆っているのは、どうしようもないやりきれなさだった。

　放牧で成功を収め出したキャラリメ村に倣《なら》おうと村を棄て、放牧に適した土地に移り住んだのにうまくいかず、元の土地に戻ろうにもそこは既にダダ村が耕作地を拡げて使っていた。

　どちらの村にも必死に頼み込んだのに無下にされた。何度も何度も諦めずに頭を下げただろうに、決して報われることはなかったのだ。

　そうやって、アルルカ村は全てを諦めてしまった村だった。


　ここでも野宿をしようとしたのだが村人たちに止められた。多くの村人が出稼ぎに行っている。空いている家で休めと言うのだ。

不在である他人の家に勝手に入っていいものかと躊躇したが、誰かが入ったところで何もないと村人は笑っただけだった。

恐る恐る入ってみると、確かに見事に、何もなかった。粗末な寝台と、木で作られた不恰好な食器類だけである。

エルンストは村人の好意をありがたく受け入れた。

エルンスト以下二十五名は五軒の家に分かれて入る。薪も満足な寝具もなく転がって休むだけだが、壁があり、外気を遮れるだけでも助かった。

家で休めるだけでいいのに、村長はどうにかしてエルンストたちに何かを食わせようとする。

だが如何せん、彼ら自身が、出稼ぎ者が無事に戻ってくる春まで食い繋いでいけるかどうかわからないのだ。それにもかかわらず、老人七人と子供五人で食べる一食分の食事に雪を足し、火にかけ、薄い薄いスープを作る。

エルンストは、ブレスと話していたタージェスに近づき、小声で言った。

「屋敷から持ってきた干し肉を二枚ほど、細かく刻んであのスープに入れてやってほしい」

「二枚……ですか？　それは領兵ひとりの一食分にもなりませんよ」

今回の行軍はアルルカ村で終わりである。明日も滞在し、屋敷に戻るのは明後日の予定だ。余裕を見て持ってきた食料は、あと四日分はあるはずだ。

「ふむ。だが、そのくらいがちょうどよい。常にあのスープのようなものを食していたのだとしたら、多すぎる肉はあの者たちの毒になる」

タージェスはエルンストの言葉に納得し、頷いた。

「確かに……そうですね。あの状態で腹を壊すというのは、生死に関わります」

さすがに傭兵として長年生きてきた者だ。極限の飢餓を、この領隊長も経験しているのだろう。

「できれば肉を入れるときは、村人にわからぬようにしてやってくれ」

エルンストは立ち去り際にひと言付け足した。

タージェスはうまくやったのだろう。事情をわかった上でよく観察しなければわからないほどの小さな肉片がスープに混ざっていた。村人の様子からも、彼らはそのことに気づいていないようだ。

エルンストは村の広場で焚かれた火を、村人や領兵たちと囲んでいた。村人は領兵が用意したこの火だけで満足しているようだった。みな幸せそうな顔で薄いスープを啜っている。

他人に与えられる幸せは、干天《かんてん》における雨のようなものだ。救いの慈《じ》雨《う》になったとしても、それは気まぐれに与えられるもので本当に人々を救うものではない。そんなものに縋っても、何も解決はしないのだ。

アルルカ村の民は諦めることに慣れきっている。卑屈になっていると言えるのかもしれない。

エルンストがアルルカ村に食料を渡すことは難しいことではない。今ある、二十五人が四日食べられるだけの食料を彼らに渡すことは簡単なのだ。だが、それでは村人を駄目にする。

今の彼らでは、エルンストが与えるものを当然として受け取り、次を要望するだろう。そして他の領民は、アルルカ村にだけ与えられたものを羨《うらや》み、嫉妬する。

他人から座して与えられるものに慣れてはいけない。それは受け取った者を殺す毒となる。

エルンストは、ぼそぼそと会話を交わし合う村人の様子を静かに見ていた。


翌日もタージェスを連れ、アルルカ村の周りを見ていく。五頭の羊が鼻先で雪を掘りながら草を食べていた。この羊はキャラリメ村にいたものと、どこか違っているように見える。

「これは、キャラリメ村と同じ羊か？」

案内役の少年に訊ねた。七人の老人たちは足腰が弱く、村から出ることは少ないらしい。

「キャラリメのとは違うって、聞いています」

新年で三十歳になるという少年が答えた。エルンストの半分の年頃だが、見た目はエルンストと同じ背格好である。

この者もクルベール病を発症するのだろうか。エルンストは、少年の近い未来を案ずる。

「ふむ。なぜ、違うものを飼育しているのだ？」

「よくはわからないんですが……キャラリメのはキャラリメが作った羊で、あれはいい羊なんですが、キャラリメが絶対に渡さないから、こっちにはいないんです」

「ではこの羊は、アルルカ村でずっと飼われていたものなのか」

「はい。これの毛は短いんですが、細くて艶があるんですよ」

少年はそう言い、愛おしむように羊を撫でた。五頭の羊は全て、この少年が世話をしているらしい。アルルカ村の五人の子供のうち、少年以外は全員、十歳以下の幼児である。

「でも艶があるだけに紡ぐことは難しいんです。だからアルルカの羊毛はものすごく、価値が低いです。それに、こいつは毛の量も少ないんです。キャラリメでは一頭で麻袋ひとつは取れるって聞きましたけど、これは三頭で麻袋ひとつ、です」

苦笑する少年の手に、羊が頭を押しつける。少年は宥めるように羊の頭を軽く叩いた。

確かに羊の白い毛には光沢があった。少年が大事に世話をしているのだろうが、キャラリメ村の羊にはなかった艶だ。エルンストはそっと、羊に手を伸ばした。

タージェスが驚いたようにエルンストを凝視する。

「キャラリメ村の羊毛は、刈ったものをそのまま売っていたが、アルルカ村でもそうなのか？」

「いいえ、この羊の毛は売っても、羊毛を詰める麻袋の値段にさえなりません。これは村で使う敷物にします」

「敷物？」

「はい。寝台の下に置くような、ちょっと小さな敷物なら、こいつら十頭分で一枚作れます。今は五頭しかいませんから、二年分でどうにか一枚作っているだけですけど」

寝台下の、足置きにする敷物はとても小さい。あれが羊十頭分の毛で作られるとしたならば、もし敷物として売ったとしても、この村の規模ではどうにもならないだろう。無理をして十頭を飼ったところで小さな敷物一枚分の値段など、どれほどにもならない。

五頭の羊は無心に食い続けている。それは、食い繋ぐためだけに働く、アルルカ村の姿そのもののようであった。


二日目の夜も村人からの精一杯のもてなしを受けた。薄いスープに、タージェスは村人に覚られぬよう細かく肉片を混ぜる。火を囲み、共に食した。

エルンストは狩人たちと旅をした日々を思い出していた。軽い音を立てて木が燃える。村人も子供らも、エルンストや領兵に慣れ、ぽつりぽつりと会話を続けた。

ダンベルト人が珍しいのか、ガンチェの周りにはいつも子供らが集まっていた。ガンチェは五人の子供をそれぞれ両腕に摑まらせ、一気に持ち上げた。村人はもとより、領兵の間からもどよめきが上がる。

雪原の夜空に子らの歓声が響いた。


翌日の朝食後、出立することにした。アルルカ村から屋敷まで、徒歩で六時間。少し雪が降り始めていた。

村人全員で見送ってくれた。羊を世話する少年が泣きそうな顔でエルンストを見ていた。

エルンストは少年の痩せた手を取り、握った。びくりと体を強張らせた少年の手は、骨と皮だけの荒れた手だった。

まだまだ冬は続く。出稼ぎ者が戻ってくるまで、この村は鬱々《うつうつ》とした空気に包まれているのだろう。彼らが無事に春を迎えられることをエルンストは強く願った。そして、冬の間であっても、昨夜のように笑い合える村にしなければならないと、強く思った。

エルンストは決意を伝えるように少年の手を握り締める。

戸惑い瞳を彷徨わせていた少年は、やがてしっかりとエルンストの目を見て、その手に力を込めた。

エルンストと変わらない背格好の少年の力は、エルンストとは比べものにならないほど強いものだった。

4

屋敷に戻り新年を迎えてから、イベン村へと出立した。

イベン村は、屋敷から徒歩で七時間の村である。タージェスにガンチェ、第五小隊を連れていく。エルンストはもうひとりの侍従、アルカが操る馬車に乗り込んだ。

イベン村は屋敷から見て南の方角にある。人口四十六人中子供が三人、クルベール病は三十四人である。第一小隊長ブレスの出身村であるが、ブレスは連れてきていない。

今回に限らず、どの村に行くときもその村の出身者は連れていかないようにエルンストは気をつけていた。

先入観なく自分の目で、村を見てみたい。

　前回使った館で一泊し、翌日イベン村へと向かう。新参兵を連れていないだけに足は速い。昼前には村へと着いた。


「この村の羊も、キャラリメ村とは違うのだな」

　村の空き家で村長以下三名の村人と話す。タージェスとアルカも同席させた。

「キャラリメのは、村から出されることはありませんからね」

　村長が苦笑する。

　イベン村では放牧地と呼べる場所は少ないらしい。羊は村の中にまで入って草を食べていた。

　エルンストは村長らと話し合う前に羊を見てきた。アルルカ村の少年に説明を受けたからではないが、羊の毛質が気になる。イベン村の羊は、アルルカ村の羊とも違っていた。毛に光沢はなく、色も薄汚れた感じがある。

「以前は、羊毛だけで食べていこうと頭数を増やしたこともありますよ。キャラリメがうまいことやってましたからね。うちだって、って思うもんでしょ？　だけどここの羊は駄目でした」

　イベン村の村長は百三十二歳の女だった。かつては裕福な商人の家で住み込み、働いていたらしい。稼いだ金は全てイベン村へ仕送りし、蓄えはない。

　この村も、村人が力を合わせて生きている。村人の半分が出稼ぎに行っている間、残った村人で子供と年寄りの面倒を見ていた。

「どうして駄目だったのだ？」

「毛が悪いんですよ。長さはまあ、あるんですが、色が悪いって。昔はそれでも毛染めして、なんとか売れてたんですが、キャラリメのがいいやつでしょ？　毛は長いし、色は白いし。あそこは草だけ食わせて一年に一回、刈り取ってやればいい。そんな手間がかかってない羊毛に、うちのじゃ太刀打ちできないですよ。こっちは毛染めしなきゃまともな値段が付かない。だけど毛染めには人手もいるし、手間もかかるし。とにかく、キャラリメの麻袋ひとつ分と同じ値段じゃ売りたくないんですよ」

「もしそんな値段で売ってたら、うちは羊毛を外に出すたびに借金しなきゃならん」

捲し立てる村長に村人も同調する。

「では、あの羊たちはどうするのだ？」

「まあ、非常食というか、祝い事のご馳走ってとこでしょうかね。刈り取った羊毛は村人の衣服にしてますし。あれはそこいらの草を食ってるだけですから、放っておいてもいいし」

女が会話に入っていると話が進みやすい。男のように言い淀んだり、見栄で隠したりすることも少ない。

「今はどのように生計を立てているのだ？」

「出稼ぎですよ。ここの土地はあまりよくありませんからね。農作物といっても大したものは採れません。土地は狭いし……村人全員の腹を満たせるわけもない。あとは、山で薪を作って売っています。うちの村は半分農民で、半分は山民ですから」

イベン村はリンツ領との境にもなるエグゼ山を背負っている。この山は険しく、登りきってリンツ領へ行くことはできない。

「だけど最近じゃ、なかなか木を倒せなくなってきましたよ。クルベール病が増えて力仕事ができなくなってきましたし、道具も刃が悪くて。若木をどうにか伐り倒せるくらいでしょうかね。まあ、それでも贅沢に使わなきゃ一年分の薪は手に入る上に、僅かながらも売ることはできますから」

村長はそう言って笑った。アルルカ村に女は残っていなかったが、キャラリメ村にいた女も生活が困窮しているだろうに笑っていた。

女は強い。だが、女が笑っていられるうちに状況を変えなければならない。


エルンストが訊ねたことも訊ねなかったことも村長は話してくれた。外から来た者と話すことに飢えていたのか、ぽんぽんと飛び出す話にエルンストはついていくだけでも大変だった。

「すごかったですね」

話し合いの場であった空き家を出て、第五小隊のもとへと向かいながらタージェスが呆れたように言った。

「あの女はリンツ領の商人の家で奉公していたと言っていましたから。商人の家では、あのくらいの威勢のよさは必要ですよ」

アルカがしたり顔で論じ、おかげで早く済んでよかったですねと続けた。マイスから何か聞かされているようだった。

キャラリメ村での話し合いは当初、非常に難航した。エルンストが訊ねても、はい、か、いいえ、で答えるばかりで進まなかったのだ。

エルンストは気長に彼らの言葉を待っていたのだが、横でマイスが苛《いら》ついているのはわかっていた。苛々《いらいら》と足を踏み鳴らし、時には舌打ちまでする。イベン村の村長が早い展開で話していたからアルカはそのような行動は取らなかったが、アルカにもマイス同様の欠点があるようだ。

早く進む話し合いがいいとは限らない。じっくり腰を据えて相手の話を聞く。そういうことを厭うようでは駄目なのだ。

「エルンスト様、明日には屋敷に戻られますか？」

「いや、明日はエグゼ山を見てこよう」

エルンストの言葉にアルカは渋面を見せた。

「アルカは第五小隊と共に、村に残っていればよい」

苦笑してそう言うと、途端に笑顔になる。根が素直だと言えなくもないのだが如何せん、それでは働いてはいけない。


イベン村でも空き家が提供された。領兵たちは五つの空き家に分かれて就寝した。エルンストはガンチェとふたりでひとつの空き家を使う。

「エルンスト様、お疲れですか？」

硬い床に直接座るガンチェの引き締まった太腿に腰を下ろす。寝台はみすぼらしく、ガンチェが腰かけたら今にも壊れてしまいそうだったのだ。

「寝台でお休みになられたほうが、お疲れが取れるのではありませんか？」

「ガンチェに触れていたほうが楽だ」

そう言って、分厚く盛り上がった胸に縋りつく。軽く笑う声が降ってきて、硬い腕が抱き直してくれた。

「キャラリメ村というのは少々、閉鎖的な村なのかもしれない」

「一番はじめに行った村ですよね？」

そうだ、と頷く。

「キャラリメもアルルカもイベンも、それほど離れているわけではない。アルルカとイベンであっても、一日も歩けば辿り着く距離だ。それなのに、三つの村で飼っている羊は全く違う」

アルルカでは木の皮を薪として使っていたが、イベンではちゃんとした薪だった。だがとても少なく、火は消えてしまっている。ガンチェはエルンストの肩に自分の外套をかけ直す。

「キャラリメ村は、とても勤勉な村なのだろう。多分、アルルカの羊とイベンの羊を掛け合わせて、今の羊を作り出したのだと思う」

「そうなのですか？」

「私は羊を飼ったこともないから確かなことは言えないが……アルルカの羊の光沢と、イベンの長さ。両方を掛け合わせ生まれた子のうち、両方の特質を持った羊を選り分けて育てていけば、何代目かにはキャラリメの羊になると思わないか？」

「確かに……」

「他にも掛け合わせた羊がいるのかもしれないが、そもそもリンツ領からあの谷を渡って羊を仕入れるのは難しい。子羊ならば背負って谷を渡れるかもしれないが、そのようなことが常にできるものでもない。だとすれば、メイセンで解決するしかないだろう。リュクス国から仕入れる方法もあるだろうが、リュクスの羊はあまりいいものではないと聞く」

「……そうですね。ではやはり、もともとメイセンにいた羊を幾種類か掛け合わせてキャラリメの羊を作ったのでしょうか」

「そうなのだろう」

だがそれを、村の外に出すことはなかった。

訪れた村で彼らがどのように話し、どのような態度でエルンストに接するのか。エルンストは彼らの行動を見ていた。

イベン村は村長の朗《ほが》らかさでエルンストを受け入れ、アルルカ村は不器用な中にも必死に外から来た者をもてなそうとする温かい心が感じられた。

だがキャラリメ村は最後まで、頑《かたく》なだった。一番はじめに訪れた村だけに全ての村がそういうものかと思っていたが、そうではないと後に訪れたふたつの村が教えてくれた。

では、キャラリメ村の頑なさは何だったのか。エルンストらがふた晩村の周辺で野宿をしていても、彼らは近寄ってさえこなかったのだ。

キャラリメ村の、他を絶対に排除しようとする頑なさは、彼らの羊を守ろうとしてなのかもしれない。

「明日はタージェスとガンチェ、三人で山に入ろう」

「三人ですか？」

「そうだ。案内役の村人もいるが、第五小隊とアルカは置いていく」

エグゼ山は険しい。大人数で行くような場所ではない。

「獣がいるらしいが、狼が出たところでガンチェなら大丈夫だろう？」

下から見上げて笑うと、大きな体が覆い被さるようにして口づけてくる。

「狼がエルンスト様を襲おうとしたら、私が殴り殺してやりますよ」

頼もしい伴侶に縋りつき、エルンストはその舌を味わった。


翌日も晴天だった。天候に恵まれているとエルンストは思ったが、どうやら違うらしい。

「エグゼ山のおかげでしょうかね。このあたりでは、吹雪くことは滅多《めった》にありませんよ」

案内役の村人が言う。

「だから羊を飼うのに適しているんです」

そうなのかと頷き、エルンストは感心した。

エルンストが訪れた三つの村で字を読める者は皆無だろう。だがどの村も、学はなくとも生活の知恵を持っていた。

難しい文献をすらすらと読めたところで、この村で、ひとりで、エルンストがひと冬を乗り切ることは不可能だ。

「イベン村は、以前から羊で生きてきたのか？」

「いいえ。ほら、ここから見渡すとわかりますよ」

村人は足を止め、少々迫《せ》り出した岩に登った。エルンストも同じように岩に登る。ガンチェがすっと、背後に立つのを感じた。

ガンチェの気配を頼もしく感じ、エルンストは安心して岩の上で立つ。

「あそこの木がいっぱい生えてるあたりまでがイベン村です。狭くて平地が少ないでしょう？」

村人が言うように、先に訪れたふたつの村に比べればとても狭い。屋敷近くのカタ村より狭いかもしれない。

「ずぅっと昔は、もっと広かったらしいんですが……いつからか、キャラリメの放牧地があの木々のあたりにまで広がってきて。まあ、今ではキャラリメもあんなとこまで放牧できるほど羊がいませんがね」

そう言って、岩から軽やかに降りた。エルンストも続こうとして、その高さに思わず足が止まる。登るときには感じなかったが、意外と高い。

躊躇するエルンストの前に大きな手が差し出された。赤茶色の瞳が優しく笑っている。エルンストが手を重ねると、軽々と引き寄せ降ろしてくれた。

「以前はどうやって食べていたのだろうか？」

案内する村人に続きながら訊ねる。山は進むにつれて険しくなってきた。

「羊は御領主様に納める税のために飼っていたようですよ。村は耕作と薪を売ったり、捕った獣の肉を売ったりして食べていました。ですが、キャラリメ村がうまくやっていたときにイベン村も引き摺《ず》られて羊を増やしてしまったんですよ。メイセンの村のあちこちから子羊を買うために農具まで売ったんです」

「農具を？」

「はい。羊で食べられるのなら畑を耕す必要はありませんから。あれは失敗でしたね。今残っている僅かな農具では、村の耕作地を守ることはできないんです」


村人は慣れているのか山を進むのが速い。エルンストは、ついていくだけで精一杯だった。

「今は畑からの収穫物と、エグゼ山から木の実を採ったり、鹿を狩ったり薪を作ったりしていますが、それだけで村人全員が食べていくのは無理です。だからどうしても出稼ぎに行かなきゃならない……俺も、来年には出稼ぎに行きます」

イベン村は村人が半分ずつ、交代で出稼ぎに行くと話していた。それでも難しく、村長のように数十年単位で定着し稼ぐ者もいる。

案内役の村人はアルカと同年代の若者だった。この年齢で既に、何度も出稼ぎを経験しているのだろう。

土地を離れ稼ぎに行くというのがどういうことか、エルンストにはわからない。だが決して楽しいものではないということくらい、エルンストにも想像できた。

「この山の実りがもう少し多ければ、楽になるんでしょうが……」

村人は足を止め、山の木々を見上げる。エルンストも同じように見上げた。

「あれらは、実は、ならない、のか？」

息が切れる。

「実はなりますよ。でも食べられるまでに手間がかかります。何日間も水にさらしてすり潰して……それでも食べられるだけましですが。これ以上登っても、食べられる実をつけるものはありません」

見たところエグゼ山には、木苺のような果実類をつけるものはないようだった。

村人はどんどん進んでいった。どうやら登れるところまで登って案内しようとしているらしい。村長に命ぜられたのか若者の心遣いが嬉しくもあるが、エルンストの足は限界を訴えていた。

「エルンスト様」

背後からガンチェがそっと声をかけ、エルンストを抱き上げた。本来なら固辞するところだが、今はありがたい。

「あ、速すぎましたか？」

村人は慌てて歩を緩める。そういう問題ではないのだが、と額に浮かぶ汗を拭いながらエルンストは苦笑した。

「こちらからも登ってこれるんですが、これを後にしたほうがいいと村長が言ったので……」

そう言って村人は、下り始めた道を外れて草むらへと入っていく。このあたりは雪がないのか土が見えた。エルンストが不思議に思っていると、村人が足を止め前方を指さした。

「あそこに湯気が見えませんか？　あれは温泉なんですよ」

温泉、それは自然に湧く湯だと本で読んだ。だがエルンストは温泉に入ったこともなければ見たこともない。メイセンには温泉があるのか。

逸《はや》る気持ちが抑えられず、ガンチェに抱き上げられたまま身を乗り出す。

「イベン村にはいくつか温泉があるのですが、ここは村から離れていますし、何よりこの山を登ってこなければなりませんからね。村人がほとんど利用したことのない温泉です。村長がここにご案内して楽しんでいただけって言ってました」

村人が説明している間に温泉に着いた。地面に足を下ろし、恐る恐る指先をつけてみる。熱すぎず、ちょうど良い湯加減だった。

「私はあちらで待っていますから、みなさんでどうぞ」

そう言うと、村人は来た道を戻っていった。

湯気で薄くけむる山の中、エルンストは有頂天になっていた。湯を使うのは贅沢なことなのだと、メイセンに来て知った。温泉は滾々《こんこん》と湧き出ているのか、付近の岩で簡易に作ったと思われる湯船から溢れ出ていた。これほどたくさんの湯を惜しげもなく使えるなど、考えただけでも胸が弾んだ。

だが、いそいそと服に手をかけたエルンストの肩に、ガンチェの手がそっと置かれる。

なんだ、と見上げると厚い胸に抱き寄せられた。

「エルンスト様」

背後からタージェスの声が聞こえる。

「おふたりで湯をお使いください。私はあの村人と共に、ひと足先に村に戻っておりますから……ガンチェ、エルンスト様を頼んだぞ」

ガンチェの胸に押しつけられたままだったのでその表情は窺い知れないが、なぜかタージェスの声に笑いが混ざっていたようにエルンストは感じた。

「タージェスは、どうしたのだろうか？」

先に全裸となったガンチェに服を脱がせてもらいながらエルンストは訊ねた。

「温泉など滅多に入れるものでもないだろうに。湯が、嫌いなのだろうか？」

エルンストは湯に入るのが好きだ。体中の強張りが解けていくかのように感じる。これが嫌いだと思う者がいるのだろうか。

「さぁ……何か、用事でもあるのかもしれませんね」

上着を脱がされ、肌を舐めていく寒気に身を震わせる。

「この村で？」

「第五小隊に訓練でも言い渡しに行ったのかもしれませんよ」

「ああ、そうだった。第五小隊が村にいたのだな。タージェスは真面目な隊長だ」

ガンチェの言葉に、村に残していた第五小隊とアルカの存在を思い出す。

村人は自分たちが使う村周辺やエグゼ山の全てを見せようとした。お陰で朝食後に出立したはずが、今は空に夕闇が近づいている。村人の話は興味深く、村に置いてきた者たちのことをすっかり忘れていた。

ガンチェは話しながらエルンストの衣服を全て脱がせてしまう。王宮を出てから自分で衣服を身につけだしたエルンストだが、ガンチェと愛し合うようになってまた逆戻りしてしまった。毎朝、毎夜、ガンチェが着させて脱がせてくれるのだ。

　寒気を遮るものがなくなり震え出したエルンストをガンチェが抱き上げる。エルンストよりも早く全裸となっていたのに、大きな体は寒さなど感じていないようだった。触れる肌は熱いくらいだ。

「寒く、ないのか？」

　歯の根が合わず、うまく話せない。

「ダンベルト人は色々と、強いのですよ」

　ガンチェは笑うとエルンストを抱き上げたまま、ゆっくりと湯に浸かった。その熱さに痛みを感じたが、だんだんと慣れて、エルンストは大きく息を吐き出す。

「色々とは？」

「我々は、痛覚はもとより、触覚を自分の意思で変えられるのです」

「触覚を……？」

「はい。暑さ寒さも感じないようにできますし、全ての痛みを感覚から遮断することもできます」

　筋肉で盛り上がった胸に両手を這わせ、精悍な顔を見上げる。

「それは……便利、なのだろうな」

「生き延びるためにはどの感覚も必要なものですから。生死に関わるほどの暑さや寒さを感じないというのは非常に危険です。痛みも、己の身を守るためにはわかったほうがいい。我々は感じることもできるし、戦場においては遮断することもできる。自分の意思で行えるという点で便利ですね」

「ダンベルト人というのは本当に、戦うために体ができているのだろうな」

　盛り上がった肩の筋肉に指先を滑らせる。太い腕を抱え込み、器用に動く指先に口づける。引き締まった腹はいくつにも割れ、無駄な肉はどこにもない。

「ダンベルト人も特別に鍛えなければ、クルベール人のように筋肉は落ちるのだろうか」

「それは……どうでしょう。グルード郡地には戦えなくなった者がいて、その中には稀に老人もいますが、みな引き締まった身体をしていましたね。我々の筋肉というものは訓練に関係なく、一定の量は常にあるのかもしれません」

　グルード郡地で暮らす種族には四つの人種がある。グルード人、ダイアス人、ガイア人、そしてダンベルト人だ。みな戦闘種族で男も女も戦う。

子は十歳にもなれば独り立ちし、裕福な商人に傭兵として雇われたり、貴族に領兵として雇われる。どこかの国軍の正規兵となる者もいる。犯罪集団に加担し、傭兵として同種族が守る対象を襲ったりもする。どちらにしろグルードの種族で一度も戦わずに一生を終える者は皆無であり、同じように、老衰で死ぬ者もまた少ないのである。

「グルードの土地というのは、どういうところなのだろうか……?」

温かい湯に全身を覆われ、その心地よさに眠くなってくる。

「グルードは……子供には厳しいところでしたね。シェルの地で感じる体の重さは、グルードでは十倍にも感じられます。私も小さい頃は立つこともできず、地面を這って進んでいましたよ」

エルンストの肩に、優しく湯がかけられる。

「座っているだけでも疲れましたから。両肩に自分が十人乗っているような感じでした」

「それは、すごいな」

想像ができない。

「もしエルンスト様がグルード郡地を訪れるようなことがありましたら、はじめから終わりまで、私が抱き上げて進みましょうね。あの土地は不思議なことに、地面に足をつけていなければ大丈夫なのですよ」

「足を?」

「はい。足でも手でも、体のどこか一部分がグルードの土地に触れていると体の重さを感じるのですが、全く触れていなければ大丈夫なのです。だから生まれたばかりの赤子は、いつも誰かに抱かれていました」

ますます理解できない。一体どういう仕組みなのだろうか。

当然のことながら、エルンストはシェル郡地しか知らない。他の郡地について文献で読みはしたが、本に書かれていることが本当に起きるのかと疑うほど、奇怪としか思えない話もあった。

「ガンチェは、グルード郡地で生まれたのだろう?」

「はい。グルードの種族はどこで子を孕《はら》もうと、産み落とすときは必ずグルード郡地に戻ってきます。グルードの土地で育てなければ弱くなると信じられているからです。私はグルード郡地以外で育った者に会ったことはありませんから実際にはどうなのかわからないのですが、我々の種族で弱いということは、何よりも一番に恥じなければならないことなのです」

「ガンチェは、強い」

「私より強い者はたくさんいますよ。ですが、エルンスト様をお守りするためならば、私は誰よりも強くあります……」

逞しい腕に抱き締められ、口づけが降ってきた。啄《ついば》むように触れ合った後、去っていく大らかな唇にエルンストは身を乗り上げ吸いつく。

大きな顔を両手で挟み、茶色の巻き毛に指を這わせ引き寄せる。もっと深くと貪欲に求め出す己の心に忠実に動く。両腕でガンチェの頭を抱き締めた。柔らかい腕の皮膚でその髪を感じ、熱い感情が背筋を駆け上がってくる。

「エルンスト様」

離れようとする顔を追いかけ、厚い唇を舐める。

「エルンスト様……」

悩ましげに名を呼ばれ、じっとその目を見上げた。

「駄目だろうか……」

声音にねだる色が混じる。広い肩に乗せた指先が震える。

「どうでしょうか……」

問いかけには答えず、だが身を離すこともなく。太い指がエルンストの股間を彷徨っていた。垂れ下がる柔らかな男に指先を絡め、甘えるように引っ張る。

「ん……っ」

ガンチェの悪戯に目を閉じ、背を反らした。

「一度くらいなら……駄目だろうか」

涙に霞《かす》む目で見つめる。ガンチェを迎え入れたいと、己の下半身が浅ましく震え出したのを感じた。身を屈め、そっと手に握る。温泉の湯よりも熱い塊《かたまり》があった。ぬるぬると指が滑るものを既に出している。

腰を動かし、入り口へと導いた。

「駄目だろうか……？」

腰を落とし、見上げる。下の口が巨大な逸物に口づけを繰り返し、誘っていた。

「……っ！　……エルンスト様っ……では、ここから村まで、私がお運びすることを許していただけますか？」

赤茶色の瞳に獣性が混じるのをエルンストは見逃さなかった。

「ああ、許そう」

背骨が折れそうなほどの強さで抱き寄せられ、厚い舌に口中を翻弄された。

ガンチェの指が入ってくる。香油も石鹸の助けもなく、少しきつい。眉を寄せたエルンストに気づき、ガンチェが指を抜く。ガンチェに促され、湯の中で立ち上がった。

「寒くはありませんか？」

「大丈夫だ」

ガンチェに尻を向け、風呂を縁取る岩に縋る。温泉に温められた体に冷気が心地よいほどだった。ほぅと息をつくエルンストの尻を、ガンチェがねっとりと舐めていた。舌先で入り口を突いている。エルンストは密やかに笑って身を捩《よじ》った。

舌で濡らしたそこに、ゆっくりと指が入ってくる。捏ねるように入り口を解し、奥へと進む。エルンストの好いところをガンチェは律義に撫でていく。そのたびに、エルンストの体が甘く溶けていった。

湯を弾く音が軽く響き、ガンチェの熱い体が背後からエルンストに覆い被さる。柔らかく回された手が、優しくエルンストの男根を包む。もう片方の手はエルンストの尻を撫でていた。

「ガンチェ……早く……」

目を閉じ、甘い吐息と共に囁く。耳元でガンチェの笑う声が響く。太い指が尻の割れ目を撫で、入り口を捏ねる。そうして、ガンチェの太い頭が潜り込んできた。

「あ……っ……」

エルンストの首を、ガンチェがねっとりと舐める。そんな行為にさえ腰が震える。体に力が入らず頽《くずお》れそうになるエルンストを、ガンチェが片手で抱き留めていた。

挿し入れたままエルンストを抱き上げ、ガンチェが湯の中で座る。湯の浮力を借り、ゆっくりとガンチェの全てを迎え入れた。

「……ん……っ」

エルンストの声に、ガンチェの抑えた声が重なる。小さな体は窮屈だろう。エルンストの苦しみは等しく、ガンチェが感じているものなのだ。愛しい人の苦しみを僅かにでも和《やわ》らげるため、エルンストは浅くなりがちな息をどうにかして、深く、ゆっくりとしたものに変えた。

ガンチェの手が優しくエルンストの体に触れていた。

腕や足、腹や胸を優しく撫でていく。その手に促され、体の強張りを解いていく。ふぅと大きく息を吐き出し、身の内に沈めたガンチェを抱き締めた。

「……っ……エルンスト様……」

喉の奥で呻《うめ》くような、笑うような声でガンチェが囁いた。

「もう一度、よろしいですか？」

可愛い伴侶のお願いは何でも聞いてやりたい。エルンストは目を閉じて笑うと、下腹に力を込めた。

「こう、か……？」

「あっ……い……っ……」

ほんの僅か、エルンストを抱く硬い腕に力がこめられる。

「……はぁ……エルンスト様……」

ちゅっと音を立て、ガンチェがエルンストの肩に口づけをした。お返しだと、ガンチェの腕を持ち上げ、その指先に口づける。そうして、太い指に吸いついた。

ガンチェの腰がゆるゆると動き出す。中のガンチェがより一層逞しくなっていく。硬い腕を抱き締め、中からの悪戯に身を捩る。

湯が跳ねるたび、湯気が緩やかに動く。太い楔《くさび》に貫かれ、エルンストはたまらず仰け反った。ガンチェの腕が、エルンストの柔らかな腹をさする。奥まで迎え入れたガンチェに呼応するかのように精一杯立ち上がった小さな男の先端に、大きな手が優しく触れていた。

いつの間にか、周囲は闇に包まれていた。黒い樹木の間から、月の光が零れ落ちる。

ふたりの荒い息遣いと跳ねる水の音しかしない、静かで美しい夜だった。

「エルンスト様……！」

ガンチェの声が切羽詰まる。より一層の熱さを体内に感じ、終わりが近いことを覚る。

「中に……ガンチェ、中に……たくさん……！」

エルンストの望みを叶えるべく、強い力で逞しい腰に縫いつけられた。

「……っ！」

低い呻き声をうなじで感じた。体の中が一気に熱くなる。どくどくと吐き出されるもので、腹が膨れていくようだった。深い陶酔感の中、エルンストもゆっくりと解放した。

のぼせた体に寒気が心地よいほどだ。未だ酩酊感に身を震わせ熱い息を吐き出すエルンストを、ガンチェがそっと抱き上げる。

領兵の硬い上着に頬をすり寄せた。くすりと笑う気配とともに、細い髪に唇が押しつけられたのがわかる。身の中に熱いガンチェを感じた。流れ出さないよう、体に力を入れる。

たくさん吐き出されたガンチェの分身を全てこの身に取り込むことができたなら、ダンベルト人の強さを少しでも手に入れることができるような気がする。

エルンストは一番安心できる腕の中で、うっとりと目を閉じた。


翌日、イベン村を離れた。この村も精一杯、エルンストらをもてなそうとした。それはエルンストが領主だからというより、村を訪れる者を歓待しようとする気持ちからなのだろう。アルルカ村よりはましなスープとパンが出された。

その粗末な食事と食器に、商人の子としてサイキアニ町で育ったアルカは露骨に眉を寄せ、最後まで受け取らなかった。領兵たちはアルカのそんな姿を全く意に介さない様子で、村人が振る舞う食事に口をつけた。彼らはみな、貧しい村の出だ。農民として満足に食べていけないからと、兵になったのだ。イベン村の食事は懐かしい味なのかもしれない。

エルンストは彼らの様子を、ただ黙って見ていた。

5

イベン村から戻ってすぐにイイト村へ向かおうと考えていたが、エルンストらが屋敷に着くのを待っていたかのように吹雪き始めた。

エルンストがメイセンに来て、初めて見る吹雪である。まるで、雪が人々を閉じ込めるかのようであった。

タージェスはそれでも領兵たちに訓練を命じた。天候が悪いからといって攻めてこない敵ばかりではないのだと。

領兵たちは不満を抱えているようだがタージェスの言は正しいと、鍛えられ始めた彼らにも理解できたのだろう。みな懸命に隊長についていっている。

「エルンスト様、お呼びですか？」

極寒の中から今まさに戻ってきたのか、白い息を吐きながらタージェスが執務室に入ってきた。

エルンストは暖炉前の椅子を勧め、熱い湯を渡す。茶葉は未だ買えない。

「訓練は、どうだ」

「新参兵もなんとかまともになってきた、と言いたいところですが……どうしても楽をしようとしますね」

「楽……か」

「はい。吹雪いて視界が悪いからわからないと思っているのか、途中で列を離れ、隊が折り返してくるのを待っていたりするのですよ」

その様子を思い浮かべ、エルンストは微かに笑う。

「ガンチェの目は、吹雪いていてもあまり関係ないようですね。そういう兵士を見つけると、首根っこを摑んで放り投げていますよ」

エルンストは声を上げて笑った。

「それは、楽しそうだな」

「まあ……そうですね」

タージェスは苦笑する。兵士が真剣に訓練に挑まないのは平和な証拠でもあるのだ。もちろん、だからといって訓練を怠っていいわけではない。

「さて、忙しいところ呼び出した理由なのだが」

タージェスが姿勢を正し、エルンストに向き直る。当初の印象は大きく変わり、タージェスはとても信頼できる部下となっていた。

「ひとつ、頼みたいことがある」

エルンストはそう言うと、小さな袋を机の上に置いた。


イイト村へ出立できたのは、それからさらに十日後のことだった。

タージェスとガンチェ、第七小隊を伴う。侍従は誰も連れてこなかった。村人と喧嘩をしたいわけではない。態度を改めない者をこれ以上伴ったところで益はない。ガンチェが運ぶというのを固辞し、領兵のひとりに馬車を操らせた。

エルンストとてガンチェと触れ合っていたい。ガンチェの匂いに包まれていると不安に思うことは何もないのだ。

だがエルンストは、メイセンを率いる領主である。

領主が、誰かひとりを特別扱いしすぎるのはメイセンのためにも、また、ガンチェのためにもならない。誰が何を思い、時に、ガンチェに危害を加えようとしないとも限らない。人の暗い部分を見過ごしてはならない。

それは、エルンストが王宮で身に付けた知識のひとつであった。

イイト村は屋敷から東に徒歩で六時間の村である。広い森を間に置き、グルード郡地を背にしている。人口三十七人のうち子供五人、クルベール病を患う者は八人であった。

「このあたりは雪が降らないのか？」

出迎えた村人に聞く。

「はい。グルード郡地の影響なのか、イイト村では雪が降りません」

出迎えた村人の家で二名の村人に話を聞く。タージェスは今回も同席させた。この者はなかなか目端が利くとエルンストは思う。

「ここは雪がないからか、水が少ないんです。特に、冬場はいつも水不足で困っています」

村人が表情を曇らせた。

「そうか。水は、どこから得ているのか」

「森の泉や細い川から汲んできます。でも、村人の半分以上が出稼ぎに行っていて、残りは子供や私らのような年寄りばかりですからね……水汲みは、非常に辛い労働です」

「歩いて水を汲みに行くのか」

「いえ、ヤギを飼っています。森までは片道一時間ばかしですが、森の川も冬場は涸れます。泉も水が少なくなって汲みにくい。仕方がないからメヌ村まで行っています」

「メヌ村？」

「はい。あそこは徒歩で二時間程ですが雪が降るんです。だから雪をとってくるために向かいます」

メヌ村はバステリス河を背にするヤキヤ村と、ここイイト村の中間にある。かつては木材に重きを置いていた村だ。

「ですが最近は、メヌ村が金を取ろうとするから……」

「金？」

「私らが雪を集めるのに金を取ろうとするんです。でも私らは金なぞありませんから……。仕方なく、ダダ村のほうに行くこともあります。ダダ村は四時間もかかるというのに……」

　空から降ってくる雪に金を取るのか。心中で眉を寄せながら先を促した。

「この村は、どのようにして生活をしているのだ。作物は育てているのか？」

「昔は木で生きていました。薪を作ってメイセンで売ったり、家具を作ったりしていました。ですが最近は森の木が大きくなりすぎて、私らでは伐り倒せなくなってきています。今では比較的細い木を倒して村が使う薪と、売る薪をどうにか作っています。……ほんの、僅か、ですがね」

　そう言って村人は、照れたように笑った。つられてエルンストも微かに笑う。

　雪が降らないとはいっても寒いことには変わりない。いやむしろ、雪が降らないというこの土地のほうが寒さを感じる。しかし十分な薪が得られるというのなら安心できる。その証拠に、今はまだ夜ではないのに暖炉には火があった。

「作物は？」

「水がありませんからね。土地もあまり肥えていなくて……芋や麦がどうにか育つくらいです」

「それでは食事に困るだろう」

「ですから出稼ぎは絶対に必要なんですよ。あの森は、木の実も果実もあまりないですし……かつては狩りをしていたんですが、森の木のようにえらく巨大な獣ばかりになってしまって、私らにはもう狩ることもできません。……ああ、でも兎などを狩って食っています。兎といっても、こんくらいでかいですよ」

　村人は手振りでその大きさを示した。それは大型犬ほどの大きさだった。

「イイト村は主に、動物の肉を食しているのか」

「はい。ここはもともと、作物はあまり育たないんです。私らも山民で、農民ではありません。だから若いのがいるうちにできるだけ狩っておいて、干し肉にして冬場を食い繋ぎます」

「でも、でかくても兎は兎で、鹿より素早くて狩りもうまくいくことは少ないです。だから出稼ぎで稼いだ金や、薪を売った金で食料や水を買います。……もちろん、それで税も納めます」

　イイト村も、村人はよく協力し合っていた。

　シェル郡地では、貴族以外で結婚という選択をする者は少ない。多くは、母と子で家族を成していく。しかしメイセンでは、村がひとつの家族であった。

イイト村のように出稼ぎ者が多ければ、子は出稼ぎ中に孕んだ結果だということが多い。母親は子を産み落とし、村人に預けてまた働きに行く。どの子が誰の子か村人は一切意に介さず、全ての子に平等に愛情を注ぐ。

そして年老いたら、村人全員で面倒を見る。だから、出稼ぎ中に稼いだ金を我が物にしようとする者もいない。全てが共有財産で、全ての者の人生を村人全員で背負っているのだ。


「みな、よく協力している。そして、村という社会を円滑に運営するため、よく考えている」

エルンストは、一歩下がって歩くタージェスに語りかける。

「そうですね。私は他の領地もいくつか見たことはありますが、ここほど村人同士が助け合う土地はありません」

「そうなのだ。村は、よく協力し合っているのだ」


それをメイセン全体に広げることができればよいのに、と思う。

翌日は、イイト村を囲むようにして作られた畑を見て廻る。

新年を過ぎたばかりで屋敷のあたりでは雪が深いというのに、イイト村では本当に雪を見ない。代わりに、ひび割れたような畑から舞い上がる土煙が酷い。

「これでは作物を育てるのに苦労するだろう」

「はい。あまり水を必要としないものを選んでいますが、麦やらヒエやら粟《あわ》ばかりで……夏場も芋や豆くらいしかできません」

「この土地は昔からそうだったのだろうか？」

村人に渡された布で顔を覆い、どうにか口を開く。

「いいえ、私の子供の頃はもう少しましな土地でした。狩ってきた獣と畑の作物で村人全員食っていけましたから」

年老いた村人は風に煽られ揺れている。タージェスが側に立ち支えてやっていた。エルンストも、時折吹きつける突風で足下が覚束ない。ガンチェがさり気なく風上に立っていた。

「ふむ。ではいつから、このようになったのだろうか」

「さあて……私が成人するかどうかという頃に母親が出稼ぎに行きましたから、あの頃からでしょうかね。とすると、百年ちょっと前からおかしくなったんだと思いますよ」

　エルンストは屈んで土を手に取ってみる。手にした塊は少し握っただけで崩れ、ぱらぱらと風に舞う。僅かな水も含んではいないように思われた。

　雪が降る前の空のように、どんよりと暗い雲にエルンストの胸が覆われる。豊かな緑に覆われた土地は、メイセンでは望んではならないものなのか。誰かにそう問いかけたくなる。

　軽く溜め息を吐いて立ち上がると、グルード郡地との境となっているウィス森へと足を向けた。

　森の外には涸れた大地が広がっていたというのに、ウィス森は遠くからでもその豊かさがわかるほど深い色をしていた。

　不思議なことに森の中と外では、くっきりと線が引かれたように境界が切られていた。水を含まない乾いた大地が、ある一点を境に深い森へと変わる。

「この森には緑があるのだな」

「はい。この森は何があっても枯れません」

　森の中を進むにつれて、風が弱まり無風となる。

「随分と静かな森だな」

「外がいつもあんな感じで吹き荒れていますからね。この森は特に静かだと思ってしまうんです」

「でも慣れてくれば音が聞こえてきますよ」

「風の音か？」

「いいえ、獣の声です。鳥や鹿の鳴き声が。夜になれば狼の遠吠えも聞こえますよ」

　その言葉にエルンストの足が思わず止まる。かつてリンツ領で出会った狼の恐怖は、小さな体を未だに震えさせている。

「狼が……いるのか？」

「鹿がいるところには大体いるんじゃないですかね。いい餌ですし。それに狼がいなきゃ困ります」

　ガンチェがエルンストの肩をそっと抱く。温かな手に勇気づけられ、再び歩を進める。

「なぜ、困るのだ？」

「私は出稼ぎでメリージ領へ行ったことがあるんですが……あの領地では、狼が家畜を襲うからと全部殺したんですよ。おかげで、森や山で鹿が増えて、木々を食べ尽くしてしまったんです。私が出稼ぎで行ってた頃は農作物まで狙っていて、鹿と私らとの戦いでしたね。鹿は畑を襲う虫と違って一年中動いているし、夜も来るし……あれにはまいりました」

そうなのか……。

狼がいなければ森を渡ることも楽になり、いいことだと思っていた。だが狼がいなければ鹿を捕食するものがいなくなる。どのような植物でも動物でも、増えすぎていいものはなく、消えていいものもないのだ。

エルンストは立ち止まり、静かな森を見回した。

村人たちが言うように耳が慣れ、鹿の甲高い鳴き声が聞こえる。葉を揺らす音が聞こえ、虫の存在に気づく。

「この森も狼がいなきゃ鹿が若木を食べて、私らが薪を得ることは難しいでしょうね。やっぱり鹿も、成長したでかい木より若木のほうが柔らかくて旨いみたいだし」

よく観察すれば、木々の皮は鹿に剝ぎ取られていた。だが倒されるほどではない。鹿が木々を枯らすほど食う前に、狼がその数を減らすのだ。

森の空気を深く吸い込む。豊かな緑の香りがした。エルンストの愛する香りに似ている。

自然が作り出したものに無駄なものなど何もないのだ。全ての生き物が関わり合い、生きている。

村人はエルンストに説明しながら森の中を進む。

進めば進むほど、森の木々は巨大になっていった。中にはクルベール人の大人が十人ばかし手を繫がなければ抱えられないほど大きなものまである。

「グルード郡地ではこれほどの木になっても普通なのだろうか」

ガンチェを振り返って訊ねる。

「いいえ。グルードではこのくらいの木なら、まだまだ若木ですね」

ガンチェの言葉に村人まで足を止めた。

「じゃあ……ここの木は、もっと巨大になっていくんですか……？」

途方に暮れた顔でガンチェを見上げている。

「どうでしょうか……ただ、グルード郡地は常に高温で、この地のような冬の寒気に晒されることがないから、大きいのかもしれません」

精悍な眉を寄せ苦笑する。村人を落ち着かせようとしているのだろうが、ガンチェ自身、確実なことなど言えないのだろう。

ほんの二百年前には誰も、ウィス森の樹木が巨大になることも、イイト村の畑が干上がることも想像しなかったのだ。この先の百年がどういうものになるのか、そんなことは誰にもわからない。

エルンストは森の中をゆっくりと歩いた。大きな木、大きな葉、踏み締める地面は柔らかだった。イベン村で歩いたエグゼ山のように、岩を感じる場所もない。

時折葉が落ちてくるのか、巨大な枯葉が落ちていた。そして多分、苔《こけ》なのだろう。エルンストの足首まで埋まりそうなほどの、ふっくらとした緑に覆われていた。

かつて離宮で聞いた、軽やかな声が聞こえてくる。

「あの声は、小鳥か？」

エルンストの問いかけに村人が頷く。

「小鳥というような大きさではありませんが」

「ふむ。グルードの鳥がいるのだろうか」

「見た目はメイセンにいる小鳥と同じですよ。ただ、大きさが……鶏くらいあります。焼いて食べると美味しいですよ」

「鳥は狩れるのか」

「はい。さすがに鹿は無理ですけどね。私らの武器じゃ、とても歯が立ちません」

「狩りの成功率はどのくらいのものだろうか。一度狩りに出ると、必ず、何かは仕留められるのか？」

エルンストの質問に少し考えてから、年若いほうが答えた。

「武器があまりよくありませんから……手入れはしていますが、どうも古くて……こぼれた刃を鍛え直すとは私らにはできませんし。なので、一度狩りに出ても何も得られないことも多いんです。三回に一回、鳥か兎が捕れるくらいで、村人全員の腹を満たすことは到底できません」

あの涸れたような畑と、このウィス森で僅かに得られる糧と、出稼ぎの金で食い繋ぐのか。

イイト村の様子からして、三つのうちどれが欠けても生き延びられないだろう。

静かに森を進む。ウィス森には獣が多い。それもグルードから来た獣か、その影響を受けた獣だ。つまり、巨大で危険な生き物が多いということになる。エルンストに説明する村人の声も、自然と潜めたものとなっていた。

薄暗い森だが、それでも樹木の根本には陽が届いている。深い苔に混ざり、幾種類もの草が生えていた。

エルンストはいくつかの草を手に取り、じっくりと見ていく。苔を抜き、匂いを嗅いだ。

「御領主様？」

立ち上がり、戸惑う村人に向き直る。

「この森から、獣以外の実りはあるのか。木の実や、こういう草を食べるということはないのだろうか」

「木の実は、昔は食べていたんですが、あんな風に上のほうになってるでしょ？　自然に落ちてくるのを待つしかないんですが、あれもえらくでかくて……食べるまでの手間が大変なんですよ」

村人が指し示した樹木の上のほうを見上げる。確かに何かが生《な》っている。この距離であの大きさなら、目の前にしたらちょっとした岩くらいにはなりそうだ。

「草は？」

「この草ですかい？　こんなもん食いませんよ。鹿が食ってるのを見たので食べてみようとしたことはありますが、えらく苦くて……食べられたもんじゃなかったですね」

村人の言葉に、エルンストは黙って頷いた。

水場を見たいと言ったエルンストを、村人が川へと案内する。そこは僅かな水が流れているだけの、細い川だった。

「夏場はもっと大きな川になるんですが……」

確かに、岩や土の抉れ方で夏場の川の広さがわかる。

「この森には、このような川が他にもあるのだろうか」

「はい。みんなこのくらいの大きさですが、いくつかはありますよ。村から一番近いのはこの川なんですが、狼もいるし鹿もでかくて危ないし、ここまで水汲みにはなかなか来られません」

「この川はどこまで流れているのだ」

「それが不思議なことに……森を出るかどうかってところで切れてしまうんです」

「川が？」

「はい。……岩場がありまして、そこまで行くと水が消えるんです。村のみんなで岩を動かしてみようとしたこともあるんですが、とても大きくて無理でした」

水が流れているのなら、それは必ずどこかに留まるか、そのまま流れていくだけだ。忽然《こつぜん》と消えるなど、エルンストは聞いたこともなかった。

「他の川は」

「他もみんなそうです。もちろん森の川全部を調べることなんてできませんから、私らがわかっている川だけですが」

川の周りの緑は一層濃かった。この森はイイト村よりも暖かさを感じる。風が遮られているだけでも違うのだろうが、それだけではなく、なんとなく生暖かい。

グルード郡地の気候は常に夏なのだという。湿気のない乾いた夏なのだ。

静かに森を観察する。川の畔に黄色の花が咲いていた。紫の花を咲かせているものもある。エルンストはメイセンに来て、初めて花を見た。

「エルンスト様」

ガンチェに、そっと引き寄せられた。

大きな体を見上げて、精悍な眼差しで彼方を見つめるガンチェの視線を追う。大きな鹿がじっと、こちらを窺っていた。立派な角を生やした牡鹿だ。

村人も気づき、息を呑む。

たかが鹿と言い捨てられるのは、相手が普通の大きさだったときだ。あれほど巨大になれば、鹿といえども恐怖心が勝る。かつてアルルカ村の森で見たものよりも遥かに大きい。あの鹿ならばエルンストが暮らす屋敷の、二階の窓にも楽々と角の先を見せるだろう。

姿勢を低くし、鹿の動きを見る。

やがて鹿は、興味をなくしたように足元の草を食み出した。こちらとの距離と人の小ささが、鹿に警戒心を解かせたのかもしれない。

エルンストの肩からほっと、力が抜ける。

「このまま、ゆっくりと下がりましょう」

村人が声を潜めてエルンストに言った。

だが、軽く頷き退こうとしたエルンストの背が、ガンチェの硬い腹に当たる。

「ガンチェ？」

見上げると、鹿を見つめたままだった赤茶色の瞳がエルンストを見下ろし、ふっと笑う。そして、エルンストの肩をそっと、タージェスに向けて押した。

「エルンスト様を少しの間、お願いできますか？」

タージェスが頷くのを見て、ガンチェは素早く移動した。

ガンチェが何をするつもりなのかわからず、眉を寄せて不安な表情を浮かべたエルンストにタージェスが笑いかける。安心させるような笑みであったが、エルンストの胸には微かなしこりが浮かんだ。

エルンストにはガンチェの意図がわからないというのに、このふたりの間には言葉を交わさずともわかり合える何かがあるのか。

重い石を飲み込んだような、表現のできない不快さを、生まれて初めて感じた。


巨大な樹木に沿って、ガンチェは素早く、だが足音もなく鹿へと近づいていく。あっという間に近づくと、そっと腰を下ろし、鹿を見た。

鹿を狩ろうとしている。エルンストにもガンチェの思惑がわかった。だが本当に、あの鹿を仕留められるのか。ガンチェの武器は、ガンチェが愛用する一本の大剣だけだった。弓もなく、槍もなく、あの剣だけで仕留められるのだろうか。

いかに大きなダンベルト人であっても、あの鹿よりは小さい。首を屈めて下草を食う鹿のすぐ横で、ガンチェはあまりにも小さかった。

鹿の立派な角が揺れるたび、エルンストの心に不安が広がる。

ガンチェが怪我をしてしまう。止めに入りたいのだが叫ぶわけにもいかない。もし鹿が逃げずにガンチェに向かっていったらと思うと、エルンストの喉は貼りついたように一声も出せなかった。

鹿が草を求めて頭の方向を変える。ガンチェに完全に背を向けたそのとき、ガンチェの体が動いた。

その動きの速さに、エルンストの目では何が起きたのか全くわからなかった。だが気づいたときにはガンチェの両腕はしっかりと、巨大な鹿の首を抱え捻り上げていた。

鹿は苦しみ、太い脚をばたつかせる。地面が掘られ、土が舞う。鹿の一蹴りが巨大な樹木に穴を空けたのが見えた。だが、真後ろから抱えるガンチェの身に触れることはない。

長い間死闘は続いた。だがだんだんと、鹿の脚の動きは弱くなっていく。やがて、ゆっくりと時を止めた。

村人から歓声が上がった。タージェスが笑いながらエルンストの肩をそっと叩いた。

エルンストはそこで初めて、自分がずっと息を詰めていたことに気づいた。浅い呼吸を繰り返す。心臓が激しく高鳴っていた。

握り締めたままの細い指先が冷たかった。

「エルンスト様」

巨大な鹿を肩に担ぎ、ガンチェが足取り軽く戻って

くる。エルンストの何倍もある鹿を片手で押さえ、どうです、と言わんばかりに得意満面であった。

言いたいことは山ほどあった。危険なことをして、と怒りたかった。だが、こんな子供のような笑顔を見せられたら、言えることなど何もなかった。

エルンストが精一杯背伸びして手を伸ばすと、褒美を得ようとするかのようにガンチェが屈む。

茶色の巻き毛を、未だ冷たいままの手で、ぽんぽんと叩いて撫でてやる。

「よくやったな。村人が喜ぶ」

そう言ってやると、ガンチェは汗もかいていない顔で笑った。

「もちろん、私も嬉しい」

言い添えると、精悍な顔が弾けるように笑った。

エルンストがエルンストの能力で危険だと察知しても、ガンチェの能力ではそれは容易いことなのだ。

エルンストが心配してしまうのは仕方がない。ガンチェを愛しているのだから。唯一無二の存在の、無事と幸せを願うのは自然なことだ。

だが、どれほど不安だからと言って、ガンチェの手足を縛るようなことは決してしてはならない。

エルンストに誉められ臆面もなく喜ぶガンチェの姿を前に、エルンストは自分に言い聞かせた。


ガンチェが持ち帰った鹿は、イイト村を驚喜させた。あまりの巨大さに領兵たちは腰も抜かさんばかりに驚いていたが、村人は意に介さず、嬉々《きき》として解体し始める。

「これだけありゃあ、夏まで食べられるかもしれん」

足腰が弱り、よぼよぼと歩いていた村人までもが切れぬナイフ片手に笑っていた。子らは興奮して走り回り、早速焼いて食おうと火の準備をする者までいる。

「まさか素手で仕留めるとは思わなかったな」

タージェスがガンチェの背を叩いた。エルンストも剣を使うのだと思っていた。

「あの程度の鹿なら、絞め殺せますよ」

ガンチェは得意そうに胸を張る。

巨大な鹿は村人と領兵の腹に収まってもなお、その身の大部分が残された。それらは干し肉にされ、イイト村を助ける。内臓、皮、骨、角、蹄《ひづめ》、全てを村人は利用する。

自然が与えてくれる恵みで、無駄になるところなど何もなかった。


イイト村を出立する際、エルンストは小さな袋を村長へと渡した。いくつか指示を与え、村を後にする。

村の子らは随分と長い間、ついてきた。この村でもガンチェは子供に人気があった。エルンストは馬車の窓からこっそりとその様子を窺う。

シェル郡地にあるシェルの種族の国は三つある。リュクス国とシルース国、そしてリンス国だ。中でもリンス国は排他的で、シェルの種族の中でもクルベール人が国民の大多数を占めている。

クルベール人は全員が白い肌に金色の髪、青い目をしている。同じ種族であってもフェル人やリュクス人は肌の色も白や黄色があり、髪は金か銀か白だ。瞳の色も青、緑、紫とひとつに定まっていない。クルベール人のみ、その外見が明確なのだ。

クルベール人にはなぜか、自分たちの姿は完璧で美しく、能力も一番高いと思い込んでいる者が多い。そのため、人口の九割をクルベール人で占められているリンス国は、他種族はもとより同種族であるフェル人やリュクス人に対しても根強い差別意識を持っている。

そんなリンス国でも、メイセンのような辺境の地は特に閉鎖的である。同じクルベール人であっても土地の生まれでない者が馴染むのは難しい。領主であるエルンストでも未だに受け入れられていないと思うことが多い。ダンベルト人であるガンチェは特に、メイセンの人々との間に壁を感じていることだろう。

領兵たちに村へ帰るように言われているのか、子らが名残惜しそうにガンチェの手にぶら下がっていた。その姿に、エルンストはくすりと笑う。

今回の行軍の全てにガンチェを連れてきたのは伴侶として側に置きたかったのもあるが、一番の目的は、その姿と人となりをメイセンの人々に知ってもらいたかったからである。

ガンチェの居心地を可能な限りよくするためにも、メイセンの人々に早く、ガンチェを受け入れてもらいたいとエルンストは願っていた。

子らはようやく諦めたのか、道の端に避けて領兵たちを見送っている。ガンチェが振り返ってその手を振ったら、千切れんばかりの勢いで振り返していた。

エルンストの目的のひとつは、達成されようとしていた。

6

イイト村から戻って数日後、エルンストはヤキヤ村へと向かった。リュクス国との国境であるバステリス河を背にする村。屋敷から北へ、徒歩で八時間のところにあった。

タージェスとガンチェ、第四小隊と共に出立する。侍従たちが不服そうであったが、ついてくることは許さなかった。

代わりに、彼らには役目を与える。屋敷の仕事とは別に、アルカには屋敷を訪れる子らに数学を、マイスには文字を教えるように言い渡す。ふたりとも渋々頷いた。

人にものを教えるということは簡単なことではない。己が知っていると思っていたことが、実はあやふやだったと気づくこともできる。また、忍耐力も身に付く。まだ若いふたりに、今一度、自分を見つめ直してもらいたいとエルンストは考えていた。

屋敷からヤキヤ村までの間にも、領主の館が建てられていた。だがこちらは以前使用した南側の館よりも傷みが激しい。領兵が戸に触れただけで大きな玄関扉が外れてしまった。仕方がないので野宿をする。

新年を迎えてから一ヶ月以上が過ぎていた。降る雪が少なくなっているように感じる。

「春が近いのだろうか」

火を囲み、暖を取りながらの夕食。炙《あぶ》った干し肉とパンを食す。

メイセンでは野菜が食卓に上ることは少ない。領主であっても、野菜を口にする機会は本当に少なかった。

「まだまだ春は来ませんよ」

第四小隊長のコボが答える。

「毎年、新年からひと月ほど経つと、雪の少ない日が来るんです。ですが十日もすれば、また吹雪き始めます。でもその吹雪は春を呼ぶと言われていまして、ひと月も吹雪けばだんだんと暖かくなりますよ」

「一ヶ月も吹雪くのかっ!?」

タージェスが驚いて声を上げる。

タージェスは昨年の夏から、ガンチェは秋の終わりからメイセンで暮らしている。エルンストと同じく、一年を通してのメイセンの季節を知らない。

「実は、この春を呼ぶ吹雪が一番酷く、一番危険なのです」

「なぜだ？」

「水分を多く含んだ重い雪が大量に降った後、春の日差しが続きますから雪崩が起きやすくなるんですよ。何年前だったか、大きな雪崩が起きましてね。メヌ村が巻き込まれたことがありました」

「被害はどうだったのだ」

エルンストの問いかけにコボが向き直る。

「幸いにも村人に被害はありませんでした。ですがあの村は山民で、木材で生きていたのですが、その雪崩で多くの木々が薙《な》ぎ倒されたのです」

「メヌ村は、今はどうやって暮らしているのだろうか？」

「それは……」

コボが言い淀み、ちらりと別の火を囲む領兵のひとりを見た。その者は第四小隊の一兵卒、シスカであった。エルンストの記憶が正しければ、シスカはメヌ村の出身である。

「シスカ」

エルンストのよく通る声が、冷たい空気を震わせた。

シスカは、なぜいきなり自分が呼ばれたのかわからないといった様子で、びくびくしながら歩いてきた。

「お……お呼びでしょうか……？」

「そう堅くなる必要はない。メヌ村のことを聞きたいだけだ」

「メヌ村……ですか？」

シスカが微かに身を強張らせるのを、エルンストの青い目が捉える。

「そうだ。メヌ村はかつて、木材で生計を立てていたと聞いた。木材による収入はかつてを十とした場合、今はどのくらいなのだろうか」

「ああ……えと……五、くらいでしょうか……？」

「では、今はどのようにして暮らしているのだ」

「今は……その……林業と畑です」

エルンストが領兵の訓練を見ているときにも、シスカはよく動いていた。領兵となって三十二年だが、ガンチェとの訓練にも率先して向かっていくし、新参兵の訓練もよく見てやっている。

おどおどとする、今のシスカの姿は別のことを感じさせた。

「では、薪をメイセンで売ったり、畑を耕したりして生活をしているのか」

「あ……はい……」

またただ。青い目をきょろきょろと動かし、所在無げに両手の指を組み替える。

「……違うのか？」

静かに問いかけると、ぱっと顔を上げて勢いよく左右に振った。

「いいえ！　いいえ！　そ……そのようなものです」

そう言って、また身を固めて俯いてしまった。

シスカを領兵たちの元へ戻らせ、エルンストはその様子を静かに観察した。

先ほどまでは楽しげに会話をしていたが、今はちらちらとこちらを窺っている。エルンストはそんなシスカの様子を目の端に捉えながら、だが決して視線を合わせるようなことはしない。

エルンストが意図しようとしまいと、貴族という立場は余計な圧力をかけてしまう。シスカが話す決意を固めるまで待つことに決めた。

やがて領兵たちがひとりふたりと寝始めた頃、シスカがとぼとぼと歩いてきた。


「あ……あの……エルンスト様……お話ししたいことが……あるのですが……」

全身で緊張しているのがわかったが、それには気づかないふりでエルンストは頷いた。新しい薪を火に入れ、シスカに座るよう促す。

「いずれおわかりになることだとは思うのですが……その、メヌ村は……商人の位を……その、いただいていまして……」

ぱちり、と音を立てて火の中の薪が折れる。

「位替えをしたのか？」

位替えは、そう簡単に認められることはない。学のない村人では書類を揃えるだけでも不可能だ。しかしそれ以前に、位替えはその地を治める領主に願い出なければならない。仮に治める隣地の領主では駄目なのだ。

百年の間治める者のいなかったメイセンで、一体誰が、民の位替えを承認したというのか。

「ヤキヤ村の川民が位替えをして商人になっていたんです。それでメヌ村も商人に位替えしようと思って……ヤキヤ村に言われたとおりにしました」

エルンストの手元にあった資料には、ヤキヤ村にもメヌ村にも商人の位を持つ者がいるという記載はない。そもそも商人であれば、商人としての税を納めなければならない。だがどちらの村からも、基本税以上の金が出てきてはいない。

シスカの話に、エルンストの細い眉が寄る。

「ふむ……。なぜ、商人になりたかったのだ？」

位替え自体には触れず、それを望んだ理由を問う。

「メヌ村には、カリア木という木があるんです。乾燥させるとすごく軽くなって、火をつけると長い間、いい匂いをさせながら燃えるんです。昔から、リュクス国やリンス国でよく売れました。……でも、あるとき、村のひとりが気づいたんです。商人に一本500アキアで売ったら、リュクス国では1500アキアで売られていたということに」

手を握り締め、強い目でエルンストを見る。

「そりゃ奴らだって商売なんだから、買った金額より高く売るのは理解できます。でも、三倍って、そりゃないだろうって……！」

コボが言葉遣いを窘《たしな》めようとするのをエルンストは制した。心からの訴えに、不敬も何もない。

「だから商人に、もっと高値で買ってくれって言ったんです。でも奴ら、鼻で笑って……。どんなにいいものが採れても、商人に売るしか俺らには道がない。山民も農民も、商人以外にものを売ることはできない。だから、商人の位を持っていたヤキヤ村に行って、位替えの方法を教えてくれって頼んだんです」

「どんな方法だったのだ？」

「高い金が必要でした。ひとりを位替えさせるために、村は1000シット以上も用意したんです」

1シットは1000アキアだ。メイセンでは領民ひとりが一年に納める基本税が5シット。村人四十六名のメヌ村の場合、約五年分の税ということになる。

「それは、あまりにも高額だったのではないのか。メヌ村は用意できたのか」

「商人から借金をして……」

「それで、位替えはできたのか？」

「はい。……はじめはよかったんです」

シスカの顔に初めて笑みが広がる。

「カリア木をリュクス国に持っていきました。位替えはひとりしかできませんでしたけど、運ぶのは誰だっていいですからね。俺も、何度もついていきましたよ。その頃は領兵じゃなかったし。リュクス国では高く売れました。貴族や裕福な商人たちがこぞって買ってくれました」

エルンストが読んだ文献でもカリア木には媚薬効果があると記載されていたが、実際のところはわからない。そうだと思えばそうなるものだろうし、娼館などでも使われていたはずだ。

「飛ぶように売れて……もちろん、一本500アキアなんかじゃ売りません。1シットで売りました。普通の商人が1シットと500アキアで売っていましたからね。私らは自分で伐り倒して売ってるわけですから、商人なんかに負けませんよ。売れて売れて、位替えのときの1000シットもすぐに返せるんじゃないかって思いました」

一本1シット。一年で二百本も倒せば五年で取り戻せる計算だ。もっとも、村も生活をしなければならない。売り上げの全てを借金の返済に充てることはできなかっただろうが。

「でも……すぐにうまくいかなくなりました……」

シスカは、ぼそりと呟く。

「カリア木はもともと、生長の遅い木だったんです。根付きも悪いし。……なのに私たちは伐り倒しすぎました。三年もすると、メヌ村の山にはカリア木がほとんど残っていなかったんです」

カリア木というのは根をあまり張らない木なのだ。若木は特に弱い。実を落としても発芽するのは、完全に条件が揃ったときのみと言われている。故に、毎年芽吹くものではない。

「私らはどうにかしてカリア木を増やそうと、一生懸命作業をしました。カリア木を芽吹かせるための小屋を建てて、苗を山に植えていったんです」

エルンストは驚いた。カリア木を芽吹かせる条件が何なのか、経験で学んだのか。

「木を植え続けて、二十年が経った頃です。元どおり……いえ、それ以上のカリア木が山を覆っていました。これなら来年から伐採できるだろうって大きさになって、私らはようやくほっとしたんです。だって、それまで杉やナラを伐り倒して細々と、メイセン内で売ってたくらいでしたから」

囲んだ焚き火から火の粉が舞う。

「……そんなとき、あの雪崩が起きたんです。あっと言う間に、カリア木は全部流されてしまいました。カリア木を植えるために、それから生活のために、杉やナラや槙《まき》を伐採していました。……カリア木や、残った僅かな他の木だけでは山を支えることはできなかったんです」

根の浅いカリア木ならば、雪崩れを抑えることはできなかっただろう。

「カリア木は、雪と一緒にバステリス河に落ちていきました。……カリア木の芽を育てていた小屋も一緒に流されて……」

シスカは疲れたような目をしてエルンストを見た。

「何もかもなくなって、村には借金だけが残ったんです」

領兵となった村人の税は免除される。メヌ村出身の兵士が多くいる理由を、エルンストは理解した。

メイセンの村はどこも貧しいが、借金を背負った村はメヌ村だけなのかもしれない。

「負債は今も残っているのか？」

「……え？」

言葉の意味がわからなかったのか、シスカが助けを求めるようにコボを見る。だがコボも負債の意味がわからなかったようでタージェスを仰ぎ見た。

「借りた金はどのくらい残っているのかお聞きになっているのだ」

「ああ、えと……1000シット借りて、二年で283シット返したので……えと……」

指を折って数え出したシスカをエルンストが助けてやる。

「717シットだな」

「ああ、そうです。700いくらかが残っていました」

「ふむ。利子などはついていなかったのか？」

今度は利子の意味がわからなかったようだ。再びコボを見て、コボがタージェスを見る。

「……借りた金以上のものを返すように決められていたのではないのか？」

「ああ、そうなんです！　非道《ひど》いですよね！　この新年で、返す金が1000シットを超えていたんですよ!?　ちゃんと283シットも返したのに、残り700いくらになるはずなのに。だからこの新年に、村人全員で借りた商人に怒鳴ってやったんですが、話が全然通じなくて……」

「金を借りたら、借りた以上の金を返さなきゃならん」

タージェスが諭すように話した。

「え……？　なぜですか……？」

「そうしなきゃ、なんのために金を貸すんだ？　慈善……あ、いや……親切心で金を貸しているわけじゃないだろう？　家族や友でもないのに。俺が誰かに1シットを貸す。返してもらうときには、1シットに10アキアがついてくる。貸した俺が得をするとわかっているから、他人に金を貸すんだ」

タージェスの説明を理解したのか、シスカが項垂れる。村が現在背負う負債が正しい金額であるとわかったのだろう。

シスカが領兵となったのが三十二年前。その頃には借金があったのだから、およそ三十年の間に利子が300シット。一年で10シットの利子がつく契約なのだろう。

「出稼ぎには行っているのだろうか？」

行かなければ背負った借金を返しながら生活をするのは無理だ。

「はい。毎年、三十人くらいが行っています。十五人くらいは、ずっと行ってて……一番長い奴で、三十年ずっと外で働いていています」

四十六人の村人のうち、九人が子供のはずだ。三十七人の大人のうち三十人が出稼ぎに行っているとなれば、メヌ村の困窮度がわかる。メイセン内で売る薪を作っているのは、年長の子供たちであるのかもしれない。

「金は、商人に借りたと言っていたな。どこの商人だろうか。サイキアニか、それともフォレアか？」

サイキアニ町は屋敷に近く、主にリュクス国に向けての商売をしていた。フォレア町はアルルカ村に近く、リンツ領での商売が多い。

「いえ、1000シットも金を貸してくれるほど金持ちなのは、リュクス国の商人くらいです」

シスカを帰し、エルンストは静かに燃える火を見ていた。寝たふりをしていた領兵たちも、シスカも、今は眠っているようだ。

厚い敷物の上に座り、背後のガンチェに背を預ける。タージェスやコボが、エルンストを窺うように黙っていた。しかし、エルンストに話せることは何もなかった。

どの村も協力し合い、知恵を出し合い、懸命に生きている。

みな極限の状態で精一杯生きているというのに、複雑に絡み合った糸のように、エルンストは問題を解く先を見つけられないでいた。

◆

ヤキヤ村は裕福に見えた。もちろん、メイセンの基準で、という前提つきだが。

三十三人の村人のうち、子供は七人。特筆すべきは、この村でクルベール病を発病した者はひとりだということだった。

「この村は、クルベール病がひとりなのか」

驚いたエルンストに村長は得意満面で答える。

「ええ、あれは貧乏病ですからね」

傍らの村人に小突かれ、慌てて発言を取り繕おうとするのをエルンストは笑って収める。クルベール病が貧乏人の病だというのは、リンス国民の共通する認識だ。

「出稼ぎには行っていないのか」

「ええ……はい……」

びくびくと村長が答える。

エルンストが王族ではなくただの貴族であったとしても、先ほどの発言は不敬だと斬り捨てられることが十分に有り得るとわかっているのだろう。

「ふむ。川民が渡しの仕事をしていると聞いたが、村で採れる作物と渡しの仕事で得た収入で生活ができるのか」

不問に付されたのが未だ信じられないのか、きょろきょろと視線を彷徨わせながら村長が答えた。

「……はい。村で採れたものをリュクス国に売りに行きます。それで税を納めています」

「この村で収穫できるものとは何なのか」

「ここらは土地が豊かですから、作物がたくさんできます。隣のカプリ領は土が悪くてあまりできないようで、ヤキヤ村の麦や芋、青物を売りに行きます」

ようやく落ち着いたのか、村長が流暢《りゅうちょう》に答える。

話し方がどことなく商人のようだ。

「では農作物を持っていくのか」

「今は、そうですね」

「今は？　以前は違っていたのか」

「はい。ヤキヤ村の一番の売り物は、蜂蜜だったんですよ。昔は素焼きの壺に詰めた蜂蜜を舟いっぱいに積んで、何度も往復したもんです。でも全部、その日のうちに売り捌《さば》けていました」

「蜂蜜は売れなくなったのか」

「……採れなくなったんです……蜂が死んでしまって、採れなくなったんです」

「蜂が？　なぜだ」

「メヌ村のせいですよ。あいつらがカリア木を倒しまくったせいで、ヤキヤ村の蜂が飢えてしまったんです」

カリア木は一年中、花を咲かせる。エルンストはヤキヤ村までの道、そしてメイセンの気候を思い浮かべる。ヤキヤ村周辺の木々は、春から夏にかけて花をつけるものが多かった。カリア木も植えてはあったが、本数は数えられるほどだった。

「蜂というのは、冬場は活動を止めているものではないのか」

文献にはたしか、そう書かれていたはずだ。

「よくご存知ですね」

村長が感心したように目を見開く。どこか馬鹿にしたような感じだった。王族や貴族というものは気楽な存在で、下々の者の暮らしなど歯牙にもかけない無知な天上人だと思っているのだろう。

「確かに普通の蜂は、冬場は活動を止めています。でもヤキヤ村の蜂は違うんです。ヤキヤ村の蜂は一年中活発に活動しています。体も大きくて、たくさん蜜を集めてきます。だからヤキヤ村の蜂蜜は、通常年一回の収穫のところ、年三回も採れるんですよ」

「それはすごいな」

「長い間かけて、そういう蜂にしていったんです」

小柄なエルンストを見下ろすように村長は胸を反らした。傍らの村人たちもみな誇らしげだった。

この村も勤勉に努力し、求める蜂を生み出したのだろう。

「何十年もかけて、ようやく思うような蜂が作れたのに……メヌ村のせいで全てが駄目になりました」

村長の目に憎悪が浮かぶ。

「恩を仇で返しやがって……何もかも全て、あいつらのせいで終わったんです！」

村長の隣に座った村人が、押し殺したような声で怨《えん》嗟《さ》を吐き出した。

ヤキヤ村にはタージェスとガンチェだけを伴って入った。村長との話し合い中は、ガンチェを外で待たせていたが声が聞こえていたのだろう。村長の家から出るとガンチェが立ち塞がるようにして立ち、村長をものすごい形相《ぎょうそう》で睨んでいた。意味がわからずたじろぐ村長を横目に、エルンストは苦笑してガンチェに近づくと、宥めるようにその腕に触れた。

ダンベルト人の目は闇夜であっても僅かな光量で利く。そしてその耳は、クルベール人では聞こえるはずのない音も捉えることができる。どちらも持ち主の意思に応じてその能力を変えることができた。

今はエルンストの身を案じ、耳を働かせていたのだろう。クルベール病について貶《けな》した村長を、家に飛び込んで殴りつけなかっただけでも誉めてやらねばならない。


ヤキヤ村での滞在は一日だった。

肥沃《ひよく》な土地というだけあって、村の畑は豊かに実っていた。薪は購入しているらしく、生活の全てが村周辺の近い場所で行われていた。

村から少し離れた森の中に、蜂の巣箱が置かれていた。死んだとは言っても全滅したわけではない。最盛期に比べて百分の一ほどに減ったらしいが、今でも蜂蜜は作られていた。冬場の餌になればと、ヤキヤ村でもカリア木が植えられていたが、なかなか根付かないという。

結局、蜂が激減した五十年前とほとんど数は変わっていないらしい。

「ヤキヤ村では泊まらないのですね」

前を行くタージェスが振り返る。

領兵もいないのだからと説得され、エルンストはガンチェに抱き上げられて進んでいた。雪が深く、エルンストでは腿まで雪に埋まる。

「ふむ。ヤキヤ村の暮らしぶりは、何となく想像がつくからな」

リンス国の多くの村の平均的な暮らしぶり、だ。メイセンの常識から言えば裕福な村だが、リンス国で言えば平均的か、少し劣るくらいだろう。

「それに、領兵たちを待たせている」

「どうして連れてこなかったのですか」

ガンチェが聞いてきた。ガンチェは一兵卒という身分を弁《わきま》えようとしているのか、エルンストが誰か別の者といるときは極力、口を開こうとしない。今はタージェスだけなので聞いたのだろう。

「第四小隊にはキャラリメ村やイベン村、イイト村の出身者もいる。メイセンでも特に貧しい村だ。ヤキヤ村の実情は、見せないほうがいい」

「そうですね……。受け止める側に、受け止められるだけの度量と余裕がなければ、多すぎる情報は害悪にしかならないこともありますから」

タージェスが振り返りもせずに言い、エルンストは無言で頷いた。

屋敷に保管されていた書類で、かつてのメイセンが蜂蜜の産地であったことはわかる。主な産地はヤキヤ村。しかし、ヤキヤ村の人口や面積から換算すれば採取できた蜂蜜の量が多すぎる。蜂は世話をしなければならない。数を増やそうと、単純に巣箱を増やすことはできないのだ。

ヤキヤ村の規模で蜂蜜の量を増やそうとするならば、蜂に加える改良は大型化か、活動力のどちらかだと思っていた。

タージェスとガンチェ、二人が強硬に止めるのを制して覗き見た蜂の巣箱。ヤキヤ村の蜜蜂はとても大きく、エルンストの掌ほどもあった。

まさか両方を加えたとはエルンストも思わなかったが、メイセンの民が経験で得た知識というものは本当に驚くべきものがある。しかし蜂の改良に邁進《まいしん》するあまり、一番肝心で一番単純なことを忘れていたのか。

一年の多くを雪で覆われるメイセンにおいて、カリア木は唯一、冬も花を咲かせる。そしてメヌ村が商人の位を欲したのは、そのカリア木を伐採して売るためだ。

しかしヤキヤ村の蜂にとって一番の餌場はメヌ村のカリア木で、ヤキヤ村はそのことを完全に失念していたのだ。気づいたときには遅く、蜂が激減した原因の一端は自分たちにもあると本当はわかっているのだ。憎く悔しい。責めたいのに、酷く責めた場合、お前たちも悪いじゃないかと反撃されるのがわかっているのだ。メイセンで唯一と言っていいほど富んだ村。多分、メイセン中の村や町から妬《ねた》まれているのだろう。

ヤキヤ村は、これまでエルンストが訪れたどの村より、村人同士がひとつの塊になっているような印象を受けた。苦しい生活を乗り越えるために結束しているのではなく、外敵から身を守るために固まっているかのようだった。

そしてメイセンで唯一、借金を背負った村。メヌ村。彼らが商人の位を得たということは、メイセンの他の者から嫉妬の対象となったことだろう。だが商人の位を得て、一度は活気づいた村が失敗を重ね、今では多額の負債を背負っている。メヌ村の一連の盛衰は失笑を買い、今でも馬鹿にされているのかもしれない。

自分たちが頼んだこととはいえ、結果的に多額の借金を背負うことになった原因を、メヌ村は自分たちの選択にではなく、ヤキヤ村の唆《そそのか》しにあると思い込んでいる。

そう、思い込みたいのだ。

メイセンの民は、自分の村や町のことになると必死に助け合い庇い合うのに、一歩外のことになると途端に冷淡になる。他人の失敗を嘲り笑い、他人の富を妬む。

空を見上げると、きらきらと輝きながら雪が舞い降りてきた。コボが言ったように、もうひと降り来て、遅い春がやってくるのか。

ガンチェの太い首にしがみつき、その匂いを胸いっぱい吸い込む。すぐに大きな手が抱き直してくれた。

愛しい匂いに包まれて、崩れそうになる心を叱咤する。

強い心が欲しかった。強い体が欲しかった。

力強く大地に立つダンベルト人のように、何物にも揺るがない、強靭《きょうじん》な者になりたかった。

屋敷に戻り、思案に暮れる。

数日間を思い悩み、そしてエルンストは決心した。

7

執務室の大きな机を囲む椅子に、侍従長のシングテンが座っていた。向かいには領隊長タージェス、その隣には副隊長のアルドが座る。ガンチェは自分で作った専用の椅子に腰かけた。

エルンストは窓辺に立ち、眼下に広がる庭を見ていた。庭と言っても手入れされたものではない。雪に覆われているだけの、ただの雪原だった。夏には草原になるらしい。広い雪原の向こうには深い森が広がる。

まだまだ雪は根深いが、舞い降りてくることは少なくなった。ゆったりとした歩みでも、春は確実に近づいていた。

エルンストは振り返り、集まった面々を見た。みな、神妙な顔をしている。常にないエルンストの様子に思うところがあるのだろう。

「これは、決定事項だ」

執務椅子に腰かけ、エルンストは静かに言葉を発した。

「これより二十日の後に、全ての村、町の長《おさ》及び住民一名を屋敷に集める。十一の村、ふたつの町、全てだ。総勢で二十六名。シングテンには、その者たちの世話を命じる」

驚いたシングテンが口を開こうとするのを片手で制する。

「期間は決まっていない。三日で帰るかもしれないし、十日経っても滞在しているかもしれない。その間、彼らが気兼ねなく屋敷で過ごせるよう、心を砕いてやるように」

百五十歳を過ぎ、皺《しわ》の多くなった顔を青くさせたり赤くさせたりして狼狽するシングテンに内心で苦笑しつつ、エルンストはタージェスとアルドに向かって言う。

「村長たちが屋敷に集まっている間、村の仕事が滞らないように領兵を向かわせる。町にも同じように派遣する。派遣する領兵の数は集める数の二倍、つまり、最低でも五十二名の領兵を差し向けるから、その選別をするように。……できる限り、使える者を選ぶのだ」

最後のひと言にアルドが苦笑いをする。タージェスが領隊長となるまでの十五年を隊長として過ごしたアルドには、領兵一人ひとりの性格などわかりきっているることだろう。

「大広間を使うから、以前、私が命じた物を揃えるように」

にやりと笑ってタージェスが頷いた。

「エ……エルンスト様。ど、ど、ど、どうして、そのような……！　二十六名も集まっては、屋敷は立ち行きません……！」

ようやく復活したのかシングテンが叫ぶ。細かな心遣いができる侍従長なのだが、如何せん容量が少ない。他領地の領主なら、茶会だけでも五十名は集めるだろうに。

「大丈夫だ。屋敷の部屋数は多い。ひとりにひと部屋あてがったところで不足はないだろう。寝具などを揃えてやらねばならないが、華美なものでなくとも民たちは不平を言わぬだろう。どうしても足りないときは、領兵のものを使えばよい」

「はい。現在の領兵の数は最大数ではありませんから、使われていない寝具がたくさんありますよ」

アルドがシングテンを宥《なだ》めるように言う。

「しょ……食器は？　ああ、それと、食料と……ああ、それから、薪と……」

指を折って数える姿に領隊長と副隊長が苦笑する。

「大丈夫だ。食器も足らなければ領兵のものを使えばよいのだ。薪はこれから集めればよい。ガンチェ、薪の手配を頼む」

「はい。ついでに食料も集めておきましょう」

役割を与えられたことが嬉しいのか、ガンチェが勢いよく頷いた。

「食料を……とは、どうやるんです？　今から植えつけたところで、二十日では何も収穫できませんが……」

百歳以上年下のガンチェを、シングテンが縋るように見た。

「大丈夫ですよ。森で薪を作るついでに鹿や猪を捕まえてきますから。それで干し肉を作っておきましょう」

「ご馳走を出す必要はないのだ。普段食べているだろう食事より、少しだけいいものを出してやればよい。腹を壊さぬように気をつけてやるのだ」

「ああ……そうですね……」

何度も大丈夫だと言われたからか、シングテンも落ち着いてきた。

「肉類はガンチェが用意する。残りの食材はメイセンの村から買い集めよ」

「え……しかし、メイセンの村は食べていくだけで精一杯で、売れるような物は……」

「全ての村が、村で消費する分しかないわけではないだろう」

エルンストの言葉にいくつかの村の名を思い出したのかシングテンが頷く。

「民が集まるまで時間がないが、みな、しっかりと動いてくれ」

三人の領兵たちは勢いよく椅子から立ち上がると、見事に揃った敬礼をして出ていった。その後を、ぶつぶつと呟き指折り数えながらシングテンが続く。

ひとり執務室に残り、エルンストは静かに息を吐き出した。

雪のない限られた期間は、メイセンで一番忙しい時季になる。出稼ぎ者も戻り、活気に溢れることだろう。それまでには全てを終わらせ、民の心にひとつの道筋をつけてやりたい。

民を集めたところでどうにもならないかもしれない。お互いに不満が噴出し、取り返しのつかない結果を招くかもしれない。

だが、このままメイセンが曇天《どんてん》に覆われたまま死に体《たい》と化すのか、あるいは違う空を求めて生きるのか。それを知るためには必要なことだった。

伝令となった領兵がメイセン中を駆け巡る。不満を持つ者もいるだろうが、領主としての正式な召喚状を持たせた。満足に字が読めない村人も、仰々《ぎょうぎょう》しい紙切れ一枚に恐れをなして馳せ参じることだろう。

彼らは決して閑《ひま》なのではない。申し訳ないとは思うのだが、ひとつでも欠けては意味がないのだ。

準備は着実に進んでいく。

狼狽《ろうばい》から立ち直った侍従長の働きは素晴らしい。かつての記憶を頼りに、屋敷に眠る備品を続々と掘り起こしてくる。この分では、兵舎から借用しなくとも間に合いそうだった。

ガンチェが伐り出してくる丸太は厩舎《きゅうしゃ》の横に高く積み上げられ、今ではその屋根さえも越えていた。右肩に一本の木を、左肩に鹿を担いで帰ってくる。そんなことを日に数回繰り返し、時折鹿が猪に変わる。屋敷に仕えるひとりの料理長だけでは捌ききれず、領兵たちも駆り出されて獣を捌き、肉を干していった。

アルドは領兵の選別を、タージェスは大広間の準備を行っていた。領兵たちはここでも活躍し、広いだけで何もなかった大広間に大きな机が運び込まれていた。三十脚の椅子も用意される。大きな暖炉は念入りに掃除され、使用されなかった百年間の煤《すす》を吐き出した。

侍従がふたりに侍女が三人。あまりに少ない使用人を領兵が補う。

メイセンの領兵は、兵士というより下男の仕事が多い。薪を集め、畑を耕し、屋敷の力仕事を行う。それにもかかわらず、給金が支払われるのは小隊長以上からなのだ。侍従や侍女が給金で雇われているのを考えると、あまりに不公平である。

侍従や侍女は町や、屋敷近くの村の出身者だ。貧しい農民の出である領兵たちは食べていけたらそれでいいと考えているようだが、その点も改めたいとエルンストは考えていた。

明日には全ての町や村の代表者がこの屋敷に集まる。

その日を前にエルンストは、いつものようにガンチェとの食事を楽しむ。ガンチェの前には巨大な肉の塊が載った皿が置かれていた。焼いただけの肉が瞬く間にガンチェの胃に収まっていく。

その姿に惚れ惚れとしながらエルンストは、グラスの白湯を口に含んだ。かつてのメイセンでは葡萄《ぶどう》が栽培され、ワインが作られていたという。

「明日からしばらくは、共に食事ができないかもしれない」

「食事時間を変えるのですか？　エルンスト様が？」

エルンストは決められた時間どおりに動く。今では屋敷の者たちもそれに倣って動く。

ガンチェが見せた驚きに苦笑して続けた。

「状況を見て判断するだろうな。……臨機応変、だ」

「そうですか……」

途端に食欲をなくしたのか、肉を切っていたガンチェのナイフが止まる。

「ガンチェは気にせず、いつもどおりに動いてくれていい。眠るのも遅くなるだろうが、どれほど遅くなったとしても私が眠るのはガンチェの隣だ。……起こしてしまうかもしれないが」

ぱっと顔を上げ、ガンチェは言った。

「そんなこと、お気になさらないでください！」

「そうか」

エルンストは笑ってガンチェの手に触れた。

当初、エルンストが食事をとっていたのは大きな長方形の机だったが、ガンチェと端と端に別れて座るとお互いの存在がとても遠くて嫌だったのだ。そのうちだんだんと近づき、今では小さな机で食事をする。手を伸ばせばすぐに届く距離だ。

そして、机を替えるより前に、食事の作法を変えた。

本来ならば領主が食事を終えるまで、侍従か侍女がその部屋で待機していなければならない。給仕のために彼らはいるのだが、ガンチェとの語らいを思う存分楽しむためには彼らの存在は少々気詰まりだった。だからエルンストは作法を変え、待機する必要はないと決めた。

今ではふたりの食事を整えたら侍従も侍女も部屋から退出し、誰もいない。

「エルンスト様。皆を集めてどうなさるのですか？」

食事を再開させながらガンチェが訊ねる。

ガンチェの皿には肉しか載っていない。時々は芋なども載せられているがダンベルト人というのは完全な肉食で、それ以外は食べてもあまり力にはならない。

ガンチェのお陰で屋敷の者たちは肉を口にする機会が増えた。エルンストの皿にも肉が載っている。だが食の細いエルンストは薄い肉一枚を半分食べたところで手を置いた。

「ふむ。まずは、同じメイセンで暮らす者たちのことをわかり合わせる。自分の村や町、そういった小さな世界で完結している者たちの視野を広げるということだ」

「ああ、それはいいかもしれませんね」

「そう思うか」

「はい。私から見ても、端と端の村人は会ったこともないんじゃないかと思いましたから」

あっという間に肉を食べ終えたガンチェはグラスの白湯を一気に飲み干した。水差しから新たに白湯を注ぎ入れながら、エルンストが差し出した皿を受け取る。

「そうなのだ。彼らは同じメイセンで暮らしながら、お互いのことをあまりにも知らない。それでは弊害があると、私は考える」

ガンチェはエルンストの残した肉や野菜を胃の中に片付けていく。

「でも、それだけじゃないんですよね？」

ふいに顔を上げたガンチェの、汚れた口元を指で拭ってやる。

「ふむ……。よく気づいたな」

指についたソースを舐めてエルンストは笑った。

「話し合い、わかり合う。そして、彼らに受け止める余裕があるようならば、その先を示そうと思う」

「先……ですか」

「そう、先だ。ガンチェに語ったメイセンの未来の、ほんの一部ではあるが示したいと思う」

赤茶色の瞳に笑みが広がる。

ふたりで語り合った夢だ。

だが現実に向けての一歩が踏み出せるかどうかは、メイセンの民にかかっていた。


昼前に全ての民が屋敷に揃った。先に着いた者から部屋で休ませていたが全員を広間に集め、まずは食事をとらせる。会話もなく周囲を探り合うだけの、緊張感漂う食事風景となった。

食事を終え、休憩を挟み、話し合いの場となる大広間に民が移動する。そうして、二十六人が席に着く。

上座に座るエルンストに向かって右側先頭にサイキアニ町の者が、左にフォレア町の者が座った。彼らは当然のようにエルンストの両脇を占めた。農民より商人が上だと一体誰が決めたのだろうか。エルンストはそう思いながらも彼らの行動を黙って見ていた。

村民たちは互いに目配せしながら、おずおずと席に着いた。興味深いことに、サイキアニ町周辺の村はサイキアニの商人が座った側に腰を下ろす。カタ村やラテル村、スニカ村がサイキアニに続く。

フォレア側はと見ると、キャラリメ村が隣に座っていた。だが、フォレア町へ徒歩二時間で着くアルルカ村は、キャラリメ村を避けるようにスニカ村の隣に座った。同じようにイベン村も、キャラリメ村を避けてアルルカ村の隣に腰を下ろす。これで右側の席が埋まった。

ヤキヤ村やメヌ村はまだ座っておらず、エルンストは彼らがどうするのかを見ていた。

部屋に入ってきたときより彼らは目も合わせない。キャラリメ村の隣に腰を下ろしたヤキヤ村を見て、メヌ村は左側の最後尾に座る。仕方がないので、ダダ村、イイト村、ヒライキ村が間を埋めた。

全員が席に着いたのを見て、エルンストは口を開いた。

「忙しいところを集まってもらってすまない。顔を合わせるのは初めての者もいるだろうが、みな、同じメイセンで暮らす者たちだ」

二十六人はエルンストを見ていた。訝しむような視線を受け止めて続ける。

「同じ領地で暮らしながら、一生、顔を合わせずにいたかもしれない者たちだ。みなは個人として、また、村や町の代表として話し合ってほしい」

「話し合うって……何をです？」

サイキアニの商人が投げやりに言った。何度も屋敷を訪れエルンストとも顔見知りの者だ。この場にいる誰よりもエルンストの覚えがめでたいと思っているのだろう。節々に、他の者を馬鹿にする様子が出ていた。

「色々だ。今までのこと、現在のこと、そしてこれからのこと。他の村や町に知ってほしい自分の村や町の現状、他の地に住む者に対する要望でもいい。あるいは、提案だ。何でもいい」

　同じ村の者同士で顔を見合わせ出す。

「でも……話し合うったって……一日で言えることなんて限られていますし」

　フォレアの商人がおずおずと言った。アルルカ村の帰りに立ち寄ったフォレア町は、サイキアニ町とは随分と様相が違っていた。店とも思えない家が立ち並ぶ、町と村の中間くらいだった。

「忙しい時分だというのはわかる。だが、それぞれの村や町に差し向けた領兵たちが、みなの代わりに働いてくれるだろう。安心して、滞在してほしい」

　できるだけ、その土地の出身者を送り込んだ。

　エルンストの言葉に諦めたのか、領民たちは躊躇しながらも向き合い、お互いを探るように視線を動かした。

　話し合えと言ったところで活発な議論が始まるとは思えなかった。エルンストは気長に第一声を上げる者を待つ。

　第一声はエルンストの予想通り、イベン村の村長だった。

　集める者たちについては一定の取り決めをしていた。長《おさ》が男の場合は残りの一名を女に、女の場合は残り一名を男にするよう命じている。どちらかの性別に偏《かたよ》ることがないようにしたのだ。女の全てが出稼ぎに行っていたアルルカ村をどうするか考えたが、幸いなことに女が早く戻り間に合った。

　重苦しい空気を破って声を出したイベン村の女村長に応じて、イイト村の女村長が後に続く。

　しばらくは女たちの長閑《のどか》な世間話が続いた。日々の暮らしの苦労や知恵を披露し合う。子育てに料理の方法までを話し始めた女たちを、男たちは叱責して黙らせた。しかし女たちを黙らせたところで新たな話題を振れる男はいない。

　一瞬静まった後、また女たちはさえずり出す。

　エルンストは彼らの様子を静かに見ていた。

　さすがに、出稼ぎで出会った男の話が始まったときには苦笑するしかなかったが、生き生きと話す女たちを見ていた。

　女たちは、どの村の出身だとか、商人だとか農民だとか、さほど気にかけていないように見える。キャラリメ村とアルルカ村、イベン村、ヤキヤ村とメヌ村という遺恨《いこん》のある村同士でも、当初の気詰まりを乗り越えた後は旧知の友のように楽しげだ。

対して男は、と様子を窺う。

男は黙って睨み合っていた。女たちは花畑にいるかのようなのに、男たちは殺伐《さつばつ》としていた。強い光をその目に浮かべ、牽制し合う。

一日目は、女たちの談笑で終わった。

屋敷を挟んで丸一日分離れた村でも、自分たちと同じような暮らしをしていることに女たちは共感したようだ。そして思わぬところで異なった風習があるのを知り、驚いてもいた。

メイセンでは比較的裕福な暮らしをしているヤキヤ村の様子は特に珍しがられていた。ヤキヤ村に対し、エルンストが案じたような反発心は、女たちには芽生えなかったようだ。

しかし、ほとんど言葉を発せず睨み合っていた男たちだが女たちの話はしっかり耳に入れていたようで、ヤキヤ村の女が披露した話に、雪焼けした浅黒い顔に露骨な嫉妬を浮かべた。

そんな様子にヤキヤ村の男は優越感に鼻を膨らませ、ふたつの町の商人たちは農民を嘲るような笑いを始終浮かべていた。


二日目も女たちの話は続く。

だがだんだんと、男たちが口を挟み出した。楽しげに、ではなく皮肉を混ぜ出したのだ。皮肉をぶつけられた村の男が反撃し、女たちが諌《いさ》める場面が増えてくる。

時折、険悪な空気が流れた。

エルンストは彼らの様子を、ただ黙って見ていた。


三日目に、彼らの鬱屈した不満が噴出した。

何がきっかけでそうなったのか、注意深く記憶を辿っていかなければわからないほどの小さな波紋で怒号が飛び交い始めた。

ほんの三日前には談笑していた女たちも罵りに加わる。

「そもそもキャラリメが、羊毛の値段を下げたのが一番の原因じゃないかっ！」

「そうだ！　お前らが勝手に下げたから、俺らの物まで買い叩かれたんだろう⁉」

「何を勝手に……っ！　安く売るのが嫌なら、そうすればよかったじゃないか」

「お前らが麻袋ひとつ10アキアで売ってるのに、儂らが50アキアで売れるわけがないだろう」

「ああ、誰が買うって言うんだ。大体、サイキアニがはじめにそんな金額で買ったのが悪いんだ」

「なんだとぉ！　安く買うのは当たり前じゃないかっ」

「キャラリメを安く買ったからといって、他で安く売る必要はなかったって言ってるんだ」

「ああ、そうだ。キャラリメのを安く買って、普通に売ってりゃよかったんだ。そうすりゃお前らの儲けになったじゃないか」

「それで儂らの羊毛は、今まで通りに買ってくれればよかったんだ」

「ふんっ。だからお前らは世間知らずって言うんだ。リュクス国のカプリ領では麻袋ひとつが30アキアで売られていたりするんだぞ？　俺らも安く売らなきゃやってけん」

「ひとつ30アキアなんて羊毛は質が悪いはずだ。そんなもんと張り合ってどうすると言うんだ」

「はっ！　それをお前が言うか、アルルカ村の。お前が質の悪い羊毛を出回らせたんじゃないか」

「そういやアルルカ村の羊毛は短くて紡げやしないと評判の、質の悪いやつだったな」

「儂らの羊は昔からああだったんだ！　世話を怠って短くなったんじゃない。だからキャラリメに羊を譲ってもらえるよう、頼みに行ったんじゃないか」

「そうだよ。あたしらもキャラリメには何度も頭を下げに行ったさ」

「はんっ。誰が、大事な羊をお前らなぞに渡すかっ」

「……それで質の悪い羊毛が出回って、メイセンのは売れなくなったんだから笑えるよな。結局自分の口も賄《まかな》えず、その大事な大事な羊を、お前らは食ったんだろう？　キャラリメの」

「ヤキヤ村……お前らは肥えた土地を持っているから、羊に頼らなくてもよかっただけじゃないかっ」

「ああそうだ。それにお前らは、商人の位を持っているから自分で稼げるだけだろう。大体、なんで、農民だったお前らが位替えなんてできたんだ」

「お前らとは頭の出来が違ったんだろうな」

「なんだとぉっ!!」

あまりに険悪になりすぎて殴り合いが始まったので、

エルンストはタージェスとガンチェを呼んだ。

ふたりの眼光とガンチェの体格に恐れをなして、一触即発ではありながらも、民は椅子に座りながらの罵りに終始した。


四日目も、タージェスとガンチェを中に入れる。

タージェスはともかく、ガンチェには重々言い聞かせた。どのような言葉を民が発しようと、決して手を上げてはならないと。そして、口を挟んではならないと言い含める。民がエルンストを責める言葉を発したとき、ガンチェが自身を抑えてくれるのかだけを案じた。


三日目の話し合いではエルンストに仲裁を求めたり、エルンストの賛同を自分側に得ようと強要する場面が何度か見られた。しかしエルンストは決して、民の話し合いに加わることはなかった。

数度そういうことが繰り返され、次第に民はエルンストをただの人形のように扱い、平気で罵ることまで始めた。それでもエルンストは決して諌めたり、弁解したりはしなかった。矛先《ほこさき》が自分に向いたときは、ただ黙って目を閉じ、やり過ごした。

そのときはまだ、ガンチェは入室していなかった。しかしガンチェがそういう場面で冷静に対処してくれるのか、エルンストは不安だった。

この日も早速、民たちはお互いを罵り始めた。

話題は、羊から蜂へと移っていく。

「お前らがカリア木を伐りすぎたせいで、俺たちの蜂が死んだんだっ」

「何を言ってるの。私らが売れるものなんてカリア木しかないじゃない。そんなことわかっていて、商人への位替えを教えてくれたんでしょ」

「メヌ村にはカリア木以外の木もあったじゃないか。なんでわざわざカリア木だけを選んで伐ったんだ⁉」

「カリア木が一番高く売れるし、軽いから運ぶのにも便利じゃないか。俺らの山にはカリア木が山ほどあったのに、なんでわざわざカリア木以外を選んで伐らなきゃならん⁉」

「そりゃそうだよなぁ。メヌ村のカリア木は高く売ってたもんなぁ……しかし、それも、二年で終《しま》いだったんだから、お前らも大変だな？　え？　借金はあとい くらだ？」

「煩いっ！　俺らの村のことに口出しするなっ！」

「ふんっ。金で商人に位替えができるってわかってりゃあな、儂らも位替えをしたのにな」

「はっ。お前らにあれほどの金が用意できるものかっ」

「何を偉そうに。お前らが用意したんじゃないだろう？　商人から金を借りただけじゃないか」

「金を貸してくれる奴も相手を選ぶだろうよ。お前らなぞに貸しても金が返ってこないってわかってるから、誰も貸してやくれんだろうよ」

「ははっ。それをお前らが言うか、メヌ村の！」

「借金は早いとこ返してやれよ？」

「おお、そうだ、そうだ。お前らがいつまでも返さないでいると、儂らの評判まで悪くなる。メイセンの村に貸しても、返ってはこないってな」

「なんだとっ！」

「お前らいい加減にしろっ！　商人の位は商人だけのものだっ！　大体お前らが商人になったところで、商売もわからなければ字も読めないくせに偉そうに言うなっ!!　頭で計算くらいできるようになってから言えっ！」

「商人の位なぞどうでもいい！　お前ら貧乏村がそんなもんに位替えしたって売れるものなどないだろう⁉　それより、カリア木だっ！　今すぐカリア木を元に戻せっ！」

「そんなことができたら苦労せんわっ！」

「貧乏村とはなんだっ！」

十一の村とふたつの町、全ての者たちが絶叫して四日目の話し合いが終わった。

何度か足を踏み出しそうになったガンチェを、タージェスが目で制していた。

エルンストは罵倒し合う民を、ただ、見ていた。


五日目。

二十六人の民はみな、疲れているように見えた。

細々とした不満を吐き出す。

「雪は空から降ってくるもので、お前らが作ったものではない。なぜ、そんなものに金を取るんだ」

「メヌ村には僅かな金でも必要なんだっ」

「俺たちは水がなきゃ生きていけん。お前らにはわからんかもしれんが、イイト村では雪が降らない。森で水を取ってこようにもウィス森はあまりに危険で、若いのがいない冬場は入れないんだ」

「そんなこと、私らには関係ないでしょ。大体なんで森に水場があるのに、それを村にまで流そうとしないのよ？　頭使うなり体使うなりして、自分たちでどうにかしなさいよ」

「道具もないのにどうやれと言うんだ……。ウィス森から村まで、手で掘れとでも言うのかっ」

「道具を買う金がいるなら貸してやるぞ？　同じメイセンに住む者として特別に、利子も安くしてやる。……そこのメヌ村が騙されたような高額な利子じゃなくてな」

「……なんだと？　やっぱり俺らは騙されていたのかっ！　リュクスの商人めっ！」

「いや、そうとも言い切れないんじゃないのか？　そんなに不当な額とも思えないが……」

「はっ！　だからフォレアは商売が下手なんだ。薄利《はくり》多売《たばい》って言葉を知っているか？」

「馬鹿にするなっ。大体、薄利多売とは純粋に、売買に使う言葉だろう!?　金貸しで言えるかっ」

「金貸しも立派な商売だ。ひとりの人間に多くの利子をふっかけて貸すより、多くの人間に少ない利子で貸したほうが得だろう？　多くの利子を無理矢理かけて、結局逃げられたら割に合わん。……もっともフォレアには、農民に金を貸すだけの余裕はないだろうがな」

「……くっ！　……もとはと言えばお前らが、リンツ領の商売にまで顔を突っ込んできたせいだろう!?　サイキアニは、リュクス国のカプリ領の商売を担ってきたはずだ。俺たちがリンツ領で商売をしてきたのに、お前らが……」

「そんなこと誰が決めた？　誰がどこで商売をしようと、商人の位を持っていればそれでいいはずだ」

「誰が決めたって……昔から、ずっとそうやってきたはずだ」

「ふんっ。馬鹿馬鹿しい。決まっているというなら証拠を見せろ。契約書でもなんでもあるなら持ってこい」

「畜生っ！　先祖代々、そうやって商売の場を棲み分けていたはずだっ！」

「だ、か、ら、証拠だ。証拠」

フォレアの商人の歯軋りが聞こえてくるようだった。商人の罵り合いを農民たちは薄ら笑いを浮かべて見ている。

エルンストはひと言も発せず、ただ、見ていた。

六日目。

疲労の色は濃くなってきた。

言うべきことも体力もなくなってきただろうに、それでも彼らはぶつぶつと不満を漏らした。

しかし、誰かが不意に漏らす皮肉に、敏感に反応するだけの気力はなくなってきたようだ。

もはやタージェスもガンチェも必要ない。エルンストはそう判断し、ふたりを下がらせた。


七日目。

この日も不満を吐き出し合う。

民はみな、自分たちの状況がいかに酷いかを切々と訴え始めた。今までは他の者に自分たちの村や町を馬鹿にされると怒っていたのに、今ではメイセンのどの村よりも町よりも、自分たちが一番酷い生活を強いられていると言い合う。

そして思い出したようにエルンストを振り返っては賛同を得ようとする。ねえ、私らの生活は本当に酷いものでしょう？　誰よりもよく耐えているでしょう？　そんな風に同意を求められても、エルンストはただ目を閉じて一切返答はしなかった。


八日目。

やはり不幸自慢が続く。

誰かが言った不幸話に、誰かがそれ以上であると自分の状況を声高に叫ぶ。少しずつ元気が戻ってきたのか、誰かが話そうとするのを遮って叫ぶ者まで出てきた。お前は黙っていろ！　そう叫ぶ場面が何度か見られた。


九日目。

不幸自慢になるとヤキヤ村はあまり入っていけない。どう考えても、メイセンで一番裕福な村だ。サイキアニ町よりも恵まれているかもしれない。だがそれでも、ヤキヤ村は自分たちの不幸を掻き集めてどうにか参戦する。

そんな様子を、エルンストは黙って見ていた。

一体彼らは幸せになりたいのか、それとも不幸でいたいのか。

そんな漠然《ばくぜん》とした疑問を思い浮かべながら、ただ黙って民を見ていた。


十日目。

この日、民たちは事前に打ち合わせをしていたかのように、エルンストに詰め寄ってきた。

一体、どこの味方なんですかっ！　メイセンで一番酷い状況なのはアルルカ村でしょう！　いや、村人全員がクルベール病に冒されたキャラリメだ！　借金を背負ったメヌ村が一番不幸だ！　グルード郡地の獣の脅威に晒されているイイト村だっ！　満足に商売もできていないのに慣れない畑仕事をしなきゃいけないサイキアニだ！　商売の場を奪われていくフォレアだ！

怒号の全てがエルンストに向かって飛んでくる。民たちの全身から、怒りの炎が上がっているようだった。彼らは共通の敵としてエルンストを捉えているのか。

民たちには同じ部屋で食事をさせている。食事という、生物が一番安心する楽しいことを共にさせていれば、この場では話せないような他愛ない会話を交わすこともあるだろう。

そう思い、一緒の部屋で食事をするよう決めたのだ。はじめは同じ村同士、町同士でしか会話を交わさなかったようだが、今では時折笑い声が上がっているとシングテンが言っていた。

だが今日の様子を見れば、それだけではないとわかる。多分、エルンストに対する不満を吐き出す場にもなっているのだろう。

エルンストは険しい目をした民たちをじっと見て、そのまま目を閉じた。

何を言われようと、どれほど無礼なことを叫ばれようと、決して口を開くことはなかった。


十一日目。

いつも、誰よりも早く部屋に入り椅子に腰かけて全員が揃うのを待っているエルンストを見て、民たちは露骨に嘲るような顔をした。

毎日毎日、ただ黙って座っている領主。領主とは本当に閑な方なのですね。誰かがそう言い、全員で笑う。

一番乗りで席に着き、私らが入ってくるのを待っている。そんなに私らが罵り合うのを見たいのですか。一体、これはなんなのですか！？　なんのために私らは集められたのですか？　俺らがいがみ合うのを見て楽しんでいるんでしょう？　結局、御貴族様の退屈を紛らわせるための余興なのか。馬鹿馬鹿しいっ！

そう叫んで、民らは早々に部屋を出ていった。

エルンストは誰もいなくなった部屋で、ただ、座っていた。

十二日目。

隣り合って座る者たちが、そろそろと会話を交わし始めた。

当たり障りのない天気の話を始めたかと思ったら、今年の農作物の栽培手順について話し始める。隣り合った者同士からだんだんと輪が広がり、やがてそれは談笑となった。当初のように女たちだけで行っているのではなく、男たちも加わっている。

ただ、エルンストがその輪に加わることはなく、民らもエルンストをその場にいない者のように扱った。

エルンストは静かに、楽しげな民の様子を見ていた。

十三日目。

この日、民たちの足取りが軽くなっていることにエルンストは気づいた。

物心ついた頃より、重労働ばかりの人生だったのだろう。これほど長い期間、仕事もせず十分な食事を口にし続けたこともなかったはずだ。

エルンストは毎朝、侍従長のシングテンに民たちの食事風景を聞いていた。

三度三度の食事を残しているのか、いないのか。もそもそと食べているのか、楽しそうに食べているのか。食べ終わる速度に、食事部屋を出る状況までを確かめる。

はじめの頃は、自分が食べたらさっさと部屋を出ていったらしい。アルルカ村などのように日常的に食料不足である民は、出されたものを全部食べきるということもなかったという。

だが三日前の朝から、自分が食べても全員が終わるまで待つようになった。誰かが提案したわけでもなく、何となくそんな風になったのだ。会話が弾み、部屋を出るのが遅くなるときさえある。

そして昨夜の夕食は、全員が完食したと報告があった。

民は気づいていないかもしれないが、食事の量はだんだんと増えている。一番はじめに屋敷で出した食事と今朝の朝食とでは、二倍の差があるだろう。今、民に出している量は、エルンストが常に食べている量と同じなのだ。それを全ての民が食べきり、今見たところ腹などを壊している様子はない。

エルンストは注意深く、民を観察した。

血色もよくなったように思う。

生気が、漲《みなぎ》っているように感じた。


十四日目。

全員が席に着いたのを見届けたエルンストは、口を開いた。

「みな、語り合えたことと思う。十分ではないだろうが、それでもここに来た当初に比べて、お互いのことがわかり合えたのではないのかと思う」

いつも置物のように身動ぎもせず、座っていただけのエルンストが声を発したことに、民たちは怪訝な表情を浮かべた。

「冬の間、私は村や町を見て廻った。みな、よく助け合い、知恵を出し合い、逞しく生きていた。私は、思ったのだ。メイセンの民はみな、懸命に生きようとしている。しかし、それにもかかわらず、なぜ、このように貧しいのか、と」

民の顔が歪む。御貴族様は何も知らず、そう嘲る声が聞こえたような気がした。

「そして、私は不思議でもあった。みな、メイセンという領地に他の村や町があることは知っている。だが、お互いに深く知り合おうとはしていないことを」

エルンストは、二十六人の民と共に囲んだ大机を、指の背でこつこつと叩いた。

「例えば、この机だ。この机を用意したのはイイト村である。イイト村の森では、グルード郡地の影響で樹木が巨大化している。この机は、一本の樹木からできている」

元の大きさを想像したのか、他の村の者たちからどよめきが上がる。

「そして、あの敷物だ」

　エルンストは、暖炉の前の敷物を指で示す。

「あれは、キャラリメ村の羊毛をイベン村で染色し、アルルカ村で織ったものだ」

　キャラリメ村とイベン村の者が席を立って見に行く。羊毛を売っただけのキャラリメ村にはもちろんわからず、染色したイベン村がどうにか覚えている色合いだ。

「敷物の縁取りには、アルルカ村の羊毛が使われている。アルルカ村の羊毛は確かに短いが、その光沢たるや素晴らしいものがある。まるで絹糸のような艶と輝きだ。……さて、その敷物だが、そなたたちならいくらで買うだろうか」

　サイキアニとフォレアの商人に問う。四人の商人は席を立ち、敷物を手にして重さや裏側、そして色合いなどを丹念に見ていく。

「１５０アキアですかね……」

「私らは、１７０アキア出しましょう」

　提示された金額に、アルルカ村の者は弾かれたように顔を上げた。

「使われた羊毛は、キャラリメ村の麻袋ふたつ分だ。元の金額は20アキア。イベン村の染色代や、アルルカ村の羊毛と織り代を足しても、50アキアにもならない」

　エルンストは席を立ち、暖炉へと歩いていく。

　呆然と敷物を手にするキャラリメ村やイベン村の者たちの脇を通り、暖炉の薪とは別に置かれた薪を一本、手にする。

「これは、メヌ村でとれたカリア木だ。軽くて運びやすく、そして……」

　手にした薪を暖炉へと投げ入れた。

「素晴らしい香りだ」

　柔らかな芳香が部屋中に広がる。民はうっとりと目を閉じた。

　エルンストはそんな民の様子を確かめてから、暖炉の上に置かれていた一本の蠟燭を燭台に刺すと、暖炉の火を蠟燭に移した。

「これはヤキヤ村で作られた蜜蠟だ。……こちらも、よい香りがする」

　民が囲む大机の上に、静かに燭台を置いた。蠟燭からはカリア木に似た香りが漂う。微かな香りだが、心穏やかにさせるものだった。

「みなが毎食食べた食事は、ラテル村、カタ村、スニカ村、ヒライキ村、ダダ村から買い集めたものだ」

エルンストは静かに席に着いた。

「リュクス国は我がリンス国と比べると、国力は強く、経済活動も活発だ。かの国の商人たちは、百戦錬磨の猛者《もさ》と聞く。そんな商人たちとやり合うためには、話術も機転も必要だろう」

右隣に座るサイキアニ町の商人に顔を向ける。

「そんな商人たちと、サイキアニ町は十分に渡り合っているのがわかる。羊毛や蜂蜜といった、かつてメイセンを代表した産物に隠れて見えないが、小麦や芋などの作物類、薪の値段は百年前と変わってはいない。メイセンの農作物などが買い叩かれることがなかったのは、貧しい領地だからと足下を見られるような場面をサイキアニ町の商人が作らなかったからだ」

エルンストは左隣に視線を移す。

「リンツ領へ向かうにはみなも知ってのとおり、あの険しい崖を渡り、狼が生息する森を抜けなければならない。人ひとり、しがみつくようにして渡るあの崖を、重い荷を背負っていくのがどれほど困難か、メイセンで生きる者にはわかっているだろう。メイセンで作られた薪は、リンツ領でも売られている。重い薪を背負って崖を渡ることができるのは、フォレア町の商人だけである。その技術は、他の町の商人たちにはない」

しんしん、と静まった広い部屋で、ぱちぱちと、薪の燃える音だけが響いた。

部屋を満たす優しいカリア木の匂いが二十六人の心を静めていく。大机の中央に置かれた蜜蠟は、柔らかな炎を揺らしていた。

「村人同士で助け合っていたように、メイセンはひとつだと考え、同じ領地に住む領民同士、助け合うことはできないだろうか」

エルンストは、静かに語りかけた。


どれほどの時間が過ぎたのか。

薪が一本燃え尽きる頃に、キャラリメ村の村長が意を決したように、重い口を開いた。

「うちの村は、クルベール病ばかりだ。力が弱くて、特に冬場の農作業ができない。だが……儂らは羊を育てられる。たくさんの羊を飼っても、儂らなら飢えさせることもなく、たくさんの羊毛をとることができる」

キャラリメ村の村長はおずおずと、イベン村、アルルカ村の村長と目を合わせた。

「儂らの羊毛を、ああいう敷物にしてくれんか……？　手を加えたら高く売れる。儂らは、麻袋に詰めて売ることしか考えていなかった。羊毛を刈り取ることで、仕事が終わっていたんだ。だが、手を加えて高く売れるのなら……そうしたい」

提案されたふたりの村長は顔を見合わせると頷き合い、イベン村の村長が笑って言った。

「そりゃ願ったりですよ。私らはどうやら、羊を育てるのが下手らしい。でも、うちにはいい温泉も、冬場でも凍らない川もありますからね。染色するにはもってこいですよ。それに、今までだって染色しなきゃ売れなかった。いや、染色したっていい値では売れなかった。キャラリメ村やアルルカ村と組んで、ああいうのを作って高く売れるなら、うちはいくらだって協力しますよ」

「ああ、うちだってそうしたい。儂らのところもクルベール病が多い。だが、病気の奴は指がずっと細いまま年寄りになっても目がいいし、何より指が器用に動く。それに昔から織っていたから、色々な技術が村にはある。慣れない放牧を続けたり、少ない土地を耕していくより、織物を作って金が稼げるなら、そっちのほうがいい」

快く応じたふたりの村長に、キャラリメ村の村長も晴れ晴れとした笑顔を見せた。

「それならキャラリメは、アルルカ村の羊の面倒も見よう。あの羊毛の光沢は、確かに素晴らしい」

三つの村は席を立ち、敷物を囲んで床に座り話し出した。フォレア町の商人がいそいそとそれに加わり、気も早く、仕上がり日の確認と、金額の交渉を始めた。

次に動いたのはヤキヤ村だった。

「うちの蜂にはカリア木が必要だ。冬でも花を咲かせる木は貴重だが、それ以上にカリア木の香りが必要なんだ」

そう言って、メヌ村の村長を見た。視線を彷徨わせ躊躇を見せた後、決心したように口を開く。

「あんたらが苦しいのはわかる。……こうしないか？　あんたらが伐らずにおいたカリア木一本につき、俺らは50アキアを支払おう」

「しかしそれでは借金が……」

「今、いくら残っているのだ？」

サイキアニ町の商人が聞いた。

「１０１７シットだ」

サイキアニの商人は腕を組んでしばし思案すると、おもむろに提案した。

「では、その債権をサイキアニが買おう」

何を言われたのかわからないのか、メヌ村の村長が商人を見る。

「つまり、だ。お前たちの借金を肩代わりしてやると言ってるんだ」

信じられないと言いながらも、メヌ村の村長と村人の顔には歓喜が浮かんでいた。

「ただし、条件がある。まずはカリア木を増やすんだ。以前にも同じことがあっただろう？　あのときは、二十年だか三十年だかで増えたはずだ。今回もそうやって増やし、十分に増えたら伐採するんだ」

「伐採されては俺たちが困る」

「わかっている。だからヤキヤ村が必要とする本数は必ず残す。メヌ村にも経験ってものがあるだろう。伐採しすぎるとどうなるかわかっているはずだ。倒しても大丈夫な本数は、年間どれくらいだ？」

「そうだなぁ……百本は大丈夫だろう」

「ではその百本を、サイキアニに売ってくれ。カリア木一本、１シットで買おう」

「……本当か？　お前らは以前、５００アキアで買ったじゃないか」

「それは謝る。だが今回は、１シットだ。サイキアニの商人を信じてくれ」

メヌ村の村長は胡散臭《うさんくさ》げに窺っていたが、ラテル村の女がサイキアニ町に助け舟を出す。

「一度、信じてみればいいんじゃないかい？　どちらにしろ借金を肩代わりしてくれるって言うのなら、あんたたちにとって悪い話じゃないと思うけど」

「まあ……そうだが……」

「よし。商談成立だ」

サイキアニの商人は強引に約束を取りつけた。慌てるメヌ村の様子に苦笑を浮かべながらエルンストは静観する。

「次は、ヤキヤ村だ」

「……なんだ？」

「お前たちの蜂蜜、サイキアニに売ってくれ」

途端にヤキヤ村の村長が顔を顰める。

「なんで売らなきゃならないんだ。俺たちは自分で売ってくる」

両者に険悪な空気が流れ出し、エルンストは口を挟んだ。

「ふむ。……そのことだが」

ヤキヤ村とメヌ村を交互に見ながら続けた。

「ふたつの村が持っている商人の位なのだが、あれは何かの間違いだな」

ふたりの村長は狼狽しつつ、エルンストを窺う。

「今回、ふたつの村の位替えの書類を持ってきてもらったのだが、私が見たところ、どちらの書類にも不備がある」

「え……？　ど、どういうことですか……？」

「ふむ。まず、ふたつの村は、どこに申請したのだろうか」

「え……し、しんせい……？」

「そう、どこへ届け出たのかということだ。つまり、書類を揃えて、誰に渡したのか」

「そりゃ御領主様ですよ」

「どこの、領主か」

「カプリ領の……」

ヤキヤ村の言葉に残りの民が驚いた様子を見せた。

「カプリ領？　あれはリュクス国の領地だろう？　なんでカプリ領の領主なんだ？」

「え……？　確かにカプリ領はリュクス国だが、カプリ領で商売をするのなら、カプリ領主が認めた位でいいと言われたんだが……」

方々からおかしいと言われ、さすがのヤキヤ村も声が萎《しぼ》む。

「誰に言われたのだろうか？　そもそも、ヤキヤ村が位替えをしようとしたとき、誰に指南を受けたのだろうか」

詰問にならないように穏やかな声を出して、エルンストは訊ねた。

「あの……出入りしていたリュクスの商人に聞いて……」

サイキアニ町の商人が憐れむような目をしてヤキヤ村を見た。

「そりゃ騙されたんだ」

「え……そんな……」

「まあ、よかったんじゃないの？　位替えができていないのに、ずっとカプリ領で物を売っていたんでしょ？　それなのに一度も捕まらなかったんだから運がよかったんだよ」

カタ村の女が慰めるように言う。

商人ではない者が商売をすることは厳重に禁じられている。見つかれば十年以上の苦役につかねばならない。リュクス国も似たような罰則であった。

まだ事態が信じられない様子のふたつの村に、エルンストは決定的な違いを説明した。

「位替えを認めたとしているあの承認書には、明らかな不備があるのだ。ふたつとも、村の名が違っている。文面にも間違いがあり、なおかつ、公文書としては決して使われない粗末な紙である上に、偽造防止の透かし彫りなどの必要な装飾が全くない」

極めつきは領主の印が全く違うことだ。カプリ領主の印を真似ているのだろうが、似ても似つかないものとなっていた。

「しかし、ふたつの村が信じたのも仕方がない。言葉巧みに誘われたのだろうし、公文書など、普段目にするものでもない。それに、字体が変えられ、少し見ただけでは文章が読めないよう細工がしてあったのだから」

本当はあまりに稚拙な文面と文字だったのだが、村の名が違うことにも気づかなかったのか、などとメイセン中で笑われるようなことを招いてはならない。自らも字が読めないだろうに、他人の無学を笑う者は必ずいるはずだ。

「そ……そうだったんですか……」

メヌ村が位替えの費用として１０００シットを支払ったというのなら、ヤキヤ村も同額程度を支払ったのだろう。がっくりと項垂れた。

「あ！　……だったら、私らの借金はなかったことになるんじゃ……」

「残念だが、それは無理だ」

メヌ村の女が歓喜の声を上げたのを、エルンストは苦笑しつつ制した。

「借用の書類は正しいものだった。何に使うのかは明記されておらず、ただ、金を借りるということとその利息について書かれていた。金を借りた以上、それがたとえ騙されていたことだとしても、書類が正しいのであれば無効にはできないのだ」

位替えの書類と共に、メヌ村が背負った負債の書類も持参させていた。位替えのお粗末なものとは全く違う、形式どおりの借用書だった。

「ま……まあ、よかったじゃないか。ヤキヤ村もメヌ村も、本当なら罪人になっていたところだぞ？　……あ……そういや、エルンスト様は御領主様でしたよね……えと、これを……？」

「よい。不問に付す」

スニカ村の村長がおずおずと聞いてきたので、片手を振っただけでこの件を終わらせた。メイセンに領主がいれば起こらなかった問題だ。ふたつの村に罪があるというのなら、長期にわたる領主不在という状況を招いた国の責も問わねばならない。

ほっとした雰囲気に大広間が包まれた。スニカ村の村長が、エルンストが領主であるのを忘れていたことに、みなで笑い合っていた。

エルンストもつられるように笑いながら、心に温かいものが広がるのを感じた。

ヤキヤ村とメヌ村。ふたつの村の窮状に、全ての村と町が心から心配し、そして慰めた。

メイセンが、ひとつになろうとしていた。

「じゃあ、蜂蜜と蜜蠟をサイキアニに売ってくれるな？」

ほくほくと商談を再開したサイキアニの商人に、ヤキヤ村の女は苦笑いを浮かべながら頷いた。

「仕方ないからね。あたしらは商人じゃないし」

その言葉に、また全員で笑い合う。

「でも、いくらで買ってくれるんだい？」

「そうだなぁ……お前らは、蜂蜜一壺を２００アキアで売っていたな。じゃあ、俺らは２１０アキアを支払おう。蜜蠟の蠟燭には、一本5アキアだ」

腕を組んでヤキヤ村の村長が考え込む。誤りだとしても長年商人を出してきた村だ。算段はそれなりに働く。

「俺たちはカプリ領で、一壺２００アキアで売っていたんだぞ？　サイキアニが２１０アキアで買ってカプリ領に売りに行ったら、10アキアの損になるぞ？」

「ふん。だから俄《にわか》商人だと言うんだ。誰が、一壺２００アキアなんぞで売るか」

にやりと笑ってサイキアニの商人が言った。

「俺らは、３００アキアで売る」

「……！　売れるのか!?」

「まあ、見てろ。ちょっとした工夫で売れるだろうよ」

「どうするんだ？」

敷物の算段をしていたフォレアの商人が話に加わった。

「……商売敵《しょうばいがたき》に聞かせる話じゃないが……まあ、いいだろう。フォレアはカプリ領では商売をせんだろう？　いい機会だから、お前らが言う棲み分けとやらをしようじゃないか。サイキアニはバステリス河の向こうでのみ商売をする。フォレアは、リンツ谷の向こうだ」

「ふん……まあ、いいだろう」

「よし。……いいか？　ヤキヤ村の蜂は、カリア木の花を原料として蜜を作っている。カリア木は、燃やすと媚薬の香りが出ると言われている。それを最大限利用すべきだ。つまり……この蜂蜜を恋する相手と食うと想いが叶うとかなんとか、理屈をつけてやればいい。蠟燭も、恋人といい雰囲気になりたいときに火を灯せ、とかな」

エルンストは商人の逞しさに感心した。リュクス国の商人に対抗するためには、サイキアニ町の商人は確かに心強い。

「しかし……問題は、カリア木だ」

黙って蜂蜜の交渉を聞いていたメヌ村の村長が声を上げた。

「カリア木は植えていくにしても苗木が育っていない。かつて小屋を作って苗床としていたが、あれもあまりうまくはいかないんだ。薪を常に燃やして一定の温度にしなきゃならんが、湿気も大事なんだ。……だから温度を保とうと薪を小屋の暖炉で燃やすと、今度は空気が乾燥して駄目になる。誰かが付きっきりで、薪を燃やしながら雪や水をぶっかけるんだ」

「ああ、そうだったねぇ……カリア木の種を百個蒔いても、芽吹くのは十個。芽吹いた十個を大切に育てても、一年後も小屋の中で生きていたのは一本あるかないか、なんだ」

重い溜め息を吐き出すメヌ村のふたりに向かって、イイト村の女村長が言った。

「一度、イイト村に来てみないかい？　うちの森は一年中、暖かいんだ。水不足だって言ってもそれは村だけの話で、森ん中はいつだって苔が生えている」

「苔か……それは湿気ているってことだぞ？」

ダダ村の村長がメヌ村に言った。

「そりゃいい！　早速村の者らで見に行かせてもらおう。うまくいけばイイト村で苗木に育てて、メヌ村の山に植えていけばいい」

「ああ、そうだね。温度と湿気がいるのは苗木までなんだ。あたしの膝くらいまで成長すると、山に植えなきゃならない。その頃には反対に、雪と寒さが必要なんだ」

「……じゃあ、こうしようじゃないか。俺らメヌ村は、イイト村のウィス森でカリア木の苗木を育てる。カリア木の世話のためにメヌ村は何度も、イイト村との間を往復することになるだろう。そのときに、雪も運んでやろう」

「そりゃあ助かる。なら儂らは、メヌ村の者が滞在する間、食わせてやろう。干し肉くらいしかないがな」

「おお、それは助かる。もちろん、無事にカリア木の種が芽吹いて苗木が根付くかどうかが、一番の問題だが……」

「それはそうだ。しっかり見ていっとくれ」

イイト村の女村長が豪快に笑った。


十五日目。

この日の午後、半日で帰途につける民たちは帰って行く。みな晴れ晴れとした表情を浮かべていた。

「長い間、よく耐えて、話し合ってくれた。礼を言おう」

椅子から立ち、民を見回した後、エルンストはゆっくりと頭を下げた。二十六人の民たちは、がたがたと派手に椅子を鳴らして、慌てて立ち上がる。

エルンストはふっと笑い、促して座らせた。

「みなも知ってのとおり、メイセンの民ひとりあたりに課した税は、基本の5シットのみだ。商人たちにはよくわかっているだろうが現在のメイセンでは、みなが納めた税から、私が国王に納める税を引くと、毎年501シットの赤字となっていく。しかしその他にも出費はある。メイセンの道を直したり、屋敷で働く者たちに給金を支払ったり……色々だ。そのため毎年、800シットから1000シットの赤字となっていくだろう」

その金額に、民たちは不安の色を浮かべた。

「だが、私はこの先十年の間、このまま何としてでも耐えよう。しかし十年後には、みなから集める税を8シットに上げる。……これから十年の間に、どの村も、町も、力をつけてほしい」

決意をこめるようにしっかりと、エルンストは一人ひとりと目を合わせていく。

民が躊躇を見せたのは一瞬で、二十六人全員がエルンストを見て、力強く頷き返した。

8

「晴れ晴れとした顔で帰っていきましたね」

「あんなにやる気に満ちた顔を見たのは初めてですよ」

タージェスの言葉にアルドが続く。

「エルンスト様。何を話し合ったのですか」

一番荒れた場面だけを見たタージェスが訊ねてきた。あの場しか見ていなければどのような決着がついたのか、想像もできないのだろう。

「ふむ……」

エルンストはひと言呟き、タージェスやアルド、ガンチェと囲む机を見る。屋敷は今、民が去った後の片付けで騒がしいはずだが、ここ領主の執務室までその声は届かない。暖炉で燃える薪の音だけが響く。

三人の領兵たちはエルンストの次の言葉を待つように口を噤《つぐ》んだ。

「……タージェス。以前、話したことがあったな。……メイセンをリュクス国の侵略から守っているものは何か、と」

「はい。覚えています。バステリス河とリンツ谷です」

アルドも同意見だというように、タージェスの隣で頷いた。

「そうだ。バステリス河を渡ってきたところで、リンツ谷を大勢の兵が通り抜けることは不可能だ……」

エルンストは組んだ指に目を落とし、思案する。

暖炉の細い薪が一本、燃え尽きるまで思案した。

領兵たちは急かすわけでもなく、焦れるわけでもなく、エルンストの思案が終わるまで静かに時を待った。

「あのとき、私は話さなかったが、メイセンを最も強く守っている盾は別にある」

エルンストは顔を上げると、おもむろに話を続けた。

「それは、貧しさ、だ」

エルンストの言葉の意味がわからず、三人の領兵はお互いに顔を見合わせた。

「もし、メイセンに価値があればどうだろう？ リュクス国がメイセンのみを奪いに来る、ということだ。後にリンス国と争う火種になったとしてもなお、メイセンを得る利益が大きいと判断した場合、リュクス国はバステリス河を乗り越え、攻めてくるであろう」

「それは……確かにそうですが、そのようなことが……？」

　タージェスが珍しく狼狽していた。

「今はそれほどの価値はない。だが、メイセンはいつまで貧しくあらねばならないのだろうか。例えばリュクス国は、我がリンス国の半分の国土しか持たない。その土地の多くを平野に均《なら》し、商業の町にしている。かの国は農業を捨てたと言っても過言ではなく、食糧のほぼ全てを我が国とシルース国から得ている」

　リュクス国にはリュクス蜘蛛という金色の絹糸を吐き出す蜘蛛がいる。リンス国にもシルース国にも僅かにいるこの蜘蛛の糸で作る金布は非常に高価で、通常の蚕《かいこ》が作る絹糸の十倍もの値が付く。リュクス国の主要な産業となるリュクス蜘蛛は縄張り意識が強く、起伏のない平坦な広い森を必要としていた。

「リュクス国は確かに裕福だ。リュクス蜘蛛の金布はかの国に多大な富をもたらしている。リュクスはその金で軍備を整え、巨大で強い軍隊をも有している。……だがしかし、この世で一番強いのは、食糧を握っているものだ。私がどれほど権力を持っていようと、私ひとりでは野を耕すこともできず、ひと月もあれば飢え死にしてしまうだろう。リンス国の一番の強みは国土の大部分を農地に充て、リュクス国が必要とする食糧の三分の二を賄っていることにある」

「確かにそうですが……それとメイセンと、関係があるのでしょうか？」

　アルドが遠慮がちに聞いてきた。

「我が国の、国土の二十分の一はメイセンだ。しかし、メイセンの農作物はリンス国の総生産量の五十分の一にもならない。メイセンでは耕作放棄地が多く、民には耕すだけの十分な農具がない。だが、例えば民の全てに農具を与え、水路と道路を整備した場合、メイセンではどれほどの収穫物が得られるだろうか？　土地が痩せているというのならば、その地に合った農作物を選べばよい。メイセンの領民はみな、経験から多くのことを知っている。だが、この世にはもっと多くの知識がある。既に確立された知識を民が得たとき、メイセンでは緑の革命が起きるとは思わないか」

　人口が増えるとき、そこには必ず緑の革命が起きる。従来の農法を変え、あるいは従来の作物を改良し、飛躍的に収穫量を上げる。人々の口を満たして初めて、人が増えるのだ。

「メイセンの現状では、今の六百名余りの民の口を十分に満たすこともできない。だが以前のメイセンは、千名を超える領民を抱えていたのだ。かつてのメイセンで、農作物を他領地から購入した記録はない。つまり少なくとも、メイセンの土地は千名を食べさせるだけの力を持っているはずなのだ。それでも当時のメイセンの耕作地は、領地の十分の一程度に過ぎない。現在、メイセンの七割は山か森となっているが、それは領主不在のこの百年の間に樹木が広がったことが原因である。山や森が水源地であることを思えば、簡単に木を切り倒し、山を崩し、平地にすることはできないが、少なくとも百年前には森ではなかった場所の伐採は可能だろう。……現在の平地は、メイセンの三割だ。百年前の状態に戻せば六割が平地になる。千人の民を、領地の一割を耕したことで養っていた。……ならば、今ある三割の土地を耕した場合、単純に考えても三千人は養えるとは思えないか？」

「確かに……」

「だが、それでもまだ不十分だ。例えば、リンス国の穀物庫との異名を持つグリース領の場合、その領地はメイセンの十五分の一に過ぎない。現在メイセンが耕している農地よりも狭い領地だ。グリース領は比較的温暖な地域で雪も降らず、一年を通して収穫できるという利点はあるが……。それでも何か、メイセンの民が知らない農法があるのではないのだろうか」

「つまり……メイセンの農法を変えた場合、メイセンでも多くの収穫物が得られる可能性が高い、ということでしょうか？」

アルドが信じられないという風に聞いてきた。アルドはメイセンの生まれで、貧しい郷土しか知らないのだ。

「そうだ。私はいずれ、各村の若者をひとり選び出し、農業の盛んな領地へ学びに行かせようと思う。だが……もし、メイセンが順当に収穫量を上げた場合、必ず、リュクス国の目が向くことになるだろう」

「それは……そうかもしれませんね。メイセンの土地の広さを考えれば、得られる収穫物は現在の国の総生産量と同等程度になりませんか？」

タージェスが頭の中で試算するように目を閉じて言った。

「私もそう考える。少なくとも、半分の量はメイセンで得られるだろう。そのときリュクスは必ず、メイセンを欲することになる。バステリス河は荒れているとはいっても、リュクスの国力を思えば橋を架けられぬこともない。他国から購入していた食糧を、橋を架けた先の自国領から得られると算段すれば、メイセンを得ようとするだろう。リュクスがリンス国に戦いを仕掛けないのは、自国の王族同士が対立していて内政が落ち着かないという事情とは別に、リンス国から購入している食糧問題があるからだ」

「……メイセンで収穫量を上げることは可能のような気がしてきました。しかし、それだけでリュクス国が攻めてくるでしょうか……」

生まれ育った土地に価値を見出せない。アルドの質問にエルンストは少し、悲しくなった。

メイセンの民は誰もが、自分の故郷に誇りを持てないのだ。

「ここで話すことは全て、他言してはならない」

エルンストは自らの意思を固めてから、三人の領兵の目を見ていく。

ガンチェは即座に、タージェスは腹を据えるように、アルドは躊躇を見せつつも、三人がそれぞれ強く頷いたのを見届けて、エルンストは口を開いた。

メイセンが抱える大きな可能性と宝について、領兵たちに語って聞かせた。

「メイセンには、宝がある」

タージェスと並んで座るアルドに向けて、エルンストは話す。

「メイセンに、宝などあるでしょうか……？」

「例えば、この屋敷だ。使われている材木がいい」

「そうですか？　どこにでもある木だと思いますが」

「そうだ。メイセンではどこにでも生えている木だ。その証拠に、貧しい村の家にも使われている。……しかし、メイセンでよくとれるこのルイファ木は、軽く強く燃えにくく、その上木目が美しい。貴族の屋敷に使われている床材にルイファ木が多ければ多いほど、その家の財を表すとされており、通常の材木よりも高額な値段で取引されている」

「こんな、ありふれた木がですか……」

アルドはぐるりと執務室を見渡した。

驚くのも無理はない。兵舎の材木どころか厩《うまや》にまで使われている木なのだ。

しかしルイファ木はカリア木同様、その生育場所が限られていた。

「そして、風呂場の石だ。あれはリヌア石だ。リヌア石というのは熱を伝える石で、主に貴族や裕福な商人の屋敷で使われている。王宮の湯殿に使われているのは見た目を重視したタイルだが、本来、風呂場の床材として最高級だと言われているのは、リヌア石だ。

「ルイファ木はともかく……あ、いえ、ルイファ木も、宝と言われても運ぶことは無理ですよね？　家材として使うならそれなりの大きさが必要ですし……でも、カプリ領で売るならどうにかなるか……？　バステリス河を舟で運べたらいいからな……」

アルドが腕を組んで頭を捻った。

「ルイファ木をカプリ領で売るようにしたとして、リヌア石はどうするんです？　屋敷の風呂場から剝がして売りに行くのですか？　でも、今あるのを売れば終わりで、それで宝と言えるのでしょうか？」

タージェスの言葉に、エルンストは微苦笑を浮かべた。

「風呂場の石をとりあえず売って、当面の財政難を工面するのも一計だが……私が考えるに、リヌア石はこのメイセンで採れるのではないだろうか。……リヌア石が高価なのはその特性だけではなく、採掘量が極端に少ないからだ。この二百五十年ほどは新しい産出場が見つからず、今までに採掘されたもので賄われている。そのため、どれほど裕福な貴族であったとしても、リヌア石で風呂場を作る場合、この執務室の半分程度をどうにか作れるくらいなのだ。金の問題ではなく、その量のリヌア石を集めるのが精一杯なのだ」

「エルンスト様。このお屋敷のお風呂場は、非常に広いと思うのですが……？」

ガンチェが不思議そうに問いかけた。

「そう、この屋敷の風呂場はとても広い。そして風呂場のみならず、脱衣用の小部屋にまでリヌア石が敷き詰められている。私が書類で見た限り、あの風呂場が作られたのは先代領主の時代、今からおよそ百三十年前だが、そのために大量の金が動いた形跡はなく、他領地から購入した実績もない」

「……つまり、こういうことでしょうか……？」

タージェスが自分の頭を整理するように額に手を当てた。

「リンス国では約二百五十年前からリヌア石の新たな鉱山は発見されず、どこかのお屋敷で使われているリヌア石を剝がしてくる以外に手に入れることはできなかった。そしてそれには相当な金が必要だった。しかし、百三十年前に、このお屋敷では金を使わず、大量のリヌア石を使い、風呂場が作られた」

「ということは、リヌア石はメイセンで集めた、ということになりますよね。……それってつまり、どっから掘ってきて、使ったということに……」

「じゃあ、やっぱりエルンスト様が仰るように、メイセンにリヌア石の鉱山があるということになるんでしょうか？　……いや、しかし、二百五十年前から新たな産出場は見つかっていないわけで……？」

タージェスとアルドが悩み出したので助け舟を出してやる。

「メイセンで鉱山を見つけ、屋敷で使った。だが、何らかの理由で、リヌア石の鉱山を発見したとは公表していないのだ」

エルンストの言葉に、ふたりとも合点《がてん》がいったように何度も頷いた。

先代領主が言わなかった理由は何となく理解できた。領主の肖像画、最後尾に飾られた第十六代領主の顔を思い出す。

侯爵家に生まれ、国を担う者として期待され、それに応えてきた青年時代。仇敵に敗れ、僻地の領主となった老年期。我が身を憂い、世を棄て自堕落に生きていたのだろうと書類からは読み取れる。

どういう偶然でリヌア石を見つけたのか。経緯はどうであれ、自分をメイセンに追いやった貴族たちが何よりも欲する石を、誰にも言わずに抱え込み、自分の風呂場に贅沢に敷き詰め優越感に浸ったのだろう。

エルンストは、ふふ、と笑う。

後の領主となる者がいつか風呂場を訪れ、リヌア石が敷き詰められた巨大な風呂場に驚愕する。この石をどこから集めてきたのかと考えるか、ただ驚くだけで済ませるか、それは次代の領主の器《うつわ》次第。ほんの僅かな示唆を与え、生かすか殺すか死後の世界から楽しんで見ているのか。

「エルンスト様……？」

またもや思案に入るエルンストを、タージェスの声が引き戻す。周りに人がいるのに勝手に沈思に陥るのは悪い癖だ。

「ルイファ木とリヌア石、このふたつだけでもメイセンに多大な富をもたらすだろう。だが、メイセンにはもうひとつ、大きな宝があるのだ。いや、可能性と言うべきか。それは、イイト村が抱える、ウィス森である」

「あのグルード郡地の影響を受けているという森ですか？」

「そうだ。あの森は、大きな可能性を秘めている」

エルンストと共に森を訪れたのはタージェスとガンチェのみである。ふたりは顔を見合わせて考えを巡らそうとするが、可能性の存在には気づかないようだった。

「あの森はグルードの影響で植物が巨大化していた。そして一年中、雪にも覆われず緑が茂っているという。つまり、ウィス森では一年中、一定の植物が採れるということだ。……そして、私が見たところ、あの森には数多くの薬草が生息していた」

「薬草……」

「そう、薬草だ。例えば籠一杯分の薬草を採ろうとする。どの種類のものであれ、籠をいっぱいにしようとすればそれなりの労力が必要であるだろうし、僅かにしか採れないものであれば、そもそも籠いっぱいになどできようはずもない。だがグルード郡地の影響を受けているウィス森ではシェル郡地で採れる通常の大きさより、二倍から十倍もの大きな薬草が生えていた」

「薬草とは、売れるものなのでしょうか……？」

「売れる。薬草とは、医師がその秘密を知られぬように自ら人目を忍んで採取し、加工の過程も見せない。だからこそ量が少なく高値になる。だがもし、メイセンが大量の薬草を加工し、安値で売ればどうだろう？メイセン自体が大きな薬箱となるのだ。もちろん、医師に売ってもよい」

「……ウィス森の薬草は大きいと言いましたよね？ということはそれほど手間がかからず、かつ多くのものを得ることができる。しかし効能はどうなのでしょうか？　グルード郡地の影響を受けているのは、その大きさだけなのでしょうか？」

「ふむ。さすがタージェスだな。私も効能の問題は一番大きいと考える。同じ薬草だからといって、同じ効能があるとは限らない。なぜならシェル郡地とグルード郡地ではあまりにもその環境が違う。……だから、私は実験をしてみたのだ」

「実験、ですか」

「そう。ウィス森からいくつか持って帰ってきた薬草を使い、それぞれの効能を試してみた」

「……どうやって……？」

ガンチェが不安を隠そうともせず、聞いてくる。

エルンストは責められるだろうとわかっていたので、ガンチェから視線を逸らし、早口で告げた。

「私の体を使って……」

「エルンスト様！　そのような危険なことをっ！」

案の定、ガンチェは椅子を倒して立ち上がると、エルンストの肩を力強い手で摑んだ。

「落ち着け、ガンチェ。私はこのとおり、なんともない。……それに、私で試さなければ効能がわからぬだろう？　心配せずとも切り傷だの、腹痛だの頭痛だの、そういった簡単なものしか試してはいない」

「そ……それでも……。言ってくだされば、この身を差し出しましたのに……」

大きな体がそっと抱き締めてきた。

「すまぬ、ガンチェ」

ダンベルト人の体はあまりに丈夫すぎて使うことなどできないだろう。ガンチェは、刀傷を負ったとしても一日で治ってしまう。薬草で治ったのか体質で治癒したのか全くわからないのだ。

「え……ごほん。……では、薬草の効能自体も問題はない、と」

タージェスがわざとらしい咳でふたりを引き離した。

「問題はない、というより通常の薬草以上の効能がみられるのだ。ウィス森の薬草は、グルード郡地の影響を受けて、その大きさだけではなく、効能自体も高いと予想される。もちろん、これを産物として売り出す前に、医師にもっと多く検証させねばならないが」

「……エルンスト様。私にはひとつ、わからないことがあるのですが……」

アルドが思い切ったように口を開いた。

「メイセンに宝があるということは吉報だと思うのですが、なぜエルンスト様はそれを仰らないのですか？」

タージェスも頷く。

「我々に口外することを禁じられましたが、今の話の中で外に漏らしてはならない内容がありましたか？」

「いや……ありましたよね。確かエルンスト様は、メイセンを守っているのは貧しさだと仰った。ということは、メイセンで眠る宝を掘り起こし富を得た場合、メイセンを守るものはなくなるということでは……」

ガンチェが、タージェスとアルドに言った。

「ああ、そうだ。確かにそう仰いましたね。……ちなみにエルンスト様、ルイファ木やリヌア石というのは、どのくらいの価値があるものなのですか……？」

タージェスの問いに、エルンストはほんの僅か、算段する。

「ふむ……そうだな。ルイファ木は産地が限られているとはいえ、リンス国でも主要産地には十二の領地がある。リュクス国では、リンス国の主要産地のおよそ二倍の面積を保有している。ルイファ木は高価ではあるが、それほどの富をもたらすものではない。メイセンでは運搬料が高くつくし、リンツ谷を背負っていくことは不可能だ。となれば商売相手はリュクス国カプリ領となり、多く見積もっても、年間５０００シットほどだろう」

「それでも、メイセンが国に納める一年間の税金分を軽く超えますよね……」

「そういうことになるな。しかし、リヌア石となると話は変わる。この屋敷で使われている量で全てだと言われると話は終わるが……だが、これほどの量を惜しみなく使ってもなお、余りあるほどの産出量があった場合、その富は計り知れない。この屋敷で抱えるリヌア石だけでも売れば……10、いや、１００リッターほどにはなるか……」

エルンストの言葉にタージェスは息を呑み、アルドは小刻みに震え出した。

１０００シットの上が1リッターだ。リッターという数字は辺境の地、メイセンで生まれ育ったアルドには想像もつかないほど巨大な数だろうが、１００リッターというのはリンス国の国家予算のおよそ一割である。

「そ……それほどのものがあれば……それは、そうですよね……。メイセンにそんなものがあるとわかれば、リュクス国が奪いに来ることは必須でしょう」

「現在、リュクス国の王家は後継者を決めかねて一触即発の事態となっている。だがこの問題は、数年後には解決されるだろう。足下の問題が解消された国が次に目を向けるのは、他国だ。領土を広げることはできまいか、そう考える」

エルンストは壁に掛けられたメイセン領土の地図を見た。バステリス河は、とても小さく見える。

「リンス国がいかにリュクス国より国力に劣るとはいえ、シェル郡地にはシルース国もある。リンス国とシルース国は長年、友好な関係を築いてきた。リュクス国も、この二国を相手に戦うほどの軍事力はない。……だがもし、リュクス国が今以上の財力を手に入れたならば、そうとも言い切れない。金を使えば、グルード郡地の種族を雇うこともできるだろうし、システィーカ郡地の傭兵を雇うこともできる。そして、シルース国を懐柔《かいじゅう》することも可能なのだ」

地図から領兵へと視線を戻すと、ふたりのクルベール人の顔は強張っていた。

「メイセンが眠る宝を掘り起こし、あるいは可能性を現実のものとし、豊かになるのは簡単だ。民が餓えることもなくなる。……だが、そうした場合、必ずリュクス国が攻めてくると考えなければならない。場合によっては、リュクス国とシルース国が共に攻めてくるだろう。……そのとき、メイセンは、メイセンだけで戦わなければならない。なぜなら、メイセンを守るはずのリンツ谷は、メイセンをリンス国から孤立させてもいるのだ」

ガンチェの目が輝き出した。赤茶色の瞳から、金色へ。ダンベルト人は戦場で昂揚すると瞳の色が変わるという。

「さて、みなの意見を聞きたい」

タージェスとアルドが落ち着いてきたのを見計らい、エルンストは訊ねた。

「リュクス国と対峙《たいじ》する事態を覚悟してメイセンを富ませるか、あるいは、貧しいままで生きていくのか……」

「とても……難しい問題だと思います」

重苦しい沈黙を破ったのはタージェスだった。

「私などには、どちらがいいとは言いかねます。というより、恥ずかしながら、どちらがいいのか、さっぱりわからないのです」

「私も同じです。私はこのメイセンで生まれ育ちました。私が子供の頃には既に貧しく、空腹は友でした。皆が餓えることがないというのは夢のような世界です。でも、それで攻められても私たち領兵の力では到底、防ぎきれません」

アルドが自嘲気味に笑う。

「国軍に、一領兵部隊が太刀打ちできるはずがない。例えば数日、そう五日間だけ耐えれば味方が来るとわかっていれば備えることもできるし、戦いようもある。

だがこのメイセンでは、それは望めない。どれほど足の速い者が駆けたとしても、リンツ領へ着くまでには十日は必要だろう。真冬なら、谷を渡ることさえできないかもしれない」

エルンストは再び地図に目をやった。

リンツ領まで十日。だがリンツ領に国軍がいるわけではない。

リンツ領から王都へ、そして元老院で査定を受けメイセンへ国軍を派遣するかどうかが話し合われる。その後、王が決定を下し、めでたく国軍の派遣を受けたところで、そのとき既に何日が経っているのか。

また、派遣されたとしても、リンツ谷はどうしてもひとりずつしか渡ることはできない。ひとりずつが慎重に渡ったとしても、国軍数百から数千、全員が無事に渡りきるまであの谷はもつだろうか。

そして王が、王都を遠く離れたこの辺境の地に、総勢百五十万人の兵のうち、数百人でも派遣してくれるだろうか。

「エルンスト様は、どのようにお考えなのですか？」

タージェスの問いかけにエルンストは向き直ると、ひと呼吸置いて判断した。

自分の予測は多分、正しい。そして目の前にいる領兵たちは、その可能性を受け止められるだけの度量がある、と。

「リュクス国がたとえ一国で攻めてきたとしても、メイセンからの援助要請がすぐさま国王陛下の下に辿り着いたとしても、ほぼ間違いなく、メイセンはリンス国から切り捨てられるだろう」

タージェスとアルドが息を呑んだのがわかった。

「メイセンがどれほどの富を生み出そうとも、王都から遠く離れたこの地を、あの谷を越えて守る価値はない。たとえ守りきったとしても、それを維持するだけの力はメイセンにはない。なぜならば、国軍数万人を受け入れ滞在させられるだけの食糧を得ることは、この土地にはできぬことだからだ」

数百人の国軍で撃退したとしても、それが可能なのははじめの一戦だけだ。メイセンの領兵だけを相手にするつもりで、油断して攻めてくる相手にしか対処できない。本気で攻めてきた他国軍に対抗しようとするならば、リンス国軍も総力を挙げねばならない。

タージェスらには数万人の兵と言ったが、そのような事態が起きた場合、メイセンが半永久的に受け入れなければならない人数は数十万人だと見ていた。

「……ということは、エルンスト様はメイセンが貧しいままで、生かさず殺さず進むほうがよいとお考えなのでしょうか?」

アルドの言葉に、タージェスがひとつの可能性を口にする。

「……メイセンは、リンス国にならなければならないものでしょうか? ……例えば、リュクス国に下る、ということは……」

「隊長! 何を言うのですかっ!」

「いや、アルド。俺は可能性を示したまでだ。そもそもメイセンの地形からいえば、リンス国よりリュクス国のほうが近いし、便利でいいと思わないか? 商人も、リュクスのほうが地理的にも品物を運びやすいだろう? そうなれば我々は、リンツ谷からやってくる敵……もとい、リンス国だけを相手にすればいい。それは至極簡単なことだ」

タージェスの提案にアルドは二の句が継げぬほど狼狽していた。だがエルンストは静かに、ふたりのやり取りを聞いていた。

タージェスの提案は、エルンストでさえ何度も考えた道だ。

エルンストはこのときまでにいくつもの可能性を思案してきた。

メイセンの前には、三つの道があった。

ひとつは、このまま何もせずに村同士、町同士でいがみ合い、貧しいままで生きていく道だ。外部からは無視され、住む者には絶望しかない。

もうひとつは、村、町が協力し合い生きていく道だ。メイセンを取り巻く環境が大きく変わらなければ、外部からは守られるだろう。出稼ぎに行く者は減り、民はどうにか食べていける。

しかしその幸せは、外的要因で容易に崩される不安定なものだ。思わぬ自然災害に対処するだけの体力はなく、また、リュクス国やリンス国を始めとする、国という大きな存在の咳ひとつで吹き飛ぶ。

最後のひとつが、メイセンの富を掘り出し、メイセン自体を強くすることだった。

最後の道を選んだ場合、次に続く分かれ道は無数に広がった。どの道を進めばどこに辿り着くのか。エルンストは思いつく全ての道を考えた。どれも、荊《いばら》の道だった。

しかしどうしても、他国に下る、という選択肢はとれなかった。

「……リュクス国に下った場合、民はどうなるのだろうか。私が守りたいのはメイセンという土地ではなく、今ここに暮らしている民であり、これから生まれる民である。メイセンがリュクス国の一部になったとして、果たしてリュクス国はメイセンの民を、そのままメイセンに住まわせるだろうか。リュクス国が欲するのは富を生む土地であって、そこに住む民ではない」

タージェスが、はっとエルンストを見た。

「民は体《てい》よく追い払われるだろう。奴隷として扱われるかもしれぬ。運よく国民として迎え入れられたとしても、リュクス国民に受け入れられるだろうか。メイセンは貧しいとはいっても、リンス国に不当に虐《しいた》げられているわけではない。言うなれば、傍目に見てこれならば仕方ないと同情を得られるだけの状況ではない、ということだ。つまり、自らの意思で国を出た、しかも住む土地を自国から奪って出た者を、リュクス国民は心底信用し、受け入れるだろうか。……そして、もし、民だけがリンス国に戻された場合、自国の土地を他国に売り渡した者を、リンス国は再び受け入れるだろうか……」

タージェスは恥じ入るように、その大きな体を縮めた。

「……確かに。エルンスト様の仰るとおりです」

「かといってこのままでは、メイセンの民は貧しいままだ。富を生み出した場合は、攻めてきたリュクス国からの盾となって死ぬ以外に道はないだろう。他国が攻めてくるまでの僅かな期間だけ幸福感に満たされたとしても意味がない。メイセンを富ませるのであれば、防御することも同時に行わなければならない」

壁の地図に目を戻す。

「エルンスト様には、何か案がおありなのでしょう？」

ガンチェが楽しそうに聞いてきた。わくわくしている、そう顔に書いてある。大きな体をして小さな子供のようなその反応に、頭を撫でてやりたくなった。

「案と言えるかどうか……」

エルンストはそう呟いて、先を示した。

まずは民を餓えさせないこと、そして数を増やすこと。学校を作り教師を置く。学を与え、民の一人ひとりを強く自立させる。医師を置き、クルベール人としての平均寿命である二百歳までを可能な限り、健康に生きさせる。

「はじめは外から迎えなければならないだろうが、いずれは教師も医師も、メイセンの民で賄えるようにする。外から来た者を定住させるのでもよいし、メイセンの民を位替えさせてもよい。もちろん、向上心があり学問に励む者でなければならない。位替えの手順は通常どおり行う。領主の温情で簡易に済ませることはしない」

「どうしてですか？　通常どおりの手順であれば、民は多額の金を用意しなければならなくなりますよ」

アルドの疑問にエルンストは答える。

「多額の金を用意している間に、その者の決意を測るためだ。今、やりたいと望んでいても、それは本当の気持ちだとしても、それが十年後も続いているとは限らない。若者は時に、一瞬の強い考えに取りつかれることがある。それが人生を決めることもあれば、気の迷いであることもある。十年働いて位替えに必要な金を得られるとした場合、その者は金を貯め続ける十年の間に自問自答を繰り返し、己の真意を測ることができるだろう」

「……決意を測るのはエルンスト様ではなく、本人自身なのですね」

そうだ、とエルンストは頷いた。

他人の真意など、見極めようとして見極められるものではない。たとえ勉学が不得手であったとしても、強く望んだ場合、困難を乗り越えて学を修める者もいるだろう。ふらふらと散漫であったとしても、心の奥底に秘めた強い思いで乗り越える者もいる。

真意など他人が測るものではなく、本人が見極めればよい。

そして、とエルンストは続ける。

「領兵を現在の百五十七名から少なくとも三百名に増やし、リュクス国に接するバステリス河沿いに配置する。防御に特化した武器を購入し、防護壁を築くのだ」

「バステリス河沿い、全てに壁を築くのですか？」

呆気にとられたようにタージェスが言った。

「そうだ。もっとも、いきなり築くのではない。はじめは木を植える。バステリス河から防護壁を築く予定地までに木を植えるのだ。整然と並べて植えてはならない。大軍が進軍するのを防ぐように、不規則に植えるのだ」

「ああ、木で足止めするのですね。……ということは、その森は民が立ち入らないようにするのですか」

「いや、それはならない。民が入って生活に必要な薪を調達するようにするのだ。森に入る人の目は多いほうが、異変に気づきやすい。また、人の手が適度に入ったほうが、森が若々しくある。これはメヌ村の村長が言っていたことだが……」

山民であるメヌ村はカリア木のみに頼った生活をしているわけではない。槙やヒノキ、杉といった材木をいかに高値で売れるように育てるか、経験は豊富で、彼らの話を聞いて感心することばかりだった。

「はじめに植えた木が目隠しになるだけの高さに成長したら、防護壁の基礎を築こう。年月をかけて高く厚く築いてゆけるように、基礎はしっかりとしたものを作るのだ」

エルンストは言葉を切り、タージェスとアルドを見た。

「そして、領兵をふたつに分ける。領隊長タージェスと副隊長アルド。ふたりのどちらかに半分の兵を率いて、バステリス河沿いに駐屯してもらいたい。バステリス河の駐屯地では、木を植えていくのが主な任務になるだろう。リュクス国を徒《いたずら》に刺激することのないよう、簡易な駐屯地を作るのだ。だが、徐々に施設を拡張し、少なくとも五十年後までには武器を隠しておけるような駐屯地としよう。もちろん、武器を十分に扱えるよう、領兵を鍛えるのだ」

タージェスが苦笑した。

「確かに。武器があっても使える者がいなければ話になりませんからね。山仕事は力がいります。鍛錬させることを念頭に作業を考えれば……傍目には植樹しているようにしか見えず、その実は訓練である、それも可能でしょうね……」

エルンストはさらに続けた。

大軍が容易に通れるようにリンツ谷を整備する、と。

「同時に、リンツ谷を、大人数の往来がしやすいように整備する。リンツ谷の整備には、多大な時間と莫大な金が必要だろう。もちろん、国の金で行いたい。だが、それが却下されたとしても、リンツ領との折半《せっぱん》くらいには持ち込みたい。しかしそれも叶わず、メイセン独自で取りかかることになったとしても、必ずやり遂げなければならない」

「あの谷の整備などできるのですか⁉」

「技術を持った者が集まれば、可能だろう。リンツ谷よりももっと困難な場所の整備もされている。あの谷だけができない理由はない。ただ、金銭の問題がある。しかしそれも国王陛下が御判断下されば、すぐさま決行できる程度の問題だ」

最後に、決意を固めるように付け加えた。

「十年後には民からの税を上げる。だがそれでも8シットであれば、リュクス国も不審には思わない。しかし、五十年、百年と振り返ってみれば、そこには明らかに過去とは違うメイセンの姿があるはずだ。そうならなければならない」

「それは……あまりに壮大な……。壮大すぎて頭がついていきません。……あの険しい谷を整備することも大変だとは思いますが、バステリス河の長さを考えれば、河沿いの防護壁のために時間と金がいくら必要なのか……私なぞは眩暈《めまい》がしそうです」

アルドが溜め息を吐く。

「そうだろう。だが、今の状況で考えるから壮大で夢物語なのだ。しかし、三百年後には日常の光景となっている。……そうなっているよう、今から一歩を踏み出すのだ」

エルンストがそう語りかけると、まるで眩《まぶ》しいものでも見るような目をしてタージェスが頷いた。

「そうなっているといいですね……」


ふたりが去り、ガンチェと残された執務室。阻む者はいなくなったとばかりに、椅子に腰かけるガンチェの膝に座る。

「私も、五十年後、百年後が見られたらよいのですが……」

腰に回された太い腕を強く摑む。

「何も言うな。……私のほうが不安なのだ」

寿命は、ふたりにとって一番の問題だった。

種族が違う。

それは、生きる時間が違うということだ。

三十歳にもならないガンチェは、あと七十年余りで死去する。戦いで命を落とさずとも、ダンベルト人であるガンチェに与えられた時間は、残り七十年だ。

対するエルンストは新年で六十一歳となったが、残された時間は百四十年もある。ガンチェが死去した後、七十年の時をひとりで生きなければならない。

だがふたりには、どうすることもできない問題だった。

「ガンチェがいなくなる、そんなことは考えただけで気が狂いそうになる。だが私は……ガンチェを失うことを恐れて、ガンチェと共に過ごせるこの日を、哀しみに覆わせたくはないのだ」

エルンストの零した涙が、ガンチェの大きな手を伝い流れる。

「エルンスト様」

ぎゅっと抱き締められた。

「私は、エルンスト様の強さに感謝しております。私が先に逝くからと、今生きる私を排除されなかったことに……私と共にいてくださることを選んでいただけたことに、私は何よりも感謝しています」

「ガンチェといれば、私は幸せであると確信したのだ。ガンチェと共に過ごす日々が幸せであればあるほど、私はひとりになったとしても満たされて生きていくだろう。……だからガンチェ、多くの時間を共に過ごすのだ。そして私を、満たし続けてほしい」

口づけが髪に降りてきた。熱い吐息を首筋に感じる。

「それは……難しいですね」

「難しいだろうか……」

愛しい人を見上げると、厚い唇に口づけられ、口中を器用な舌がまさぐっていく。

「……はい。なぜならば、私はいつもエルンスト様にたくさんのものを与えていただいて、いつも満たされているのですが、いただいているものと同じものを私が差し上げられるのか、自信がないのですよ……」

「何を言う」

下から赤茶色の目を見つめる。

「ガンチェが側にいてくれるだけで、私は強くあれる。メイセンに来て今まで、私は何度も逃げ出したくなった。……だが、困難に立ち向かう勇気を与えてくれるのは、ガンチェだけだ」

手を伸ばし、精悍な頬を撫でる。

「この先、死がふたりを分かつとしても……今、私たちに与えられた時間を、幸せに生きよう」

「はい……」

エルンストの手を、ガンチェが摑んで恭しく口づけた。

エルンストは大きな顔を両手で挟み込んで顔を近づけると、ガンチェの鼻先を自分の鼻で擦るようにして囁いた。

「私の……夢なのだ。こちらが本当の、私の夢だな」

ふふ、と笑って続ける。

「ガンチェと過ごした日々を何度も何度も思い出し、やがてそれを涙ながらにではなく微笑みながら思い出せるようになった頃、私は死を迎えるのだ。この屋敷で、ガンチェと過ごしたあの部屋で、ガンチェの声や匂いや温かさを思い出しながら、息を引き取るのだ。……それは、幸せに包まれた光景だとは思わないか……？」

ガンチェは深く口づけ、エルンストの上衣の裾から手を差し入れる。何度も口づけの角度を変えながら、性急な手が薄い胸を擦っていた。

舌が満足するまで彷徨った後、ふと離れ、エルンストの濡れた唇を太い指の背で拭う。

「……そのときには、私がお迎えに来ますよ。エルンスト様をお迎えするために、私が環境を整えておきましょうね」

「それは頼もしいな」

泣きながら笑うエルンストの頬を、ガンチェがゆっくりと舐めていった。


「まだ、誰にも話せないのだが……」

感情の流れに身を任せそうになるのをどうにか止め、エルンストは切り出した。

「メイセンを守る盾をもうひとつ、用意しておこうと思う」

「盾、ですか？」

「そうだ。谷を整備し、いざというときリンツ領の領兵、そして国軍を迎えられるようになったとしても、まだ十分とは言えない。谷が整備されたメイセンをリュクス国が攻めてくるときは、リンス国を相手として捉えている。つまり、リンス国軍を相手にするつもりで来るのだ」

壁に飾られた地図を見る。

「私は時を見てグルード郡地、いや、グルード国へ行こうと思う」

「グルードへ……」

「グルード国へ行き、協定を結ぶのだ。メイセンが要請したときには軍事協力が得られるよう、協定を結びたい」

メイセンの地図を見れば誰にでもわかる。

リンツ領でもリュクス国でもなく、グルード郡地が一番、地理的に近いということが。

「それは……」

ガンチェが言い淀む。

「そう、非常に困難な道のりだ。グルード国は、我らシェル郡地の国とは全く様相が違う。かの国は、国というよりは共同体だ」

「はい。グルード国は、思いがけず生き残ってしまった年寄りたちの、寄り合い場所みたいなものですよ?」

ガンチェの喩《たと》えにエルンストは苦笑する。

グルード国は数百人の兵士と長老、そして僅かな非戦闘員だけで構成されていた。彼らは種族の名誉を守るためだけに存在する国とも言える。経済活動も外交もなく、国家として捉えることは難しい。そのためにどの国も、グルード国と何かを交渉しようと試みたことさえない。

エルンストが知る限り、グルード国に使節団を派遣した国はなく、また、グルード国の使者が他国を訪れたこともない。

「いつ攻めてくるかわからないのだ。いつか来るときのために数十人、数百人のグルード郡地の種族と常時、雇用契約を交わしておくことはできない。それではメイセンがいくら富んでいたとしても、彼らの契約金だけで倒れてしまう。かといって、攻めてきたからと慌てて、それだけの人数の傭兵をかき集めて契約が結べるとも思えない」

「そうですね。我々は大体、他郡地にいるのであって、グルード郡地に残っている者は傷を負い、満足に戦えない者ばかりですから」

「そうなのだ。グルード郡地が近いと言っても、契約を結ぶ相手がいなければ意味がない。かの土地で戦える者でなおかつ、常にあの郡地にいる者といえば、グルード国の兵士しかいないのだ」

ガンチェが抱き締めてきて、感心したような溜め息を吐いた。

「さすがです、エルンスト様。エルンスト様のあまりに深い洞察力に、私は溜め息しか出ません」

ガンチェの賛辞に頬が熱くなるのを止められなかった。

「ガンチェ……ガンチェはいつも、私を買い被りすぎだ。私など、小さくてつまらない者だ。グルード国と協定を結ぶといっても、言うほど容易いことではない。話を持っていっただけで、馬鹿な者よと、自国はもとより、他国の者たちからも嘲笑されるだろう。……だが、僅かにでも可能性があるのなら、私はそれに賭けてみようと思う」

ガンチェに抱き締められたまま、じっと地図を見た。

「もし協定が結べたならば、これ以上の盾があるだろうか？　……大いなるグルードの種族を味方にした者に立ち向かおうとする無謀《むぼう》な者など、この世のどこにいるだろう……」

ガンチェの熱が触れ合った場所から伝わり、エルンストの体中を満たす。

恐れるものなど何もないと思った。

窓の外では、名残り雪が降っていた。水を多く含んだ雪だ。日中の暖かさで解けやすく、春はすぐそこに迫っていた。

季節は巡る。

どれほど長い冬が続こうとも、必ず季節は巡り、春が来るのだ。

季節は巡る。

メイセンだけが、暗い冬に閉ざされたままでいなければならないはずがない。

必ず、春は来るのだ。どのような土地であっても、誰の上にも、着実に一歩一歩を踏み出していれば、必ずそこに春は来るのだ。

閑話　三日月の裏側

その日も、エルンストが部屋に戻ってきたのは夜も更けた頃だった。

領民との話し合いを終え、食事を済ませてから領主としての仕事をこなす。圧倒的に人材不足のメイセンでは、領主は行政官であり調停者であり医師であり、今では教師でもあった。

領民から上がってくる要望を聞き、判断を下し、また民同士が起こす諍《いさか》いを調停する。国から命じられる指示に応じ、調査依頼に対しては書類を整え返答していた。

そのうえ財政難で、おまけに満足に計算ができる者がいないメイセンでは、金の出入りは大小を問わず全て、領主の仕事となっていた。

領民が思う以上に、エルンストは多忙を極めていたのだ。

しかしどれほど仕事が詰んでこようとも決してエルンストは態度を変えず、平然とこなす。そのため周囲の者は勘違いを起こすのだ。領主には、まだまだ余裕がある、大したことはしていないと。

エルンストの懐《ふところ》は非常に広く、その容量はとても大きいとガンチェは知っているが、それでも民と対話を続ける今は常になく疲れているようで心配していた。

廊下を歩く小さな足音でエルンストが戻ってきたことを覚《さと》り、ガンチェは部屋を出て小さな体を抱き上げた。

「おかえりなさい」

部屋に戻り、扉を閉めてから声をかけた。

屋敷の人々は寝るのが早い。領主が遅くまで執務を行っているというのに、いつも同じ時間には仕事を終え自室に戻る。

ガンチェから見ても無礼ではないかと思うのだが、当のエルンストがそれを許しているから口は出せない。確かに、字もろくにわからない者がいたところでエルンストの助けとはならないだろう。互いに気を遣って作業を進めるくらいなら、ひとりのほうが効率がいい。エルンストは悪戯《いたずら》っぽく笑って、そうガンチェに耳打ちした。

夜遅くまで執務を続け、足音を忍ばせて部屋へと戻ってくる。これも屋敷の者を起こさないように、という配慮からだった。これほど侍従らに気を遣う領主を、ガンチェは初めて見た。

「すまない、遅くなって」

おまけに、ガンチェにまで詫びる。

「私のことはお気になさらないでください。ダンベルト人は十日や二十日、全く寝なくても大丈夫なのですから」

そう言って暖炉《だんろ》の前にエルンストの体を下ろす。

蠟燭《ろうそく》は高価で無駄にはできない。暖炉の薪《まき》なら森からいくらでもとってこられる。ガンチェは、薪にだけは不自由しないよう集めていた。

暗い室内に、暖炉の炎が作る影が揺らめく。

暖かな火にエルンストは深く息を吐いた。疲れが滲《にじ》み出るような呼吸だった。

自分の疲れなど、民や屋敷の者たちには決して覚らせないエルンストだが、ガンチェの前でだけは素直に体調のままに振る舞う。それが嬉しくもあり、苦しくもあった。エルンストがもっと、周囲の者に弱音を吐いてくれたらと願う。そうすれば周囲の者も、もっとエルンストを理解し、気遣うのではないのかと。

炎の影がエルンストの顔でちらちらと揺らめく。閉じられたままの瞼《まぶた》が落ち窪んでいるようで、疲労の深さがわかった。

暖炉に薪を足して、ガンチェはエルンストの靴を脱がせた。そのまま上衣を肩から落とし、下衣を脱がせる。エルンストは人形のように、ガンチェのなすがままだった。全てを脱がせてから、毛皮の外套で小さな体をくるむ。

暖炉の脇に置いていた桶《おけ》を取り、中の水に、暖炉にかけた鍋から湯を取り入れる。慎重に合わせ、ちょうどよい湯加減を作った。本当は風呂に入れてやりたいのだが、こんな時間に動くことをエルンストは嫌う。自分が立てる音で、屋敷の者を起こしてはならないと。

領主なのだからもっと気儘《きまま》に振る舞えばいいのにとガンチェは思うのだが、領主だからこそ勝手な行動は慎まねばならないとエルンストは言う。

湯に浸した布を堅く絞り、熱さを確かめてからそっと、エルンストの顔を拭《ぬぐ》う。ほっとしたように小さな顔が緩むのを見て、ガンチェの顔にも安心した笑みが広がる。

もう一度、湯で浸してから首筋へ、胸へ、背中へ腕へと拭《ふ》いていく。エルンストを抱き上げ小さな丸い尻を拭く。足を拭いて最後に足の指を一本一本、丁寧に拭っていった。

　再び毛皮でくるんだ小さな体を膝の上に抱き上げると、別の、もっと柔らかな布を湯に浸して絞ったものでエルンストの小さな男を優しく包む。温かな布の感触が気持ちいいのか、エルンストは背中を押しつけるようにガンチェに凭《もた》れてきた。布越しにゆっくりと優しく、揉むように拭いていく。小さな袋も同じようにすると細い指がガンチェの腕を摑んできた。

「ガンチェ……後ろも……」

　ガンチェは自分の指を舐めて濡らすと、エルンストの小さな尻の窄《すぼ》まりに差し入れた。

「ん……」

　エルンストは頭をガンチェの胸に押しつけてゆるゆると振った。差し入れた指を優しく出し入れし、時折指を曲げて微《かす》かに引っ掻くようにする。華奢《きゃしゃ》な足が暖炉に向けてだんだんと開いていった。

「……ガンチェが、欲しい」

　青い目にうっすらと涙を浮かべて見上げられ、ガンチェはくらりと酩酊《めいてい》しそうになる。

　だが自制心を総動員して自分を抑えた。

「いけませんよ。明日に障《さわ》ってしまいます」

　そう諭《さと》すと、細い指先が食い込むほど、強く腕を摑まれる。

「明日など構わぬ。誰も彼も自分のことばかり……！　どうしてわかり合おうとしないのだ!?　どうして、もう少しだけでも、他に優しくできぬのかっ」

　ぽとりと涙が、白い頬を濡らして落ちた。

「商人はどうして、農民を馬鹿にするのだ。男はどうして、女は黙っていろと叫ぶのだ。農民より商人が上だと、女より男が上だと、一体どこの誰が決めたのだ。……どうして怒鳴り合うのだ。どうして……普通に話し合えないのだ」

　ガンチェが大広間に入ったのは三日間だけだった。今は入っていない。だからどういう会話が続いているのかわからない。だがガンチェがいたときも、領民らは互いにいがみ合い罵《ののし》り合っていた。

　何が起きようと、エルンストはいつも平然と聞いていた。エルンストに不満をぶつける者がいても、目を閉じるだけで反論したり弁解したりすることはなかった。いつでも湖面のような静けさを纏《まと》い、民の上げる怒号を聞いていた。

　だから誰も知らないのだ。

エルンストがどれほど傷つき、迷っているかということを。

「エルンスト様、大丈夫ですよ。もう誰も殴り合おうとはしないのでしょう？　大丈夫、必ずわかり合えますよ」

本当はエルンストを苦しめる民を、勝手に怒るだけで今このときも気楽にこの屋敷でぬくぬくと寝ている民を、ガンチェは殴りつけ、殺してやりたい。エルンストが命じただけですぐに実行に移せるそんな考えを、頭を振って追い払い、エルンストを抱き締める。

「大丈夫ですよ」

金色の頭は俯《うつむ》いたままで、小さな声が聞こえた。

「大丈夫ではないかもしれない……」

エルンストがガンチェにだけ見せる弱音だった。ガンチェを民の話し合いの場にいさせる必要がなくなって、ようやく見せてくれた弱音だ。

「話し合いなど、無駄だったのだ。みな、自分の都合ばかりで、それが一番大事で、他人のことなどどうでもよいのだ。メイセンの民は、永遠にわかり合えない。わかり合おうともしない」

「大丈夫ですよ。時間をかければ、必ず」

「……私はもう、民の前に立つのが嫌になったのだ。あの悪意に満ちた視線も、荒らげた声を聞くのも嫌だ」

駄々っ子のように頭を振る。そのたびに、甘い果実の匂いがガンチェの鼻孔を擽《くすぐ》った。

「大丈夫ですよ、エルンスト様」

細い腕を勇気づけるように擦る。そのガンチェの手を、エルンストの指が摑んだ。

「ガンチェ、ガンチェ……私を抱いてくれ。私を抱き締めてくれ。明日もまた、民の前に出られるように、ガンチェの強さを分けてくれ……」

真剣な目で懇願され、愛しい人が全裸で乗り上げてきて、それで抗《あらが》える男がいたらそいつは異常だ。

ガンチェは小さな体を抱き締め、華奢な背を、腹を、足を、腕を、性急にまさぐった
暖炉の炎が消えるまで、そう思い始めた交歓はとっくに火が消えてしまった今も終わらない。

はじめの頃は繫がるだけでもひと苦労で、エルンストの小さな体はガンチェの指一本を飲み込むのにも四苦八苦していた。それがだんだんと開かれ、指ならば簡単に、そして今では毎日でも繫がり合うことができた。一回、優しく貫けば翌日も迎え入れてくれる。小

さな体がどんどんガンチェ仕様になっていくのが、嬉しくて幸せだった。

　民が屋敷に滞在し始めてから繋がってはいない。久しぶりの行為にガンチェは自分を抑えるのに苦労した。だがエルンストは抑えることもなく、ガンチェを貪欲に求めてくる。一度達したガンチェを決して逃がさないよう、細い眉を寄せ、腰に力を込めた。

「……っ！　エルンスト様……っ！」

「出ていってはならぬ」

　きつい締めつけに食い千切《ちぎ》られそうだ。

「ですが……！　く、苦しくはないのですか……？　久しぶりで、解《ほぐ》れるまで、時間がかかりましたよ？　ご無理を……」

「無理などしていない！」

　より一層力を込められガンチェの息が詰まる。

「エルンスト様……！　どうか、力を緩めてください。私は出ていったりしませんから……」

　華奢な肩を擦って懇願すると、少しだけ力が緩められた。だがきつさは変わらない。エルンストの意思に関係なく、これが小さな体を開いている代償なのだ。

　ガンチェは膝の上にエルンストを乗せたまま片手を後ろに回して床に手をつき、仰《の》け反《ぞ》るようにして大きく息を吐いた。ガンチェと繋がったままの、エルンストの小さな背中が見える。灯《あか》りなどなくなった部屋でもガンチェの目はよく見える。小さな背中が、震えていた。

「エルンスト様」

　細い腰に置いていた手を伸ばし、震える背中を撫でる。

「ガンチェ……ガンチェ……私は、怖いのだ」

　項垂《うなだ》れたまま、愛しい人が呟《つぶや》くように話していた。

「私は、何があろうと大丈夫だと思っていた。何が起きようと、何と言われようと、私は受け止められると思っていたのだ。だが、私は甘かった。……私は、もう、怖くて仕方がないのだ。悪《あ》し様に罵る民の目が怖い。私を嘲《あざけ》り笑う、あの目が怖い」

　身を起こし、後ろからそっと抱き締めた。

「ガンチェ、私を必要だと言ってくれ。ガンチェだけでも、私が必要だと。……私がここにいても構わないのだと、言ってほしい……」

　自らの存在意義にまで自信が持てなくなっているのか。こんなに強く優しい人を、どうしてそこまで追い詰めることができるのか。

　ガンチェはしっかりと抱き締める。小さな体はひんやりと冷えていた。

「愛しいエルンスト様。私は、エルンスト様のためだけに存在するのです。エルンスト様がいないこの世に何の未練もありません。エルンスト様……私のために、私を愛して、私の側《そば》にいてください」

　細い腕を擦る。小さな顔を拭う。涙で手が濡れた。

舐めると甘酸っぱい果実の味がした。

「エルンスト様、もう少しだけ頑張ってみましょう？　あと……一日だけ、頑張ってみましょう。それで駄目なら次の日には、私が全員、御屋敷から叩き出しますよ」

　口づけた小さな唇が、くすくすと笑いだした。

「そうだな。あと一日、頑張ってみよう。……それで駄目なら、ガンチェに助けてもらおう」

「はい。承知いたしました」

　エルンストの腰に腕を回し、ぐっと抱き締めたら、小さな体がガンチェの腕の中で甘い悲鳴を上げた。

「あ……っ」

「あ、申し訳ありません……！　入ったままでしたね」

　そう言って抜こうとしたら、エルンストの指がガンチェの腕を押さえた。

「駄目だ。今日は、まだ駄目だ」

「ですが……」

「ガンチェは私の身を気遣いすぎる。私はいつまでも不馴れなままではない。ガンチェに慣れてきたのだ。今は一度しただけでは苦しくない」

　確かに体液適合者同士というのはあらゆる場面で通常とは違う。普通ならばこれほどの体格差で繋がることなどできるはずがない。だがエルンストの体はガンチェの精液を内部で感じると、信じられないほど蕩《とろ》けてくる。緩く温かくしっとりとガンチェに絡みつき、吐き出させせようと蠢《うごめ》く。

　通常ならこのような場所に精液を出されて何事もなくは済まない。だがエルンストが体調を崩したことは一度もなかった。腹にガンチェを留めたまま、腹痛をもよおすこともなく、反対にエルンスト曰《いわ》く常の状態よりも体力も気力も漲《みなぎ》るらしい。

　体液適合者というのは、どこまでも素晴らしい。

「ではエルンスト様、寝台へとまいりましょう。このままでは風邪をひいてしまいますよ？」

「む……。では、このまま運んでくれ。私はもう、今宵《こよい》はガンチェと離れぬ」

強情を張る顔が、ガンチェを下からじっと見てくる。クルベール人の青い目でも、窓から差し込む雪明かりで薄ぼんやりとガンチェの姿を捉えているのか。

ガンチェは、仕方ありませんね、と呟いて小さな体を抱き上げた。仕方ないけれど、ガンチェも楽しい。エルンストが時折見せる我儘《わがまま》が、ガンチェにだけ見せる我儘がとても嬉しい。

繋がったまま、小さな体は簡単に抱き上げられる。片手で細い腰を自分に押しつけるようにして、片手を華奢な胸に回し抱き上げた。

「ああ……！」

角度が変わってどこか違う場所を突いたのか、エルンストが身悶《みもだ》え金色の髪を振り乱す。

「エルンスト様、大丈夫ですか……！」

「ああ……大丈夫だ。いつもと違うところにガンチェが当たって……ああ、とても心地よい」

そうですか、と安心して笑って、大股で歩く。一点で繋がったままの軽い体は、ガンチェが一歩を踏み出すたびに身悶えた。細い足がゆらゆらと宙に浮く。


「あ……ああ……っ」

甘い香りが部屋中を覆っていた。

寝台に臥せさせ、そっと白い背中に手を這わせる。後ろから繋がることが多くても、このような形で繋がったのは初めてだ。エルンストを這わせて上から見下ろすなど、無礼な気がしてできなかった。

だが今、エルンストを寝台に這わせている。

エルンストは四つん這いになって頬を寝具に押しつけ、高く腰を上げていた。甘い吐息をつきながら、ひっきりなしにガンチェの名を呟《かが》いている。

薄い背を撫でる。そっと屈んで首筋に口づけを落とし、緩く歯を当てる。柔らかな皮膚は敏感にガンチェの歯を感じ、細い首を仰け反らせた。

ガンチェは宥《なだ》めるように舌を這わせながら、ゆっくりと腰を押しつけた。内部を下から抉《えぐ》るように押し上げる。何度も何度も。ゆるゆると抽挿《ちゅうそう》を繰り返しているとエルンストの口からは悩ましげな吐息が零れた。

「ガンチェ……ガンチェ……」

ガンチェの名を呼び、エルンストの頭の上に置いたガンチェの左手に縋《すが》りつく。ぐっと力を込めて握り、たまらない状況を教えてくれる。

　ガンチェはより一層、強く押しつける。自由な右手を細い腰に這わせ寝台に縫い留めるように押さえると、小さな筒の、前面を抉る。内部では己の出したものが掻き乱され、妖しい音を響かせていた。

　ゆるゆると腰を引く。焦《じ》らすように引き出し、ぎりぎりまで抜いてから一気に貫く。ガンチェの腰の動きにエルンストは翻弄されていた。

　疲れているだろうに、小さな体では負担があるだろうに、止めろとは決して口にしない。愛しい人は、全力でガンチェを受け入れてくれる。

　この人はいつだって、精一杯頑張っている。ただ王宮での教育のせいか、内面の乱れた感情を外に出すことは決してしない。汗を掻いて頑張る姿も見せない。いつだって泰然《たいぜん》と、安易ではないことをやってのける。

　大切な宝を緩やかに抱き締める。腰を小刻みに動かしながら、終わりが近いことを知らせた。

　抜いて外に出しましょうか、そんな無粋《ぶすい》なことは言わない。愛しい人は駄目だと言うに決まっている。獣の形で繋がりながら、獣のように淫らに腰が動く。ぴたぴたと、互いにぶつかる音が暗い室内に響いた。振り乱される金色の髪から、甘い甘い芳香が広がる。

　そっと手を忍ばせて握り込む。小さな男はガンチェの手の中でふるふると震えていた。一度達していてもう硬くはならないだろうに、ガンチェの狂暴な欲望に引き摺《ず》られるように震えている。

　手を濡らす感触に気づき、指に絡める。エルンストの目前で、濡れた指を動かし見せつける。そのまま、視線を合わせたままゆっくりと口に含んだ。甘い味が広がる。一度目に出した、ねっとりと絡みつくような甘さではなく、爽やかさを感じる味だ。

　その間も腰の動きは止められない。内部に入れた巨大な逸物《いちもつ》の鈴口から、エルンストの体液を感じる。己の体液適合者が与えてくれる蜜を、敏感な場所で感じて理性など吹き飛んでいた。腰が壊れたように動き続け、そのたびに堪《こら》え切れない精液が零れた。

　新たなガンチェの命を感じ、エルンストはもはや正気ではなかった。狂ったようにガンチェの名を呼び続け、より一層深く繋がろうとしてか、小さな尻をぐいぐいと押しつけてくる。

　きつく緩く甘く締めつけられ、ガンチェは終わりを迎えた。

どくどくと際限なく吐き出され、内に溜まったものと混ざり合う。エルンストの限度を越え、繋がり合う二人の隙間から溢《あふ》れていた。とろりとガンチェの腿を、エルンストの足を流れていく。

エルンストの内部は未だ痙攣《けいれん》し、ガンチェを最後まで搾《しぼ》り取ろうとしていた。本人の意思に関係なく起きるこの動きは、体液適合者が自分の体に一番合う液体を貪欲に求めようとするからであった。ガンチェはエルンストの体が満足するまで内部に留まり、搾られるままに与えた。

やがて小さな体の動きは収まり、静かなときを迎える。あとはしっとりと居心地のよいガンチェ専用の小部屋へと変わった。

吐き出したものを出してしまわないように、ガンチェはゆっくりと慎重に自分を引き抜いた。こぽっと微かな音を立てて外に出る。搾り取られた逸物は、まだまだ足りないとばかりに硬度を保っていた。ガンチェはそんな自分に苦笑し、宥めるように数度擦った。

そっとエルンストを窺《うかが》い、うつ伏せたままの体を仰向かせる。小さな顔は安心したように眠っていた。


ガンチェは、ほっとして頬に口づけた。

明日がどんな日になろうとも、今日がどれほど困難であろうとも、せめて眠るときくらいはなんの不安も感じないでほしい。

寝台に改めて横たえさせ、そっと寝具をかけてやる。後ろから緩く抱き締めると小さな体が身動《みじろ》ぎし、ガンチェの懐に潜《もぐ》り込んできた。ガンチェの胸元に鼻先を押しつけるようにして眠りに落ちる。

頼りがいのある年上の伴侶の、無防備な寝姿に頬が緩んだ。


朝日が昇るとともにエルンストは目覚める。朝は早く、夜は遅く。本当に体を壊しはしないかと気がかりでならない。

「お体は大丈夫ですか？」

服を着させながらそう訊《たず》ねると、エルンストは笑った。

「まだガンチェが残っている」

愛しそうに腹を擦って続けた。

「ガンチェが私の一番奥底で一緒に頑張ってくれてい

ると思うと、私ももっと頑張ろうと気力が漲るのだ」

　小さな両手がガンチェの頰を挟み、額に鼻に口に、口づけた。

「ありがとう、ガンチェ。今日一日、もう少し、頑張ってみる」

　そう言って、窓から差し込む朝日に溶けそうな柔らかな笑みを見せた。

　朝食を共にとり、大広間へと向かうエルンストを見送る。昨夜の不安は消え去ったわけではないだろうに、いつも誰よりも先に大広間に入り、民を待つ領主。小さな体が、一歩一歩を進むごとに大きくなっていくように感じる。迷いを隠し、恐れを踏みつけ、小さな領主は茨《いばら》の道を進んでいく。

　ガンチェは、エルンストの後ろ姿をずっと見守っていた。

　せめて、あの愛しい人の背中を守りたいと、いつまでも、いつまでも、見送っていた。

閑話　主従の会話

「なんと言いますか……こう、慎みを……ですかね」

「慎み？　タージェスは私に、慎みがないと言うのか？」

「いえ……なんと言いますか……」

「なんだ？　はっきり言ってくれて構わない。つまり、私には慎みとやらがないと言っているのだろう？」

「ない、と言うのではなく……まあ、ガンチェといたすのは構わないのですよ？　ただそれを、周りに知られないようにすると言いますか……」

「伴侶と愛し合うのは当然ではないか。それに私は、吹聴した覚えはないが」

「いえ、確かに愛し合うのはいいですよ。仲が良いのはいいことです。そう、それにエルンスト様は仰《おっしゃ》ってはおりません。ただ、それが流れているというか、漏れているというか。まあ、周りが勝手にあてられているのです」

「あてられる……？」

「そうです。あてられているのです。私なぞは構いませんが、若いのが困っています」

「何を困るのかさっぱりわからない。すまない。私の行動でおかしなところがあるのだろうか？」

「行動と言いますか、言動ですね。エルンスト様はガンチェといたした次の日に、もし誰かがそれを聞いたとしたら、平気でお答えになるでしょう？　した、と」

「当然ではないか。嘘を言ってどうする」

「いえ、まあ、そういうのは普通の者は誤魔化《ごまか》すのですよ」

「なぜだ？」

「恥ずかしいからです」

「何が恥ずかしいというのだ」

「普通の者は繋がり合ったりすることは、誰にも言わないのです」

「よくわからない……」

「エルンスト様はガンチェと繋がり合ったところを、誰かに見られたいとは思わないでしょう？　誰にも見せないことは言わないのです」

「それはそうだ。ここは王宮ではない」

「……参考までにお伺《うかが》いしますが、王宮での所作はどのようなもので？」

「王は寝台で仰向けに寝ればよい。さすれば侍従が王のものを勃ち上がらせ、その上に妃が乗る。それでよい。女王の場合は多少、所作が変わるが」

「……ちなみに、そのとき寝室にはどれほどの者が控えているのでしょうか？」

「私はそういうことにはならなかったから想像までだが。まあ、王の侍従と妃付きの侍女がそれぞれ三名ずつはいるだろう。それから王の侍従長、そして立ち会いの行政官が二名から三名、万が一のための医師が五名はいるだろうから、少なくとも十四名から十五名だな」

「……」

「だが王が子をなすための寝室はとても広く、それだけの数が入ったところで全く問題はない」

「……」

「タージェス？　どうしたのだ？　顔色が悪いぞ？」

「どうぞお気遣いなく。エルンスト様が我々、下々の者とは違うのだということに改めて気づかされただけです」

「私は、みなと同じだろう？」

「いえ……」

「王宮での所作が多少変わっているということは私にもわかる。それに私は、そういうことはしていない。なぜならば、私のものは勃起しなかったのだから」

「そ……そうですか……」

「あ、いや、今は勃つのだ。ガンチェに咥《くわ》えてもらうと、小さいながらも勃起するのだ」

「……嬉しそうですね」

「私が勃つとガンチェが喜んでくれる。はじめはガンチェを挿《さ》し込んでもらわなければ駄目だったのだが、今では口づけだけでも勃起しようとする。すごいだろう？　ガンチェは。王宮の医師が何人集まっても成し得なかったことをやってしまったのだから」

「す……すごい、のですかね……？」

「素晴らしいではないか」

「まあ……そうですね」

「ガンチェの指に触れられているだけで、私は痺れそうになるのだ。優しく咥えられただけで……」

「エルンスト様」

「何だ」

「あまり詳しい表現はお控えくださったほうが……」

「そうか？」

「はい。私がガンチェに殺されてしまいます」

「なぜだ？」

「なぜって……エルンスト様もお嫌でしょう？　私が

ガンチェの持ち物について詳しく知っていたら」

「……知っているのか」

「睨《にら》まないでください。もしも、の話です。そりゃもちろん、同じ領兵ですから、着替えなども同じ場所でしたこともあれば、水浴びをしたこともあります。どういうものをぶら下げているのか、そんなものお互い様ですから」

「ガンチェの体は素晴らしいだろう？　均整が取れていて、美しい」

「はあ……まあ、筋肉質ではありますよね……ダンベルト人ですし」

「ダンベルト人だからというわけではなく、ガンチェが素晴らしいのだ。私は、あれほど美しい体を見たことはない」

「そうですか」

「股間のものも素晴らしいではないか。いつも雄々しく隆起している」

「……いつもしてたら倒れますよ」

「そうなのか？　ガンチェはいつだって硬い」

「それはエルンスト様の前だからです。私たちの前であれば、大人しいものですよ。まあ、大きさはありますが」

「なんと……っ！　大人しいガンチェを見たことがあるのか……!?」

「ありますよ。というより勃っているのなんて、そう見られるもんじゃないでしょう？」

「私は垂れているガンチェを見たことがない。そうか、タージェスはあるのか……」

「どうしてそう悔しそうなんでしょうか……？　私に対して勃っていたらおかしいでしょう」

「私の知らないガンチェの姿を、私以外の者が見ているのか……」

「エルンスト様の前でだけ優等生ですからね……奴は……」

「何だ？」

「いえ、なんでもありません。……今度、ガンチェが勃っていたら、水でもかけておやりなさい」

「水で垂れるのか？」

「冷やしてやれば大人しくなりますよ。まあ、一回くらい出してからのほうがよいでしょうね。ダンベルト人は強そうだし……」

「ガンチェは強い」

「そういう意味での強さではないのですが、まあ、いいでしょう。……ところで、ガンチェはいつも何回くらい出しているのですか?」

「そうだな、二回か三回くらいだろうか」

「意外と少ないんですね……もっと多いのかと思っていました」

「そうなのか? 私には、標準がどういうものかわからない」

「ちなみに……時間にして、どのくらいですか?」

「どういう意味だ?」

「つまり、始めてから眠るまで、どれほどの時間をかけているのかと」

「そうだな……途中で私が眠ってしまうことも多いので何とも言えないのだが……私が疲れているときは一時間くらいだろうか。そうでなければ二時間……いや、三時間くらいか……」

「参考までにお伺いしますが……大人しいガンチェを見たことがないと仰っていましたよね? ……つまり、その、最中はずっと、もしかして、硬いままですか……?」

「当然だろう」

「……」

「それで、タージェス。冷やすのは、最中がいいのか?」

「……」

「それとも、朝か? 夜か?」

「……」

「どちらなのだ」

「……寝込みを、襲ってみたらどうでしょう? 朝勃ち前なら大人しいかもしれませんよ?」

「そうか、寝込みか」

「エルンスト様」

「何だ」

「幸せそうでいいですね」

「何だ? 改まっておかしなことを」

「いえ、エルンスト様がお幸せそうだと、メイセンは安泰な気がしてきましたよ」

「そうか」

「はい。ただ、お腰にはお気をつけください」

「腰? 何だ? 今日のタージェスはおかしなことばかり言うのだな」

「いいえ、お気になさらず……」

「タージェス」

「はい」

「試してみたが、駄目だった」

「はい？」

「水をかけて冷やしてみろと言っただろう？　あれをやってみたのだ」

「……本当に、試したのですか……」

「冗談だったのか？」

「いえ、そういうわけではないのですが……そうか……それでわかったのか」

「何だ？」

「いえ、何でもありません」

「ふむ。ガンチェが眠ったときに、冷たい雪解け水に浸しておいた布地をそっと被《かぶ》せてみたのだ。だが、駄目だった」

「そ……そうですか……」

「次はどうすればよいと思う？」

「次……ですか……」


「そう、次だ」

「……」

「ところで、タージェス。先ほどから気になっているのだが、その顔、どうしたのだ？　大きな痣《あざ》ができているが、訓練中に怪我をしたのか？」

「あ……いや……まあ……これは、お気遣いなく」

「湿布薬でも作ろうか？　冷やしておいたほうが、よいだろう？」

「いえ……これは、その、我が身が招いた災厄ですから」

「どういうことだ？」

「何だ？」

「いえ、余計なお節介をした私が悪いのです」

「どうぞ、本当にお構いなく……遠くから、奴が睨んでいます……」

「何だ？　最後のほうがよく聞こえなかったのだが……？」

「これは、私に対する戒《いまし》めなのです。ええ、罰なのですよ」

「ふむ。よくわからないが……まあ、タージェスがよいと言うのなら……」

「はい。お気遣いくださり、ありがとうございます」

「ところで、タージェス。先ほどの話なのだが、次はどうすればよいと思うか？」

「エルンスト様」

「何だ？」

「どうぞ、あと十年……いや、二十年ほどお待ちいただけましたら……」

「何だ？」

「それほどの時を重ねればおふたりとも熟成し、落ち着きも出てきましょう。その頃には、大人しいガンチェも見られますよ」

「……それほど待つのか……何かいい方法を、タージェスは知っているのではないのか？」

「エルンスト様」

「何だ？」

「どうぞ、お許しください」

「何を？」

「私は右頬の痣だけで観念したのです。左頬にまで痣をこしらえては、領兵らの訓練もままなりません」

「……タージェスは時折、おかしなことを言うのだな。私にはさっぱり意味がわからない」

閑話　タージェスと白金の小袋

陛下は、ひどく老いていた。

二百十七歳という年齢は、我々の寿命を大きく超えている。国王陛下は、今から五十年も前には体調を崩し、寝たり起きたりの生活を送りながらもご存命であられた。

「そなた、名は」

眠っていると思っていた陛下がその嗄《しゃが》れた声を発したとき、俺は驚きのあまり咳き込みそうになった。

陛下が名を訊ねている相手は、俺だ。なぜならこの部屋には横たわる陛下と、立ち番である俺しかいない。

陛下の側近くに仕えるようになって半年が過ぎようとしているが、声をかけていただいたことなど、今まで一度もない。当然だ。陛下のお言葉を直接いただく身分に俺はない。

心中の焦りを見せぬように思案した。

さて、どうしたものか。陛下のお言葉に答えて不敬には当たらないのか。

「構わぬから答えよ」

陛下は俺ごときの焦りなど、とっくにお見通しであった。

「はっ。畏《おそ》れながら……タージェスと申します」

狼狽《ろうばい》のあまり、家名ではなく名だけを言ってしまった。

「ふむ。タージェスと言うのか、そうか……タージェス……」

慌てる俺に構うことなく、陛下は咀嚼《そしゃく》するように俺の名を呟き、そのまま口をもごもごとさせた。

「それで、そなたはどこの出身か」

「畏れながら……私は陛下のお膝元、この王都で生まれました」

「ほぉ。それで、どこか別の土地に行ったことはあるのか」

「いえ、私は生まれも育ちもこちらで。王都を出たことはございません」

「なんと……」

信じられぬ、という風に陛下は言葉を飲んだ。

「一度も？　ただの一度も出たことがないのか？　旅などもしなかったのか？」

「はっ」

俺は短く答えて頭を下げた。

陛下が何をこれほど驚かれているのか、さっぱりわからなかった。生まれた場所で一生を終える者などざらにいる。農民などはその筆頭だ。確かに国軍兵士となったこの身では、命令ひとつでどこにでも赴《おもむ》く。だが、兵士となって日も浅い俺は、王都を出たことがなかった。

旅など、したこともない。母は俺と同じ騎士で、俺を祖母に預けたまま亡くなるまでずっと、国中を転々と動いていた。だが最後まで、俺を呼び寄せ共に暮らすということを選ばなかった人だ。年老いた祖母を置いて旅に出られるはずもなく、結果的にこの王都を出なかっただけだ。

「そうか……自由の身であっても、動かぬ者もいるのか……」

陛下は溜め息を吐くように呟いた。

陛下のお側で共に立ち番をしているはずの先輩兵士がようやく戻ってきて、陛下はまたいつものように眠り始めた。お言葉をいただいたのは一時のことだったが、なぜか俺の心に澱《おり》のように残った。

陛下は、何をお望みだったのだろうか。

数日後、意を決して上司である小隊長に事後報告した。

意外にも小隊長は驚くことも、陛下と直接言葉を交わした俺を叱りつけることもなかった。どうやら、陛下が立ち番の兵士に声をかけるのはいつものことらしい。どこの出身かを聞き、王都でなければその地の話を聞く。旅に出たことがあると言えば旅について訊ね、別の地に駐屯したことがあると言えばその地の暮らしを聞く。

陛下は、王都ではない場所に、そこが国内であろうと国外であろうと興味を示し、詳しく話を聞こうとなさるのだ。

小隊長は、こうも俺に教えてくれた。

近衛兵の中では周知の事実なのだが、兵士は陛下と言葉を交わしてはならないという決まりを気遣ってか、立ち番がひとりになったときを狙って声をかけてくださるのだ、と。

陛下はいつも寝ているようでいて兵士の動向を見、ひとりになれば驚かせないように気遣いつつ声をかけるのか。それなのに俺は、陛下のご興味を満たす存在ではなかったのだ。

寝たきりになられた陛下の立ち番など、そうそう面《メン》子《ツ》が変わる役職ではない。新顔の俺が配置されたとき、陛下はどう思われたのだろう。どこの出身者か、珍しい場所に旅をしてはいないか、聞いたこともないような話をしはしないか。静かに眠る老人は、内心わくわくと心躍らせながら俺がひとりになるそのときを待っていたのだろう。

それにもかかわらず俺は、つまらない者だったのだ。

それから数日後、先輩兵士はまたふらふらと持ち場を離れた。彼は陛下付きの侍女に気があるらしい。

俺はひとりになったのを狙って、陛下に声をかけた。

一介の、しかも近衛兵隊の末席に座る俺ごときが陛下に声をかけるなど、死刑になっても文句は言えない暴挙だ。だがこのときの俺は不思議と、不敬を働くという気持ちが湧かなかった。眠っているように見える老人が実は起きていると確信するのと同じくらい、陛下に声をかけることは許されることだとわかっていたのだ。

「陛下、畏れながらこちらを……」

そう言って俺は、懐に隠し持っていた茶器を取り出した。掌《てのひら》に乗るほどの小さなものだ。

「それは？」

「はっ。こちらはヘル人の国、コビ国で使用されていたものです」

陛下は身を起こし、俺の手に乗ったそれをじっと見た。

「これは……小さなものだの」

「はい。ヘル人は私の腰ほども背がなく、とても小さな人々ですから、使われる道具もこのように小さなものとなります」

「余《よ》が、まだ自分の足で歩いていた頃、ヘル人の国、イル国の使いがまいったことがあった。だが対面したのは皇太子であって余ではない。そうか、ヘル人というのは文献のとおり、かように背が低いのか……。それで不便はないのかの」

「はい。彼らが建国した国のうち、四つは地中にありますから。背が大きくては、地中での暮らしに支障を来します」

陛下は俺が差し出した茶器をその手に取り、カップで飲む真似をした。

「ふむ。地中であるというのは不便ではないのだろうか。この部屋でも、蠟燭を消せばたちまち暗闇となる。地中ではどうなのであろうか。それとも常に、火を絶やさぬのであろうか」

「彼らは光苔《ひかりごけ》というものを使います。地中にあって、淡い緑色を自ら発光する苔です。ヘル人は、光苔が放つ僅《わず》かな光でもその目が利《き》きます」

「なんと。苔が光るのか……そうか。そういうものがあるのか……」

陛下は心底驚いたように、すっかり白くなった眉を上下させた。

「そうか。そうか。……なんとも不思議なことよのう」

下々が使う粗末な茶器だ。お見せするだけのつもりで市場で買い求めたが、陛下はすっかり気に入ってしまったようで何度も茶を淹《い》れる真似をする。

俺はそのまま、粗末な茶器を陛下の元へ置いてきた。

数日経《た》って王宮の廊下を歩いていたとき、侍女たちの会話が耳に入ってきた。

どこから出てきたのか人形遊びの茶器を陛下が大層気に入られて、毎日それでお茶を召し上がられる。あまりに小さいので何度も注ぎ足さねばならず、非常に面倒だと。

俺は柱の陰でひとり笑い続けた。


先輩兵士が持ち場を離れるのを、今か今かと待ち望んだ。市場で買い求めたものと、その際、煩《うるさ》がられつつ聞き出した話を早く陛下に披露したかったのだ。

茶器を見せてから数日後、俺はまた陛下とふたりきりになった。陛下が、もそりと寝具の中で身動きする。

どうやら、このときを待ちかねていたのは俺だけではないらしい。

「陛下、こちらをご覧ください」

懐から一枚の紙を取り出す。折り畳んでいたそれを広げて陛下へと差し出した。

「これは……?」

「こちらはスート郡地の国、スーカ国の様子を描いたものです」

スーカ国へ行ったことがあるという画家を見つけ出したのは五日前だった。画家を急《せ》かして三日で描き上げさせ、ついでにスーカ国の様子を聞き出した。もちろん陛下が知っているだろう国政についてではなく、庶民の暮らしを事細かに聞いたのだ。絵も、庶民の暮らしを描いたものだった。

思ったとおり、陛下は強い興味を示し、食い入るように絵を見ている。

「ほぉ……本当に、水の中で暮らしているのか……。海とはどのようなものだろうか……。水に塩を混ぜたものだと聞いたが、そのようなものが本当にあるのだろうか。人が生活できる水場とは、どれほどの広さなのだろうか……」

呟く陛下の疑問に、付け焼刃の知識で答える。

「畏れながら……。人々は、水の中だけで暮らしているのではありません。水と陸上、半分半分で生活を行っています。眠るときは顔だけを水から出して、岩場に頭を乗せるようにして眠ります。……海はとても広く、このシェル郡地よりも広いのです。スート郡地では、八割以上が海で占められています」

「それで、本当に塩の味がするのか」

「はい。とても塩辛く、飲めるようなものではありません」

「そうか、そうか……。水ではないのだな。スーカ国は長く、スージ国と争っているのだろう。人々はどのような生活をしているのだろうか。それほど戦が続いて、苦しんではいないのだろうか……」

老いてはいても、さすがに一国の王だと思った。戦争中の国の、民の生活を気にしている。

スート郡地にはふたつの国がある。スーカ国とスージ国だ。俺は画家から聞き出した話を思い浮かべながら、まるで自分がその目で見てきたように話す。

「ふたつの国は僅かな陸地を争って数百年、戦を続けています。国境は常に変動し、平定されたことがありません。ですが、かの地は交易物が多く、長引く戦で平穏には無縁の土地でありながら、非常に裕福でもあります。交易で得た金でグルード郡地やシスティーカ郡地の種族を傭兵《ようへい》として雇い、陸上での戦いのほぼ全てを他郡地の種族が代理で行っています」

スート郡地で得られる交易物は主に果物だ。他郡地ではまず採れない果物が多く収穫される。だがそれは当然陸地で採れるため、郡地内に点在する陸地を巡って争っているのだ。

「スート人同士は海中で戦いをしています。ですが彼らは海中で過ごすためか、身体の作りが我々とは異なります。筋肉が非常に少なく、剣を握って振るったところで相手に致命傷を与えることはできません。そのため戦死することがまずなく、相手に対する憎しみを募《つの》らせたとしても、肉親を戦争で亡くす哀しみを覚えることは稀《まれ》なのです」

最前線で死ぬのは他郡地の傭兵ばかりだ。

「……それでは、戦いは終わらぬだろうのう……。戦は、してはならぬ。だが、もし、どうしても、戦をせねばならぬことがあったとしたら、そのときは、自国の民で戦わねばならぬ。王族や、元老院を務める貴族が最前列で指揮を執り、戦わねばならぬ」

陛下はしっかりとした声で、静かに語った。

「怒りで戦争を始めたとしても、やむにやまれず始めたとしても、終えるときには、もうこりごりだと思わせねばならぬ。国民にも、また、国政を担《にな》う者にも、戦争はもう嫌だと強く思わせねばならぬのだ」

五十年以上、国政から離れている方の言葉とは思えなかった。目の前で横たわる方はやはり、ただの老人ではなかった。

俺は自然と頭を下げていた。

スート郡地の戦争は終わらないだろう。戦争を始めた者たちが傷つかない戦だ。グルード郡地の種族が何百人死のうと、システィーカ郡地の種族が何千人死のうと、戦争を終わらせられる者たちが傷つかない限り、決して終わらない。

画家から聞いた話を、俺は自分の経験のように語った。だが、話を聞いていたときも、陛下に語っていたときも、俺は何も考えなかった。スート郡地の戦いがどういうものか、なぜ何百年も続いているのか。俺は、何も疑問に思わなかった。

陛下はこのような身になってもなお、国を、国民を考えておられた。

俺はふと、ある光景を思い出した。

国民が知らないだけで他国に侵略されそうになった危機は、このリンス国に何度もあったのだ。現世国王陛下はその危機を何度も乗り越えてこられた。国民を守るため、リンス国の立場を守るため、陛下の駆け引きの手腕は特筆すべきものがあった。

近衛兵隊隊長と陛下付きの侍従長が、そう話していた。ふたりは心酔した様子で陛下の素晴らしさを語り合っていたのだ。現世国王陛下は、誰よりも国民を愛しておられると。俺はそのとき、いい年をした中年が何を言い合っているのかと冷めた目で見ていた。

俺が持ち込んだ絵も、陛下はそのまま手元に置かれた。

　著名な画家が、持てる技量を尽くして描いた絵画が王宮にはたくさん飾られている。それにもかかわらず、粗末な紙に安物の画具で描かれた絵を、陛下は枕元に飾らせ、時折手にしては眺めているらしい。

　茶器にしろ、絵にしろ、突如出現する粗末な代物《しろもの》に、陛下付きの侍女たちは揃《そろ》って首を捻《ひね》っていた。


　次に陛下とふたりきりになったのも、それから数日後だった。このときは、俺が先輩兵士に頼み込んだのだ。先輩はふたつ返事で了承してくれた。

　俺は小さな籠《かご》を手に、警備についた。小隊長や侍従長に咎《とが》められるかと内心びくびくしていたが、拍子抜けするほどあっさりと認められた。ふたりは、中を検《あらた》めることさえしなかったのだ。

　籠を手に、陛下が横たわる寝台へと近づく。陛下は最近、食が進まないと侍女たちが言っていた。

　そっと覗《のぞ》き込み、痩せたな、と思った。陛下の命が尽きようとしていると、頭のどこかで覚る。陛下を取り巻く空気までもが沈んだように感じた。

「陛下」

　静かに声をかけると、陛下はゆっくりと瞼を開いた。

「まだ死んではおらん」

　俺を見て微かに笑った。俺も笑って、籠を持ち上げる。

「本日は、このようなものを持参いたしました」

　俺がそう言うと陛下は身を起こそうとした。

　食欲もなく、ずっと寝てばかりおられて起きることもなくなったと聞いた。それなのに、俺が持ち込む外の風に陛下が興味を示してくださることが今の俺にとって、どのような褒美よりも嬉しいことだった。

　陛下が身を起こすのを助け、籠に被せていた布を取る。

「これは……」

　初めて声をかけられたときに比べて、その声に張りがない。籠に伸ばされる痩せた指先が震えていて、俺は胸が痛むのを感じた。

　侍従長らが衰える陛下をおいたわしいと嘆いていたとき、老人が死に向かうのは当然だろうと思っていた。

　あの頃の俺は、ただ部屋で突っ立っているだけの任務に辟易《へきえき》する、馬鹿な若者だった。陛下にお声をかけていただいて、陛下と会話を重ねていくにつれて、もっと早く、そう、陛下がお元気であられたときに仕えていられたらと本気で悔やむ。

陛下のお言葉の一つひとつに重みを感じる。陛下の深い愛が感じられるのだ。

「こちらは市場で売られている、チャパというものです。子らが口にする菓子です」

チャパは、小麦粉に水と塩を混ぜて捏《こ》ね、薄くのばして焼いたものに蜂蜜をかけ、粉砂糖をまぶした菓子だった。

本当は焼きたてが一番なのだが、さすがにそれは無理だった。持ち場に着く直前に市場で焼きたてを買い求め、王宮まで駆けてきたのだが、もう湯気は立っていなかった。

陛下の許しを得て、その膝の上に籠から出した皿を置き、添えられていた串で切り分ける。陛下は痩せた指で串を摘《つま》み、震える腕でチャパを口元へと運んだ。

「ほぉ……これは……美味いものだのぉ」

豪華な食事を続けてこられた陛下の口に合ったことに、俺はほっと息を吐く。

チャパは、子供時代の俺の大好物だった。俺にひたすら甘い祖母に何度もねだり、市場に来るたびに買ってもらっていた。久しぶりに市場に行ったとき、その懐かしさから食べてみたが、今の俺には甘すぎて食べきれるものではなかった。

よくこんなものを食っていたよな、と思いつつ食べるその味は、今は亡き祖母の思い出とともに懐かしかった。

甘いものを陛下が好むのか、そもそも食欲のない老人がこのようなものを食べたがるのか。今の今まで不安に包まれていたが、ゆるゆるとした動作でチャパを食べ続ける陛下の姿に笑みが広がる。

皿の上のチャパを全て平らげた陛下に、恭《うやうや》しく茶を差し出す。もちろん、使うのはあの小さな茶器だ。

「ああ、美味であった。このチャパと申す菓子、民はいつでも、無理をすることなく、食べられるのだろうかの」

「はい。チャパは安く、子がねだれば親が気軽に買い与える菓子です」

「そうか、そうか。それは子らも幸せであろうな……」

そう言って陛下は、ほっこりと笑った。

陛下が危篤状態に陥《おちい》られたのは、それから六日後のことだった。

王宮は重苦しい空気に包まれ、陛下付きの侍従や侍女たちが俯《うつむ》き加減に忙しなく行き交う。

だがもちろん、国政が止まることはない。執務を代行して久しい皇太子は滞《とどこお》りなく政務を行い、皇太子付きの侍従長はいそいそと戴冠式の手順を確認し始めていた。

陛下付きの近衛兵にできることは何もない。俺はふらりと市場へ出掛けた。市場の様子を、国民の様子を、知りたかったのだ。

市場は何も変わらなかった。国王陛下が危篤状態だということは報《しら》されているはずだった。だが、何も変わらなかった。

私服姿の俺は、立ち寄った店で世間話を装って店主に聞いた。陛下が危篤状態らしいが知っているか、と。店主は訝《いぶか》る視線を向けながら言った。国王陛下はまだお若いんじゃなかったか、と。

俺は、怒りよりも何よりも、ただただ、呆《あき》れた。店主は、皇太子を陛下だと思っていたのだ。今王宮奥深くの寝台の上で、危篤状態になられている陛下の存在をすっかり忘れているのだ。

誰よりも国民を愛し、国のために一生を尽くした方を、国民はとうに忘れ去っていたのだ。

市場は喧騒《けんそう》に包まれていた。立ち止まる俺の横を、子らが歓声を上げて走り抜ける。商人の女が甲高い声で客を呼び止める。

夜の帳《とばり》が下りてきて、飲み屋が軒を連ね出した。酒を呑み、叫ぶように話す男たち。けたたましく笑う女たち。客引きの商人に、客を引く娼婦の声。

市場は、朝も、昼も、夜も、いつもと変わりなく賑《にぎ》やかだった。誰も彼も、自分たちを守っていた大樹が今まさに、倒れようとしていることに気づかない。

市場は空虚に、騒がしかった。

王宮に戻り、近衛兵の詰め所に向かう。非番の俺の姿を見ても、小隊長は何も言わなかった。

暖炉にかけた鍋から湯を注ぎ入れ、茶を飲む。食事をとろうとする者はいなかった。椅子に座り茶を啜《すす》る者、ただ椅子に座っている者、剣の手入れをする者、弓の弦を張り替える者。口を利く者は誰もいなかった。みなが自由に過ごしながら、みながそのときを待っていた。

暖炉の薪が、ぱちり、ぱちりと音を立てて爆《は》ぜる。時折、火の粉が舞い上がり、そして消える。

喉に、鉛《なまり》を飲み込んだような、飲み込んだ鉛が喉につかえたような、そんな感じがした。

俺以外にも非番の者がたくさんいた。皆、陛下の側近くに仕えた者たちだ。持ち場を離れて侍女にちょっかいを出していた先輩兵士もいた。みな、陛下からお言葉をいただいた者たちだった。

大きな灯が消えるそのときを、この部屋にいる兵士たちはみな、どうしようもない喪失感を胸に、待っていた。

陛下が息を引き取られたのは明け方だった。

ひと晩、まんじりともせずに俺は過ごした。その報せを近衛兵隊隊長自らが伝えたとき、詰め所にいた兵士たちは無言で一斉に立つと、誰かの号令を待つことなく、王宮に向かって敬礼をした。

真っ赤にした目を見開いて、隊長も敬礼を行う。

それは、俺が今まで見た中で、一番、美しい敬礼だった。

王宮に半旗が掲げられ、すぐさま国民に伝えられた。

市場の活動は少しだけ自粛され、だが、少しだけの自粛が商人たちには不満だった。商売ができないと、愚痴《ぐち》を言う。

王都の民も不満そうだった。買い物ができないと不平を言う。

陛下は、大きな片思いをされていたのではないのか。

俺は悔しくて、哀しくて、腹立たしくて、酒を呑んだ。

陛下が亡くなられて数日後、俺は国境を守る駐屯地へ向かうことになった。

王都を発つ前日、非番だった俺は市場へと向かう。

噴水を背に、市場を行き交う人々を眺め、甘いチャパを食べた。

市場は相変わらず、喧騒に包まれていた。

国境へ送られるのは一個中隊だ。国境で不穏な動きがある、というのではなく、ただの配置換えだ。

俺はその前に近衛兵隊の詰め所に顔を出し、馴染《なじ》みの兵士たちと別れの挨拶《あいさつ》を交わした。

皇太子殿下は無事に国王陛下となり、近衛兵が守るお方もしばらくは国王陛下おひとりとなる。

現世国王陛下は随分《ずいぶん》と前にひとり目の妃を迎え、今では何人もの妃が離宮で暮らしているが、お子はまだいなかった。皇太子が生まれるまで、近衛兵隊は縮小されるらしい。

挨拶も終え、詰め所を出ようとした俺を小隊長が呼び止める。隊長が呼んでいる、と。

近衛兵隊隊長は先代国王陛下付き侍従長と同様、残り数日で役目を終えることになっていた。隠居するには少し早かったが、ふたりとも、先代国王陛下以外の方にお仕えはできないと願い出て、受理されたのだ。

隊長の部屋に入るのは初めてだった。詰め所と変わらない広さの部屋に、隊長がひとりでいた。

わざわざ呼びつけたにもかかわらず、隊長は俺をじっと見て、黙っていた。

だが、空気が重いという感じではない。孫を見るような、年寄りの目をしていた。まだ若々しかった隊長は、この数日で一気に年老いた気がする。

随分と長い間そうやっていたがやがて、隊長はふっと笑みを浮かべると、俺に小さな袋を差し出した。本当に小さな、小指ほどの大きさもない袋だった。

「お前に託そう」

俺は差し出された袋を手に取った。

上等な絹で作られていることは俺にもわかった。白金の生地に金糸、銀糸で丁寧な刺繍《ししゅう》が施されている。袋の口を縛る細い紐も、丁寧に組まれた絹糸だった。

「陛下と共に、たくさん、世界を見てきてくれ」

隊長はそう言って、笑った。

小さな袋の中身は、陛下の髪の一束だった。

人知れず侍従長の手によって切り取られた髪は隊長に託され、そして俺の元へと来た。

『国王の任を解かれたならば、自由に世界を見てみたい』

それが陛下の願いで、陛下の遺言だった。

侍従長以外、誰にも告げられなかった陛下の、心の底から滲み出たようなその遺言を、侍従長は果たそうとしたのだ。

俺が王都を初めて離れて任務に就いたのは、シルース国との国境であるコウトウ領だった。

乾燥地帯のこの領地には、常に乾いた風が吹いていた。領民は頭から布を被り、伏し目がちに俯いて歩く。時折、猛烈に吹き荒れる風が砂を舞い上がらせ、容赦なく叩きつけてきた。

シルース国とリンス国は長年、友好関係を築いてきた。シルース国がこの国境線を越えたことは一度としてなく、コウトウ領では国境地の民であるという意識がなかった。ただただ、風を避けて生活を続けていくだけの民だった。

コウトウ領では作物を植えても風で吹き飛ばされる。主に木の実を収穫するために樹木を育てていた。樹木は風除けにもなる。

村々を取り囲むように木が植えられ、領民は限られた空間で日常生活を送っていた。

俺は、自分があまりにも世界を知らなかったことに気づかされる。王都しか知らないはずなのに、それで全てを知ったような気になっていた。

今思えば、陛下がなぜあれほど外を知りたがったのかがわかる。

自分の世界が狭いと感じていたのだ。自分が閉じ込められた世界にいるのだと知っていたのだ。

『余は、目を覆われ、耳を塞がれ、重き荷を背負って歩いているのだ。与えられる情報を制限され、それでもなお、決して違《たが》えてはならぬ道を歩んでいるのだ』

かつて、陛下がぼそりと呟いた言葉だった。

俺はそれから国境警備ばかり四つの領地を渡り歩いた。どの領地もそれぞれに違っていた。同じ国内なのか、そう言いたくなるほど全く様相の違う場所もあった。富んでいる領地も、貧しい領地もあった。領民に心を砕く領主がいれば、重い税を課し贅沢《ぜいたく》を極める領主もいた。

見るべきものも、見る必要のないものもあった。

俺は時折、任務地の隊長や、中隊長に呼び出されることがあった。彼らは陛下との何かしらの思い出を抱えていた。ほんの僅かな時間をすれ違っただけの者もいれば、お側近くに仕えた者もいた。みな、陛下の最期の様子を何度も聞きたがり、そして目頭を押さえるのだった。

陛下が崩御《ほうぎょ》されたとき、王都の者たちはほぼ変わらない日常を送っていた。国境地ではそれがさらに強くなる。自分たちが戴《いただ》く陛下が代替わりをしたこと自体に気づいていない者も多くいた。

俺はそんな民を見るたびにやりきれなくなる。あれほど国民を愛し、あれほど国民のために生涯を奉げた方をどうして忘れてしまえるのか。

隊長たちとの会話は、そんな俺のささくれる心を慰めた。あの方と一度でも触れ合った者はこれほどまでに哀しみ、懐かしんでいる。

四つ目の任務地にいた頃、かつての近衛兵隊隊長が亡くなったと聞いた。五つ目の任務地に行く直前には、先代国王付き侍従長が息を引き取ったと知った。

乾いた風が心の中を吹き抜けたと思った。これでもう、懐かしいあの方について話せる相手はいなくなったのか、と。

五つ目の国境地で警備に就いていた頃、リンス国に皇太子が生まれた。現世国王陛下が一番目の妃を迎えてから既《すで》に、五十年が経っていた。その間、数多《あまた》の妃が離宮へと上がったが、誰ひとりとして子を生さなかったのだ。

ようやく生まれた皇太子に、国を挙げての大騒ぎとなった。王都から遠く離れたこの国境地でさえ、毎日が祭りのようであった。各地の領主は、どれほどの金銭をばらまけば国家に対する忠誠を表せるのか、そんなことを競っているのかと穿《うが》った見方をしたくなるほど、貧乏な領地でさえ歓喜に身を浸していた。

そんな狂った状況を、俺はひとり、冷めた目で見ていた。

辛苦に耐え抜き、深く国民を愛した方が亡くなったときには無頓着であった者どもが、生まれたばかりの赤子に驚喜する。馬鹿馬鹿しい。その赤子が、国を滅ぼす災厄にならないとも限らないだろう。その赤子が大馬鹿者だったらどうするつもりだ。

国中を満たす慶福の中、部屋に閉じ籠《こも》ってむっつりと酒を呑み続ける俺の元に命令書が届いた。

皇太子殿下付きの近衛兵に命ず。

そう書かれた紙片を睨みつけてグラス一杯の酒を呑み干すと、手にした命令書を破り捨てた。

皇太子が生まれた後、第二子、第三子と、今までは栓でもされていたのかと叫びたくなるほど、ぽろぽろと王の子が生まれ国中が狂喜乱舞する中、俺は故国を出た。

何もかもが馬鹿馬鹿しくなったのだ。

人生を奉げて国を守った方には敬意を払わず、生まれたばかりの者を無闇に誉め称える。それが海のものとも山のものともわからないのに、なぜ必要以上に祭り上げるのか。首も据わらない赤子を万能の者であるかのように詩人は歌い上げる。国民の目に晒《さら》されず、死ぬまで王宮深くに囲われる赤子を、世界中の美を集めた者のように画家は描くのだ。

俺は全てに白けていた。

リンス国を出てリュクス国を見、シルース国に入る。同じシェル郡地の種族が築いた国であるにもかかわらず、ふたつの国は活気に溢れ、発展していた。

国を出て、リンス国がいかに貧しいかがわかった。

そして、よくぞ今まで独立を守ってこられたものだと感心した。すれ違う兵士の身のこなしが違う。持っている武器の質が違う。何より、軍隊の規模が違う。

何度も危難に晒された国を、陛下はその手腕で守り抜いた。

かつて近衛兵隊隊長や侍従長が言っていた言葉が脳裏に蘇《よみがえ》る。国力の差をこの目で見て初めて、陛下の偉大さを知った。あの陛下と同じことを現世国王陛下ができるとは思えない。生まれたばかりの赤子がどのように成長しようと、陛下と同じことができるとは、到底思えなかった。

俺は十数年をシェル郡地のふたつの国で過ごしてから、外へ出た。

シェル郡地を一歩外へ出ると、そこは本当に別世界だった。

スート郡地へ入り、陛下に話した海を初めてこの目で見た。空は抜けるように青く、海はきらきらと輝いて碧《あお》い。

手足が長く、指の間に薄い膜のあるスート人たちは、海で軽やかに泳いでいた。まるで空を飛ぶ鳥のように泳ぐ彼らは、陸に上がるとナメクジになる。その体には筋肉がほとんどなく、陸地では十分に動けない。ゆっくりと歩き、行動の一つひとつが気怠く感じる。

当然、陸地で農作業などできるはずもない。スート郡地特産の果物類を育て収穫し、出荷までを行うのはシェル郡地の種族だった。

傭兵だけが他郡地を渡り歩き、働く者ではない。彼らのように農作業従事者として雇用主と契約を交わし、働く者もいるのだ。彼らの多くは、故国を追われた者だった。何かしらの罪を犯した者もいれば、心に深い傷を負い故国を棄てた者もいた。

交易で栄えるスート人たちは、他人を使役することに全く躊躇《ちゅうちょ》しない者たちだった。自国の戦争に他種族を平気で使っているくらいだ。他人の死を何とも思わず、平気で虐《しいた》げる。

スート郡地は美しく、スート人たちも色鮮やかで美しかったが、その心は醜《みにく》く歪んでいた。

俺はこの地で、傭兵として十数年を過ごした。海の味を確かめ、桃を食う。海は苦く、桃は旨かった。リンス国でもスート郡地の桃を食べたことがあるが、ここで食べる桃は格別だった。自ら足を運ばなければ決して味わえないものだ。

スート郡地で一生分の桃を食い尽くし、俺はシスティーカ郡地へと入った。

傭兵として既に数十年を過ごしていた。システィーカ郡地で、最高の鎧《よろい》と武器を手に入れようと思ったのだ。


スート郡地から陸伝いに歩いていくと、だんだんとその様相が変わってくる。緑豊かで温暖な土地から、赤茶けた大地へと変わる。草花は全くない。樹木がぽつりぽつりと生えているだけで、気配も音もなく襲ってくる獣は見たこともない大きさと形態で、俺は何度も死を覚悟した。

だが、俺の足を止めさせたのは獣でも、システィーカ郡地で生きる種族でもなく、その環境だった。

日中の寒さと夜間の灼熱にどうしても対処できなくなったのだ。先へ進めば進むほど激しくなる温度差。どちらかひとつであればまだ対処のしようもあるのかもしれないが、一日で両方が襲ってくる。到底、クルベール人などという柔《やわ》な生き物が生息できる場所ではない。

目的のものを手にすると、早々にシスティーカ郡地から退散した。

『世界は広い。そこに住む人々は多様で興味深い』

陛下が、地図を見ながら子供のように楽しそうに話していた。

世界が広いことなど当たり前じゃないか。人も多様だろうが興味などない。

あのときそう思った俺は、やはり、未熟で視野の狭い若造だった。


システィーカ郡地の後は、ヘル人が暮らす国を見ようと思った。

さすがに地下の国へは行けない。地上にあるヘル人の国へと向かった。グルード郡地とスート郡地の境にある、ルビ国に入る。

俺は、そこで十数年を過ごした。

ヘル人の国はどこであっても富を抱えている。金、銀、宝石、鉄、そういった利用価値の高い富だ。

ヘル人の平均身長はクルベール人の半分程度であるため、盗賊らは簡単に襲撃できると思っている。ヘル人の国境警備は、リンス国の国境とは比べものにならないくらい忙しい場所だった。

ヘル人は、守銭奴だった。金勘定に厳しく、一度得た富を誰かに差し出すことは決してしなかった。たとえ自らの命が尽きようとしても、握った金を離さない。ヘル人の遺族が真っ先にすることは、家族の死を嘆くことでも呆けることでもなく、死者が隠したであろう金を探し出すことであった。

ヘル人の社会では、上にいる者が下に生きる者を平気で踏みつける。下で生きる者は、僅かな金のために身内同士でも簡単に殺し合う。

また、ヘル人は子だくさんで、クルベール人の俺から見れば本当に、ぼろぼろと生まれる。体質的にも妊娠しやすく、その期間は三ケ月という。そのためか、肉親に対する情が非常に薄い。

あまりに世知辛いヘル人の社会に辟易した俺は、ルビ国を後にした。


ルビ国からずっと西に向かって歩いていると、いつの間にかグルード郡地へと入る。スート郡地からシスティーカ郡地に入ったときより、その境はわかりづらい。木が大きくなっているような気がする。獣が大きくなっているような気がする、そんなことを思いながら歩いていると、やがてはっきりとした違いに気づく。

とにかく、体が重い。

すたすたと歩いているグルード郡地の種族を横目に、俺は文字どおり這って進んだ。時折親切なグルードの種族が担《かつ》いでくれる。不思議なことに、土地から体が離れると途端《とたん》に体が軽くなるのだ。もう大丈夫だと下ろしてもらうと、また地面にへばりつく。

グルード郡地も、不思議な大地だった。

ただ、グルードの種族が一番、気楽な者たちだった。快活で陽気で単純だった。社会でもなく家族でもなく、個人でものを考える。盗賊団に与《くみ》するときも、国家間の戦争に与するときも、判断基準は契約内容と金だけだ。グルードの種族はこだわりが少なく、主義主張も少ない。

体の重さだけを除けば居心地のよいその土地で、俺は気が済むまで過ごそうと考えていた。そんな俺の考えを変える噂話を耳にしたのは、グルード郡地の市場でだった。

シェル郡地から帰ってきたばかりのダンベルト人の商人が教えてくれたのだ。リンス国の皇太子が別の奴になって、今までの皇太子は王宮を出たと。

それはないだろう。俺は即座に笑い飛ばす。

リンス国民であれば、リンス国の王族がどういうものか、よく理解している。生まれながらの王族は、死ぬそのときまで王族で、一生を王宮で過ごす。王自身がどれほど望んだとしても、決して王宮を出ることはない。

信じようとしない俺に、戦闘で片腕をなくしたその商人は、どうやら皇太子はクルベール病という病らしく、それで皇太子を辞めさせられたんだ、と続けた。

クルベール病。リンス国で暮らすクルベール人には馴染みの深い病だ。しかしあれは貧乏病と揶揄《やゆ》されるほど罹患《りかん》するのは貧しい者に限られる。とりたてて裕福でもない商人でさえ罹《かか》らない病なのだ。

それを、こともあろうに皇太子がなっただと?

俺は信じ難《がた》い思いを抱えて、数十年間一度も戻らなかった故国の地を踏んだ。

皇太子が代わるなど一大事であろうに、人々は何事もなく過ごしていた。あまりに変わらないその姿に、やはり間違った情報だと思った。だが、と昔の伝手《つて》を頼って王宮の内情を聞くと、噂が真実だとわかる。

皇太子がクルベール病。これは到底考えられない異常な事態だ。だが、王都の市場は平穏だった。一体どういうことだ。問い詰める俺に、国王陛下の近衛兵を務めるかつての同僚が言った。

皇太子が代わるんだから隠しようがないし国民も知っているとは思うけど、興味がないんだろう。前の皇太子も今の皇太子も名前が同じだから、代わったことに気づいていない奴もいるかもしれない、と。

この国は、六十年経っても何も変わっていなかった。去りゆく者に、あまりにも冷たい。

故国に再び愛想を尽かした俺はまた旅に出ようと思ったが、王宮を出た皇太子というものを見たくなった。

一生を王宮で過ごすはずだった者。かつて、あれほど陛下が望んでも見られなかった外を、その目で見る者。自らの境遇に嘆いているのか、恨んでいるのか、拗《す》ねているのか。

俺はどうしても、その皇太子とやらを見たくなったのだ。

元皇太子様がどこの領地に飛ばされるのか、あらゆる伝手を頼って情報を集めた。元老院では何度も協議が行われ、そのたびに二転三転する。ようやく決着がつきそうだと言われたのは、皇太子が王宮を出てから二ヶ月も経っていた。

俺はすぐさま、皇太子が領主になる可能性が非常に高いと言われたメイセン領へと向かった。


メイセン領……噂には聞いていたが、これほどとは思わなかった。あらゆる国境地を見てきたが、これほど無防備なところもない。何しろ国軍兵士がひとりもいない。領民は餓え、領兵はお粗末だった。

傭兵を雇える者などいるわけがなく、俺は仕方なく領兵へと志願した。領民でもない者が果たして採用されるのか。半分、冗談のような気持ちで領主の屋敷へ向かった俺を、一瞥しただけで採用したのが当時の領兵隊隊長アルドだった。

一領兵として領主が来るまでを過ごし、気が済んだらまた旅に出ようと思っていた。陛下に、孫を見せて差し上げたいとも思っていた。あの陛下の血を引き継ぐ者を、見たいとも思っていた。

皇太子として生まれ、ぬくぬくと囲われて育ち、国王として国を背負うこともなかった者。我儘で忍耐力もなく、贅沢を好み、平気で他人を踏みつける者。どうせそんなところだろう。

あらゆる国で腐るほど、王族や貴族を見てきた。大概、そういう者たちだった。俺が人生の始まり部分で陛下に出会えたことは幸運だったのだ。陛下のような方が稀《まれ》であり、そうそう現れる人物ではない。

だから、ほんの少し元皇太子とやらに会って、そのくだらない人物を見たら出ていこうと思っていた。陛下にほんの少し、会わせて差し上げたかっただけなのだ。

俺のそんな計画をことごとく潰してくれたのが、アルドだった。奴の、小さなお願いとやらを聞いてやっているうちに俺は、武器管理者から兵舎総管理者へと昇進し、領兵の訓練指導者とやらになった後、いつの間にか領兵隊隊長になっていた。

簡単に言えば、金だった。

システィーカ郡地で手に入れた最高の鎧と武器は、こんな辺境地の領兵隊隊長がひと目見ただけで敬意を払いたくなるほど、それはそれは、本当に素晴らしいものだった。

だが素晴らしいだけに、非常に高価だったのだ。

俺は所持金の全てで買い取り、一文無しになってルビ国へと向かった。そこで忍耐が続くまで働いた後、グルード郡地へと向かった。

戦闘種族の住むグルード郡地で傭兵の仕事などない。どのような様子かを見ただけで去ろうとしていた俺を引き留めたのは、グルード郡地の種族だった。陽気で気楽な者たちとの会話は楽しく、奢《おご》り奢られ呑み食いしているうちに俺の懐は寂しくなっていた。

メイセンで一領兵として過ごすのもいいが、この貧乏領地では一領兵はただ働きだった。メイセンに辿り着くまでにも金を使っている。これでは旅をしようにも馬の一頭も買えない。

俺は渋々、給金が払われるというアルドの囁きに負け、領隊長となることを了承した。

領隊長となる前から当然知っていたが、メイセンの領兵は本当に、酷かった。

領隊長となった以上、剣の扱いや弓の扱いだけを訓練させておくわけにはいかない。いざというときには情報伝達能力も必要になってくる。

しかしメイセンの領兵は、兵とは名ばかりの者たちだった。

ひとり目に伝えた言葉は三人目で様子を変え、五人目ではまるきり違った言葉になる。一体どうやればこれほどふざけたことになるのか。俺はひとり目から五人目まで、ぴたりと引っついて、語るその言葉を聞いていた。

頭が割れそうになった。

こいつらは勝手な主観を織り交ぜて伝えるのだ。酷い者になると情報を伝達する途中で世間話まで始めて、一体何を伝えたかったのかお互いにわからなくなっていた。

のんびりと馬の世話をしていたアルドを見つけ、一体これは何だ、と叫ぶ。アルドはきょとんとした顔をしてからやおら笑い出し、そりゃ無理ですよ、と言った。何が無理なんだ、重ねて叫ぶと、ここはメイセンですから、と。

何だ、それは。メイセンだったら何だと言うのだ。

俺はがくりと項垂れて、厩《うまや》の前に座り込んだ。

ぶるる、と鳴いて馬が俺を見下ろす。仮にも俺は騎士だ。いい馬とはどういうものか、一日かけても語り尽くせないほど思い入れがある。だが、この馬は何だ。これは騎馬になると聞いた。それなのにどう見ても、農耕馬にしか見えない。

粗末な厩に入った十五頭の馬を見る。十五頭で騎馬隊もないだろう。しかもこのうち二頭は領主の馬車を牽《ひ》く。

俺は真剣に去就を考えた。

とにかくこれではどうにもならない。俺は思案に暮れた。こんな場所、金を貯めたらすぐにでも出ていくつもりだが、あまりにも無用心な国境地に焦りを覚えた。せめて俺がいる間だけでも、この兵士たちをどうにかしなければ。

そう焦る俺の前にひとりのダンベルト人が現れた。

こんな場所にダンベルト人。おおよそ似つかわしくない。領民らも領兵らも、初めて見るダンベルト人に腰を抜かさんばかりに驚いている。

何の用だ。屋敷の侍従長が文字どおり腰を抜かし起き上がれなかったので、代わりに俺が訊ねる。

驚いた。

メイセンの領兵になりたいのだと言う。

冗談だろう、そう言ったが冗談ではない、と。アルドは無邪気に喜んでいたが、だからといって領兵にするのもどうかと思う。

俺は契約で縛ることにした。こいつらにとって契約ほど重いことはない。契約で決め事をし、取り交わす。

ダンベルト人、ガンチェは、何でもないという風にあっさりと了承した。ただ、ほぼ一文無しの俺が出せた契約金は10アキア。こんな金でダンベルト人を一年間雇った者など過去にいただろうか。

ガンチェは便利だった。新参者以外の領兵の訓練は、全てこいつに任せた。

情報伝達能力の向上は……とりあえず、諦めた。

兵士たちは、ダンベルト人のその姿形だけで侮《あなど》っていた。見上げるほど大きく獣臭いダンベルト人を、頭の中身が薄い奴だと思っているのだ。字を全く読めない者たちがどの口でそれを言うか、俺は内心で呆《あき》れ返っていた。

契約で仕事を得ていくグルード郡地の種族はどの者も、文字、特に読解力に優れていた。言葉を重ねて真意をぼやかしている契約書でも、彼らは正確にその意味を読み取る。それは、不利な契約を結ばないようにするためには必要な能力だった。

薪集めや畑仕事など、力仕事の全てをガンチェに押しつけようとしている領兵らの姿をよく見かけた。

このダンベルト人を一年雇おうと思ったら、メイセン領が国に納める税の半分は必要になるんだぞ。そう言ってやったら、領兵らはどういう顔をするのだろうか。

ダンベルト人との一年契約の相場が1500シットだと俺は知っている。一体ガンチェは何を思って子供の小遣いみたいな金額で契約を結んだのか。俺がダンベルト人とはどういう種族か知らなければ、異常に安いこの金額に、疑心暗鬼に陥《おちい》ったはずだ。


ガンチェの真意はすぐにわかった。


クルベール病だという元皇太子殿下は、少年のような姿だった。クルベール病だから当然なのだが。

皇太子は、感情の読めない目をしていた。侍従の話ではメイセンの状況を見ながら屋敷まで来たという。驚いているようだったが、それだけだった。その青い目は意外と澄んでいて、怒りも、諦めも、冷めた感情もなかった。翌朝には料理人が起きる前から食堂の椅子に座り、朝食が出されるのを黙って待っていたらしい。朝食後は早速、領兵を見たいとやってきた。

俺の胸にも届かない小さな領主は、しっかりと俺を見上げて話をした。その声は静かで、懐かしい陛下を思い出させた。領兵の現状を俺が説明すると驚いたように目を見開き、神妙に頷《うなず》く。

朝食にと出された食事も、今までのものと随分違うだろうに不平を漏らすこともなく、黙々と食べたらしい。思えばこの地に着くまでは、困難な山道もあの崖も渡ってこなければならない。

この小さな領主は、どうやって乗り越えてきたのだろう。まさか、馬車で進んだわけでもあるまい。

元皇太子様に対する認識を変えざるを得なくなったのは、あの大きな男、ダンベルト人のガンチェをいきなり伴侶にしてしまった一件からだ。

『人の世は、興味深い』

確かに、陛下。生きていると何が起きるか全く予想もつきませんね。

俺は心の中で懐かしいあの方に語りかける。

まさか、かつて王族であった方が他種族、しかも蔑《さげす》まれることの多いグルード郡地の種族を伴侶に選ぶとは思ってもみなかった。

俺は、彼らの伴侶契約に立ち会っている。伴侶契約書を見たのは初めてだったが、あれが普通だとは思わない。小さな領主が領主としての仕事を放り出し、五日間をかけて練り上げた契約書は、膨大なものだった。普通、一枚で事足りるはずの伴侶契約だ。それを、あの枚数……。

小さな領主、エルンスト様の、ガンチェに対する深い愛と、凄まじい執着心を俺は知った。

しかしそれはガンチェも同じである。

エルンスト様と伴侶契約を結んだガンチェを問い質《ただ》したことがある。ふたりはかつて王宮で出会っているという。グルードの種族が何年もひとりを想い続け、一途《いちず》に追いかけることがあるとは知らなかった。ガンチェ自身も驚いていたが、俺も驚いた。

だがふたりを見ていると、誰かと深く関係を持つのも悪くないと思わせた。

この元皇太子様は、エルンスト様は、俺の想像の遥か上をいく方だった。

領民に自ら語りかけ、地に膝をつき、羊に平気で触れる。民と同じ粗末な食事を粗末な食器で口にし、民の荒れた手を握る。

王族がどういうものかよく知っている俺には、このエルンスト様の姿が普通ではないと当然わかっている。

王族は、特定の者以外とは口を利かない。光り輝く食器で、吟味《ぎんみ》されたものしか口にしない。獣など、触れるどころか側にも寄せない。かつては馬車を用意させ、王宮で乗り回して遊んだ国王がいたらしいが、乗り込む際も降りる際も侍従らが大きな扇《おうぎ》を用意し、馬をその目に触れさせせないようにしたという。

エルンスト様を知れば知るほど、俺はただ驚くばかりだった。

あの陛下でさえ、これほど気兼ねのない方ではなかった。これほど忍耐強く、懐の深い方ではなかっただろう。

メイセンの民はすぐにエルンスト様に慣れた。慣れたというよりは、舐めた。

元皇太子であるということはすっかり忘れ去ったかのように、好き勝手を言いに来る。刺さった棘《とげ》を放置していたら膿《う》んだ。それだけの理由で深夜に叩き起こされている領主を見ていると、さすがの俺も気の毒になってきた。

エルンスト様が領民を集めると言い出したときは、不思議と納得した。俺から見てもこのメイセンは、村々がばらばらに動いていると思うのだ。自分の都合だけで動いている。大局的にものを見る者がいない領地というのはどうなるのか、それを俺に教えたのはメイセンだった。

エルンスト様に命じられたものを用意しながら、小さな領主の小さな頭の中がどうなっているのか、俺は柄《がら》にもなく、わくわくと胸が逸《はや》った。

キャラリメ村で羊毛を買ってこいと言われたときは、何を言っているのかさっぱりわからなかった。それを持ってイベン村へ行けだの、アルルカ村へ行けだのと言われたときは、やはりこの領主もただの御貴族様かと思ったのだ。道楽で税を食い潰す、馬鹿な領主だと。

だが、今ならわかる。領兵が運び入れる大机、積み上げられる薪の横にさり気なく置かれた一本の薪。燭台の横で寝ている蠟燭。

エルンスト様が民に何を伝えたいのか、この部屋を見ればわかった。


どうしてあれほどまで、民を案じる領主を罵倒《ばとう》できるのか。

ガンチェを目で押さえながら、俺は自分が踏み出しそうになるのを抑えていた。

どうしてあれほどまで、誰よりも民を愛する領主を詰《なじ》ることができるのか。

静かに、気を乱すこともなく、ただ目を閉じ、悪《あ》し様に罵られるままになっているエルンスト様の姿に、懐かしい陛下を思い出す。

陛下は、エルンスト様のように怒鳴られたことも、罵られたこともなかっただろう。だが生涯を民のため、国のために捧げ心を砕いたにもかかわらず、その死を悼《いた》まれることもなかった。生涯をかけた片思いが成就《じょうじゅ》することもなく、王宮深くで民を案じ続けた陛下を、国民はいない者として扱った。

あれほど国民を愛しておられたのに、どうして誰もわかろうとはしなかったのだろうか。

『余は、恵まれた籠の中の鳥である。十分な餌と水と暖かな藁を与えられ、閑《ひま》で、籠の外を気にしている。余は、何も知らぬから愛せるのだ』

悪戯っぽく笑って、陛下がそう言ったことがあった。

確かに、否定されたこともなく、醜いところも直接見たことがない国民であったからこそ、深く愛せたのかもしれない。

だが、と俺は思わずにはいられないのだ。

領主をたくさん見てきた。貴族も、王族も見てきた。だから俺は、思わずにはいられないのだ。

人は、見えない相手を思い続けるのは難しい。どれほどご大層な決意を抱えて着任した領主でも、悲壮な思いを抱えて宝冠を戴いた王でも、時と共にかつての信念を忘れ去ってしまうのだ。陛下のように、死の床についてなお、姿の見えない国民を案じ続けた者がいただろうか。

俺は三日に渡り、罵倒され続けるエルンスト様を見ていた。

どれほど勝手なことを言われても、場違いな罵りを受けても、嘲笑《ちょうしょう》されても、恫喝《どうかつ》されても、エルンスト様が反論することは一切なかった。怒りに震えることもなく、ただ、静かに民を見ていた。

その目は、陛下によく似ていた。

民を案じ、民を愛する目だった。


全てが終わり、民たちは晴れ晴れとして帰っていった。あれほど活気に満ちた目を俺は初めて見た。

何も知らない領兵らまでが楽しそうだった。侍従長は揚々《ようよう》と執務室を出ていき、後片付けを命じていることだろう。

その頃、俺は新たに突きつけられた難題に、恥ずかしいことに体が硬直していた。

俺もかつては国境警備についていた者だ。このメイセンが国境地であることも、バステリス河がさほど頼りにならないことにも気づいていた。

だがこの小さな領主はやはり、俺などの何歩も先を読まれる方だった。

メイセンを守るものは貧しさだと。メイセンの貧しさをそのように捉える者がいるとは。メイセンに未来があるという。あの崖を整備できるだと？


壮大な計画に、頭が全く追いついていかなかった。隣に座るアルドもそのようだ。ふと見ると、ガンチェがにこにこと笑っていた。どうやらこいつは知っていたらしい。

あまりに気が高ぶり眠れぬ頭を冷やすため、俺はひとり、屋敷を背にして歩いていく。

春が近づいているというのに、未だ雪深いメイセンの大地を踏み締める。足下でぎゅっと音を立て、雪が踏み固められた。

メイセンでは人の家と家が遠い。屋敷から真っ直ぐ森に向かって歩いていると、このような深夜では自然が作り出す明かりしか目に入らない。

一歩一歩、屋敷を後にする。一歩一歩、夜の雪原を歩いていく。

目が、慣れてきた。雪は意外にも明るい。こんな夜に、何に反射して輝くのか。

足を止め、ふと上空を見上げると、ぽっかりと丸い月が浮かんでいた。明るく、優しい光を放つ月。彼方の森に向け、月明かりが真っ直ぐに落ちていた。

エルンスト様は月のような人だ。

俺は唐突にそう思った。

メイセンのように雪深い土地では、太陽は強すぎて駄目だ。雪崩を引き起こし、人を試練へと誘う。

エルンスト様は月明かりのように真っ直ぐ、優しい光で行くべき道を指し示す。

メイセンの人々に道を示す、エルンスト様は月影のような人だった。目印も何もないメイセンという広大な雪原で行き先を示す、月影なのだ。

俺は、メイセンに散らばる村を、町を、馬で駆け抜け、領民らを叩き起こし叫びたくなった。

おいお前たち、気づいているのか⁉　どれほど稀有《けう》な方を領主にお迎えしたのかを。

兵舎に駆け戻り、眠る領兵たちを叩き起こし怒鳴りつけてやりたくなった。

おいお前たち、心して守るんだぞ！　俺たちは得難《えがた》き方をお守りしているのだぞ。

そしてリンス国民に叫んでやりたくなったのだ。

ああなんと罪深いことをしてしまったのか！　あの方を国王として戴いていれば、この国は飛躍的に発展しただろうに。


懐から小袋を取り出した。長い年月、いつも俺とともにあった小さな袋。繊細な刺繍は擦り切れ、艶やかな白金は色褪《いろあ》せて見えた。

俺はその小さな袋を両手で包み込む。

陛下、旅を終わらせてもよいでしょうか？

私はこの地で、見てみたくなったのです。あの小さな御領主様がどれほどのことを成し遂げるのか、私は残りの人生を賭けて見届けたくなったのです。

月明かりに照らされた雪原にひとり立ち、胸の内で語りかけた俺の耳に懐かしい声が響いた。

『よいぞ、よいぞ』

それは、温かな声だった。

上弦の月

1

領民から新年に集めた税を領主が国王に納めるのは、メイセンの場合、雪が解けた初夏である。

侍従長以下屋敷に仕える者たち及び領隊長への給金、日常の雑多な物を購入する分を取り除けば、納税の不足額は８００シットにも達した。

エルンストは毎日、毎日、毎日、毎日、計算し続ける。

あまりにも思い悩む領主の姿に同情してか、侍従長のシングテンが給金を返そうとしたが、エルンストは気遣いに感謝しつつも受け取らなかった。

他の領地に比べて十分なものが支払われているとは思えない。シングテンが無報酬になれば侍従や侍女までもが差し出そうとするだろう。農民たちより恵まれているとはいえ、彼らも故郷の家族を養っている。これ以上、彼らの生活を苦しめることはできなかった。

かといって足りない分がどこからか降ってくるわけでもない。エルンストは領民からの納税を待ってやることはできるが、国が領主からの納税を待ってくれるはずもない。

とにかく、どうにかして、掻き集めなければならないのだ。

王宮を出るときに持ち出した幾ばくかの金銭は最悪の状態に陥るまでは確保しておきたい。領民と約束した以上、これより先、十年は税を上げない。ということはこれより先十年は、毎年同じような状況を迎えるのだ。

農民はひとり5シットの税以外に農作物を領主に納める。まずはこの農作物を売ることにした。領兵たちには申し訳ないが、屋敷の農地を増やして領兵や屋敷で消費する全てを賄《まかな》うことにする。

キャラリメ村などは羊毛を、山民が多いイイト村は薪を、ヤキヤ村は蜂蜜を納めてきた。もちろんこれらも商人に売り渡し、屋敷で使用するものは領兵らに集めさせることにした。

商人は収穫物がないのでひとり当たりの税は基本の5シット以外に、収入の二割分を領主に納める。メイセンのように黒字にならない商人たちは最低額である1シットを基本税に上乗せして納めることになる。

これでどうにか足りない分の３００シットは確保で

きた。残り、５００シット。

エルンストは屋敷内を隈《くま》なく歩いていく。何か売れるものはないかと探し、書庫へと足を踏み入れた。

やはり、これしかあるまい。

エルンストは諦めの溜め息ひとつで決断した。


「こちらの本を、ですか？」

書庫にはサイキアニの商人とフォレアの商人がいた。リュクス国カプリ領とリンス国リンツ領、どちらにも本は売れるはずだ。

「全てではない。あれだけを売る」

エルンストは書庫の中央に置かれた大机を示す。昨夜、ガンチェに手伝ってもらい書棚から抜き出した本が山と積まれていた。

今屋敷で字を習っている者たちがいずれはこの書庫の本が読めるよう、ためになる本は残しておかなければならない。字を覚え始めた者が読めるような、簡易な言葉で書かれた本も。今後のメイセンの役に立つような医療に関する本、教育に関する本、建築に関する本、エルンストが必要だと判断したものは残してある。


売るのは、例の怪しい本たちだ。

「……これを……ですか……」

商人たちは手に取り、傷み具合や内容を見ていく。いくら識字率の低いメイセンとはいえ、さすがに商人たちは字が読める。一枚捲るごとに顔を顰《しか》め、上目遣いでエルンストを見る。

私が好んで集めたわけではない。思わずそう言いそうになり、ぐっと口を閉じた。ここで下手に言い訳をしても見苦しいだけだ。

やがてサイキアニの商人が重い溜め息を吐いた。その顔に、これだから御貴族様は、と貼りついている気がする。

「色々と……何と言いますか……特殊な御本のようですので……カプリ領でも売れるかどうか……」

フォレアの商人も続く。

「そうですね……リンツ領でも売れるかどうか、わかりかねますね……」

商人たちの返事は予《あらかじ》めわかっていたことだ。そもそもこういう類の本は、買い手が事前に打診し、専用に集めさせるものだろう。商人がいきなり持ち込んで売れるものではない。軽々しく店に並べようものならば店主の趣味が疑われる。

「そなたたちの言いたいことはわかる。だが、私も形《なり》振《ふ》り構ってはいられないのだ。……こうしてはどうだろう。とりあえず、売る努力をしてみてはもらえないだろうか？　売れそうなら買ってもらいたい。もし無理ならば本ではなく、紙として買うというのはどうだろう」

紙は植物から作られる。水に浸けて数日もすれば紙となる前の姿に戻り、新たに漉《す》けば紙ができる。

もちろん、本を本として売るほうが値段は高い。だが、紙としてでも売りたいほど、エルンストは困窮していた。残り５００シットのうち、50シットでも10シットでも手にしなければならないのだ。

エルンストの申し出に、商人たちは困惑顔のまま頷いた。


商人たちが本の行く先を見つけてくるまでのんびりと待ってはいられない。最悪、紙として売った場合、あの量でも１００シットになるのがせいぜいだろう。

だとすれば、残り４００シットを集めなければならない。

「この蔵が開いたところを私は見たことがありません」

シングテンが蔵を見上げて言う。

「ふむ。では何が入っているのか誰も知らないのか」

白い壁の大きな蔵だ。

「そうでしょうね。少なくとも、私が先代領主様にお仕えしていたときには既に、閉じられたままでしたね」

領主の屋敷にはいくつもの蔵が建てられていた。中身の多くは冬場の食料や薪の備蓄である。しかし鍵を紛失したのか、領主不在の百年の間より前から、一度も開かれた形跡のない蔵があった。

今エルンストとシングテンの前にあるのが、その開かずの蔵である。

「鍵がありませんから無理だとは思いますが……よしんば開いたとしても、何も入っていないと思いますよ。領主の蔵は備蓄庫と決まっていますから」

「まあ、そうだろうとは私も思うのだが。万にひとつの可能性に賭けてみないか」

シングテンとふたり並んで蔵を見上げた。

蔵には立派な錠前がかけられていた。木ではなく、鉄で作られている。

「木なら斧で叩き割ることもできるでしょうが、これほど厚い鉄なら斧では無理ですよね」

シングテンが言うように、蔵の鍵はエルンストの握り拳《こぶし》ひとつ分ほどの厚みがある。

「ふむ。やはり、難しいだろうか」

「どうでしょうね……ガンチェ様ならどうにかなるかもしれませんが……いや、しかし、いかにガンチェ様とてこの厚みでは……」

首を捻りながらシングテンが呟く。

領主であるエルンストの伴侶だからと、シングテンは生真面目にガンチェに敬称をつける。当のガンチェは柄ではないからと言ったのだが、その点についてシングテンは譲《ゆず》れないらしい。思えば今のメイセンで唯一、先代領主に仕えた者だ。その当時、屋敷で仕えた侍従や侍女たちは連綿と受け継がれる屋敷の歴史を背負った者たちだった。シングテンは礼儀を厳しく教え込まれたのだろう。

とはいえ、シングテンが仕えたのは先代領主が亡くなる前の僅か十年間だけで、その頃には既に先代領主は屋敷に引き籠り、領主として行う儀礼的なことは何ひとつなかったらしい。礼儀を教え込まれたとシングテン本人は思っているのだが、エルンストから見れば何ともわびしい限りだった。

だがそれでも領主とその伴侶には「様」の呼称を付けなければならないとは思っているようで、ガンチェがこそばゆい顔をするのも気にせず呼び続けている。

ふたりが蔵の前で佇んでいると、エルンストに呼ばれたガンチェとアルドがやってきた。

「アルド、この蔵の鍵のありかを知っているか？」

領兵として長年屋敷に仕えるアルドにシングテンが訊ねた。

「いえ……そもそも、私はこの蔵が開いているのを見たことがありません」

アルドがシングテンと同じようなことを言う。

「ガンチェ。この鍵を壊すことはできるだろうか？」

エルンストが指し示した鉄の鍵をガンチェは見て頷く。

「大丈夫ですよ」

そう言ってエルンストが十分に安全な距離まで下がったのを確かめてから、ガンチェは腰に差した人剣を引き抜く。両手で大きな剣の柄を握ってふんっと気合いの声を出し、一気に振り下ろす。目にも留まらぬ一閃《いっせん》の後、厚い鉄の鍵は真っ二つに断ち斬られた。

落ちて地面にめり込んだ鉄の塊《かたまり》を軽々と取り出し、ガンチェが脇に置く。そうして、厚い扉を開いた。

先頭に立って入ろうとしたエルンストを庇《かば》うようにガンチェが立つ。百年以上閉じられていた蔵の内部には重い空気が漂う。扉がひとつ開いただけでは風も通らない。どんよりと籠った空気特有の匂いがした。

目が慣れるまでエルンストは足を止めた。蔵には明かり取りの窓もない。開けられた扉から差し込む陽の光のみで、薄暗かった。

「色々と置かれていますよ」

さすがダンベルト人と言うべきか。クルベール人が誰ひとりとして暗闇に目が慣れていないときから、ガンチェの目は的確に蔵の様子を捉えていた。

「食器や家具、それに敷物などもあるみたいですね」

エルンストの目にもようやく見えてきた。ガンチェが言うように、あらゆる品物が整然と置かれていた。

「これは……！」

シングテンが棚へと駆け寄る。無理もない。遠目に見てもそれなりの品だとわかる。少なくとも、鍵をなくされ百年以上も放置されて然《しか》るべき品ではない。

エルンストは山と積まれた品々を仰ぎ見て、先代領主たちに感謝した。


「エルンスト様。蔵から色々と出てきたようですね」

タージェスが執務室に入ってくるなり言った。

「ああ、そのとおりだ。メイセンを治めた領主たちはみな、人を驚かせるのが好きだったようだ」

書類を書く手を止めて、エルンストは笑った。

「……どういうことです？」

首を傾げたタージェスを促して大机を囲む椅子に座らせると、エルンストはいくつかの紙の束を手に、向かい側に腰かけた。

「これは、蔵から一緒に出てきたものだ」

数枚の紙を手渡す。全ての紙片にざっと目を通したタージェスは、驚いて顔を上げた。

「あの蔵は、仕組まれた宝箱だったのですね……」

タージェスが漏らした感嘆の声にエルンストも頷く。それぞれの紙片には、困難な事態を迎えたときにはこれを使え、と違った名の領主たちが同じような文面で書いていた。先代領主たちは次代の領主を案じ、それぞれの時代の品を贈り物として遺《のこ》してくれたのだ。

「洒落《しゃれ》た人たちではないだろうか……私も、次代の領主に向けて贈り物が遺せるよう、努めたいものだ」

最後の言葉は自分に言い聞かせるようにエルンストは呟いた。

先代たちからの思わぬ贈り物はエルンストの窮地を救った。

「エルンスト様。あの品をお売りになって、民から税を集めるのはやめますか？」

タージェスの問いにエルンストは首を横に振った。

「なぜでしょうか。あれを全て売れば、この先十年くらいは民から税を集めなくてもいいと思うのですが……」

十年というのは大袈裟《おおげさ》で、せいぜい五年がいいところだ。とはいえ現在、生活に困窮している民にとってはこの上ない恩恵となろう。

だが……。

「どのような状態になろうとも、民に税は課す。確かに、全てを売れば数年間、民から税を集めなくとも私が国に納める分は賄える。しかし、それでは民のためにはならない。義務を課されない者が果たして、成熟した大人と成り得るだろうか」

自分と同じ、タージェスの青い目を見つめる。

「適度な苦しみを伴う義務というものは人を成長させる。税を納める必要がなくなれば民は助かるだろう。喜ぶだろう。だが、そのような喜びはすぐに消え失せる。自らに与えられた恩恵を当然だと甘受《かんじゅ》し、それ以上のものを求めるようになる。そして他者の痛みにも気づかず、周囲に対する要望だけを口にするようになるだろう」

蔵から出てきた紙片に目を落とす。数百年前のものもあったが、閉め切られた蔵の中でその紙が色褪せることはなかった。今書かれたかのような鮮やかなインクの色。領主たちの思いが手に取るようにわかる。

品を足していった領主たちの時代が全て、満たされていたわけではない。抗い難い困難が起こったときには先代の贈り物を使用している。だがそれも最小限に抑え、最終的には僅かながらも足して、次世代に贈っていったのだ。

「……そうですね。そういうものかもしれませんね。それに、別の商売で大儲けしたからと、店の商品を配る商人はいませんものね」

タージェスの喩《たと》えにエルンストは笑った。

「先代からの贈り物は今年の足りない税に充《あ》てる。そして、残りはこれのために使おう」

エルンストは傍《かたわ》らの封筒をタージェスに差し出し、本題に入った。

「タージェスを呼んだのは、これを届けてほしいからだ」

「こちらは……？」

上等な紙を使い、メイセン領主の印で封印している。誰の目にもこれが、正式な文書であることがわかる。

「王都の諮問《しもん》機関へ届けてほしい」

エルンストのその言葉に、封筒へ伸びていたタージェスの手が止まる。

「諮問機関ですか……」

国の中枢にいるのは元老院を構成する十三人の貴族だった。国に対する要望があっても、元老院で協議され承認されたものでなければ国王の耳に入れることもできない。だがその元老院で協議されるためにはまず、諮問機関の承認を得なければならない。文書で諮問機関に要望を伝え、そこで承認された案件のみが元老院へと渡る。そこで初めて案件の提案者が呼ばれ、元老院で幾多の質問を受け、説明し、承認を得る。それでもまだ、国王に却下されることもあった。

メイセンから王都まで往復すれば一ヶ月はかかる。そして王都に滞在して諮問機関の返答を待たなければならない。その上、めでたく元老院で協議が行われる場合、エルンストはそれに出席しなければならない。少なくとも二回往復するための旅費、及び滞在費が必要だった。その高額な費用を考えると、谷の整備はこの先二十年は要望として上げることさえできないと思っていた。しかし先代からの贈り物をいくつか売却し、その費用を捻出《ねんしゅつ》する算段ができた。

「リンツ谷の整備について、まずは第一関門を通したい。王都に明るく、諮問機関と対峙《たいじ》させても見劣りしない者を派遣したい。我がメイセンでそういう人物は、タージェス以外に思い当たらないのだ」

エルンストがそう言って微笑むと、タージェスの顔がみるみるうちに歪んだ。

「諮問機関に手紙を渡すだけでしょう？　ならば、私でなくとも……」

「いや、そういうわけにはいかない。確かに私の手紙を渡すだけなのだが、受け付ける者は抜かりなく、持参した者の様子を観察しているものだ。受け取った者が、相手を軽んじていいと判断すれば、諮問機関に渡されることもなく文書が廃棄されるだろう」

「……元、皇太子様であられるエルンスト様からの手紙を軽々しく破棄する者などいるでしょうか」

　タージェスが王都行きを渋る。

「私の手紙だからこそ、破棄される可能性が高い。もし、みすぼらしい者を派遣した場合、その者の過失にされて手紙自体をなかったことにされるだろう。私の手紙を見てしまえば、それなりの対処をしなければならないと諮問機関は思うはずだ。だからこそ、持参した者の過失を作り出されないように、見ただけで圧倒されるような立派な人物を送り込まねば」

　むっつりと閉じられたタージェスの口から唸《うな》り声が聞こえた。

　タージェスが持つ騎士の位は貴族の次に順位が高く、タージェスには、騎士だと言われれば確かにと頷きたくなる威圧感があった。僅かにでも慣れてくれればこれほど親しみやすい人物もいないだろうが、黙って立つタージェスには近寄り難い雰囲気がある。さすがにメイセン領兵隊は気安く接しているが、民は未だにタージェスを遠巻きに見ていた。

「隊の訓練もあるだろうし、隊をふたつに分けるための作業もあるだろう。忙しいのはわかるのだが、頼まれてはくれないだろうか？」

　どうにか宥《なだ》めてみる。タージェスは両腕を組んだままだった。

　重い空気が流れ、エルンストは内心で溜め息をつく。ガンチェと違ってどのように宥めていいのか全く見当がつかない。

「諮問機関を無事に通らなければ元老院で協議されることはない。協議では、私がどのようにしてでも必ず、案件を通してみせる。それでも、国王陛下の御判断如《い》何《かん》では却下されることもあるだろう。だがメイセンの民のために、私にできることは全てやっていきたいのだ」

　高い位置にあるタージェスの顔を窺う。わずかに、表情から硬さがとれたような気がする。

「一度では通らないかもしれないが元老院に繋げられるまで、私は何度でも要望を上げ続ける。そして国王陛下の許可が下りるまで決して諦めない。その第一段階を通すための手助けを、してはくれないだろうか……？」

　エルンストが深々と下げた頭に、タージェスの重い溜め息が聞こえた。

　ゆっくりと頭を上げると、タージェスが苦虫を噛み潰したような顔で渋々と頷いた。


　副隊長のアルドとガンチェ、領兵らと並んで、王都へ向かうタージェスと第一小隊長ブレスを見送った。

　アルルカ村まで馬で行き、村に馬を預けてから谷を越える。そしてリンツ領で馬を買い、王都へと駆けていくのだ。騎士の位を持つタージェスの騎乗は見事なものだ。ブレスは少々見劣りしてしまうがそれでも訓練を重ねている。メイセンの負担を思えば旅程は短いほどよい。タージェスはできるだけ駆けていくと言っていた。諮問機関の返答を受け取り帰還するまで一ヶ月程度とエルンストは見ていたが、タージェスとブレスの騎乗の腕前から考えれば二十日ほどかもしれない。

　エルンストが託した手紙は諮問機関に必ず受理されるだろう。受理せざるを得ないような工夫を文面にこらしている。故《ゆえ》に、諮問機関を通るかどうかということについては、何ら案じてはいない。エルンストが一番気にかけているのは、元老院をどう通すかだった。

　小さくなっていくふたりの後ろ姿を見ながら思案した。タージェスは、王都にいい思い出がないようだ。タージェスのためにも一度で通したい。

　ふと、空を見上げた。いつの間にか雪雲を見ることもなくなった空だ。淡い青色をした、遅い春を感じさせる空だった。


　それから二十一日後。

　エルンストの予想どおり、諮問機関の受理印が押された文書を手に、タージェスとブレスが戻ってきた。

「次はエルンスト様が王都へ向かわれるのですか」

　執務室に入り、自身専用の大きな椅子に腰かけてガンチェが聞いてきた。

「ふむ。元老院の協議に出る者は領主でなくても構わないが、メイセンの場合、私が行ったほうがいいだろう」

　リンツ谷の整備など簡単に通る案件ではない。その整備費には国家予算の数年分が必要となるだろう。何とかして破棄に持ち込もうとする元老院を説得するためには自分が行ったほうがいい。そもそもメイセンで、領主の名代《みょうだい》として遣わすことができる人物をエルンストは思い当たらないのだ。

「供《とも》は……誰にするのですか？」

赤茶色の目を不安に揺らめかせて聞いてくる。

「まずは……ガンチェだ」

ふっと笑ってそう言うと、弾けるような笑みを返してきた。自分の半分しか生きていない年下の伴侶が可愛くて仕方がない。

「それからタージェスか……駄目ならアルドだな」

タージェスのあの様子では二回目の王都行きは拒否するかもしれない。

「あとは数名の領兵となる。あまりに多くで行くと旅費が嵩《かさ》むが、今回は国に納める税も持参する。少ない人数では盗賊に襲われたとき、防ぎようがない」

「エルンスト様、ご安心ください。盗賊など、私が蹴散らしてやりますよ」

エルンストの不安を感じ取ったのか、どん、と胸を叩いてガンチェが言った。

「ふむ。しかし、盗賊の中にはグルード人やダンベルト人もいると聞いた。ガンチェは強いが、もし盗賊が、ガンチェの見知った者だとしたら……」

「ご心配には及びません。我々グルード郡地の種族はたとえ親兄弟であろうとも、敵として対峙したときには躊躇なく戦える種族です。私もそのように教育されていますから大丈夫ですよ」

ガンチェの言葉に微かに笑って頷きながら、エルンストはふと考え込んだ。

教育というのは恐ろしい。間違った教育をされようとも、受けた者はそれが正しいと信じ込み物事を判断する基準とする。

だが同時に、教育というものは脆《もろ》くもある。この世で起こる物事は自分の感情も含めて、教育が示すように画一的で単純ではないからだ。

かつてエルンストが、国益のために国民の命を棄てることは正しいと教育されていたにもかかわらず、馬一頭の犠牲に衝撃を受けたように。エルンストが受けた教育では、自分の命を救うために馬を犠牲にしろと言うだろう。だが実際には、生きている者を棄てて自分が助かる道は簡単には選べないのだ。

ガンチェが言うように、相手が誰であろうとも戦場で対峙すれば敵と味方に分かれて戦わなければならないだろう。だがそれを本当に、すぐさま、躊躇なく、選ぶことができるのだろうか。ガンチェを疑っているわけではない。ただ、ガンチェは優しい。その優しさが躊躇を生み、彼の命を脅かす事態を招きはしないか。エルンストはそれを案じた。

2

タージェスが戻ってきてから二十日後、エルンストは王都へ向けて出立した。

まずはアルルカ村まで馬車で進む。御者は第一小隊長ブレスが務めた。エルンストの馬車を四人の騎馬が取り囲む。先頭はタージェス。諮問機関へ行くのをあれほど渋っていたタージェスだが、エルンストが王都へ行くと聞いて、その随行者には真っ先に自分の名を挙げた。

王都への道を往復し、その街道が非常に危険な道だとタージェスは判断したらしい。随行者の選別をエルンストが指示したとき、迷わず自分と第一小隊長ブレス、そして第一中隊長メイジ、第二中隊長ミナハの名を挙げた。もちろんガンチェも含まれている。

エルンストが王都へ入るのは一年ぶりだ。一年前、エルンストが王都からリンツ領へ向かったときはそれほど危険とは感じなかった。タージェスが騎士の目で見て、危険と判断したのだろう。

馬車に揺られながら足下に置かれた箱に目をやった。ひと抱えほどの大きさの箱には丁寧で華麗な装飾が施され、内部には美しい絹が張られている。箱の中身は金だ。

エルンストでは持ち上げられないほど重い木箱には、それ以上の重さが詰まっていた。それは、メイセンの民が地を這うようにして稼いだ金なのだ。

アルルカ村で馬車を降りる。エルンストの馬車と領兵たちが乗っていた馬は、共についてきた第二小隊が連れ戻る。

リンス国は名馬の産地なのだがリンツ谷を渡れないため、メイセンで使われる馬はリュクス国から仕入れなければならない。痩せた馬を高値で売りつけられ、それでも買わねばならないのがメイセンだ。買った馬を繁殖させどうにか増やしたが、現在頭数十五頭。

　ガンチェが乗っていた馬を見上げる。格別に大きくて立派な馬だった。馬番の兵士が大事に大事に育て、痩せた馬から生まれた仔を大きくした。リンツ谷を馬が渡れるようになればリンス国産の馬を仕入れることができる。あの兵士なら、もっといい馬を与えれば、もっといい仔を育てるだろう。

　僅かな時間ではあったがアルルカ村を見ていく。村には出稼ぎ者が戻り始めていた。キャラリメ村やイベン村との共同作業について説明を受けたのだろう。朽《く》ちかけていた織り機を引っ張り出し修理していた。敷物を作ったところで売れるのか、それが高値になるのか誰にもわからない。それでも僅かに見えた光明に縋りつくように村人らは動いていた。何もかもを諦めていたアルルカ村の民が再び、何かを信じようとしている。アルルカ村の民にとってそれがどれほど大きなことか、エルンストにもわかる。

　エルンストは民たちが少しずつ、いい方向へ動き出したことを感じていた。屋敷でひとつになったと思えた民たちではあったが、村へ戻ればその心を忘れてしまうのではないかと案じていたのだ。しかし村に戻り、彼らは村人を説得していったのだろう。難しいことを言う者もいただろうに根気強く、説得したのだ。

　アルルカ村を背に、エルンストは森へと足を踏み入れる。民が成し遂げたことをエルンストも見習わなければならない。元老院の壁がいかに厚かろうと、崩さなければならないのだ。

　メイセンからリンツ谷を渡って出稼ぎに行く者は毎年七十人を超える。しかし、全員が無事に谷を渡れるとは限らないのだ。不幸なことに十年にひとりの割合で、谷で命を落とす者が出てくる。リンツ谷が整備されれば馬も物資も運びやすく、民も無事に渡れる。たとえ雪深い冬であっても子らが気軽に渡れるようになって初めて、メイセンの民はリュクス国ではなくリンス国を見るようになるのではないのだろうか。

　初夏が近づき、森の雪は日陰に残るのみとなっていた。エルンストの足下では草花が風に揺れ、温かな命の匂いに森は溢れている。

　エルンストが以前この森を通ったのは、冬の始まりだった。あのときのエルンストは何も知らない、王宮で詰め込まれた知識が全てだと信じる何の経験もない者だった。しかし今、半年以上をメイセンで過ごし新たな目で見てみると、アルルカ村が抱えるこの森は非常に豊かに見えた。少なくとも、グルード郡地の影響を強く受けているイイト村のウィス森よりは遥かに御《ぎょ》しやすく見えた。以前は大きいと思った木だが、ウィス森の巨木を見た後では小さく見える。

「これならば、満足な道具さえあれば倒せるのではないだろうか」

思わずそう呟くと、前を行く第一中隊長のメイジが振り返った。まだ随分と若いが、槍を扱わせれば彼の右に出る者はいないらしい。

「そうですよ。領主の森の木もこれと同じくらいの大きさですが、我々は伐り倒していますからね」

領主の森と呼ばれるメイセン領主が抱える森に、エルンストはまだ入ったことがない。

「ふむ……領兵らが使う道具は、どのようなものだろうか」

「斧ですが、全て刃がこぼれています。鍛《きた》えてみたいのですが、鉄を鍛えられるほどの火力を作り出すことができませんからね」

メイジと並んで歩く第二中隊長ミナハが言った。いざ戦いが起きたときには七つある小隊を三つに分けて三人の中隊長が率いる。タージェスが隊長となって半年後、このふたりを中隊長に抜擢《ばってき》していた。ふたりとも七人の小隊長よりも若かったが、それぞれ武器の扱い方、隊の統率力に優れていた。

ミナハはその背に大きな弓を背負っている。彼は弓の名手だと言う。

地下資源である鉄はヘル人たちが掘り出す。身長一メートルにも満たないヘル人が築いた国は地上に三つ、地下に四つある。シェル郡地にもコビ国というヘル人の国があった。

どの郡地にも地下資源が眠っているというが、ヘル人だけが地下資源を探し出す技術を持つ。彼らはそれを掘り出し、売り渡して利益としていた。

武器を作るにも農具を作るにも鉄は必要だが、鉄をより強く鍛えることができるのはシスティーカ郡地の国々に限られている。なぜならばシスティーカ郡地には強力な火炎を作り出す自然環境があり、それを操る技術を人々が持っているからだ。

武器も道具も、もちろんリンス国でも作っているがその強度を考えればやはり、システィーカ郡地のものを揃えたい。良いものだけに値が張るが、多少無理をしてでも道具にかける金を惜しんではならない。

ふと、自分を取り囲む領兵たちの武器を見た。ガンチェもタージェスも武具に金を惜しまず、ふたりの武具は全てシスティーカ、それも一番質のいいルクリアス国で作られたものだと言っていた。メイジとミナハの槍と弓はタージェスが与えたものだと言うからルクリアス国のものだ。傭兵をしていたブレスは、システィーカ郡地のムテア国で作られた剣を持っていた。しかし防具はどうしようもなかったのか、ガンチェとタージェス以外は領兵に与えられる粗末な鎧だった。

ガンチェが漠然《ばくぜん》と覚えていた武器と鎧の金額を頭に浮かべ、メイセンの領兵全てに与えた場合の必要額を算出する。

先代領主たちの品を全て売り捌《さば》いたところで到底、届かない金額だった。


リンツ谷を渡る手前で夜を過ごし、翌朝谷を渡る。初冬の時季に渡るより今のほうが安全らしい。だが相変わらず谷底は深く、吹き上げる風が強い。

「まず私が渡ってみます」

そう言ってブレスが縄を腰に結《ゆ》わえ谷を渡った。いくつかの小さな石を谷底に落としながらも無事に渡りきる。冬場に比べて岩が凍りついておらず足下が滑るということはないが、その分、一つひとつの岩が離れていて踏み込む場所を間違うと岩がぐらぐらと揺れている。

かつて傭兵として出稼ぎに行き、何度もこの谷を渡ったブレスでさえこれなのだ。鎧の入った箱を背負っているせいかもしれないが、しかしそれはこれから渡るミナハやメイジ、タージェスも同じなのである。ガンチェなど、鎧の入った箱とは別に、金の入った木箱まで背負っていた。

「ブレスが通った場所が安全ですから、エルンスト様、あのように渡っていただけますか」

タージェスに言われ、緊張で強張る首でどうにか頷いた。だが、エルンストの腰に縄を結わえようとしたタージェスを制し、ガンチェが抱き上げてくる。

「大丈夫ですよ。エルンスト様は私がお運びします」

「待て、ガンチェ。あの狭い岩場をどうやって渡るつもりだ？　俺は、お前を最後に渡らせようと思っていたんだ。ただでさえ俺たちより余分な荷物を背負ったお前の重量を考えれば、あの谷がもちこたえるのか気掛かりなんだ」

　タージェスが慌てて止めに入るが、ガンチェは構わずエルンストを抱き上げたまま谷に向かって立つ。ガンチェに抱かれたまま谷底を覗《のぞ》き込むと、より一層、深く感じられた。だが不思議と恐怖は感じなかった。ガンチェが大丈夫と言えば、それは大丈夫なのだ。

「よい。ガンチェに任せよう」

　エルンストはそう言うと、ガンチェにしっかりとしがみついた。

　ガンチェはいつものように、片腕にエルンストの尻を乗せるようにして抱いていた。

「では、行きますよ」

　楽しそうに笑みまで浮かべて言うと、ぐっと屈《かが》んで一気に跳躍《ちょうやく》した。

　驚くタージェスやミナハ、メイジの顔があっと言う間に遠のく。エルンストの髪がふわりと風に舞い、冷たい風を頬に感じた。エルンストは空を飛んだのかと思った。冷静な頭が空を飛んでいるのではなく、谷を飛んでいるのだと教える。あの谷底が、この身の下に広がっているのだと。だが、少しも怖くはなかった。

　目の端で捉えるガンチェは笑っていた。子供がおもしろがって水溜りを飛び越えるような顔をしていた。

　エルンストもなんだか楽しくなって一緒に笑った。

「……心臓が止まるかと思ったぞ……」

　後から渡ってきたタージェスが、開口一番そう呟いた。

　ガンチェは岩場に一度足を着けただけで、クルベール人が三十歩で渡る谷を飛び越えた。

「ダンベルト人は別名、月の狼と言われているんですよ。それは夜目が利くということと、跳躍力が優れていることから来ているんです。上に跳び上がるのはダイアス人のほうが優れていますが、このように前に進む跳び方ではダンベルト人のほうが勝ります。我々は岩場を駆け上がることもできますよ」

「すごい跳躍だ。私は風になったような気分だった」

　エルンストは素直に感嘆の思いを告げる。ガンチェはもっと誉めてほしいのか身を屈めるので、エルンストは爪先立ちで背伸びをし、その茶色の頭を撫でてやった。

　メイジ、ミナハのふたりが辿り着くまで頭を撫でて

やっているエルンストを、タージェスが呆れたように見ていた。

以前通ったときは風が横から叩きつけてきて体が飛ばされそうだった岩の平原は、驚くべきことに花畑となっていた。色とりどりの小さな花が優しい風に揺れている。短い春を一斉に楽しんでいるかのようだ。

大恩ある狩人の小屋を訪ねた。春から秋にかけては、山民《やまたみ》である狩人は特に忙しいらしい。無人の小屋の前で狩人の帰りを待つことにした。小屋に着いた時点で随分と陽は傾いていた。急いでも森の中で幾日か過ごさなければならない。このまま進むこともないだろう。

赤い夕日が向かいの山々に沈む頃、四人の狩人たちが戻ってきた。

こちらを見て警戒するように足を止めたが、エルンストが声をかけると早足で寄ってきた。挨拶をし、握手を交わす。相変わらず厚い皮膚の、力強い手だった。

狩人たちは歓迎の酒宴を開いてくれた。事前にわかっていればもっとましなものを出せたのにと言いつつ、メイセンでは考えられないほど豪勢な料理が出た。鳥、鹿、猪、兎などの肉に多くの野菜、それらが焼かれ煮込まれ、香草が使われる。かつては質素だと思った料理が今は、豪勢な料理だとしか感じられない。五人の領兵にエルンスト、そして四人の狩人では小屋に入りきらない。満天の星の下、大きな火を囲み賑やかな食事となった。

山の空気は澄み渡り、星は近く大きく、眩《まぶ》しく瞬く。初夏が近いとはいえ、夜気は冷たい。だが、みなで囲んだ大きな火は暖かだった。

メイセンの生活を語り、冬山でどう過ごしたのかを聞いた。リンツ領の生活について聞き、谷を整備したいのだと話した。整備されれば人の行き交いが増え、狩人らの生活が煩くなってしまわないかとそれだけを案じたが意外にも、狩人は人が増えることを歓迎した。山で男四人、顔を突き合わせて生活していると息が詰まる。人が行き交えば活気が出ていいだろうと笑い合っていた。

それに、と年長の狩人が続ける。谷で人が死ぬのはもう見たくない。その言葉で残りの狩人たちも、ブレスらメイセン出身の領兵たちも、しんみりと頷いた。

谷底に落ちた知人のために、彼らは黙って一杯の酒を呑み干した。

途中までを狩人に見送られ山の中を進む。メイセンではまだ屋敷の周りに雪が積もっていたが、こちら側ではすっかり消えている。以前は馬に乗らなければ進むことのできなかった山の中を、エルンストは自分の足で歩く。リンツ領の山は豊かで、木々は通常の大きさと太さだった。夏が近づき、あちらこちらで獣の気配が濃く感じられた。

半時も歩かないうちにエルンストの息が上がり出す。登りより下りのほうが体力を使うのですよとブレスが慰めてくれたが、自分の体力のなさに情けなくなってくる。意気消沈するエルンストをガンチェが苦笑して抱き上げてくれた。

ふた晩を山の中で過ごし、日中はガンチェに抱き上げられて進み、三日目の夜、リンツ領の町に着いた。

ひと晩、町の宿で疲れを取り、翌朝エルンストは旅装から着替えてリンツ領主へ会いに行く。前日遅く町に着いたときに予めメイジを遣いに出していたのだが、エルンストは昼過ぎまで待たされた。ポット一杯の紅茶だけでタージェスとふたり、延々と時を過ごす。

「いつまで待たされるのでしょうね……。こんな仕打ちを受けてまで会わなければならないのですか?」

タージェスが指で苛々《いらいら》と机を叩く。

「リンツ谷の整備をするとなればリンツ領主の協力なしにはできない。元老院に話を持っていくにしても、まずはリンツ領主の賛同を得ていたいのだ」

待たされるだろうことは予測できた。エルンストがメイセンを発ったのは、タージェスが諮問機関からの返答を手に帰還してから二十日後。諮問機関から元老院に話が渡り、元老院を構成する貴族、あるいはその近くの者がリンツ領主へ耳打ちするには十分な時間だ。

メイジを遣いにやったときには、隣地領主として挨拶に伺うとだけ報せている。それをこのように待たせるということは、エルンストが自分を訪ねてくる本当の理由を知っているからに違いなく、だとしても、どのような態度で接していいのか決めかねているのだ。

整備が国費で賄われなかった場合、リンツ領との折半《せっぱん》で行えることがメイセンにとっては望ましい。もちろん、万が一、国とリンツ領、どちらの持ち出しもなかったとしても、エルンストは整備を行う。そのような場合、金を出さなくてもいいから口も出してくれるなと交渉しなければならない。

待たされるという状況にあまり慣れていないのか、タージェスは部屋を歩き回ったり、こつこつと机を叩いたりと忙しい。エルンストはそんなタージェスの様子を黙って見ながら頭の中で思案を続ける。

これほど待たされるということと、事前に調べた情報でリンツ領主の人となりは予測できる。エルンストとリンツ領主と交わすいくつかの応酬を考える。リンツ領主の返答次第により道が変わる。幾通りかの道を考えた。二十通りを考えたところで、エルンストは心の中でゆっくりと笑みを浮かべた。

リンツ領主を下すのは容易《たやす》い。

エルンストはそう判断し、心は早くも元老院へと向かっていた。

「谷が整備されたとしても、こちらには関係がありませんから……」

リンツ領主が周囲を気にしながら言う。

「ふむ。関係、ないだろうか」

「あ、いえ、その……もちろん、全く関係ないというわけではありませんが……」

尻すぼみに消えていく領主の言葉を引き継ぐように、リンツ領兵隊隊長が口を開いた。

「谷が整備されれば、メイセン領民が多くこちら側に流れてくるでしょう。そうなれば、治安の問題もありますよ」

まるで、メイセン領民がならず者であるかのような言い草だ。隣に座るタージェスの体が緊張したのを目の端に捉え、刺激しないよう、エルンストは鷹揚《おうよう》に答えた。

「確かに。メイセン領民は貧しく、領内で働いただけでは生活をすることもできぬ。他領地に出稼ぎに行かねばならず、この点について、領主として詫びよう」

だが言葉に反して、エルンストは僅かにでも頭を下げるということはせず、続けた。

「メイセンの領主として、私は未熟者だ。メイセンの全てを知り尽くしているわけでもない。故に……できれば教えてくれないだろうか？　リンツ領で、メイセンの民はどのような面倒事を起こしたのだろうか？」

エルンストの問いかけに、リンツ領兵隊隊長はぐっと息を呑んだ。

「そ……それは……その……」

何も言えるはずがない。過去五百年間において、メイセン領民が他領地で捕らえられた事実はない。

かつて、出稼ぎ者が起こす問題が各地で頻発したことがあった。暴力、盗み、果ては殺人まで、住み慣れた土地を離れてただひとり、働くということの苦難から生じた犯罪も多い。だが貧しい領地は、出稼ぎを行わなければ立ちゆかない。

今から五百年前、自領地の領民が他領地で問題を起こした場合、領主は領民に代わって責を負うと法で定められた。だが現実には、出身地の村や町が賠償を行うことが多い。村がひとつとなって助け合い生きていくメイセンにおいて、同じ村人に迷惑をかけるような行為を、メイセンの出稼ぎ者がするはずがなかった。

「ですが整備を行うと決まった場合、国の役人や作業者がやってくるでしょう？　そうなればリンツ領が多くの余所者《よそもの》を受け入れなければならなくなります。外の者が増えれば、領内が乱れるものです」

リンツ領侍従長がそう言うと、ゼンダイ町の長が頷いた。

リンツ領には七つの町が点在し、村は二十三。領内には王都へと続く街道も持っている。街道を渡る者を相手にする商売は確実で、損失も少ない。なぜならば、王都へ税を納めに行く領主の使いが一年に一度は必ず、この街道を使うからだ。

ゼンダイ町はリンツ領のほぼ中央に位置し、街道を使う者の休息所となっていた。ゼンダイ町の長は、メイセンではまず見つけることもできぬほど、肥え太っている。言葉の端々に、メイセンを侮蔑《ぶべつ》する態度も見て取れた。

この場に同席したのはリンツ領主と領兵隊隊長、侍従長と料理長、そしてゼンダイ町の長である。なぜに料理長がいるのか謎だが、町の有力者が同席しているのもエルンストには理解しがたい。だが先ほどからのリンツ領主の様子で、おおよその見当はついた。

リンツ領主は、ひとりでは決断できない人物なのだ。より多くの者たちに聞き、声の大きな者の意見を取り入れる。優柔不断で決断できず、領主としての覚悟もない。

エルンストは、正面に座るリンツ領主を静かに見る。リンツ領主はエルンストと目を合わすこともできず、机に視線をやっていた。俯いているわけではない。軽い笑みを貼りつけて、大きな机の中央に置かれた花を見ていた。

エルンストは内心で、ふっと笑う。リンツ領主は、思っていたとおりの人物のようだ。

エルンストが皇太子であった頃、いずれ国を治める者の当然の義務として、各領主の行いをつぶさに見ていた。領地の治め方、罪の裁き方、課した税の利率。不思議なことに、それらを調べれば調べるほど、各領主の性格がぼんやりと見えてくる。

リンツ領主のやり方は、一貫性のあるものではなかった。税の利率でさえ、ころころとよく変わる。それはまるで、数年おきに領主が代替わりしているように感じた。これがひとりの領主が行ったことであるとすればそれは、よほど移り気な人物か、あるいは周囲に迎合《げいごう》しすぎる者であろうとエルンストは捉えていた。

実際にリンツ領主と対面し、エルンストは判断する。どうやら、後者であったかと。

エルンストはゆっくりと、居並ぶ者たちを見ていく。

この者たちは多分、王都をその目で見たことはない。リンツ領主ならば一度くらいは行ったこともあるだろうが、この者はよい。この場で御すべきは、領主ではない。

エルンストは何気ない風を装い、口を開いた。

「確かに、そうであろう。まずは、測量技師だ。谷の整備を行うとは言っても、すぐさま工事にかかれるものではない。まずは測量を行う。その後で工事が始まる。そうなれば多くの作業者がやってくる。数にして……数百というところだろうか」

エルンストの言葉に、リンツ領の面々が息を呑む。

「そ……それほどの数を、我が領地で抱えることは不可能です」

焦りの色を隠せぬ侍従長に、エルンストはゆっくりと頷いた。

「そうか……ならば、仕方あるまい。整備のできていない谷とはいえ、渡れぬことはない。メイセンの民が案内すれば、土地の者ではなくとも渡れるだろう。全ての作業者と監督官は、我がメイセンに滞在させよう」

ほっとしたように息をつく侍従長を目の端で捉えながら、エルンストは続けた。

「となれば、まずは町を作ろうか」

そう言うと、傍らに控えるタージェスに顔を向ける。

「町……でございますか」

「そう、町だ。王都から来る者たちを、まさか野宿させるわけにもいくまい。町を作り、宿泊施設としよう。もちろん、食事の提供も。……ああ、そうだ。土産なども買っていくかもしれぬ。彼らがメイセンで金を落とすよう、余所者が欲しがるようなものを揃えるのだ」

微かに笑みを浮かべたエルンストに、ゼンダイ町の長が焦って口を開く。

「いやいや、町を作るとは言っても、そう簡単ではありませんよ。商人の位を持つ者が必要となりますし、それに……品物も必要です。あのメイセンで、そう簡単に手に入るわけが……！」

「心配には及ばぬ。フォレア町を移動させればよいのだ。あの町はもともと、リンツ谷を渡って商売を行う者たちだ。ならば、谷に近いほうが便利であろう。それに、谷の整備はたちまち行われるものではない。測量だけでも数年を必要とする。ならばメイセンが品を作り、在庫を増やしておけるだけの時もある」

ゼンダイ町の長の、歯軋《はぎし》りが聞こえてくるように感じた。

「だがやはり、そなたの言うように簡単ではない。フォレアの民も、今暮らす土地に愛着もあるだろう。私としても、あの危険な谷を渡らせるようなことはさせたくはない。このリンツ領に滞在できれば、どちらにとってもよいことなのだが……」

案の定ゼンダイ町の長は、エルンストが見せた水にすぐさま飛び込む。

「そ……そうでしょうとも！　そうでしょうとも！　我がゼンダイ町であれば数百であろうと面倒見れますとも。いや、大したことはない。宿泊所を二、三十作ればよいだけだ」

はっはっはっと笑い出したゼンダイ町長に向けて、領隊長が顔を歪める。

「しかし、治安はどうする。一度にそれほどの数を抱え何かが起きたとき、領兵隊だけでは抑えられぬぞ」

リンツ領は国境地ではない。そのため、領兵隊の仕事の多くは領内の治安活動となるが、リンツ領の街道を襲う盗賊は少ない。

リンツ領主の屋敷に向かう前、タージェスがゼンダイ町を見回っていた。領兵が多くたむろしていたが訓練を受けた身のこなしではなく、締まりのない体つきであったと言う。

エルンストは、斜め右に腰かけたリンツ領兵隊隊長を見る。黒ずんだ顔、どんよりと濁った目は、過ぎた酒のせいか。机に置いた手の指先が小刻みに震えている。

「一時に多くの余所者が流れてくれば、治安は乱れるであろう」

「おお、そうだ。よくわかっているな」

エルンストに対する無礼をリンツ領主が慌てて窘《たしな》めたが、領隊長は片手で振り払って続ける。

「ゼンダイ町だけを守ればいいというものではない。領兵隊は、リンツ領全ての治安を預かっている。この町だけに集中させるわけにはいかない」

自説を披露し得意満面な顔に向けて、エルンストはさりげなく小さな小石を投げ入れる。

「確かに、そうであろう。領兵隊とは、領地全ての治安を預かるものだ。我がメイセンの領兵隊も、メイセンの安泰を守っている。だが……近年、それが難しくなっているのだ」

ふぅと溜め息をつき、エルンストは続けた。

「知ってのとおり、我がメイセンは非常に貧しい。その上、民の数が減少している。領兵隊に入る者がいないのだ。領主が命じたところで働き手を失えば、村や町が立ちゆかなくなり、しいては、メイセン自体が倒れる。それではリュクス国が攻め入ったとき、我がメイセンは一時も耐えることができぬ」

エルンストの言葉に、領隊長は馬鹿にした笑いを吐き出した。

「リュクスがメイセンに攻め込む？　馬鹿な……」

「ふむ。過ぎた不安であろうか。だが王族なぞ、気まぐれなものだ。他国との関係など露《つゆ》とも考えず、命じるかもしれぬ。メイセンを、獲《と》ってこいと。そしてリュクスの力をもってすれば、メイセンなど簡単に手に入る。リュクス国兵が百人でも入ってくれば、それで終わりだ」

元王族であるエルンストの話は説得力があったのか、リンツ領主が青ざめる。

「そのとき私はメイセン領主として、民の命を守らねばならぬ。リュクスが土地を差し出せというのならば抵抗することなく、差し出すだろう。そうなれば……ここ、リンツ領が国境地となる」

そう言って領隊長に目を合わせると、黒ずんだ顔が一層どす黒く変わる。メイセンが果たす役割を、酒に溺《おぼ》れた頭でも気づいたか。

「リュクス国の力なら谷の整備も早晩行われ、そうなれば阻《はば》むものもなく、敵はリンツ領へと雪崩れ込む……」

領隊長のみならず、リンツ領主も震え出す。

「国境地に課せられる領兵の数は千では足りぬ。我がメイセンとは違い、自然の城壁を持たぬ故に、リンツ領は兵だけで守らねばならぬ。また、隣地グリース領は豊かな耕作地を持つ。この地を失えばリンス国の損害は甚大《じんだい》である。ならばこそ、この地で必ず打ち砕けるよう、リンツ領が抱える兵の数は数千に及ぶ」

実際には他国の侵攻に一領兵隊が立ち向かえるはずもなく、そのような事態が生じた場合は国軍が駆けつける。リンツ領兵隊の役目は、国軍兵が到着するまで耐え抜くことだ。とはいってもやはり、リンツ領兵隊は今の数倍は必要となる。

「予め谷が整備されていたならば、我がメイセン領兵隊は何としてでも、国軍が駆けつけるまで耐え抜くのだが……」

呟くように言ったエルンストの言葉に、リンツ領兵隊隊長が縋りつく。

「耐えられますか……？」

「もちろん。我がメイセン領兵隊隊長は、かつて国軍に籍を置いた騎士である。そして我が伴侶は、戦闘の民ダンベルト人である」

エルンストが誇らしげにそう言うと、リンツ領主は初めて視線を合わせた。

「おお！　何と、素晴らしいことでしょう。いや、メイセン領兵隊隊長殿は立派な人物であると先ほどから拝見させていただいていましたが、国軍の方でありましたか。それに、騎士の位をお持ちとは……恥ずかしながら私、騎士の位をお持ちの方とお会いしたのは、これが初めてで……」

リンツ領主の位は子爵である。貴族としても下から二番目で、騎士の位とさほど変わりはない。貴族と騎士では貴族が上であるがその位が子爵であれば、タージェスのように国王近くで仕えた者よりは劣るのだ。

「それに、御伴侶様はダンベルトの方でしたか。いやはや、確かに心強い」

リンツ領主はとってつけたように、そう言った。

エルンストの伴侶がダンベルト人であることなど誇張ではなく、国中の貴族が知っているだろう。貴族同士の力関係を常に気にかける者たちだ。もちろん、派閥もある。誰と誰に縁戚関係があるのか、それは貴族にとって最重要事項である。

だがエルンストは、リンツ領主の下手な芝居に気づかぬ風で頷いた。

「やはり、谷の整備はしなければなりませんね。そもそもあのような危険な場所を、今まで放置していたことが間違いです」

リンツ領主の言葉に、ゼンダイ町の長が勢いよく飛び乗る。

「そうですとも。今は誰も渡っていくことができず、メイセンで商売も行えませんでしたから」

荷を背負って谷を渡れるのはメイセンの商人だけだ。メイセンの商人が必要だと判断したものしか仕入れない。金を持たないメイセンの人々は、ゼンダイ町にとって上客ではない。谷が整備されたところで、メイセンに足を踏み入れるのはいつになることか。

「私も、谷の整備は必要だと考えますよ。メイセンを守るためにも谷を整備し、国軍兵が容易に通り抜けられるようにしなければ」

決して、自らが駆けつけるとは言わない。リンツ領兵隊隊長のその様子に、ほんの微かな不安を覚えつつも、エルンストは何も言わなかった。

リンツ領のことは、リンツ領主が案じればよい。メイセンが安泰であれば少なくとも、リンツ領兵隊が他国の兵士と剣を交えることはない。

「もしかしたら、国軍兵がリンツ領に常駐するかもしれませんよね？　そうなればぜひとも、我がゼンダイ町に駐屯地を作りましょうよ。メイセンにも近いですし、うちの森を更地にすれば土地は確保できます。そうしたら物品はゼンダイ町から……ふ、ふふ、ふふふふ」

俄《にわか》に騒がしくなったリンツ領主以下三名に比べ、侍従長と料理長がむっつりと黙り込む。

エルンストは、そちらに向かって口を開いた。

「整備が始まれば、工事監督者もやってくる。その者たちは、国土府の上級行政官である。中には貴族もいるだろう」

エルンストが何を言い出したのか図りかね、侍従長と料理長が顔を合わせた。

「上級行政官や貴族ともなれば、町の宿は使わぬ。滞在場所はここ、御領主の屋敷となろう」

侍従長と料理長がその顔に不安の色を貼りつけたが構わず、エルンストは続けた。

「王都の狭い屋敷しか知らぬ貴族であれば、こちらのお屋敷の広大さには目を瞠《みは》るものがあろう。そして、新鮮な地のものを使って饗《きょう》される料理は……王都でも話題となるだろうな」

「そ……そのようなことは……」

料理長は顔を赤らめながらも嬉しそうだった。その様子を見て、エルンストは瞬時に手法を変えた。

「王都では多くのものが手に入るが、絶対に、手に入れられぬものがある。それは、収穫したばかりの作物だ。肉、魚、野菜……口にする多くのものが、王都を遠く離れた領地から運ばれる。新鮮な材料は、技を駆使して作られた、どのような料理にも勝る」

微かに笑みさえ浮かべてそう断言すれば、料理長は満面に笑みを浮かべて何度も頷いた。同じように、侍従長も頷いている。計算高いゼンダイ町の長や怠惰な領隊長とは違い、このふたりは素朴な人物のようであった。メイセンの民に似ているとエルンストは考えた。ならば、取るべき道を誤れば頑《かたく》なにさせてしまう。

侍従長も料理長も恐れていたのだ。王都の人々を多く迎え、田舎者よと馬鹿にされやしないだろうかと。

だが、エルンストがその漠然とした不安を取り除いてやり、ふたりは生来の素直さのまま笑顔を浮かべた。

リンツ領主の屋敷が広いとはいっても王都の上級貴族が持つ屋敷の足下にも及ばず、彼らの食す料理は一流料理人が技を駆使して作ったものばかりだ。そして、王都の料理人たちは新鮮ではない食材を使う術《すべ》に長《た》けていた。ものによっては熟成されたもののほうが美味であることもある。エルンストはもちろんそのようなことを知り尽くしていたが何も言わず、賑やかに皮算用《かわざんよう》を始めたリンツ領の面々を見ていた。

やがて、ゼンダイ町の長が弾き出した数字を、領主以下四名が覗き込む。いかほどになったのかエルンストの位置からでは見ることもできないが、彼らの顔つきから大体予想できた。

「何としてでも、谷の整備を!!」

「御領主様！　費用の半分をリンツ領が出したとしても、お釣りが来ますぞ」

「……確かに。これほどになるのならば……あの……私どもにも……？」

「おお、もちろん。給金を上げてやるぞ」

「さすがでございます！　いやはや、これほどの大人物は御領主様くらいでしょう!!　はっはっはっ」

「リンツ谷までの山は、我が領兵隊が案内しよう。お国の方たちを無事に、谷にまで送り届けねばならんからな」

「そうですよ、領隊長様。しかし、山を行くには装備が必要です。種類がございますから、いくつか見繕って隊舎にお届けしますよ」

「そうだな。兵士によって使い勝手も違うだろう。そうと決まれば、明日にでも持ってこい。国の役人どもが来る前に、兵士の訓練をせねばならん。奴らは怠惰に慣れきっているからな」

どの口がそれを言うのかと思ったがもちろん、エルンストは軽い笑みを浮かべたまま黙っていた。

やがてゼンダイ町の長が音頭を取り、リンツ領主も混じって、谷の整備をと連呼を始めた。まるで祭りのような賑やかさの中、エルンストは隣から注がれるタージェスの視線を受け流した。


領主の屋敷からエルンストとタージェスが宿へ戻ったのは深夜遅く、町が完全に寝静まってからだった。

ガンチェらは寝ずに待っていた。だがタージェスは、まずは丸一日食べずにいた猛烈な空腹を満たすことにしたようで、宿が用意していた食事をあっという間に平らげた。

あまりの速さにエルンストの手が止まり、肉の乗った自分の皿を黙って差し出す。一瞬手を伸ばしかけ、いやいやいや、と思いとどまったタージェスにエルンストはさらに押し出した。エルンストはパンと具だくさんのスープで十分満たされていたし、何よりも仕事をやり遂げた達成感で心が満たされていた。

リンツ領主は想像したとおりの人物で、予想したとおりの言葉を並べ、想定したとおりの道を辿って、エルンストが導く着地点へと降りた。もちろんそのような考えになるよう、エルンストがその手を優しく引いて誘導したわけだが、リンツ領主が気づいたはずはない。領主はもとより同席したリンツ領の誰ひとり、気づいた者はいなかった。

ただ、エルンストの隣席に座っていたタージェスが意味深な視線を送ってきていたから、どうやらメイセン領兵隊隊長は勘づいたようだ。察しのよい者で心強いとエルンストは思う。企《たくら》みを持つ者がメイセンを訪れ、エルンスト以下メイセンの民を誘導しようとしても、タージェスがこのように察しのいい者であればそれは容易いことではないだろう。

帰り道、それとなくエルンストの仕業を問うてきたタージェスにそう告げると、ふっ、と鼻で笑われた。エルンスト様と同じような方がもうひとりこの国にいたら、私はメイセンの端から端まで逆立ちして歩いてあげますよ、などとわけのわからないことを言っていた。

ともかくリンツ領に関しての懸案は去った。集団でひとつの思いに辿り着いた場合、その思いが大きく強くなる可能性が高い。彼らはリンツ谷の整備を明日もその次の日も話し合い、それは本当にリンツ領の悲願になるだろう。

がつがつと食べながらリンツ領主との協議内容を説明しているタージェスや、説得が成功したことを喜ぶ領兵たちと共に、エルンストは第二関門突破について祝杯を上げた。

リンツ領で馬と馬車を買い、街道を行く。御者はブレス、馬車の右手をタージェス、左手をミナハとメイジ、後方をガンチェが守る。

以前通ったときには見なかった小屋が街道沿いにぽつぽつと建ち、国軍兵士の姿が見えた。王都へと繋がるいくつかの街道のうち、リンツ領からグリース領、ムティカ領を通るこの街道は盗賊の出現数が少ない。この街道を通るどの領地もあまり裕福とは言えず、商隊が運ぶ物資も価値の出る工芸品より農作物のほうが多く、所持金も少ないからだ。

こちらより反対側、スミナーカ領を通る街道が一番賑やかだ。現皇太子の祖父カタリナ侯爵が領主を務めるスミナーカ領は人口百五十万人以上が暮らす都市であり、カタリナ侯爵自身が王族に次ぐほどの財を抱えている。

エルンストは車窓から、豊かに実るグリース領の畑を見ていた。国軍兵士の前を通り過ぎてから二時間ばかり走ったはずだが、次に現れるはずの国軍の小屋はまだ見えない。

昨夜タージェスは、前回通った際に集めた情報をもとに、地図上にいくつかの地点を示していた。タージェスが示した、今まで盗賊が現れた場所をいくつも通り過ぎたが、若いメイジやミナハの緊張はもう切れてしまったようだ。メイセンを出たことのない彼らは他の領地が珍しくて仕方がないらしい。

無理もないとエルンストは思う。メイセンの農地しか知らなければ、この地のようにどこまでも豊かに広がる麦畑など見たこともないだろう。

グリース領の領民は二千百名。その八割は農民であったはずだから約千七百名で領地を耕していることになる。グリース領の広さは、メイセン領の約十分の一だ。

グリース領は食べることだけには困っていないようだった。着飾った者には出会わないし商人が貴金属を扱っている様子もないが、民はみな腹が満たされた顔をしている。肌艶もよく、何より目が生きていた。

車窓から見た民の体型を思い出す。がっしりとした体つきの、表情の明るい農民だった。その手には、先に鉄が付いた農具を持っていた。メイセンの民が使っている農具は木材だけで作られている。鉄は高く、付けることができないのだ。

メイセンの民に同じ農具を与えた場合、メイセンの農地は今の倍にはなるだろうか。土地が痩せているとはいえ、肥やす方法がないわけではないだろう。もし、メイセンの農地がグリース領の農地のように豊かに実った場合、メイセンの民もいい体格を持った、よく笑う民になるだろうか。

リュクス国に備えることも谷を整備することも大事だが、何よりもまず、民の腹を満たしてやりたいとエルンストは強く思った。

麦畑の平原は夕日に照らされ黄金色に輝き、それは荘厳な美しさをエルンストに感じさせた。

「グリース領は森が伐採され開墾されているから、開けた場所がとても多い。盗賊が奇襲攻撃を仕掛けようとしても、身を隠す場所はない。やはり注意すべきは、次のムティカ領だろう」

「そうですね……グリース領とムティカ領の境、あの森が危ないでしょうね」

「あの森は俺も危険だと思っている。ふたつの領地との境に森があるんだが、どちらの領地のものかで長く揉めているようなんだ。だからどちらの領民が入っても剣呑《けんのん》となるらしく、話し合いが終わるまで不可侵である、というのが暗黙の了解らしい」

領兵たちは地図を取り囲み、この先の道について話し合っていた。兵法的な話になるとエルンストにはついていけない。椅子に座り、黙って彼らの話を聞いていた。

「明日にはこの森まで行けそうですが、そうすると森を抜けるのが夜になりませんか」

既に一度王都への道を往復したブレスが言う。

「そうだろうな……前は馬で駆け抜けたからこの町から森を抜けるまで半日だったが、今回はエルンスト様がいらっしゃるし、そういうわけにもいかんだろう」

騎士であるタージェスが駆け抜けたというのならば、かなりの速度で走り去ったのだろう。途中の村人らが何事かと驚いていなければよいが。

「ではやはり、森の手前でひと晩を過ごし、日中に進みますか」

「そうですね。不慣れな森で視界の利かない夜に盗賊に出くわすのは避けたほうがいいでしょう。もし襲われたとしても、日中ならまだ対処のしようがあります」

「……そうだな。エルンスト様、一日無駄になってしまいますが、それでよろしいですか？」

領兵の話が纏まり、タージェスがエルンストの了承を求める。エルンストは、よい、と答えて頷いた。

国税を納める期限は決められている。今月中に納めなければならず、今は月の半ばを過ぎていた。ここから王都までは二日の距離で、何も起こらなければ問題はない。無理をして金を奪われては元も子もなく、幾多の危難を乗り越えたタージェスを信じる。

昼前に出立し、予定どおり森の手前の村で一泊する。

「やはり、春先から盗賊が多く出現しているようですね」

メイジが宿主から情報を得てきた。

「この街道を通る領主はみな貧しくて……」

言いかけたメイジの口をミナハが慌てて塞いだ。エルンストは苦笑し、構わずに続けよと促す。

「えと……その……余裕がなくて傭兵を雇う金がなく、また、領兵もあまり強くなく、盗賊に狙われやすいそうです」

そうだろうな、とエルンストも思う。

リンツ領より北側はメイセンも含め貧しい領地だ。それでもまだメイセンのように国境線を有している領地であれば、それなりの数の一応訓練された領兵を抱えている。だがそれ以外の領地は、兵とは名ばかりで領主の小間使いのような者であったりする。領主にしてみれば税を納めずに反対に給金を払わなければならない領兵は、ひとりでも少ないほうがいいのだ。

「これまでにどれほどが襲われているんだ？」

ブレスが声を潜《ひそ》めた。宿には他に、数人の客がいた。見たところ村人ではないようで、どれも旅人だ。だがしかし、全員が本当に旅人なのかはわからない。盗賊が紛れていないとも限らないのだ。

「新春から春先まではふたつの領主の使いが襲われていて、そのうちのひとつは納める税の全てを盗られたそうです。春から今までは七つの領主の使いと、八つの商隊が襲われていますが、三つの領主の使いがやはり全てを、五つの商隊が商品と所持金を盗られています。そして、新春から約半年で十六人が殺されています」

あまりの多さにエルンストは息を呑んだ。

「国軍兵士は何をしているのだ……」

思わず漏らしたエルンストの呟きに、タージェスは呆れたような笑みを浮かべた。しかしその笑みはエルンストに向けられたものではない。

「……多分、この街道は囮《おとり》なのですよ」

「囮？　……そうか……」

王都へ繋がる街道を思い浮かべ、タージェスの言わんとしていることをエルンストも覚る。

王都から延びる街道は五つある。そのうち王都からスミナーカ領を通って延びる街道はもちろん、リンス国で一番多く税を納めるスミナーカ領が使う。シシク領を通って延びる街道はシルース国へと繋がり、大きな商隊がいくつも通る。アナニーク領を通って延びる街道も同じくリュクス国からの商隊が通り、アラタニア領を通る街道はヘル人の国、コビ国からの商隊が使う。もし他国からの商隊が頻繁に襲われるような事態になれば他国からの商隊が途絶《とだ》え、リンス国の経済が逼迫する。また、国王に次ぐ権力を握る大都市、スミナーカ領の税が襲われた場合、スミナーカ領主カタリナ侯爵はこれ幸いと納税を滞《とどこお》らせる可能性が高かった。

襲われても一番弊害が少ないのがこのムティカ領か

ら延びる街道なのだ。たとえ税を盗まれたとしてもリンス国にとって大きな痛手とはならず、また、権力を持たない領主たちを、税を盗まれる事態を招いたと責め立て、二重に課すこともできる。

「この街道を使う全ての領主の税より、スミナーカ領の税が高いのだったな」

皇太子時代、頭に叩き込まれた各領地からの納税額を思い浮かべた。この街道を使う者が一番、国にとって軽い存在だ。

「そんな……！　今年はエルンスト様からの税が通ると知っているのに……」

ブレスが非難するように言ったが、だからではないのか、とはさすがに口に出せなかった。

元皇太子である以上、絶対に、国への納税を滞らせてはならない。もしそのような事態にでもなれば、こぞとばかりに責め立てる者が出てくるだろう。エルンスト個人を責めるのならばともかく、王族のありようにまで口を出す者が出てくるかもしれない。エルンストは、国王及び現皇太子の地位を守るためにも、どのような事態に陥ろうとも必ず、納税を続けなければならない存在なのだ。


だが、エルンストを命がけで守ろうとする領兵たちを前に、自分を軽んじる言葉は口にできなかった。

エルンストは心中で自嘲の溜め息を吐いた。

病を患《わずら》い廃位され、国一番の辺境地へ追いやってもなお、この身があることに我慢ならない者がいるのか。

薄々気づいているあの者たちに、そこまで疎《うと》まれているということがエルンストの胸を抉《えぐ》った。


「あ……あの……」

おずおずと話しかけられた声に振り向くと、田舎者が精一杯お洒落をしたらこうなるだろうという格好をした男がひとり、立っていた。

「突然声をかけさせていただいて大変恐縮ですが、そちら様も、どなたかの御領主様のお使いの方でしょうか？」

たどたどしい敬語を使いながら上目遣いでタージェスを見る。無理もないがタージェスが一番偉いと思ったのだろう。どうしたものか、とタージェスがエルンストを窺う。

「私たちはメイセン領の者です」

エルンストが口を開くと、意外だと驚いた顔を男がした。感情がそのまま顔に出るその姿に、素朴なメイセンの民を思い出す。

「あ……これは失礼しました。ええと……御領主様のご子息様でいらっしゃいましたか」

「申し遅れました。私はメイセン領第十七代領主、エルンスト・ジル・ファーソン・リンス・クルベール公爵と申します」

エルンストは椅子を立って、軽く一礼をした。見たところ侍従か、訓練をあまり受けていない領兵のようである。身分で言えばエルンストは遥か上に位置しているが互いに領地を背負って対面している以上、礼儀を尽くすべきだとエルンストは思う。

「え……っ！　御領主様でしたか……！　こ、これは、大変失礼をいたしました」

男は慌てて一歩退くと、深々と頭を下げた。

クルベール病を見慣れたはずのリンス国の者でさえ、少年少女の姿の者をそのまま子供だと思う。しかも貧乏病と言われるこの病に貴族が罹《かか》っているとは誰も思わないだろう。恐縮しきりの男を促し、声をかけてきた理由を問う。

「私はニベ領で仕えている者で、トスカテと申します。ニベ領の今年の税を納めに旅をしているところなのですが、実はあの森を通る方が来られるのを、この村で待っておりました。大変、不躾《ぶしつけ》な申し出で非常に恐縮なのですが……森を通過されるときに、私もご一緒させていただけないでしょうか……？」

領兵たちが思わず顔を見合わせる。

「その……ニベ領の今年の税を運ぶのはこれで二度目なのです。一度目は、森で盗賊に襲われ奪われてしまいました。ニベ領の御領主様は我々の命が助かっただけでよいと許してくださったのですが、国王陛下に納める税はどうしても運ばねばなりません。どうにか掻き集めた金を、こうやってもう一度運んでいるのですが、また襲われたら……と」

トスカテは両腕で自らの腹を抱え込むように強く押し当てた。そこに金を抱いているのだろう。よく観察しなくても、腕や首の細さに比べて腹回りが異様に膨《ふく》らんでいる。重い金貨や銅貨をしっかりと巻きつけて、ここまで運んだのだ。

「金を集めるだけで精一杯で、御領主様は私以外の者を旅に出させることはできませんでした。御領主様は私を信用してくださって、全てを託してくださりました。私はこの命に代えてでも、この金を王都まで運ばなければならないのです」

領主が納める税を奪うのは、何も盗賊に限ったことではない。運んでいる侍従や領兵に裏切られ、奪われることもそう珍しくはない。故に領主は通常、数人の者を選んで運ばせるのだ。互いを監視し合い無事に運ばれるよう、わざと仲違いしている者同士を選んだりもする。道中で殺し合いの諍《いさか》いが起きたとしても、金さえ無事ならいいと考える領主もいるのだ。

「ふむ……タージェス、どう思う？　トスカテを連れて、あの森を抜けることはできるだろうか」

タージェスは腕を組んで思案すると、口を開いた。

「非常に……難しいかと思います。馬車で森を駆け抜けることは困難ですから、エルンスト様には馬車を降りて我々の馬にお乗りいただき、移動する予定だったのです」

常に民が入ることのない森であれば、それほど整備はされていないだろう。馬ならばともかく、馬車が全力で走るには道が悪いのだ。

「税が入った木箱はガンチェが守り、エルンスト様は私の馬に同乗していただく……」

「なぜだっ!?　エルンスト様は私がお守りする」

ガンチェが勢い込んで言うのを、タージェスが制する。

「駄目だ。お前は盗賊の相手をするんだ。どれほどの数が来るのかわからん。剣にしろ、槍にしろ、躊躇なく振るうためにはエルンスト様がお側にいないほうがいい。木箱などいくら傷ついてもいいが、エルンスト様に傷をつけるわけにはいかんだろう」

タージェスに諭《さと》されガンチェは渋々頷く。

「安心しろ。お前が盗賊を倒せばエルンスト様はご無事だ。お前が取り零した分くらいは、俺でも片付けられる」

ガンチェを安心させるようにタージェスは笑うと、エルンストに向き直る。

「そういうわけで、あとひとりを守りきる余裕はありません。残念ながら、ブレスやメイジ、ミナハには別のひとりを乗せて馬を操り、なおかつ戦う腕はありません。トスカテが馬に乗れるというのなら、まだ案はありますが……」

名を挙げられた三人の領兵は申し訳なさそうにトス

カテを見た。

「……私は、馬には乗れません……」

項垂れるトスカテを見て、そうだろうなとエルンストは思った。トスカテの靴は汚れて履き潰されていた。ニベ領はリンツ領からいくつもの領地を越えた先にある。おそらく、トスカテはひと月以上を歩いてここまで来たのだろう。

「ひとつ、案がある。ただし、トスカテが私を信用してくれるならば、だが」

メイセンよりは随分とましだが、ニベ領も裕福ではない。約千人の領民を抱えており、主要産物は岩塩だ。

「ニベ領の税を、私が代わりに運んでもよい」

よく陽に焼けたトスカテの顔を見る。素朴で、苦しい生活に耐えている顔だ。辺境の地に暮らす人々が純粋だとは、もはやエルンストにも思えない。彼らは苦しい生活をどうにかよくしようと、時に、人を騙《だま》すことがある。よくも悪くも教育のないメイセンでは、人としての品格が低いと認めざるを得ないこともある。

トスカテは迷う素振りを見せた。純粋ではない故に、人を疑うことを知っているのだ。それは決して悪いことではない。疑うことを全く知らない者は、強固な壁に守られて育つ、幸せな、ひと握りの者だけだ。疑うことを知らなければ生きていくこともできない。それが、普通に生きる人々なのだ。

「今この場でトスカテが持っているニベ領の税を数えて、確かに預かったと私が一筆書いておこう。もし万が一、納められていないと国から報せが来たならば、その紙を差し出せばよい。そうすればニベ領の税の請求が、私に来るだろう」

「エルンスト様……」

黙って聞いていたタージェスが案じるように声をかけてくる。

「幸いにも、公文書に使用できる紙と領主の印を持ってきている。今夜中に正式な文書を作り、トスカテに渡すことができるだろう。メイセンの税を収めている木箱にはまだまだ余裕がある。ニベ領の金を入れても大丈夫だ。木箱はガンチェが守るのだろう？　ならば、これ以上に安全なことはない」

そう言うと、タージェスは諦めたように息を吐き出して苦笑した。

「そうですね。エルンスト様がどのような思いをしてメイセンの税を集めたか、我々はもとよりガンチェは一番よく知っていますからね。……何があっても、守るだろう？」

「当然だ」

頼りになるひと言を吐いて、ガンチェは力強く頷いた。

話の流れについていけないのだろう。トスカテの目が泳いでいた。税は、その領地の誰かが王都へ運び納めるもの。かつてのメイセンのように領主がいなければ隣地の領主が集め、その手で納めていた。立派な領主がいながら他領地に頼むというのは聞いたことがないのだ。

「あの……本当に、よろしいのでしょうか……？」

判断がつきかねたのか、トスカテがおずおずと聞いてくる。

「エルンスト様がそう仰っているのだから、大丈夫だ。何せ、うちの御領主様は誰よりも、この国の法に通じておられるからな」

ブレスの言葉にエルンストは苦笑を浮かべて頷いた。

「心配せずともよい。税を納めよ、とは決められていても、誰の手で納めよ、とは国法のどこにも書かれていない。その証拠に、トスカテも王都の行政官府に税を納めるとき、ニベ領の者かどうか確認されることなどないだろう？」

「……そうですね……。ニベ領の税です、と言えば納税証明書にニベ領と書かれたものを渡されるだけです。行政官は金を数えるだけで、私の顔も見ません」

「そういうことだ」

ようやく安心したのか、トスカテは初めて笑みを浮かべた。

翌日エルンストの部屋に招き入れたトスカテに、昨夜のうちに作成しておいた文書を見せる。ニベ領で侍従を務めているだけあって、トスカテは字が読めた。エルンストは内心、ほっと息をつく。メイセン領の侍従たちのように満足に字が読めなかった場合、エルンストがどれほど正確な公文書を作っていようともそれが正しいのかどうか、判断できないからだ。

文面をトスカテに確認させ、ニベ領の税をその場で数える。エルンストとトスカテ、そしてタージェスで確認した金額を文書内に書き入れ、メイセン領主の印を捺《お》した。厚手の封筒に入れ、蠟で正式な封印をする。

あらゆる意味で重い金から解放されたからか、封筒を懐に収めたトスカテは子供のように笑った。

村で馬車を売り、エルンストはタージェスの馬に乗る。ガンチェが軽々とエルンストを馬上へ上げ、怪我をさせるなよ、頼んだぞ、とエルンストの背後のタージェスに何度も念を押して領兵たちを苦笑させる。

領兵たちはみな、鎧を身につけた。ブレス、メイジ、ミナハはメイセン領兵の鎧を、タージェスとガンチェは自前の鎧を身につける。メイセン領兵の鎧は、ない金で無理に作ったのか、どうにか鎧の体《てい》を成しているという代物だった。素人目《しろうとめ》にもそれが薄い鉄で、繋ぎ目などに不備があるのがわかる。特に肩回りに不安があるのか、メイジが何度も腕を上げ下げしていた。

「そんなに気になるのなら取ってしまえ。動き難い鎧なら、ないほうがいい」

タージェスにそう言われ、メイジとミナハは肩口で括《くく》られた紐を切り、腕を覆っていた鎧を外した。若いふたりの武器は槍と弓、どちらも腕が十分に利かなければその威力が半減する。

タージェスとガンチェは傭兵時代から使っている鎧を身につけた。タージェスは黒を基調とした鎧で、ガンチェの鎧は朱だった。まるで火のような朱色の鎧に黒と金が絶妙に絡み合った文様が施されている。

エルンストは、ガンチェが鎧を身につけた姿を初めて目にした。大きな体がより一層大きく、雄々しく見える。美しい鎧には傷ひとつない。複雑に組まれた赤い紐が各鎧同士を繋ぎ留め、肩口の紐には金糸が混ざった房飾りがあった。朱の兜《かぶと》に黒い面当て、厚い手袋をつけた指の背にまで鎧がつけられている。ガンチェは何度も指を動かし、それが滑らかに動くことを確認していた。

宿の室内で惑いなく鎧をつけていくガンチェを、エルンストは惚れ惚れと眺めた。その全身が鎧に覆われたとき、息をすることさえ忘れて魅入《みい》られた。室内に入ってくる朝日に照らされ、朱色の鎧がきらきらと輝く。どっしりと立つ居丈夫は、触れることを躊躇《ためら》わせる神々しさだ。

腰に大剣を帯び、エルンストの要望でガンチェは兜を被り黒い面当てをする。見えているのは、戦いの風を感じ金色を帯び始めた赤茶色の瞳だけ。その姿に、エルンストは体の芯が痺れるような感覚を覚えた。ガンチェに抱かれ、体の奥深くに力強く叩きつけられたときと同じ酩酊感《めいていかん》だった。

甘い吐息を漏らし、そろそろと指を伸ばす。ガンチェは片膝をつきエルンストの手を取ると、恭《うやうや》しく黒い面当て越しに口づけた。厚い布地の手袋には精緻に縫われた糸が複雑な模様を描いていた。

「ガンチェ……何と、素晴らしいのだろう。私は、ガンチェに惚れ直した……」

呟くようにそう言えば、私は一瞬一瞬エルンスト様への想いを深くしていますよ、と負けず嫌いな年下の伴侶が、くぐもった声で囁き返してくれた。


ガンチェは黒馬に飛び乗る。その黒馬は、リンツ領で買った一番大きくて一番高い馬だった。名馬を育てるリンス国らしい、立派な馬だ。重い木箱を括りつけられて、鎧をつけたガンチェを乗せてもびくともしない。ガンチェが馬の腹を軽く一蹴りしただけで、大きな黒馬は颯爽《さっそう》と駆け出した。

先を行くガンチェの黒馬をタージェスが操る葦毛《あしげ》の上から見ていた。背後からタージェスがしっかりと腰を抱えてくれるが、上下に激しく揺さぶられる。


「エルンスト様、お口を閉じていてください。舌を噛んでしまいますからね」

タージェスはどこか楽しげだ。エルンストはがくがくと頭を揺らされて眩暈《めまい》がしそうなのだが、やはり生まれながらの騎士は違うのか。

タージェスの右をミナハ、左をメイジ、後方をブレスが固めていた。

森の中頃を過ぎたとき、タージェスが手綱《たづな》を左手だけに持ち替え、剣を抜いた。手綱を握るタージェスの手はエルンストの腰を抱えたままだったが、エルンストは自分の手でもしっかりと鞍《くら》を握る。

人の手が入っていない森は、木々が生い茂る暗い森だった。メイセンのように巨大な樹木があるわけでもないのに、高低の木々の葉が織り成す影は昼日中であるにもかかわらず光を遮っていた。日中でこれならば、夜間の危険は言わずもがなだろう。領兵たちの判断の正しさに救われる。

地面には根が張り出し、どこにも平らな道はなかった。馬車で駆け抜けることは無理だろうし、これでは商隊が連れている荷馬車も往生するだろう。確かに盗賊が狙いやすい森である。

この森にこそ国軍兵士を駐屯させるべきではないのか。エルンストはリンス国軍兵士を束ねる軍務府長であり、金獅子将軍と呼ばれるアルティカ侯爵の顔を思い出す。精悍《せいかん》で、鋭い目をした冷たい印象の男だった。あの者ならば、田舎領主の使いや小さな商隊を連れた商人などいくら死んでも平気だろう。

金獅子将軍にとって何よりも大事なのは国王陛下であり、その次が自分の部下なのだ。元老院の決定により仕方なく国軍兵士に街道を守らせているが、本当は一兵も無駄にはしたくない。兵が襲われる危険性の高いこの森に配置することなど、考えることもできないはずだ。

リンス国軍兵士は国王陛下の兵士で、軍務府長金獅子将軍アルティカ侯爵様のお人形ですから。これは、かつて軍法をエルンストに講義していた教授が思わず漏らした言葉だった。

アルティカ侯爵は兵士の命が大事なのではなく、数の揃った兵士が最も美しいという、一種独特な美意識を持った将軍なのだ。

先頭をきって森を駆け抜けていたガンチェが突如、馬を止まらせた。瞬時、タージェスが反応し葦毛を止まらせる。遅れてメイジ、ミナハ、ブレスが止まる。手綱を一気に引かれた馬たちが非難の嘶《いなな》きを上げた。

右手にいたミナハの動きがエルンストの視界に入る。ガンチェが凝視する方向を睨《にら》みつけていたかと思うと背負った弓を手に取り、素早い動きで矢をつがえた。きりりと弦を引くと、エルンストには薄闇にしか見えない森の奥へと鋭く矢を飛ばす。

それが、全ての合図だった。

ミナハが矢を放った先から雄叫びを上げて盗賊が駆け出してきた。数十人が馬に乗り馬蹄《ばてい》が森中に木霊《こだま》する。鳥たちが騒がしい声を上げて樹上から飛び去っていく。幾人かの盗賊たちが風切り音を立てて矢を飛ばすが、ガンチェは馬につけていた槍を素早く引き抜き、飛んでくる矢を全て叩き落とした。

矢を飛ばし続けるのには訓練が必要なのだろう。盗賊から放たれる矢が止まった瞬間、ガンチェが手にした槍を盗賊めがけてぶん、と投げ飛ばす。研ぎ澄まされた大きな刃を付けた槍が盗賊らを掠めながら飛んでいき、後方にいたひとりの顔を射貫《いぬ》いた。ガンチェの槍を顔に刺したまま倒れた盗賊からガンチェまでの一直線上には、顔を押さえ、あるいは肩を押さえた盗賊たちが蹲《うずくま》って呻《うめ》いている。ガンチェの放った槍は掠めただけでも盗賊たちの戦意を奪うには十分な威力だった。

一瞬の静寂の後、盗賊らは剣を、槍を手に、怒号を上げた。周囲を囲んだ数十の盗賊に、いつの間にか扇状に囲まれていたのだ。ガンチェが気配に気づき、ミナハが弓を引かなければ背後から矢を受けていただろう。エルンストには、盗賊らが烏合《うごう》の衆《しゅう》だとは思えなかった。

「タージェス、どこかに統率する者がいるのではないのか」

背後に向けて小声で訊ねる。

「私もそう思います。ですがこの集団、頭領を倒したところで瓦解《がかい》はしないでしょう。我々を囲んだところで作戦は終わりのようですよ」

タージェスが言うように、じりじりと間合いを詰めてくる盗賊の集団は互いに牽制《けんせい》し合っているように見える。ここから先は、盗賊同士も奪い合いなのだ。ぎらぎらと輝く盗賊の目を見ながら、エルンストは背中に冷たい汗が流れるのを感じた。

エルンストと盗賊の間に、馬に乗ったガンチェが立つ。槍を飛ばした後、大剣は腰に差したままだ。盗賊らは何かを感じ取っているのか誰も攻めてこようとはしない。朱《あか》い鎧をつけたダンベルト人は、ひと呼吸するごとに大きく見えた。

睨み合う中で、それでもこの盗賊たちが強い統率力を持つ頭に率いられた集団ではないことをエルンストは感謝した。もし強い頭領が率いていれば奪ったものも均等に配分され、計画的に使われていたはずだ。そうなればグルード郡地の種族やシスティーカ郡地の剣士が雇われていた可能性も高くなる。もし彼らが数人でも加わっていれば、ガンチェだけでは太刀打ちできなかったかもしれない。

まともな鎧をつけた三人の盗賊が、意を決したように馬を進める。ガンチェの黒馬に括りつけられた木箱を睨みつけていた。装飾が施された木箱の中身が何なのか、その経験でわかっているのだろう。

手に手に、剣を握る。陽を弾く光り具合が、システィーカ郡地で鍛えられた剣だと教えている。システィーカの剣を手に入れられるほど、傭兵として働いたことのある者か。あるいは、強奪を重ねた者なのか。

ガンチェもゆっくりと、腰に差した大剣を引き抜く。エルンストの身の丈ほどもありそうな大きな剣だ。左手で手綱を握り、馬を真ん中の盗賊へと向けた。数歩馬を進めたガンチェが笑ったのがわかった。ガンチェの背中しか見えず、たとえ正面にいたとしても黒い面当てでその表情は窺い知れないはずだが、エルンストにはガンチェが笑ったのがわかった。

朱い兜に黒い面当て、外から覗けるのはその目だけだ。子供のようにくるくると表情を変える赤茶色のその瞳は今、金色に輝いているのだろう。ダンベルト人は興奮すると、その目が金色へと変わる。ガンチェの金色の目に射竦められ、勇んで出てきた盗賊が下がる。乗り手の意思に構わず、馬が恐れをなしたのだ。

盗賊の馬が下がったのをガンチェは見過ごさなかった。一蹴りで黒馬を走らせると、右手首を閃《ひらめ》かせただけで、あの重たい大剣を操る。左手の盗賊の頭半分を跳ね飛ばし、返す力で右手の盗賊の胸を斬り裂く。馬の速度を決して緩めず正面の盗賊の胴体を一刀両断にした後、周囲の盗賊を蹴散らしながら駆け抜け、自らが飛ばした槍へと手をかける。


ふん、と左手一本で槍を引き抜き足の動きだけで馬首を巡らせれば、ガンチェを中心に五人の盗賊が落馬していた。ガンチェの槍の一閃だけで粗末な鎧など斬り裂かれる。落馬した盗賊のうち、ふたりは既に絶命していた。

「勝負、つきましたね」

タージェスがほっとしたように呟いた。

「だが、まだ二十人はいる」

そう言いながらも、エルンストも勝負がついたことを覚った。

左手に槍、右手に大剣を握るガンチェに近づける盗賊などいない。盗賊にとってガンチェの朱い鎧は禍々《まがまが》しい色にしか見えないだろう。ガンチェを乗せた黒馬でさえ、荒々しく脚を踏み鳴らし盗賊らの馬を圧倒していた。

「息絶えるつもりならかかってこい。退くなら追いはせん」

ガンチェがそう言うと、盗賊らはじりじりと下がっていった。後には絶命した六人と、重傷で動けない八人の盗賊が転がっていた。

「エルンスト様、こいつらどうしますか？」

タージェスがエルンストに聞いてくる。

この領隊長は時々、エルンストをこうやって試そうとする。そのたびにエルンストはタージェスに問われているような気がするのだ。本当に民を背負っていけるのか。民のために正しい道を選択できるのか、と。

エルンストは馬上から、呻き転がる盗賊らを見下ろした。

心を消して、ガンチェに命じる。

「とどめを」

そのひと言でガンチェは槍を振り下ろした。


無事に森を抜け、ムティカ領へと入る。ガンチェは一滴の返り血も浴びていなかった。

ムティカ領は農業地というよりは職人の地であった。森はそのまま森としての姿を保ち、グリース領のように開墾《かいこん》されているわけではない。盗賊が潜《ひそ》んでいられる場所がいくつもあるのだ。領兵らは鎧を脱ぐことなく、そのままムティカ領を進んだ。

半日ほど進んだ頃、タージェスがふいに話しかけてきた。思わず呟いた、そんな風だったのでエルンストは自分に話しかけているとは思わなかったほどだ。

「意外でした」

「……何がだ?」

「エルンスト様は、助けるかと思っていましたから」

それが盗賊のことだとわかるまでにほんの少し、時間を要した。

「ふむ……助けて、その後にまた金を、いや、次は命を狙われるのか?」

ガンチェの強さを見せつけられて改心するとは思えない。そもそもそのように殊勝《しゅしょう》な者であれば盗賊などにはならない。

「それに、私が命令しなかった場合、タージェスが命令を下したのだろう?」

そう言って背後を見やると、タージェスが苦笑していた。

「命を奪う決断は私がする。タージェスらは何も重荷を背負う必要はない」

前を見て毅然《きぜん》と言い放つと、手綱を握るタージェスの手が握り込まれた。

兵士であっても命を奪うことに慣れるということはない。そんなことに慣れるような兵士をエルンストは望まない。それではただの殺戮者だ。

　ガンチェは戦いを好む。だが、徒《いたずら》に人を殺すことを望んでいるわけではない。暑さや寒さや痛みを自らの意思で遮断できるように、罪悪感も一時的に遮断しているだけだ。ガンチェは何も言わないが、エルンストはそう思っていた。

　領主として進むこの道が、綺麗《きれい》なだけのものではないとわかっている。先ほどの盗賊のように道を塞ごうとする者がいれば、その者を力ずくでも排除する覚悟がエルンストにはある。

　命を奪う決断の重荷はエルンストだけが背負えばいい。実行の重荷はガンチェが背負う。

　エルンストに剣を自在に扱う力があれば実行も行うのに、と思う。だがエルンストの非力さではいかに訓練を重ねようと、奪われる者に無用な苦しみを与えることになる。ガンチェには申し訳ないと思いながらも、ガンチェに命じるしかなかった。

　しかし、もしエルンストがガンチェ以外の者に命じたならば、ガンチェは深く傷つくだろう。ガンチェに命じることはガンチェを救うことでもあるのだ。これが、エルンストとガンチェの進む道なのだ。

3

　それから二日で王都に着いた。まずは税を納めに行政官府へ向かう。メイセンの税と、ニベ領の税を差し出す。行政官らは何度も数え、揃っていることを確かめてから納税証明書を作成した。

　渡された証明書は、エルンストが用意する公文書用の紙に比べて随分と薄い、軽いものだった。毎年二百六十ケ所の領地に発行される納税証明書だ。上等な紙は使えないのだろうと思いつつも、メイセンの民が、ニベ領の民が、地を這うようにして納める税に対して、あまりにも軽い紙だった。

　エルンストの親書を持たせているとはいえ、納税証明書が手元になければニベ領の領主もトスカテも落ち着かないだろう。守る金はもうない。タージェスに命じ、メイジをニベ領へと走らせた。

　そのままエルンストは元老院へと赴く。メイセン領主が来都したことを報せ、元老院の協議日程を確かめる。今は案件を持ち込んでいる領主も貴族もいないらしい。エルンストの案件は明後日、夜間より協議されることになった。

「なぜ夜間なのですか？」

税を納めれば領兵たちにすることはない。明日の夜、エルンストが元老院へ向かうときまで自由に過ごさせる。

ガンチェはエルンストと市場を歩きながら協議の開始時間を聞いてきた。

「陽の光の下で話し合うより、蠟燭の灯りのほうが心が落ち着くと思われているのだろう」

国民が寝静まった時間に、限られた者たちで物事を決める優越感がないとも言えないが。

「話し合いは夜だけですか？　朝になれば帰ってこられますか？」

「協議が終わるまでは元老院を出ることはできない」

「そんな……協議というのは何日ほどかかるものなのですか？　あまりに長いようだと、エルンスト様が体調を崩されるのではありませんか？」

ガンチェはエルンストの体調だけを気にする。協議がうまくいくのか、エルンストの首尾がどうなっているのか、そんなことは関係ないのだ。

エルンストはくすりと笑って、握ったガンチェの手を引き寄せる。

「大丈夫だ。協議にどれほどの時間がかかるのか、それはやってみなければわからないが、丸一日続くということはない。元老院には滞在するための部屋があり、半日を協議に、半日を休養に充てるよう決められている。それに元老たちには高齢の者が多く、私に何かあるより先に、あちらが倒れるだろう」

ガンチェを安心させるように、大きな手の甲に口づけを落とした。赤茶色の瞳が心配と不安をない交ぜにして見下ろしてくる。伴侶となってから一日以上を離れて過ごしたことはないのだ。

協議は長引くだろう。難しい質問も浴びせられるだろうし、厳しい意見が多いことだろう。ひとりで困難に立ち向かうことができるのか、エルンストはガンチェ以上に不安を抱えていた。いつもガンチェを身近に感じ、いつだってガンチェの存在に支えられていたのだ。

協議が一日で終わるとは思えない。数日間、ガンチェと離れなければならない寂しさもあった。

ガンチェの手をぎゅっと握る。それ以上の、強い力で握り返された。

王都の市場は賑やかだった。思えば、賑やかな場所に来たのは初めてなのだ。エルンストにとって、見るもの全てが珍しい。

リンス国の王都にはあらゆる種族の人種が見られた。ガンチェと同じダンベルト人に、ダンベルト人よりも大きくて全身を獣毛に覆われたグルード人、大きな角を持つガイア人に長い尾を持つダイアス人。

エルンストよりも小さな背で、せかせかと小走りに動くのはヘル人だ。彼らの寿命は三十年で子だくさんだと文献で読んだことがある。

ヘル人同士が話す言葉は早すぎて、エルンストには聞き取れない。

「1シットの鉱物だけど相場がわからないようだから、10シットで売ろうかと話していますよ」

ガンチェが身を屈め、エルンストの耳に囁いた。

エルンストが驚いて振り仰ぐと、ガンチェは笑ってヘル人から離れた場所へとエルンストを促し歩いていく。

「聞き取れるのか？」

「はい。私は以前、ガイ国で働いたことがありますから」

働く、とは傭兵としてだろう。だが数ヶ月であろうと数年であろうと、そこに滞在したからといってヘル人の言葉を理解できるようになるとは思えない。ダンベルト人は他のグルードの種族より、目も耳も優れている。ダンベルト人の耳だからこそ、聞き取れるのだろう。

「ヘル人は商売がうまいと聞いたことがあるが、本当にそうなのだな」

そう呟くと、ガンチェがふと、立ち止まった。

「本当に商売がうまい者は、相手にも自分にも得をさせる者だと私は思います。相手に不利益を押しつけていても、そのときはいいかもしれませんが、いつか自分が損をしますよ」

「ふむ……そうだな。ガンチェの言うとおりだ。あのクルベール人も、いつまでも相場がわからないわけでもないだろう。いつか、自分が騙されたことを知れば、二度とヘル人の商人には近づかないかもしれない」

体の大きなグルード郡地の種族を知恵がない者だと、シェルの種族やヘルの種族は馬鹿にする。だがガンチェと話せば話すほど、その認識の誤りをエルンストは叫び、正したくなるのだ。

エルンストが感心してガンチェを見上げると、年下の伴侶は嬉しそうに笑った。

商店を覗いていると、黒髪、黒目、黒い鱗《うろこ》状の肌の、長身痩軀《そうく》の剣士が歩いてきた。背に、赤い剣を背負っている。ガンチェがエルンストを庇うように立つ。剣士は、黒い目でちらりとガンチェを見ると、そのまま歩き去った。

「ルーフ人ですね」

緊張を解き、ガンチェが言った。

「システィーカ郡地の種族か」

リンス国では、国の公式行事のほぼ全てを国王が行う。他国からの表敬訪問を受けるのも当然、国王の仕事だ。だが国王が体調を崩していた場合や仕事が重なったときに限り、皇太子が対応することもある。エルンストもかつて、いくつかの国の表敬訪問を国王に代わって受けたことがあるが、ルーフ人が築くログア国やムテア国の使節団に会ったことはなかった。

「文献どおり、全身が黒いのだな」

「彼らは優れた職人ですよ。剣士としての腕前もなかなかのものです」

「ガンチェとどちらが強いのだ？」

「先ほどの剣士はルーフ人ですからね、大したことはありません。デッキ人やエデータ人、ルクリアス人ならば……そうですね。五人で束になってこられたら五分五分でしょうか」

そう言ってガンチェは得意そうに笑う。

「同じシスティーカ郡地の種族でも、そのように違うのか」

「職人か、狩猟民かの違いでしょうか。エルンスト様もお会いになったルクリアス国のルンダ人は職人の筆頭でしょうね。一番過酷な地に住むだけあって、一番強い鉄を鍛えますから。私の剣も槍の刃も、ルンダ人が鍛えたものです」

「ガンチェはシスティーカ郡地に行ったことがあるのか」

市場を歩きながら訊ねる。あちらこちらで商人が客を呼び止める声が賑やかに響いていた。

「ずっと前に、一度だけ行きましたが、あの地は……非常に過酷ですね。他郡地と繋がっている周辺ならばともかく、奥地へはグルードの種族しか足を踏み入れることはできないでしょう」

「日中と夜間の温度差が二百度もあると聞いたのだが

……」

文献で読んだだけだが、エルンストには未だに信じられない記述だった。

「測ったことはありませんが、そんなものでしょうね。昼間はとても寒くて、夜間がとても暑いのです」

「そのようなところでよく生きていられるものだな……」

シェル郡地の種族では絶対に無理だ。

「子供の死亡率はとても高いですよ」

「たしか文献では、十人生まれても五歳まで生き延びられるのはその半分だと書かれていた」

シェルの種族はただ単に妊娠をしにくい体質というだけで、生まれればそれなりに育つ。妊娠期間もシェルの十五ヶ月に比べて、システィーカは二十ヶ月だ。その上環境のあまりの過酷さに流産も多い。彼《か》の地では生まれるだけでも試練なのだ。

「十歳まで生き延びればあとは、非常に頑丈なシスティーカ郡地の種族らしくなりますよ。だからでしょうね。親は子を溺愛しますが、十歳を過ぎた子はほったらかしなのですよ」

同じく十歳頃で自立するダンベルト人には当たり前の光景に映ったのだろう。四十歳で自立するクルベール人から見れば十歳など、赤子も同然だ。

「世界は本当に広いのだな」

世の多種多様さに改めて溜め息しか出ない。エルンストがどれほどものを知っていようとも、それは机上の知識だ。ガンチェのようにその目で見て、肌で触れて、匂いを嗅いだ者には到底及ばない。

世界のあらゆることをこの目で見たいと思う。文献に書かれていることが本当に正しいのか、本当はどういうことなのか、自分の目で、耳で、鼻で、手で、確かめていきたい。

「……私がどれほど望もうとも、私はこの国を出るだけでも難しいだろうな。だが許されるのならば、いつか、ガンチェと旅をしてみたいものだ」

「そうですね……いつか、そんな旅ができたらいいですね。でもしばらくは私の話で我慢してください。私の拙い経験でよろしければ、いつでも何度でも、お話ししますよ」

大きな手に握り込まれて、エルンストのその手だけでなく心までもが温かくなっていく。

ガンチェはよく寝物語のように世界の色々な話をし

てくれた。暗い部屋でガンチェの静かな声を聞いていると、エルンストはいつでもあらゆる場所に旅に出掛けられた。

エルンストはそっと、逞《たくま》しい腕に頬を寄せる。

王都の市場はいい。誰もエルンストのことなど気にもかけない。ガンチェの大きさも、ダンベルト人より大きなグルード人やガイア人に混ざればそれほど目立たない。リンス国は内乱もなく、他国との大きな戦乱はこの三百年、一度もなかった。治安のよい平和な国として認知され、王都は各国の商人が集まる賑やかな場所となっていた。

真ん中に大きな噴水がある広場に出た。広場を囲むようにして円形状にあらゆる店が開かれている。花売りは色鮮やかな花を、細工師は敷物の上に金銀細工を並べ商人相手に仕事をしていた。小さな籠に入れられた鳥が軽やかな声を響かせ、あちらこちらから香ばしい匂いや甘い香りが漂ってくる。人々は噴水の縁に座ったり椅子に腰かけたりしては思い思いに過ごしていた。メイセンと同じ国の民だとは思えないほど、賑やかで楽しげな人々だった。

店先に並べられた商品を覗いていく。何もかもが珍しい。花は王宮に飾られていたものよりもっと勢いがあったし、繊細さのない食べ物は雑多であったが美味しそうだ。ガンチェが平らなパンと甘い香りのする茶を買い、噴水近くの椅子へエルンストを促す。噴水から上がる水飛沫で、深く息を吸い込むと爽やかな気分になれた。

「これは、どういう仕組みなのですか」

ガンチェが珍しそうに噴水を見て言う。

「王宮で仕えていた頃にもよくこの市場に来ましたが、この噴水はいつも不思議でした。誰に聞いても知らないと言うし」

噴水はシェル郡地にしかない。スティーカ郡地やグルード郡地は乾燥地帯で水は貴重だ。スート郡地は反対に海ばかりで噴水を作る必要もない。

「ふむ。あれは、三つの層になっているのだ。それぞれに適量、水が入っている。一番上の層と一番下の層を繋ぐ管が入っていて上の水が下に落ちると下の層の水が増える。そうすると空気が圧縮され、一番下の層と真ん中の層を繋ぐ管を通って、一番下の層の水が真ん中の層へと移動する。真ん中の層の水が増えると同じように空気が圧縮され、真ん中の層と一番上の層を繋ぐ管を通って水が飛び出る。飛び出ているのが、あの噴水だ」

　ガンチェは理解できないのか、きょとんとした顔で首を傾げる。その様子があまりに可愛いので、エルンストは立ち上がってその頭を撫でてから、続けた。

「つまり、一本の太い管を三つに区切るように板を塡《は》め込む。一番上と一番下を繋ぐように管を入れ、一番下と真ん中も繋ぐように管を入れる。そして、真ん中と一番上を繋ぐ管を入れる。細い管は三本だ。この状態で水を入れるとああなるのだ」

　机の上に図形を描くように指でなぞって説明すると朧《おぼろ》気《げ》ながらもその姿がわかってきたのか、ガンチェが顔を上げる。

「それだと水が上に上がって、下がなくなりませんか？　あの噴水はどうして毎日毎日、水を噴き上げているのですか？」

「一番下の水が圧縮で二番目に上がり、二番目の水が圧縮で一番上に上がる。確かにそれだけだと、水は上に溜まっていく。だが、一番上にある程度の量が溜まったら管を通って、水は一番下に落ちていくのだ」

「ああ！　そうでした！　そうか……循環しているのですね」

　合点がいったのか、赤茶色の目を輝かせて頷いた。ガンチェは理解が早い。ほんのわずかな助けだけで、一瞬で物事を覚えることが多くあった。

　ガンチェが買ってきた薄く平たいパンを見た。こんなに薄いパンをエルンストは初めて見た。蜂蜜と砂糖がかけられ、見るからに美味そうだった。

「これは……？」

「チャパというリンス国の食べ物ですよ。でも庶民の、それもどちらかと言うと子供のおやつみたいなものですから、エルンスト様はご存知ないかもしれませんね」

　パンにつけられていた細い木の串で、ガンチェは器用にパンを切っていく。ひと口大になったそれを串に突き刺し、どうぞ、とエルンストに差し出した。

　エルンストは口を開けて、ガンチェの手から食べる。途端に広がるなんとも言えない甘さに目を見開いた。メイセンでは甘いものを口にする機会などない。ヤキヤ村で蜂蜜が採れるとはいってもあれは、貴重な売り物だ。メイセンで消費されることはほとんどない。領民を集めての会議で口にして以来の蜂蜜であった。

「これは、美味いな」

「そうでしょう？　私も大好きですよ」

　ダンベルト人であるガンチェは肉食なのだが意外にも甘党で、傭兵時代の話を聞くと、各地で食した美味いものとして頻繁に甘い料理が出てきた。今も茶葉を煮出した中に牛の乳や蜂蜜を入れた茶を美味そうに飲んでいる。

「メイセンでもこのようなものが日常的に食べられるとよいのに」

「本当に、そうですね」

　幸せそうに笑う年下の伴侶のためにも、領地を富ませたいと思った。蜂蜜の産地でありながら、領民がそれを口にできないのではあまりにも悲しい。それに、今口にしているこの蜂蜜は、メイセンのものと比べて香りも味も明らかに劣る。庶民の子供がおやつとして口にするくらいなのだからあまり高いものではない。だがそれでも、質が悪すぎる。

　ヤキヤ村で採れる蜂蜜は、王宮で食していたものにも遜色のない味と香りだった。あれを量産することができれば必ずや、メイセンを富ませる宝になる。

　ガンチェとパンをつつきながら話をしていると、どこからか美しい音色が聞こえてきた。人だかりができている箇所に目をやれば、髪は桃色、瞳は紫、肌の色は緑という色鮮やかな女が楽しそうに歌っていた。

「スート人ですね」

　人生の大半を海で過ごす種族だ。温暖な気候のスート郡地はしかし、数百年前からスーカ国とスージ国で争っている最も危険な場所だった。

「ガンチェはスート郡地を訪れたことがあるのだろう？」

「はい。私はスーカ国の傭兵として一年間、参戦しました」

　海で過ごす彼らは手足が長く、指の間には水かきがある。水中で過ごすことに特化された体は筋力が弱く、武器を扱えないと言われていた。水中での戦いには秀でているが、陸上で争うのには他郡地の傭兵を使う。

　争いが長引く理由には、彼の地が裕福である、というのもある。長期間、戦いを続けても国を富ませる産物が採れるためだ。それは、スート郡地でしか採れない果物であった。ありとあらゆる果物が収穫され、それを高価な値段で売り渡す。そうして得た金で傭兵を雇い、戦い続ける。

　エルンストから見れば、不毛な土地だった。

「戦いは、どのようなものなのだろうか。まだ終わりそうにないのか？」

「あれは……まだまだ続きそうですね。陸上で戦っているのはグルード郡地かスティーカ郡地の種族だけで、どちらが勝ってもどうでもいいのですけどね。ただ、契約金が破格なのですよ」

「そうなのか」

「大体、相場の二倍から三倍が出されていますよ。でもおかしなことに、戦っているスーカとスージの二国間で傭兵の金額を申し合わせているんです。どちらかがより強い傭兵を雇うために契約金を吊り上げたら、どんどん上がっていくものでしょう？　でも二国間で上限を決めているんです」

「戦っている国同士で協定を結んでいるわけか……」

「変でしょう？　それができるなら、戦い自体をやめればいいのに。でもスート郡地で一年も戦えば、かなりいい武器が購入できるんですよね」

「しかし、勝敗に関係しない者ばかりで本当に戦うのだろうか」

「それは本気で戦いますよ。契約でそのように取り決めていますし、我々は契約を交わした以上、絶対に背いたりしませんから」

ガンチェと過ごしてわかったことがある。グルード郡地の傭兵は、何をおいても契約ありきなのだ。どれほど不利な契約内容であっても、一度交わした契約には絶対に従う。どれほど酷い雇い主であってもだ。彼らにとって契約を破るということは即《すなわ》ち、自らと一族に汚名を着せることになる。

「私もスート郡地の戦いで、危うく命を落とすところでしたから」

その話を初めて聞かされたとき、エルンストの心臓は止まりそうになった。

ガンチェはグルード人の剣を受けて、肩から脇腹にかけてを深く斬られたのだ。ダンベルト人の厚い筋肉を一刀で斬り裂いたグルード人の腕もさることながら、内臓にまで達する傷を受けながらも応戦し、生き延びたガンチェの生命力の強さに驚愕した。

ガンチェの大きな体には今も、そのときの傷がしっかりと残っている。ガンチェはこの戦いで武器の重要さを覚り、契約金の全てで武具を揃えた。かつて使っていた剣はグルード人の一刀で真っ二つに割れてしまったのだ。今ガンチェが腰に差している大剣も、あの朱い鎧兜も全て、傷を受けてから揃えたものだ。

「でも死にかけたお陰でエルンスト様にお会いすることができたのですから、あのグルード人に感謝しなければなりませんね」

傷を癒すために世界で最も平和で気候も優しいリンス国へ来たのだ。ガンチェが言うように、戦うことを休もうと思わせるほどの傷を負っていなければリンス国へは来なかったのだろう。

だがエルンストは素直に頷くことはできなかった。結果がどうであれ、ガンチェがかつて死にかけたという事実が恐ろしい。

「あまり無茶はしないでくれ。次にグルード人やガイア人に出会ったときは、戦わずに逃げるのだ」

大きな手をぎゅっと握り込んで言うと、赤茶色の目が不服そうに見てきた。

「逃げる、というのはダンベルト人にとって不名誉かもしれぬが、私はガンチェを失いたくはないのだ」

「戦いが何よりも好きだというわけではありませんから、契約に関係のない戦いまでは買いませんよ。でも……私の後ろにエルンスト様がいらっしゃれば、私は絶対に戦いますからね」

エルンストの手を握り返して、ガンチェが強い瞳で決意を伝える。

「……わかった。では私は、逃げ足の速い者になろう」

そう言うと、ガンチェが声を上げて笑う。

「む……笑うな。領地に帰ればもう一度、練習する」

憮然《ぶぜん》として言い放つと、ガンチェはもう一度笑った。

雪が解け出した頃、エルンストはかねてからの思いどおり、執務室から見える森までを駆けてみた。しかしその人生において一度も走ったことのないエルンストの足は、走る、という行為自体を知らなかったのだ。冗談ではなく、足が絡まるのだ。

倒れそうになるエルンストを、ガンチェが何度も受け止める。ゆっくり、ゆっくり、そう言われても、ゆっくりと足を運んでいては走れない。エルンストは早足から駆け出そうと試みたのだが、早足さえままならない。エルンスト自身は早足だと思っているのだが、ガンチェの大股歩きのほうが速い。

む、として何度も練習を重ねる。そのうち領兵らまで集まってきて、ああでもないこうでもないと指導を始めてくれる。何度も笑われ、あちこちから指南され、エルンストはとうとう走ることを諦めてしまった。

そんなエルンストを見て、ガンチェは妙にほっとした表情を浮かべた。そしてエルンストを抱え上げると森に向けて走った。風が頬を撫でる。春の暖かな風が金色の髪をもてあそぶ。エルンストはガンチェの肩にしがみつき、どんどん迫ってくる森を興味深く見ていた。それは、生まれて初めて目にする新鮮な光景だった。

「とりあえず、森まで早足で辿り着けるようになりましょうか」

笑いを堪えてそう言うガンチェを軽く睨んだ。エルンストは自分の足で森まで到達することもできなかった。体力のなさに情けなくなってくる。

「……そのうち、馬よりも速く駆けてやろう」

悔し紛れにそう言うと、ガンチェは腹を抱えて笑い転げた。

甘い菓子を食べ、甘い茶を飲み、何時間も会話を続ける。領主となってからこれほど心が自由だったことはない。食べ物がなくなれば店から買ってきて、茶がなくなれば同じように買い足す。何気ない会話なのに楽しくて仕方がなかった。ふたりで話し、笑う。ガンチェとの話題は尽きることがなかった。それでいて、ふいに訪れる静寂までもが心地よい。

気づくと、広場では子らの姿が消え始め、店を片付けている。青かった空がいつの間にか茜色《あかねいろ》になっていた。代わりに、違う色合いの店が並び始めた。茶の代わりに酒を、甘い菓子の代わりに肴《さかな》を売る店が出始める。金細工職人は姿を消し、職人から細工品を買った商人の店が出てきた。花屋だけは姿を消さずにその場にいた。ただし、売っている花の種類が豪華になっている。

「エルンスト様、宿に戻りましょうか」

ガンチェが腰を上げる。エルンストも立ち上がった。酒席は楽しいだろうが重要な役目を終えていない者が顔を出すべき場所ではない。どのような災いが転がっているかわからないのだ。

ガンチェがエルンストの肩に手を廻し、しっかりと抱き寄せて歩く。早くも酔った男たちが騒いでいた。

宿は市場から外れた場所に取っていた。メイセンの事情を考えればあまり高い宿には泊まれない。かといって元老院に案件を持ち込むにしても足元を見られるわけにはいかない。エルンストは中心街から外れた場所にある、外見がしっかりとした宿に決めた。タージェスたちにも部屋を取ってある。

エルンストは最上階の一番高い部屋に、ガンチェと共に宿泊した。古くからあるその宿は造りも頑丈で内装にも品があるが、場所が少々不便というだけで中心街の宿の半額以下で泊まることができた。

ガンチェに守られながら市場を歩く。店先から蠟燭の灯りが漏れていて、道はとても明るい。客引きの女たちの声が響く。明らかにそれとわかる店もあった。肌を露出した女たちが男に媚《こび》を売っている。かつて、ガンチェも使ったことのある店だろうか。エルンストはそっと、ガンチェを窺い見た。

客引きの女たちには見向きもせず、周囲を警戒していたガンチェの視線がある一点で止まったのをエルンストは見逃さなかった。足を止め、そっとエルンストの肩を押して身を離す。店の壁の前にエルンストを立たせ、その大きな背でエルンストの視界を隠した。

「ガンチェ……？」

訝るエルンストに返事をせず、ガンチェは正面を向いたままだ。エルンストの言葉にガンチェが言葉を返さないことなど初めてだった。エルンストは胸が抉《えぐ》られるような衝撃を覚え、おずおずとガンチェの背に手を伸ばす。

だが、その硬い上着を摑むことはできなかった。

「ガンチェ！」

エルンストの手を止めた声は、通りの向こうから聞こえた。声で女だとわかった。駆けてきたその姿はガンチェの背に隠されて見ることはできなかったが、蠟燭の灯りで伸びる影はとても大きい。

「久しぶりだね！　元気だったかい？」

ばんばんとガンチェの肩を叩く手が見えた。とても、大きな手だった。硬い獣毛で全身を覆われたグルード人でもダイアス人でもない。頭に大きな角を持っているガイア人の影とも違う。多分、ダンベルト人なのだろう。

「どうしたんだい？　あたしを忘れたのかい？」

「……いや。覚えているとも」

エルンストが聞いたこともない、硬い声だった。

ガンチェと同じダンベルト人で、知り合いなのだろう。どうして自分を隠すのか。こんなみっともない子供の姿を見せたくないのだろうか。伴侶にしていることを恥ずかしいと思っているのだろうか。それを、同じダンベルト人に知られたくはないのか。

　エルンストは震える指を伸ばしてガンチェに縋りつきたかったが、弾む女の声がそうはさせなかった。

「なんだい、変な顔をして。久しぶりに会ったんだからさ、酒でも呑もうじゃないか」

「いや。それは駄目だ」

「ふうん。契約中なのかい？　じゃあ休みでもいいさ。あたしはしばらくこの国にいようと思っていてね。この市場は大抵のものは手に入るからさ。いい武器が手に入るまで、のんびり待っていようと思っているんだよ。だからいつでもいいよ」

「武器ならシスティーカ郡地へ行ったほうが早いだろう」

「そりゃそうなんだけど、あんまりグルード郡地を離れたくないんだよ。ああ、そうだ。あんたにも一応、言っておこうかね。あたし、子供が生まれたんだ」

「へえ……」

「あんたの子かもしれないよ」

　子供。その単語にエルンストの目の前は一瞬で真っ暗になった。立ち塞がるガンチェの体を押しのけて身を乗り出す。思ったとおり、ガンチェと変わらぬ体格のダンベルト人の女が立っていた。

「子供だと!?　それは本当なのかっ！」

　見上げる女を問い質す。

「なんだい？　このガキは」

　女はつまらない者を見るかのようにエルンストを一瞥し、ガンチェに聞いた。

「無礼な口を利くな」

「ああ、これが契約相手なのか。それとも、雇い主の子供か何かなのか？」

「そのようなことはどうでもよい。それより、ガンチェの子供を産んだというのは本当なのかっ！」

　この身長が恨めしい。頭上で交わされる会話に入ることもできない。だが自分より遥かに大きなこの女を怖いと思う感情はどこかへ行ってしまっていた。

　ガンチェの子供。どれほど望もうとエルンストには得られないものだ。子への感情が薄いクルベール人だけにそんなものを望んだことはもちろんない。ガンチェも同じようなものだった。だが、どこかの誰かがガンチェの分身を得ているのかと思うと心穏やかでは絶対にいられない。ガンチェの逸物を見れば、どれほどの者を相手にしたのか今のエルンストには想像できる。ガンチェの子の存在を、今までにも想像したことはある。だが、現実に突きつけられると理性など吹っ飛んでしまった。

摑みかからんばかりに女を詰問するエルンストの肩を、ガンチェが強い力で押さえていた。女を守ろうとしているのか。ガンチェの手にいつもの優しさを感じられなくて、エルンストはふたりの間に出てきてしまったことを泣きたいほど後悔した。

「坊や、あたしらはね、孕《はら》んで三ヶ月で産み落とすんだよ？　子が生まれる三ヶ月前に関係をもった奴が父親だって言ってるだけさ。ガンチェは可能性がある、ということだね」

女が身を屈め、にんまりと笑う。品の欠片《かけら》もないその顔を、エルンストは強く睨んだ。

「色事に興味を持つお年頃なのかもしれないがさ、ほどほどにしときなよ？　用心棒がいなきゃあんたなぞ、この指一本で殺してやれるさ」

女がそう言って、エルンストに太い指を突き出す。

ぶん、と風の音が聞こえた気がした。

エルンストの肩を摑んでいたガンチェの手がエルンストを背後に押しやる。そしてその手が握り込まれたかと思うと、女の顔面めがけて振り出された。

「……っ！　何するんだいっ！」

さすがはダンベルト人だ。ガンチェの拳を顔に受けても尻餅をついただけだった。

「こんな人込みの中で面倒事を起す気はない。だが、エルンスト様に対しての数々の無礼、この一発で済んだだけでもありがたく思え」

ガンチェの押し殺した声が聞こえた。賑やかだった通りは、息を呑むように静まる。

女がゆっくりと立ち上がり、腰に差した剣に手を伸ばす。ガンチェも同じように剣の柄を握った。ガンチェの全身から、怒りが噴出していた。

「エルンスト様は俺の伴侶だ。誰であろうと、汚すことは許さん」

ガンチェが低くそう言うと、女は一瞬呆けた顔をした後、けたたましく笑い出した。

「あははははははっ！　なんだい!?　それは!?　何の冗談なのさ」

ガンチェは剣から手を離し、憮然と言い放った。

「信じようと信じまいとお前の勝手だが、今度一切、俺には構うな」

　通行人の迷惑を顧みず、通路に蹲ってどんどんと地面を叩き笑い転げる女を一瞥し、ガンチェはエルンストを促して歩き出す。

　女の声がすっかり聞こえなくなってもガンチェは歩く速度を緩めず、硬い表情のまま市場を通り抜けた。

　肩に置かれたガンチェの手が重い。いつもならばエルンストに負担をかけないように、手を置きながらも力をかけてはこない。無造作に置かれたガンチェの手は重く、市場を抜けても速度を緩めないガンチェについていくだけでエルンストの息は上がる。いつもならば、エルンストの速度に合わせてくれる。いつもならば、もっと、エルンストの存在を気にかけてくれる。

　エルンストは息を乱し必死についていきながら、ガンチェを見上げた。硬い表情で正面を向いていた。何をそれほど怒っているのだろう。エルンストに無礼を働いたあの女にか、それとも同郷の者にエルンストを伴侶にしていることを知られてしまった事実にか。

　エルンストの心に不安が広がる。

　市場からどんどん離れていく。明るい市場を離れると、ぽつりぽつりと街灯があるだけの暗い道が続く。

まるでエルンストの心に広がる、不安という名の闇のようであった。日中はあれほど楽しかったというのに、この差は何だ。同じ一日だというのに、押し潰されそうなこの不安と恐怖は何だ。

　エルンストは泣きそうになりながら、ガンチェと交わした契約書を思い出す。

　五日間悩みに悩んで言葉を重ねた。どこからも、誰からもガンチェを奪われることのないように、慎重に言葉を重ねた。通常一枚で意味を成す伴侶契約書。エルンストは言葉を重ねて八十六枚もの枚数で取り交わした。立会人のタージェスが一字一句読み上げるのに、三時間もかかったのだ。

　それほどの枚数を重ねなければ不安でどうしようもなかったのに、それほどの枚数を重ねてようやく安心できたというのに、どうしても最後に一文をつけなければならなかった。最後まで悩み、それでもやはり、この一文を消すことはできなかったのだ。

　だが今エルンストは、その一文を加えたことを酷く後悔していた。なぜあのような言葉を書いてしまったのか、卑怯《ひきょう》だと言われても加えるべきではなかったと、激しく後悔した。

ガンチェの申し出があったときに限り、本契約の全てを破棄する。

最後に加えたこの一文が、エルンストの頭の中で何度も何度も渦巻《うずま》いた。


宿の部屋に入った途端、エルンストは崩れるように床に座り込む。扉を閉めたガンチェが慌てて近寄ってきて、助け起こした。今の今までこちらの状況に気づいていなかったのかと、その慌てぶりを見てエルンストは思う。

「だ……大丈夫ですか!?　申し訳ありません……」

大丈夫だ、そう答えてやりたいが息が上がって何も言えず、辛うじて頷いた。

「と、とにかく、こちらへ」

ガンチェはエルンストを軽々と抱えて椅子に座らせた。

差し出された茶を飲んで、ようやく息がつけた。

「あの女は……誰なのだ？」

努めて冷静に声を出す。詰問したいわけではない。ガンチェの過去を問い詰めたところで意味はない。だが、知らない顔をしてやり過ごせるほど、ガンチェを愛していないわけでもないのだ。

「昔の……知り合い、です」

椅子に座るエルンストに対して、ガンチェは立ったままだった。

「名は？」

「……わかりません」

「なんだ、それはっ！」

エルンストは思わず立ち上がったが、酷使した足がいうことをきかず膝が崩れる。情けないことに机に縋りつくエルンストをガンチェが支えて再び椅子に座らせた。

「わからぬとはどういうことだ！　向こうはガンチェを知っていたではないかっ！」

冷静になろうと思っているのに声が大きくなってしまう。王宮では声を荒らげることなど決して許されない。エルンストもそのように教育されている。未だかつて一度として声を上げたことはない。

だが、冷静に話すことなどできない。あの女はガンチェに触れたのだ。この、可愛い伴侶に触れたのだ。

その女の名を知らずにどうしろと言うのだ。

「私に……教えたくはないということか」

椅子に座った姿勢で立ったままのガンチェを見上げると首が痛くなる。だが睨みつけるようにきっと眦《まなじり》を上げて見た。

「いいえっ！　そのようなことは……」

「では何故、教えないのだ」

大きな体を可哀想なくらい小さくしてガンチェが立っていた。しかしエルンストも気遣う余裕をなくしていた。

「わからない、と言いますか……その、忘れてしまったのです」

「かつては愛し合い、その肌に触れた者の名を、どうして忘れられるのだ!?　通りすがりの者の名さえ覚えているというのに」

「畏れながらエルンスト様。通りすがり程度の者の名を覚えておられるのは、エルンスト様くらいで……」

「普通は、覚えているものだろう」

「普通は、数分後には忘れているものです」

断言されて思わず納得しそうになる。だが、と首を振り、再び問わずにはいられない。

「しかし、愛した女だろう？　子が生まれたと言っていたではないか！　……子供だと……っ!?」

そう、子供が生まれたとあの女は言ったのだ。

「可能性がある、ということで……」

ガンチェが困惑したように眉を寄せる。何を困っているのだ。困っているのはこっちだ。

「可能性というのは、あるかもしれぬということだ。それは、可能性とは、五割のことなのだろうか。六割のことだろうか……」

「さあ……？　グルード郡地の種族はどれも、妊娠しやすい体質で……」

「ではガンチェの子である可能性が大きいのではないかっ！　ガンチェの子供……子供だと……っ！」

ざっと立ち上がり、うろうろと部屋を歩き回る。王宮であったならば品のないことをと叱られていただろう。しかしここは王宮ではなく、エルンストは皇太子でも何でもない。この、どう説明してよいのかわからない感情のまま、部屋を歩く。

だが同時に、六十年間叩き込まれた教育が頭をもたげてもくる。

「ああ、いや……冷静になろう……冷静に……」

「そ……そうですね」

目を閉じて自分に何度もそう言い聞かせる。ガンチェが賛同し、目を閉じたまま立っているエルンストを促して椅子に座らせた。

冷静に、冷静に、そう言い聞かせているのにあの女の声が頭の中で響く。

あんたの子供かもしれないよ……。

「子供だとっ！　誰に断って子供など産んだのだっ！　ガンチェは私の伴侶だっ！」

噴出する激情のまま叫んで立ち、再び苛々《いらいら》と部屋を歩く。酷使した足が不満を訴えていたが知るものか。

「ガンチェは私の伴侶だ、そうであろう!?　ガンチェの全ては私のものだっ！　それをあの女は私に断りもなく、ガンチェの身を使って分身を得ようなどとは……っ！」

ずかずかと足音高く部屋を歩き回る。部屋の中央に立ったままのガンチェが困ったようにエルンストを見ていた。その赤茶色の目を見て、我に返る。

「そうだ、冷静にならなければ……冷静に、冷静に……」

騒ぐ心を静めるように、エルンストは目を閉じて広げた両手を胸の前で上下させた。

「そ……そうですよ、エルンスト様」

目を閉じて深呼吸を繰り返すエルンストを抱き上げて、ガンチェが再び椅子に座らせる。

「冷静に……冷静に……」

あんたの子供かも……。

「冷静になど、なれようはずがなかろうっ!?」

苛々として、どうしようもなくて、だんだんと机を打つ。

「エルンスト様、手が……」

大きな手が、机を打ちつける手をそっと押さえる。

「エルンスト様がそれほどまでにお嫌ならば、その子供、殺してきましょうか？」

まるで、お茶のおかわりはどうですかと訊ねてでもいるかのように言うのでエルンストは一瞬、何を言われたのか理解できなかった。

「今まで関係した全ての女を覚えているわけではありませんが、できる限り探し出し、私が関係した間にできたと思える子供、全てを殺してきても構いませんが」

床に片膝をついてガンチェが言う。

「え……？　あ……いや、そうではないのだ……私は……」

　下から覗き込んでくる赤茶色の目が無邪気な色を浮かべていた。行け、とエルンストが言ったならば意気揚々とガンチェは故郷へ走るのだろう。自分の子供かもしれぬ者を探し出し、殺し尽くすために。

　エルンストの指示を待つガンチェの目を見ていると、だんだんと心が静まってきた。

「ガンチェの子供が憎いわけではないのだ。そうではなくて……ガンチェの子供を産んだ女がいるというのが腹立たしくて……あ、いや、そうではないのだ。産んだわけではなかったな……そう、可能性だ。可能性があっても嫌で……いや、そうではないのだ」

　心がようやく静まってきたというのに、今度は何が言いたいのかわからなくなってきた。エルンストは震える足を踏ん張って立ち上がるとうろうろと室内を歩き、またふらふらと椅子に座り込む。

「そうだ。ガンチェが関係を持った女が出てきて、腹立たしい……いや、違う。腹立たしいのではなくて、狼狽《うろた》えたのだ。そう、狼狽える、だ」

　自分の心境を表す言葉を見つけてぽんと手を打つエルンストを、床でひざまづくガンチェが見ていた。

「そうなのだ。私は狼狽《ろうばい》したのだ。ガンチェが以前、愛した女が出てきて……腹立たしいと同時に狼狽えたのだ」

「いえ、その、愛しては……いない、でしょうね」

　ガンチェが片手を軽く上げて言った。

「何なのだ？　その他人のことを話すような表現は」

「ダンベルト人というものは、過去を忘れ去るところがありまして……あの女のことは覚えているのです。ある契約で共に戦ったことがあります。契約中に気が合い、何度か、その、いたしたことがありますが……」

「何度もかっ!!」

　思わず立ち上がって、また頽《くずお》れる。この体力のなさが恨めしい。ガンチェは苦笑してエルンストを抱き上げると、寝台に連れていった。

「ダンベルト人は一度きりではないのか……」

　靴を脱がされながら呟く。

「あの契約は特殊な状況でした。さる国の大臣をひと月守り抜くのが契約内容でして……山中に身を隠した大臣に従って我々もひと月、山中で過ごしたのです。

こちらの陣営にはグルード郡地の種族が七名いましたが、そのうち女はあれひとりで……」

裸足になったエルンストの両足を揉んで解しながらガンチェは続けた。

「七名のうち、ダンベルト人は三名いました。我々は、何と言いますか、その……交歓のときに人種にこだわりはしませんが、そのときの仲間内ではダンベルト人同士、気が合ったのです。ですから私と、あの女と、もう一人のダンベルト人の男と、何度か交歓したわけです」

「三人で……？」

メイセン領主の書庫にはそういう本もあったはずだ。ガンチェがあのような乱れたことをしたのかと、おずおずと聞いたのだが、ガンチェはぶんぶんと頭を振って否定する。

「いいえ！　いいえ！　まさか、そのようなことはっ！　ちゃんとふたりで行いましたよ。ええ、そうです。ふたりっきりで繋がったのです」

「……繋がったのか……」

子ができたというのだから当然そうだ。だが現実として愛しい伴侶の口から聞きたくはなかった。


がくりと項垂れるエルンストの肩を掴んでガンチェが顔を覗き込んでくる。

「あの、でも、その……多分、二回か、三回……？いや、四回くらいで……」

増えていく回数にエルンストの目からぽろりと涙が落ちた。

「あ！　あの！　いえ、いいえ、四回もじゃありませんっ！　三回か……二回？」

エルンストは手を伸ばすと、茶色の巻き毛を撫でてやる。

「よいのだ。ガンチェの過去を詮索しても仕方がない。わかっているのだ。わかっているのだが……現実に見せつけられて狼狽えてしまったのだ」

「エルンスト様……」

ガンチェは髪を撫でられて気持ちよさそうに目を閉じた。精悍な顔が目を閉じると、無防備で可愛さを増す。エルンストはそのまま額を撫でて、鼻先を辿り、口元にまで指先を巡らせた。

「私は狼狽えて、そして悲しかったのだ……」

何をですか？　見上げるガンチェの目がそう言っていた。

「ガンチェの歩く速度が速くて、私は悲しかったのだ……いや、わかっている。これは、私の我儘だ」

「あ……先ほどのあれは、その、本当に申し訳ありません」

ガンチェは床の上で座ったまま項垂れた。

「いや、よいのだ。ガンチェがいつも私を気遣ってくれるのが当然だと思っていた私の我儘なのだ。ガンチェにも腹立たしいときがあるだろう。そのようなときにまで私に気遣えというのは傲慢にもほどがある」

項垂れるガンチェの頭を撫でてやると、大きな頭がぶんぶんと振られた。

「いいえ、いいえ！　エルンスト様がお悪いのではありません。昔の悪さをエルンスト様に知られてしまって、私は焦っていたのです。どうしよう、どうしよう、とそればかりが頭を占めて、とにかくあの女の前から逃げたかったのです。エルンスト様にこれ以上、昔のことを言われるのが嫌で……」

ガンチェは寝台に乗り上げると、エルンストにぎゅっと抱きついた。

「私はエルンスト様に嫌われないようにと、そればかりなのです。エルンスト様と出会う前は本当に、消し去りたいようなことばかりをしてきました。だからあの頃に知り合った者たちを絶対に、エルンスト様には会わせたくないのです。エルンスト様……あの女はまた、エルンスト様の前に現れるかもしれません。私が排除しても、やってきそうな気がするのです。私をからかうためだけに……」

おずおずと見上げてきた赤茶色の目は可哀想に、不安に揺れていた。

「どうか、どうか、私を嫌わないでください。何を聞かされようと、どうか私を嫌わないでください。お願いします」

ぐりぐりと大きな頭をエルンストの腹に押しつけるようにして抱きつく。大きな伴侶が可愛くて、愛しい。

「ガンチェ、契約書を覚えているだろうか？　私たちが交わした、伴侶契約書だ」

「もちろん、一字一句、覚えております」

ガンチェの額を撫でる。ガンチェが自らの醜いと思うところを曝《さら》け出し懇願してきたのならば、エルンストも自らの醜い場所を愛しい者の目から隠すべきではない。

優しく巻き毛を撫で、ガンチェの耳の後ろを擦る。

大きな顔の輪郭《りんかく》を辿って口元へ指先をやると、ガンチェはちゅっと口づけた。

「伴侶契約書の最後の言葉……正直に言えば、私は卑怯にも、なくしてしまいたかったのだ……」

行動に移さずとも、思いついただけでも卑怯だった。自らの醜さを恥じ、エルンストは視線を逸らした。

「ガンチェを失いたくはないのだ。誰にも、ガンチェを渡したくはない……ガンチェが選ぶ、ガンチェの人生にも、渡したくはないのだ」

「私が選ぶ、人生……？」

「この先、もしガンチェがまた戦場へ行きたいと望んでも、行かせたくはない。メイセンの生活に退屈したからと、メイセンを出たいと望んでも行かせてやりたくはない。……私に、飽きたと思っても手放したくはないのだ……」

乾いた涙がまた溢れそうになる。感情を乱す自分を恥じて俯くエルンストをガンチェが覗き込む。人前で泣いてはならない。そう教え込まれた。エルンストは、ガンチェの視界から逃れようと顔を背けたが、ガンチェは追いかけてきて、濡れる頬を舐めた。

「あの一文、あれがエルンスト様の愛なのだと、私は思いました」

何を言われたのか瞬時にはわかりかねてガンチェを見ると、蕩《とろ》けそうに笑う可愛い伴侶の顔がそこにはあった。

「伴侶契約書の全ての言葉から、エルンスト様が私をどれだけ愛してくださっているのか感じることができたのです。ですが最後の一文、あれこそがまさしく、エルンスト様の大いなる愛なのだと思いました」

ガンチェはしっかりとエルンストを見つめて続けた。

「全ての外敵から私を守ろうとしてくださっているのが、あの伴侶契約書でしょう？　私を守ろうとして、でも最後の一文で、私に自由を与えようとしてくださっている。……私も本当は、最後の一文は必要ありませんとお伝えしようとしたのです。私がエルンスト様のお側を離れることなど決してありませんからね。でも……あれはエルンスト様の愛ですから。私はどうしても、あの一文を大切にしたかったのです」

ガンチェに見つめられ、エルンストの目からぽろぽろと、涙が零れ落ちていく。

「愛しております、エルンスト様。エルンスト様をこの腕の中に迎えられて、これほどの幸運、どうして捨て去ることなどできましょうか？　あの伴侶契約書を破棄できる者は私だけですからね。誰も崩せない、畏れながらエルンスト様御自身でさえ崩すことのできない完璧な契約書です。エルンスト様がお作りになられたあの契約書を読んで、私が内心小躍りしたのをご存じですか？」

ガンチェが輝くような笑みを浮かべた。

「私は決して、エルンスト様のお側を離れたりはしませんからね。エルンスト様が私の悪行を知って愛想を尽かされたとしても、あの伴侶契約書を破棄できるのは私だけなんですから。けれども、私は絶対に離れたりしませんからね」

強い目でガンチェが見てくる。その赤茶色の目に引き寄せられ、エルンストは両手で大きな頭を抱え込み夢中で口づけた。

契約書を破棄することなどエルンストにも考えられない。これほど愛しい伴侶に愛想を尽かすことなど起こり得ない。

思いの全てを伝えるように必死で舌を動かす。厚い舌がすぐに応《こた》えてくれた。強い力で抱き寄せられたかと思うとガンチェの手がエルンストの下衣を摑み、下着と一緒に一気に引き下ろした。

屋根のある場所にいて夕食を抜いたのは初めてだった。だがそのようなこと、どうでもよかった。押し潰されそうな不安と恐怖の後、愛しい伴侶に空虚を埋めてもらうほうが重要だ。

エルンストは大きな体に乗り上げ、全身を使って必死にガンチェを抱き締める。

「エルンスト様……落ち着いてください」

エルンストの焦りを宥めるガンチェに余裕があるとも思えない。大きく広げたエルンストの足の間に両手を潜り込ませ、いくつもの指で窄まりをつついている。入りそうで入らない、その微妙な感覚がたまらない。エルンストは両手を突っ張り身を起こし、腰を動かしてガンチェの逸物を探す。

「ああ……っ」

探し当てたガンチェは既に硬く尖り、美酒を溢れ出させていた。

「早く、ガンチェ。ガンチェ、早くっ」

ふふ、と笑ってガンチェは、エルンストの体から手を離した。

「ガンチェ……？」

上から可愛い伴侶を覗き込むが、楽しそうに笑っているだけで続けてくれない。身を起こし、引き締まった腹の上に座る。後ろを覗き込むと立派に成長し濡れたガンチェが、蠟燭の灯りで光っていた。

「エルンスト様」

呼ばれて腹の上を移動し、目を合わせる。

「私のものを、エルンスト様の中に誘ってはいただけませんか？」

「もちろん、構わない」

当然だろう。強く頷くとガンチェは熱っぽく続けた。

「畏れながら、エルンスト様御自身の御手に導かれて、入っていく私を見たいのです」

「私の、手？」

それは自分でやる、ということなのだろうか。いつもはガンチェがしてくれていることを自分でやると。後ろを向き、鎌首をもたげた伴侶を見た。たらたらと涎《よだれ》を垂らしエルンストを見ている。くらり、と眩暈がするようだった。可愛らしくて、愛しくて、たまらない。年下の可愛い伴侶がねだってくることで、エルンストが拒否できるものなど何もない。

愛しい茎を跨《また》ぐように移動する。両手を添えて、腰を沈めて入り口に導く。喉奥で快楽を堪えるようなガンチェの呻き声が聞こえ、摑んだ茎が一層大きくなる。ガンチェが喜んでいる。それだけで身悶えしそうだった。

入り口に添えた茎の上でゆっくりと動く。溢れる美酒を塗り込めるように。体液適合者の体液が自分の体にどのような作用をもたらすか、十分に理解した上での行動だった。ガンチェの精液を取り込めば、どれほど固く閉ざされた門でも簡単に開いてしまう。

そのまま腰を落とそうとしたエルンストの股間に大きな手が伸びてきた。

「解させていただいてよろしいでしょうか？　このままではエルンスト様のお体に負担があります」

エルンストはガンチェから手を離すと、愛しい伴侶に全てを任せた。

濡れた音が微かに響く。宿で使われている蠟燭はメイセンのものより随分と高級で長かった。宿に戻ってきたときに灯したはずだが、まだ半分も燃えていない。煙も少なく、そして明るい。明るい光の中、ガンチェの手を見る。

下から差し込まれた指は三本になった。器用なガンチェの指はその動きだけでエルンストを乱れさせる。エルンストはたまらず、柔らかな茎から情欲を吐き出していた。じわりと滲み出てくるエルンストの精液をガンチェは見逃さない。人差し指と中指で柔らかな茎を挟み込むと擦り上げ、その掌の上に吐き出させる。そしてエルンストの目を見ながらゆっくりと舐めた。

それに呼応するかのように腰が前後に動く。ガンチェの指を含んだまま、どうしようもなく腰が揺れた。

「エルンスト様……」

赤茶色の目にうっすらと金色が混ざり始めていた。ああ、可愛くてたまらない。ガンチェが喜んでくれるならどんなことでもしてやりたい。だが、エルンストにも限界が近づいていた。下から立ち上ってくる愛しい香りに頭の芯がくらくらと揺れているのだ。

「ガンチェ……」

金色に変わった目を覗き込みながら股間に手を潜り込ませ、逞しい逸物を握る。伴侶は太く長く成長し、引き締まった腹に着かんばかりになっていた。

「ガンチェ……」

こくり、と喉が上下する。この逞しい逸物を体内に迎え入れて、あちらこちらを優しく突かれたらどのような心地がするのだろうか。思えばガンチェと繋がるのは久しぶりだ。メイセンを出てから今日で十日以上、繋がっていない。

体内からずるりと指が抜け出ていく。そのまま、エルンストの腰を強く摑んだ。エルンストの腰をひと摑みにし、そそり勃つ茎にガンチェが導く。だがあまりに興奮したガンチェは腹に沿うように勃ち上がり、うまく挿《はい》らない。エルンストの腰を摑んだまま左右に動かし、どうにかして潜《もぐ》り込もうと焦る伴侶の腕を撫でた。

「大丈夫……」

優しく囁いて落ち着かせると、太い茎に手を伸ばす。片手では摑み切れないほどの逸物。これほどになっても吐き出さずに堪えている。あの怪しい本たちに書かれていた。男は経験を重ねて堪えるということを覚えていくのだと。これほどになってもなお堪える伴侶の姿に過去を思う。

エルンストは一抹の寂寥感《せきりょうかん》をふっと笑い、愛しい茎を自らの入り口に導いた。力強い手がエルンストの腰を落とさせ、逞しい逸物が体内に潜り込んでくる。

「ガンチェ……」

　ゆっくりと挿入してくる愛しい伴侶を感じながら呟く。

「ガンチェが生まれたばかりの頃に知り合えたらよかったのに……」

「エルンスト様？」

　どすん、と音を感じるほどの衝撃を受けて愛しい伴侶が完全に潜り込んだことがわかった。

「そうすればガンチェを慈《いつく》しみ、私の手でガンチェを育ててやったのに……」

　下腹に力を込めてしっかりと咥え込んだまま手を伸ばし、引き締まった体を撫でる。頭を撫でてやりたいのだが、この短い腕では届かない。小さな体が不便で悔しい。

「ガンチェを愛して、可愛がって、慈しんで、大切に大切に育てるのだ。そして、この……」

　ゆっくりと下腹に力を込めて、緩めて、狭い筒で撫でてやる。

「愛しいガンチェの逸物も、私の手で育ててやったのに」

　く、と力を込めると精悍な眉が寄せられた。

「エルンスト様……っ。今で十分、育てていただいていますよ。エルンスト様は御存知ありませんが、私の不躾なものはエルンスト様に可愛がっていただいて、このように大きくなったのですから。……以前はもっと、あっさりとしたものでしたよ」

　以前、その言葉により一層、力が籠る。

「あっ……！　エルンスト様、どうかお力を緩めてください。私はもう少し、エルンスト様のお体を楽しみたいのです」

　跨いで座る大きな体が強張ったのを感じ、エルンストは慌てて深呼吸を繰り返した。狭い筒が痛みを与えているのを知っていたのに、嫉妬《しっと》に駆られ思わず力を込めてしまった。ゆっくりと息を繰り返し、愛しい伴侶を優しく抱き締める。

「ああ……ありがとうございます」

　ガンチェが大きく息を吐いて、両腕をだらりと広げた。

「エルンスト様を誰かと比べるつもりなどないのです。もとよりそのようなこと、できるはずもありません。あの女の名を忘れてしまったように、今まで誰とどのように肌を合わせたのか、本当に、すっかり、全てを忘れてしまったのですから」

　ガンチェが閉じていた目をゆっくりと開けた。穏やかな赤茶色の目で、ガンチェが寛いでいるのだとわかる。エルンストはガンチェの上に座ったまま、引き締まった腹を撫でた。指先で、怒ってはいないと伝える。

「ただ、体の感覚を覚えているのです。以前はもっと、早かったと思うのです。相手の都合など考えず、自分の欲望のままに突っ込み、腰を振り上げていたのだと。相手の体を楽しみたいなど思いつきもしませんでした。ただ、溜まったものを出したかっただけなのです」

　エルンストはゆっくりと腰を上げると、柔らかく回して可愛い伴侶を慰める。自分の生き方に疑問を持たなかっただろうに、エルンストと出会い、愛し合い、過去を恥じるようになったのか。

「ガンチェが私を愛してくれていることは、わかっているのだ」

　優しく刺激を送りながら、囁く。

「ガンチェがこのみすぼらしい体を何度も愛してくれる、それだけでもガンチェの愛を感じるのだ」

「何を仰います。エルンスト様のお体はみすぼらしくなどありません。可愛らしくて、柔くて、とても甘いのですよ？　私はずっとエルンスト様のお側にいたいし、エルンスト様に触れていたい。このものを抑えているのも難しくて、難しくて……」

　逞しい腰をひと振りし、ずくんと突き上げる。

「あぅっ……はぁ……抑える必要など、ないだろう？　私はいつだってガンチェを迎え入れる用意ができている。この身がみすぼらしくないと言ってくれるのならば、ガンチェはいつだって思いのまま、抱き寄せてくれればよいのだ」

　対等だと言い聞かせているのに謙虚な伴侶はいつも遠慮する。

「ですが……私は、ずっと、なんですよ？　それは隊長たちがいても構わず、エルンスト様と抱き合ったり手を繋いだり、御髪《おぐし》に触らせていただきたいのですよ？」

「よいではないか」

　愛しい茎を半分ほど抜いて覗き込むと、ガンチェが苦笑していた。

「そうさせていただきたいのは山々ですが……私が隊長に叱られてしまいますから、自制します」

　降参を示すように両手を上げてそう言うから、エルンストは意味がわからず首を傾げる。そんなエルンストにガンチェは苦笑すると腰を突き上げた。

「あっ……っ！」

可愛い伴侶の悪戯に、エルンストの背が弓形に反る。ガンチェは起き上がってエルンストの背を片手で支えると、未熟な芽を大事そうに、空いたほうの手で包み込んだ。微かに濡れた頭を優しく撫でる。

「エルンスト様の水桃も美味しくて、いつも私を楽しませてくれます」

エルンストから手を離すと至近距離で目を合わせたまま、ガンチェが濡れた親指を舐めた。うっとりと目を閉じ、エルンストを味わう。

「ああ、旨い……」

エルンストは、む、と眉を寄せガンチェの太い首を抱き寄せた。

「私もガンチェの美酒を味わいたい」

「ですがエルンスト様、私は今、エルンスト様の中を楽しませていただいていますよ？」

言葉を示すように、ガンチェがくぃと腰を突き上げる。エルンストは下腹に力を込め、ガンチェを抱き締めた。

「ならば、後で」

見上げてエルンストがそう言うと、ガンチェは笑って頷いた。

「はい。エルンスト様が私で楽しんでくださるのであれば、私はいくらでもいつまでも、ここを硬くしていられますよ」

そう言って、エルンストを中から抉るようにガンチェは腰を動かした。

ガンチェに教えられた好い場所を何度も擦られ、エルンストはたまらず情を滲ませる。エルンストの目の奥がちかちかと光り、理性が消えていく。そこに力を込め、愛しい伴侶をしっかりと抱き締めた。

「エルンスト様っ！」

ガンチェが眉を寄せ、エルンストの名を呼ぶ。エルンストはふっと笑い、ガンチェの分厚い胸を舐めた。もう一度力を込め、ぐっと抱き締める。

「エルンスト様っ……！」

ガンチェの精悍な眉が苦し気に寄せられる。エルンストの腰が震え、精一杯背を伸ばした未熟な芽からまた、情欲が漏れていく。小さな玉ふたつ、ガンチェが指先で撫でていた。濡れた指がエルンストの腹を撫でて上へと進み、一点を示す。

「ここに……構いませんか？」

薄い腹を隔てた先、自分の尖った頭を撫でながらガンチェが当然のことを聞いてくる。エルンストは酩酊したような頭を振って笑みを浮かべると、鷹揚《おうよう》に頷いた。

「ふむ。構わぬぞ？」

王のように許しを与える。そんなエルンストに声を上げて笑い、ガンチェは自分の胸に片手を当てて目線を下げた。

「ありがたく頂戴いたします」

褒美を受ける騎士の言葉でガンチェがおどける。そうしてエルンストの腰を両手で恭しく摑むと、ゆっくりと引き上げた。

「あ……っ」

ずるずると太い楔《くさび》が抜けていく。尖った頭だけを体内に納める場所まで引き抜くと、ガンチェはエルンストの腰を落とし、一気に体内を突き進んだ。

「あうっ！」

甘い疼痛《とうつう》にエルンストが仰け反る。体液適合者の精液が、エルンストの体を芯から蕩けさせていく。がくがくと揺さぶられ、エルンストの視界まで蕩けていく。

「ガンチェ……っ……ガンチェっ」

その言葉以外忘れてしまったかのように、幾度も愛しい伴侶の名を呼ぶ。ガンチェもまた、エルンストの名を呼び続けた。

「エルンスト様……」

ぐっと抱き締められ、ガンチェが首筋に歯を立てたのがわかった。噛み締めてくれてもいいのに、そう思いながらエルンストは目を閉じる。優しい年下の伴侶は、決してエルンストを傷つけない。歯を当てただけでやめ、ねっとりと舐めていた。

中に咥え込んだガンチェがびくびくと震える。終わりを感じ、エルンストは下腹に力を込める。ガンチェに教えられたとおり、咥えたそこから奥に向け、力を込めて抱き締めていく。エルンストの首に顔を寄せたまま、ガンチェが低く呻いて最奥《さいおう》に吐き出した。

熱いガンチェを身の奥に感じ、エルンストもまた、水のように薄くなった情欲をとろとろと流していった。

4

元老院は日暮れと共に開かれる。

エルンストはゆっくりと昼食を済ませ、軽く休息を取った。寝台に横たわったガンチェに身を預け、温かな胸で浅い眠りに落ちる。愛しい匂いに包まれて、大きな手で髪を撫でられていると、不安なものの全てから守られていると感じられる。

再び目覚めたのはお茶の時間が過ぎた頃だった。ガンチェに手伝われ湯を使う。

最上階にはエルンストが宿泊するこの部屋しかない。値段の割には豪華な部屋で、専用の風呂場までついていた。ほどよい広さの風呂場でガンチェに身を任せる。甘い香りの泡で丁寧に洗われ、温かな湯に身を沈めた。

湯の中でガンチェの膝に座り、背中から抱かれる。大きな手がエルンストの体を解していた。困難に立ち向かう緊張からか、エルンストの体は知らず知らずのうちに強張っていた。ガンチェは、エルンストが固く結んでしまった緊張の糸を解くようにゆっくりと優しく、腕や腿を揉み解す。エルンストはガンチェが与えてくれる、ゆったりとした時の流れを楽しんだ。

湯から上がり、風呂衣のまま軽く食事をして着替える。何かの役に立つかもしれないと、皇太子時代に着ていた正装を王宮から持って出ていた。王族を表すものは何ひとつついていない衣装だが、貴族が着るものとしては申し分ない。もっとも、王族を示すものがひとつでもあれば、今のエルンストが着ることは許されない。

深い紺色に染められた上等の絹を身に纏う。袖口、肩口、上衣と下衣の裾には金糸銀糸で緻密な刺繡が施されている。膝にまで届く上衣はたっぷりと柔らかな生地で仕立てられ、その腰には金糸で厚く刺繡された布が縫いつけられており、エルンストの華奢な体や細い腰が強調されるようだった。

陽が沈む前の強烈な光が部屋に差し込む。エルンストの背後から差し込んでくる眩しい光に目を細めるようにしてガンチェが呟いた。

「とても……よく、お似合いです」

うっとりと囁かれ、エルンストは照れたように笑みを浮かべた。

市場で借り上げた馬車で元老院へと向かう。宿から徒歩で行けない距離でもないが、ここまで正装していながら歩いていくわけにはいかない。エルンストの正装に負けないほどの馬車を借り受け、同じく鎧兜で騎士として正装したタージェスを右手に、ガンチェを左手に進む。御者はブレスが務めた。もちろんブレスの衣装も借り上げ、正装させてある。

現状を述べればいいというものではない。切々と訴えれば必ず理解されるなどと無邪気に信じてしまうほどおめでたくはない。元老院の承認を得やすくするためにも、彼らに軽んじられてはならない。

エルンストの正装も、馬車も、騎士も、みんなはったりだ。だが侮られ、満足に話もできないまま体よく追い出されないためにも必要な、虚構だった。

元老院の前で馬車を降りる。ここから先はエルンストひとりで進まなければならない。感情の全てを消し、エルンストは前を向く。高く聳《そび》え立つ元老院の窓から、誰かがエルンストを見ているのだろう。恐れも怯えも見せてはならない。タージェスや、何よりガンチェを振り返りそうになったが、強い意思の力でそれを禁じる。弱みこそ、決して見せてはならないものだった。

案内されるままに暗い廊下を進む。元老院の廊下はどちらの壁も室内に通じ、窓はない。必然的に、一日中蠟燭を必要とする廊下だ。

この建物を訪れる者は、国に要望を持ち込む者たちだ。全ての要望を聞き入れるわけにはいかず、できれば穏便に諦めさせたいところだろう。

建物の大きさ、暗く時間の感覚を失わせる廊下、ひとりきりにされる議案者、夜に行われる質疑、全てが巧妙に仕組まれていた。議案者が自ら、諦めるようにと。

長い廊下を歩きながら、エルンストは心中で溜め息をつく。

皇太子として国の運営を教え込まれた。教授たちが示すそれは、弱者に優しく作られたものだった。各地が抱える問題も、元老院に持ち込めば国として対応可能、国として用意した道がある。そのため、どの領地も不満は少なくなる、そう講義した教授の顔を思い出し、エルンストは内心で皮肉に笑う。

理想と現実は違う。どれほど素晴らしい仕組みを作ろうと、実際に動かす者が歪めることがある。エルンストはそれを、今、学んでいた。

蠟燭が灯る部屋に入り、ひとり、椅子に座る。質疑が開始されるまで、まだ数時間あった。この部屋は元老院で過ごす間、エルンストに与えられた部屋だった。

広く豪華な部屋だ。王都から遠く離れた領地の領主なら、この部屋にも飲み込まれただろう。だが、エルンストには見慣れたものだった。かつて暮らした皇太子宮の部屋の誂《しつら》えは、この部屋に負けてはいない。

柔らかな椅子に腰かけ、蠟燭の灯りを見ていた。揺れる炎に心を落ち着かせ、予想される質疑内容をいくつ通りも巡らせる。壁に阻まれるたび、やり直す。何度も何度も道を違えてやり直す。壁に阻まれ道を閉ざされるたび、エルンストの手が微かに震える。

ここまで、多くの金を使った。メイセンでは考えられぬほどの多額の金だ。失敗したら次また挑めばいい、と容易く思うことはできない。地を這うようにしてようやく食い繋ぐ、そんなメイセンの民が納めてくれる金なのだ。

膝に置いた両手の指を軽く組み、エルンストは細く息を吐き出した。おそらく、壁のどこかに隠し窓が仕込まれているだろう。そこから今も、誰かがエルンストの様子を見ているはずだ。その者に気づかれぬよう、エルンストは自分の心を整える。

赤い蠟燭の炎を見る。ガンチェは、赤だ。愛しい伴侶を思い浮かべるとき、そこにはいつも赤があった。茶色の巻き毛、赤茶色の瞳、そして、朱い鎧。揺れる蠟燭の炎を見ながら、愛しい伴侶の姿に縋る。心の内で縋り、ふたつの呼吸分、目を閉じた。

ゆっくりと目を開き、エルンストは組んだ指を解く。膝の上に軽く両の手を置き、微かに笑う。

さて、もう一度道を辿ろうか。


軽い音の後、扉が開かれる。案内の者について、エルンストは部屋を出た。どれほどの時刻なのだろうか。時を知る術は与えられず、今が何時なのかよくわからない。愛しい伴侶は眠りについた頃だろうか。いや、それはないと内心で首を振る。エルンストが戻るまで、ガンチェは眠らないだろう。

長い廊下を一歩進むたび、愛しい伴侶の姿を惜しんで消し去る。ここより先、縋るものを持ってはならない。代わりに、苦難に喘ぐメイセンの民を思い浮かべる。そうしてまた、民の姿も消し去る。

縋るものも、奮《ふる》い立たせる思いも消し去り、湖面のように静かな心を持つ。強い思いは自分を見失わせる。

大きな扉の前に案内の者が立つ。扉は中から開かれた。開かれた扉の横に立ち、案内の者がエルンストを中へと示す。正面を向いたまま歩を進め、エルンストはひとり、広い議場の中央に座る。

　議場は擂《す》り鉢状に作られ、元老たちは一段どころか三段は高い位置に座る。議題を持ち込んだ者をぐるりと取り囲むようにして作られたこの議場にも、真実を話し合い、要望を正当に評価しようとする意志が感じられない。ただただ、議場の中央に座る者を威圧し、元老院の権威を高め、難題を取り下げさせようとしているとしか思えなかった。

　エルンストは溜め息を吐きそうになって危うく飲み込む。

　今この議場にも隠し窓が仕込まれ、じっくりと観察されていることだろう。

　小さな鈴の音が聞こえてきたと思ったら、同じ服を着た者たちが静かに入ってきて、元老たちの机の上に置かれた燭台に灯りを灯していく。まるで生きていること自体を隠すように気配を消した者たちが微かな衣《きぬ》擦《ず》れの音だけをさせて、十三の机に置かれた十三の燭台に火を灯す。

　全ての燭台に火を灯してから、また静かに去っていった。

　再び訪れた静寂の中、エルンストは待たされ続けた。

刻々と、時間だけが過ぎていく。リンツ領でもそうだったが、リンス国の貴族たちは人を待たせるのが好きなのか。だが元老院のこれは、リンツ領主とは明らかに違う理由からだ。

　リンツ領主は狼狽してエルンストを待たせた。今エルンストを待たせる元老たちの思惑はエルンストの緊張感を最大限にまで高めようとしてなのか、あるいは焦らせてやろうとしてなのか、そのどちらかにあるのだろう。

　だがエルンストはどちらの感情も感じず、ただ正面の、遠い先にある壁の燭台に灯る、蠟燭の灯りを見つめていた。


　先ほどとは違う、静かで厳《おごそ》かな鈴の音が聞こえてきた。前後左右、四方向の重い扉が一斉に開かれ、同じ衣装を身につけた男たちが入ってくる。足元も覚束ない老人、初老の者に中年の男、青年と言ってもいいような者までいたが十三人、全てが男だった。

　この国には男しかいないのか。場違いにもそんなことを考えている間に元老たちは席に着き、エルンストの正面に座った老人が木槌を打ち鳴らした。

　元老院議場で質疑が始まる。


「なぜ今更、リンツ谷を整備しようとするのでしょうか」

　青年の元老が口を開いた。それは質問というよりは詰問口調であった。エルンストがその者のほうを向こうとすると、前を向いて、と叱責するような声が飛ぶ。どうやら元老院の議場では、案件を持ち込んだ者を取り囲み、矢継ぎ早に質問を重ね議案の未熟さを露呈させようとするものらしい。

　国民から預かった金だ。大事に使おうとする精神から来ているものなら非常によい心がけだが、ただ単に吝嗇《りんしょく》から来ているのならば本末転倒というものだ。

「今更と言うが、むしろ私は、なぜ今までリンツ谷をあのままにしていたのかということこそ問いたい」

「整備の必要性がないからだ」

　中年男の声が背後から聞こえる。

「なぜ、整備の必要性がないと言い切れるのだ」

「なぜ、だと？　そのようなことにも気づかぬのか。メイセンは千人足らずの小さな領地。そのような少人数のために莫大な金を費《つい》やして整備する必要性がどこにある」

「そこに暮らす領民の数で整備の必要性が決まるものだろうか。メイセンの民は少ないとはいえ、決して狭い領地ではない。しかも国境地でもある。国境地を陸の孤島としてよいのか」

「国境地だからこそ、整備しないのだ。お気づきではないかもしれないが、リンツ谷が難所であるために他国がメイセンに攻め入らないのだ」

　小馬鹿にしたような、笑いを含んだ声が降ってきた。

「確かに、リュクス国の兵士はリンツ谷を通ってリンス国へ攻め入ることは困難だろう。だがそれはリンス国にも言えること。メイセン領が侵略された場合、リンス国軍はどのようにして救援に向かうつもりなのか」

「おかしなことを……メイセンを獲ったところで意味がなかろう」

「反対にあのようなつまらない領地など、くれてやればよいではありませぬか」

ははは、と軽い笑いが降ってきて、エルンストは膝に乗せていた拳をぐっと握り込む。

「メイセンはそなたの土地か。我々は今、隣家と争う私有地について話しているのではない。国土について論じている。どれほどつまらぬ土地であろうとも、どれほど狭い土地であろうとも、国を率いる者たちが命を懸けて守る意思を見せぬ国に、国としての大義はない」

凛《りん》と響くエルンストの声に議場は静まり返った。


昨夜の協議は何も進まずに終わった。

エルンストは与えられた部屋から道を行き交う人々を見下ろす。議案を持ち込んだ者は、終わりの木槌が振り下ろされるまで元老院を出ることは許されない。

愛しい伴侶と身を離される苦しみを味わいながら、エルンストはただ、日が沈むのを待った。


昨夜と同じ時間に議場に案内され、昨夜と同じく長時間をひとりで待つ。この時間さえ惜しいと思う。もっと早く協議を始めれば、もっと早く終わるだろうに。

しかし、と焦る自分の心を抑える。親しい者たちと隔絶され、ただひとりで数日間を元老院で過ごす。早く終えて早く帰りたい、そう焦る気持ちを起こさせるのも狙いなのかと思うのだ。

努めて心静かに待つエルンストの耳に、昨夜と同じ、厳かな鈴の音が聞こえた。


「メイセンにはバステリス河があろう。あの河があれば、リュクス国はそう容易《たやす》く攻め入ってはこられない」

椅子に座って開口一番、元老のひとりが口を開く。どうやら日中に、メイセンについて調べてきたらしい。数日に渡って協議を進めるのは、議案者には情報を途絶えさせておきながら、元老たちは議案者が口にしたことを調べる時間を作るためなのか。

エルンストはほんのわずか、考える。このまま数日間を要して話し合うのは得策ではない。リンツ谷の整備は必要だが、急務とは言い難い。後回しにするための口実を元老たちが思いつく前に決議させなければならない。

「バステリス河をその目で見たことがあるだろうか。あの河は年に二度は舟を渡す。メイセンと、リュクス国カプリ領民の舟だ。もしリュクス国が本気になれば、兵士を乗せた舟を渡すことも当然に可能である」

　バステリス河を持ち出した者が言葉に詰まったのがわかった。貴族がわざわざメイセンなどに来るはずはない。バステリス河どころか、リンツ谷さえその目で見たことはないだろう。

「我が国とリュクス国は長年友好関係を築いてきた。今リンツ谷を整備して、徒《いたずら》にリュクス国を刺激してどうする」

　別の元老が口を開く。

「確かに、我が国とリュクス国は数百年の長きに渡り友好関係を築いてきた。しかし、今後数百年の間も友好であるという確信を一体誰が持ち得ようか。また、リンツ谷の整備はメイセンの民を守るためにすること。隣国を侵略しようという意図を持ってするものではない」

「しかし、それを信じてくれるでしょうかね。貴方が考えているよりももっと、他国との関係は複雑なのですよ」

　数人の元老が含み笑いを降らせた。

「私はそなたらより世間知らずであろう。だが私は、私の責任において、我が領民を守る義務がある。そなたらがそなたらの責任において我が国を守る義務を背負っているように。リンツ谷の整備がリュクス国を刺激するというのならば、刺激せぬよう外交努力をすべきはそなたらの仕事である」

　嘲笑を浮かべていた者たちの顔が、そのままの形で引き攣《つ》った。

「しかし……！　しかしである。リュクス国に、我が国がそれほどまでに警戒する必要がどこにある。リュクスは国内が乱れ、他国に手を伸ばす余裕などないっ！」

　何を根拠にこれほどまで安全だと言い切れるのだろうか。メイセンの現状は、丸腰で獰猛《どうもう》な獣の前に晒されているも同然だというのに。隣国の道徳心のみを頼りにしてどうするというのだ。たとえ不可侵条約を結んでいたところで国内の事情が変われば掌を返すのが、国と国の関係というものだ。

「そなたがリュクス国王族の覇権争いを言っているのならば、それはこの先数十年で決着するだろう。リュクス国が国内を安定させ力を蓄《たくわ》えれば、その目が他国に向く可能性は十分にあり得る」

「な……なぜ、そう言い切れる？　リュクス国の争いは根深いものだ」

「なぜならば、現リュクス国王は二百九歳と大変ご高齢である。そのため国王の長男である皇太子殿下と、四男であるリカオ王子が後継を争っておられるのだ。しかし、皇太子妃殿下は現リュクス国軍総大将であるカイバス侯爵のご息女である。そしてその母君は、先々代国王の末子である。対して、リカオ王子は未だ独身で伴侶を決めかねている。つまり、皇太子殿下には強い後ろ盾があるにもかかわらず、リカオ王子には何もない。あるのはリカオ王子の御母君を寵愛《ちょうあい》するリュクス国王の御心だけだ。もし今リュクス国王が崩御されれば、皇太子殿下がその位にお座りになることは誰にも止められない」

それに、と続きそうになる言葉をエルンストは飲み込んだ。

リュクス国は四代前にも同じような後継争いを演じている。そのときには皇太子と七男が争ったが、七男が皇太子を蟄居《ちっきょ》させ王座に就いた。だが皇太子を蟄居させるために、皇太子妃や側近など数百名を殺している。皇太子を助け温情を見せたつもりなのだろうが、皇太子に連なりながらも生き抜いた者たちの恨みを買った。もちろん皇太子自身も復讐を誓い、蟄居させられてから九十年後、国王を殺し、国王に連なる妃に子供ら、侍女にいたるまで全てを殺し尽くしたのだ。その数、二千を超えたと言われる。九十年後に復讐を果たした身としては、誰ひとり、蜘蛛の糸ほどの縁しかない者でも残してはおけなかったのだろう。

まさに血で血を洗う王族の歴史を数百年経った今も、リュクス国民はしっかりと記憶に刻んでいる。皇太子を廃し、別の王子が王位に就くことをリュクス国民は何よりも恐れているのだ。

しかし、それを口にすることはできなかった。皇太子の位にある者を廃することは恐怖を招くとは、元皇太子であるエルンストが口にできるものではない。ならば貴方は現皇太子殿下を廃し、その位に戻りたいのかと邪推されるだけだ。

「では……リュクス国が落ち着いたとして、なぜ我が国に剣を向けるのだろうか。リュクス国と国境を接している国には、シルース国やガイ国もある」

十三人もいれば、誰かが狼狽しても誰かが正気を保つ。エルンストをぐるりと囲んだ元老たちはいつも誰かが平静で、エルンストを論破《ろんぱ》しようとしていた。

エルンストは新たな質問に向けて口を開く。一瞬の隙も、見せてはならない。エルンストが狼狽えたり躊躇したり答えに詰まるその瞬間を、元老たちは待っているのだ。

「ガイ国はヘル人の国で、この地を侵略した場合、侵略した者の国自体が危うくなる。なぜならば、ヘル人の国であれば地下にも国を築いている可能性が高く、陸上を制したところで足下から崩される恐れが高い」

エルンストは説明を重ねながら違和感を覚えた。こんな簡単なことを元老たちが知らないはずがない。わざとエルンストに言わせ、その考えと知識を図ろうとしているのだろうか。

「そして、シルース国はリュクス国にとって重要な交易相手であり、また近々、何かしらの同盟が交わされる可能性が高い」

そうエルンストが続けたとき、右隣に座っていた初老の元老が息を呑む音が聞こえた。国の中枢にいながら、まさか本当に知らないのだろうか。


「同盟……とな。それは確かか」

正面に座る老人が訊ねる。声が震えているのは年のせいか、それとも違う理由からか。

「シルース国は背後をスート郡地と接している。シルース国側のスート郡地は狭く、二日も船で行けばシスティーカ郡地に辿り着く。シルース国は、もしシスティーカ郡地の国が攻め入ってくれば、という恐怖と常に闘い続けているのだろう。事実、生きるのにあまりに過酷な環境を強いるシスティーカ郡地に比べ、我がシェル郡地は非常に暮らしやすい。システィーカがシエルを望んだとしても不思議ではなく、その際に、真っ先に侵略されるのはシルース国である。ならば、シルース国は隣国であるリュクス国と同盟……例えば、軍事同盟を結ぼうとすることは想像に難《かた》くない」

元老たちがざわざわと騒ぎ出す。

王都などにいると視野が狭くなるものなのかもしれない。世界は広い。ガンチェから世界のあらゆる土地について聞き、このシェル郡地がとても恵まれていると実感した。

中でも、日中と夜間で二百度の温度差があるシスティーカ郡地。システィーカの種族がその地に完全に適応し暮らしているのならば問題はない。しかし実際には子の死亡率が非常に高いという。

ガンチェにその話を聞いたとき、エルンストは一抹の不安を覚えた。それほど過酷な土地にありながら、システィーカの国々はこれから先も、その地に留まり続けるだろうか、と。

シルース国とリュクス国の交易額は、この百年で飛躍的に伸びた。皇太子として講義を受けていたときに教授は、この数字は見過ごせないものですよと言ったのだ。まず経済で民同士の交流が密接になり、その後、国が密着する。

エルンストは隣国ふたつの動向を、特に気にかけていた。皇太子時代にはふたつの国の些末な情報も集めていたものだ。この三十年、互いの外交官たちが頻繁に行き来している。軍事同盟かどうかはともかく、何かが行われるだろうと睨んでいた。

「よしんば軍事同盟を結んだところで、それが我が国を侵略するためだとは言い切れますまい。内政が乱れているとはいえリュクス国は産業が発展し、我が国より裕福である。その隣国が我が国を狙う理由があるだろうか」

左隣の老人が口にする。老猾《ろうかい》なその姿を視線の端で捉える。

ジャイス・プリア侯爵。領地を持たず元老としての報酬と、医師を束ねる薬師府の長として得られる報酬で富を保つ、王都から出ることもない侯爵だ。薬師府長となってまずはじめにしたのは、国中に散らばる薬草辞典を探し出し、焼き捨てることだった。結果的に、ありきたりな雑草を高値で売りつける現状を作り出した人物でもある。

エルンストは内心で呆れ返っていた。国の行く先を決めるとも言える元老院。その元老院を構成する元老たちの、この無邪気さは何なのだ。どうして誰もかれも、隣国が自国に対して好意を持っていると信じ込めるのか。富める者が貧しい者を害せぬと、何を根拠に言っているのか。

メイセンでタージェスらに説明したことを、まさかこの元老院で再び口にしなければならないとは思ってもいなかった。

「リュクス国は我が国より人口も多く、国家予算も膨大である。兵力も強く、軍事費もシェル郡地の三国の中で突出している。だがしかし、リュクス国の土地は痩せており、作物の約七割を我が国からの交易で得ている。リュクス国がリンス国を狙う理由など、我が国の肥沃《ひよく》な土地にあることは自明《じめい》の理である」

プリア侯爵は顔を赤らめて黙り込んだ。

「しかしそれでも我が国に攻め入る理由とはならない。なぜ、シルース国を攻めないのだ。シルース国はリンス国の一・五倍の国土を持っている」

エルンストの右斜め前の精悍な男が口を開いた。

リンス国軍総大将であり軍務府の長でもあるガイジアス・アルティカ侯爵。数の揃った兵士を愛するあまり、危険な場所を避けて通る奇妙な軍隊を作り上げた男だった。

「リュクス国の軍事力を十とした場合、シルース国は八であり、我が国のそれは四である。我が国の農作物生産率を十とした場合、シルース国は五であり、リュクス国は一である。どの地に攻め入れば少ない労力で多くの実をとれるか、わかることだろう」

アルティカ侯爵は射貫きそうな目で、エルンストを睨んでいた。

「ならば、メイセンに国軍を配置すればよいことだろう。平時から駐屯させ備えておけばよい。他の国境警備と同じことだ」

左斜め前の中年の男が言う。

タイシ・ネンゲア子爵。子爵という低い爵位しか持たないこの男が元老として名を連ねているのは、妻がプリア侯爵の娘だからだ。向上心だけは旺盛な子爵は貴族社会の上流を目指し、若い頃から高い爵位を持つ娘に手をつけ続けた。運よく孕ませることができたのがプリア侯爵の娘であり、たったひとり生まれた孫の父の権威を高めるために、無理矢理元老院に捻《ね》じ込ませたのがプリア侯爵だった。

そのため、十二人で構成されていたはずの元老院が二十年前から十三人となっている。元老ひとりあたりの年間報酬額は500シット。この議場にいる十三人の元老、全てに支払われる年間報酬額だけでメイセンが納める税の二年分となる。

エルンストは横目でネンゲア子爵を捉えながら言った。

「リュクス国軍は総勢三百八十万人と言われている。その百分の一でも攻め入ってくれば三万八千人。三万八千人の敵軍に対するため、メイセンにも同じく三万八千人の国軍を配置すると言うのか。七百名弱の領民が満足に食せない領地で、どのようにして、三万八千人もの国軍を駐屯させるというのか」

「そ……それほどの人数は必要ない。他の国境地は……ええと……数百人だ。数百人を駐屯させればよい」

元老でありながら国境警備に就く兵士の数も知らないのか。

「他の国境警備はおおよそ三百名から千名の兵士が駐屯している。だがしかし、その地はどれも王都からの道が整備され、有事の際には早馬にて伝令が走るようになっており、二日のうちには国軍兵士十万から三十万人が配置につけるようになっている。メイセンでも同様にするというのならば、リンツ谷の整備は必然である」

墓穴を掘ったことに気づいたのか、ネンゲア子爵がぶるぶると震え出す。捻じ込まれた元老はその立場を確実なものにするため黙ってはおられず、だが他の元老と違い、決して失敗は許されない。無理を通して道理を殺し、それでもなお身の丈に合わない椅子を求めるのか。

「我が軍のことについて勝手に議論してもらっては困る」

アルティカ侯爵が憮然と言った。

「我が軍……私の思い違いでなければ、リンス国軍は国王陛下の軍である」

エルンストがそう言うと、アルティカ侯爵は、どん、と机を叩いた。

「知った風なことを言うなっ！　あれは私が慈しみ育てた軍隊だ」

人を叱責することに慣れた口調である。

「総大将が兵士を鍛え、軍を強化するのは、その職務に伴う当然の義務だ。仕事をやり遂げるのは義務であり、その結果を私物化する権利はない」

「私がどれほどの犠牲を払って揃えたと思っているのだ！　剣も握ったことのない惰弱な者が何を言う」

さすがは総大将と言うべきだろう。その迫力たるや、もしエルンストが心の弱い者であったならばこの場で失神しているはずだ。

だがエルンストは怖いなどとは思わなかった。戦うガンチェの雄姿を見た後では、クルベール人など高が知れている。

「確かに私は、剣を振るったことはない。幸いにも、その必要がなかった。アルティカ侯爵は国軍を揃えたと言ったな。揃えた、と。……確かに、数は、よく揃っている」

ネンゲア子爵がぷっと笑った。数に固執するアルティカ侯爵の趣味をよく知っているのだろう。アルティカ侯爵に強烈に睨みつけられ、青い顔をして首を竦《すく》める。

だがエルンストはあえて、その点について追及した。

「アルティカ侯爵は数に固執するあまり、軍隊としての存在意義を放棄している」

「……どういうことだ」

「現在、我がリンス国では盗賊が跋扈《ばっこ》し、街道では領主の使いや商隊が襲われているのを知っているだろうか」

「もちろんだ。そのために国軍兵士を街道に配置している」

「私はムティカ領側の街道を通ってきた。そう、確かに国軍兵士は配置されていた。だがそれは、盗賊が現れたこともない平和な場所だった。……一体、何を基準に配置されているのか」

「以前、盗賊が現れた場所だ」

エルンストは、ふつりと怒りが湧き上がるのを抑え、静かな声で言った。

「今、現れている場所に配置しないのは、なぜだ。昨日、今日、初めて現れた場所ではない。グリース領とムティカ領の境の森では半年以上も前から盗賊が現れ、何人もの商人や領主の使いが殺されている。もちろん、金や荷はそれ以上に奪われている。一体、いつ、あの地に、兵士を配置するのか」

「国軍兵士にも限りがある。そうあちこちに配置するわけにはいかない」

「ならば、スミナーカ領側の街道にいる兵士を動かせばよかろう。現在スミナーカ領側には国軍兵士一万人から二万人が配置されている。反対にムティカ領側は三千人足らず。盗賊発生率はムティカ領のそれがスミナーカ領側の十倍にもなる。これをどう説明するのか」

「……その数字を私は知らない。事務官が報告を怠《おこた》っているのだろう」

エルンストはぐっと拳を握り込んだ。爪が掌に食い込む痛さで高ぶる感情を抑える。

「情報を収集する努力をアルティカ侯爵が怠っているのではないのか。行政官府で訊ねれば一時間足らずで提供される数字だ。防衛に関わる国境警備の兵士の数ならばともかく、防犯に繋がる治安維持のための兵士の数。誰であろうとも得ることが可能な情報だ」

「……軍務府にも立派な事務官がいる。数字がわかれば然《しか》るべき措置を執《と》る」

煩《わずら》わしいものを切り捨てるかのように言葉を吐くアルティカ侯爵をエルンストはじっと見上げ、感情を抑えた声で言った。

「できるだけ早い措置を願う。本来ならば国に納められるべき各領地の税が奪われている事実がある。軍務府はこの失態に対する責任をどうするつもりなのか、この場では問わない。だが、奪われた命が戻ってくることは決してないのだということを、忘れてはならない。アルティカ侯爵は軍兵士だけではなくリンス国民、そして、リンス国を通る他国の人々の命をも守らなければならない」

「……しかし、メイセンを守る理由がありますか」

ぐっと言葉を飲み込んで押し黙ったアルティカ侯爵を助けるように、青年が口を開いた。

「確かにメイセンも、リンス国ではありますよ？　昨夜、貴方が仰ったように大事な国土として守らなければならないこともわかります。ですがメイセンにこだわり、メイセンに国軍を割《さ》いた結果、他の、もっと有益な領地が奪われてはならないでしょう？」

トゥラン・ビュル・ネリース公爵。現世国王陛下の第三子であり、エルンストの弟である。もちろん母は違うし会ったこともない。皇太子として王宮に閉じ込められるようにして成長したエルンストに、兄弟や姉妹という感情はない。

ただ、相手はそうでもないようだ。エルンストを見下ろすことを無邪気に喜ぶその姿は、元老の一員としての自負さえ感じられなかった。

「有事の際にはメイセンを見捨てると？」

「それでもよいのではありませんか。例えば、ですよ？　例えばリンツ谷を整備して国軍兵士が容易に駆けつけられる環境を整えていたとしても、メイセンを守るために数万人の兵士を向かわせる必要があるのでしょうか。最終的に仕方なく切り捨てられる場所のために、莫大な金を投入して整備する必要はないですよね」

エルンストを論破できそうだと、喜色を漂わせて言う。この者は、エルンストが生まれて半年後に生まれた弟だ。エルンスト以下第五子までは続けざまに生まれている。何十年も子に恵まれなかった国王は五人の子の誕生に驚喜し、国中に慶事の予兆だと思わせた。

しかし、ただの貴族として生きてきた者たちはこうなるのか。エルンストは眉を顰《ひそ》めそうになった。責任を負う必要のない存在は教育で手を抜かれるいい見本だ。そして、皇太子として育てられた幸運に感謝した。厳しく躾《しつ》け、教育を施してくれた者たちに、エルンストは感謝した。

ネリース公爵が何を言いたいのかはわかっている。ネリース公爵は、エルンストがかつて受けた教育を揶《や》揄《ゆ》しているのだ。

百万人の国民を守るため、一万人の国民を殺すことはできますか？　柔らかな物腰の、懐かしい教授の声が記憶に響く。

ぐっと腹に力を込め、ネリース公爵に立ち向かう。ネリース公爵のそれは掘り下げられたものではない。エルンストは国王が執《と》るべき究極の選択について、何度も何度も何度も教授たちと議論を交わし、そして己自身とも議論を重ねたのだ。薄い紙のような解釈と同じにされるわけにはいかない。簡単な決意で語るべき言葉ではないのだ。

「国土を、そして国民を切り捨てるという行為は、簡単なものではない。たとえわずかひとりであったとしても、わずか小石程度の土地であったとしても、それは我が身を削る行為だと思うことだ。そなたは命を守るためにその腕一本、すぐさま切り捨てられるだろうか。その両の足二本、落とせるだろうか」

静かに語るエルンストの声で、議場の空気が変わった。

「確かにそなたが言うように、多くの国民、重要な国土を守るために切り捨てるべきときもある。だがそれは、為政者がなすべきことを成した後に論じること。やるべきこと全てをやり終え、手落ちはないかと何度も確認し、それでもなお別の方法を見つけようと努力する。……その上で、下すべき決断だ」

握り締めていた手を解き、エルンストは己自身に語りかける。かつて何度もそうしたように、己の決意を確認するように語りかける。

「何もせず、国民を、国土を切り捨てる者に、果たして民はついてくるだろうか。簡単に切り捨てた者を、リンス国民は信じるだろうか」

国民に信じられぬ王は、王ではない。

「命を懸けて戦ったとしても、自分たちも簡単に見捨てられるとは思わないだろうか。それならば、戦う前に降伏しようと思う者が出てもおかしくはないだろう」

アルティカ侯爵を、そしてネリース公爵を見上げる。

「守る意思も見せず、努力もせず、国民を、国土を捨てる判断だけは簡単に下す者が我が国の中枢にいることを、私は、国民のひとりとして憂う」

エルンストが見上げたふたりの青い目は、微かに揺れていた。


二夜に渡る協議が終わった。

エルンストが部屋に戻ったとき、窓からは朝日が差し込んでいた。昼夜が逆転した生活に、二日目にして溜め息を吐く。

陽の光を浴びる間もなく鎧戸を閉めて寝台に入る。元老たちは協議中、こういう生活に入る。もちろんエルンストのような議案者もだ。

人は夜寝て、朝起きるものだとエルンストは思う。朝日を浴びずに健全な考えができるのだろうか。エルンストはどれほど遅く眠りにつこうとも、必ず決められた時間に目が覚める。夜間に協議を行うという元老院の取り決めは、自然の摂理に背いているように思えて仕方がない。

頭は痺れるように疲れていた。だが、今が朝だと思うからか、なかなか眠りが襲ってこない。愛しい匂いから切り離され、安心もできない。

メイセンの屋敷とは違い修繕を怠らない元老院の建物は、外の強烈な朝日を潜り込ませない。ぴたりと閉じられた鎧戸は、ほんのわずかな光さえ漏らさないのだ。メイセンではこうはいかない。鎧戸を閉めていようともその隙間から灯りが入ってくる。朝日どころか、月光が入ってくるのだ。エルンストは完全な暗闇となった室内でくすりと笑う。早く終わらせて、よい土産を持ってメイセンへと向かいたい。

年下の、愛しい伴侶は今頃どうしているだろうか。議場を離れればすぐさま、エルンストの心は愛しい伴侶に占められる。ガンチェは今頃、朝食の時間だろうか。

ああ、早く戻りたい。ガンチェの隣に戻りたい。あれほど可愛い者を、他の者が放っておくとは思えない。

市場への道すがら、通り過ぎる者たちに何度も振り向かれた。ガンチェは見た目も素晴らしいが、その中身がより素晴らしい。見た目だけであれほどの者たちが振り向くのだ。その中身を知られてしまったら、どうすればよいのだろう。ガンチェの愛を疑っているのではない。だが、ガンチェは優しい。誰かが切々と心情を訴えでもしたら、あの優しい伴侶はもしかしたら、一度くらいは抱き締めてやるかもしれない。

エルンストは、がばりと起き上がった。ぐっと寝具を握り締め、そして溜め息を吐いてまた横になる。

協議中は絶対に、元老院から出ることは許されない。もし議案者が勝手に出ていってしまったら、それは協議放棄を意味する。メイセンを背負った今、そんな勝手はできるはずもない。

頭から寝具を被り、ふう、と重い溜め息を吐いた。愛しい伴侶に会いたい。早く会いたい。思い切り、あの愛しい匂いを吸い込み、力強く抱き締めてほしい。

鬱々《うつうつ》と考え出した頭に十三人の元老の顔を思い浮かべる。

くだらない議論だった。あの者たちが全員、自らの職務に邁進《まいしん》していれば当然に知っているべき情報を与え、覚悟を促しただけの二日間だった。あの者たちが怠慢でなければあのようなことは飛び越えて、リンツ谷の整備についてだけ協議を行えたというのに。そうであれば一夜で十分だっただろうに。

エルンストは決意する。何が何でも、今夜中に全てを終える、と。

元老が反対する理由は、リンツ谷整備の是非を問うてではない。ただエルンストに恥を掻かせたい者と、仕事をしたくない者、金を惜しむ者とに分かれていた。そして、権力者に付随する者だ。

ネンゲア子爵は、義父であるプリア侯爵に追随する。あの議場では現世国王の第四子と第五子の姿も見えた。国王の第二子は女性で、メイセンに負けぬ辺境地、スラグ領の領主であり元老ではない。現世国王の、皇太子を除いた六名の子のうち三名が元老である。これでは元老は、国王の子がなるものなのかと穿った見方をしてしまう。先代国王の時代に、このようなことはなかった。

第四子と第五子の両公爵は、エルンストの視線を避けるように俯いたままだった。俯きながらもちらちらとネリース公爵に視線を送っていた。ネリース公爵の意見に、第四子と第五子は追随するだろう。

エルンストがそう判断を下したところで、ようやく浅い眠りに襲われた。

「しかしリンツ谷を整備しろと仰るが、それほど簡単なことではない。どれほどの予算が必要となるのか、わかっておられるのか」

協議第三夜目。この日、口火を切ったのはブロス・ロジル伯爵だった。

ロジル伯爵が低い爵位にありながら財政府の長にまで昇り詰めた理由は、ネンゲア子爵とは真逆にある。その計算能力の高さと昼夜を問わずに職務に打ち込む、一種、憑《と》りつかれたような仕事熱心さでその地位に就いた。

ロジル伯爵が財政府長としてまず行ったことは、悪名高き緊縮財政の発動である。ありとあらゆるものを不要不急であると判断し、全ての予算を凍結させたのだ。結果、市中には仕事をなくした職人と商人が溢れることになった。

緊縮財政で強いのは農民と山民、川民《かわたみ》だと彼らを優越感に浸したがそれも一時のこと、商人に収穫物を買い取ってもらうことでしか金を得ることができない農民らは財布の紐を固く締めた商人のために農作物が売れず、税を納められなくなったのだ。国中で緊縮財政が行われたため、出稼ぎで稼ぐこともできず、多くの民が貧に喘いだ。

「少なく見積もっても、国家予算の半年分というところだろう」

エルンストがそう口にすると、ひっと喉が引き攣ったような声を出してロジル伯爵は固まった。

「そ……それほどの予算を割いて、それでもなお、整備しろと言うのか」

狼狽する姿を見せまいとしてか必死に平静を装いつつ、ヒーズ・クラス侯爵が言った。

行政官府の長である。財政府は国の収支を見極め大きく金を動かすだけで、その金を小さく分け、生きたものにするのは行政官府だ。

谷を整備する際には測量や工事を命じなければならない。工法を決め整備を遂行していくのは多くの技術者を抱える国土府だが、材料費や人夫の人件費など、全ての予算を計上するのは行政官府だ。

「私はメイセン領主として、このまま民が餓えていくのを見過ごすわけにはいかない。メイセンが豊かになるためにはリンツ谷の整備は必須であり、また、メイセンが豊かになることはリンス国の力ともなる。だがメイセンを豊かな土地にすれば必ずやリュクス国の目が向くだろう」

「メイセンが……豊かになる……？」

奇異なことを聞いたかのような頓狂《とんきょう》な声を出してクラス侯爵が自らの口を押えた。肩が小刻みに震え、笑いを抑えているのがわかる。国王の子供らは堪えきれずに、くくく、と笑い出した。

「何が、おかしいのだろうか。メイセンの土地は広大で、その地は可能性に満ちている。水路を整備し、農具を与えれば、メイセンの民は懸命に耕すだろう。我がメイセンの民は非常に勤勉で優秀な者たちだ。メイセンの全ての土地が耕されれば、我が領地から得られる作物量は、現在リンス国が一年間に収穫する量の半分には匹敵するだろう。なぜならば、リンス国の国土の二十分の一はメイセンである」

国土の三割は王都やスミナーカ領のように耕作地を持たない土地であり、二割は山に覆われている。残り五割の国土に広がる農地の内、二十分の一が耕作放棄地を含めたメイセン領なのだ。エルンストの試算は決して誇張ではない。それどころか、うまく耕作すればリンス国一年分の収穫量を生産することができるとも考えていた。

だが、リヌア石については黙っていた。あの石の情報を今の段階で、この者たちに与えるのは危険すぎる。最悪の場合、メイセン領主の地位をエルンストから取り上げ、強欲な者が就かないとも言い切れない。石を採りきるまで搾取し、巨大な穴だけを残してメイセンを去ることだろう。

エルンストの弁舌に、誰もが口を開けずにいた。メイセンなど訪れたこともなく、現状を知らないのだ。その地で暮らし、見聞きしたエルンストに敵《かな》うはずがなかった。

風の入らない室内で、蠟燭の火は真っ直ぐ上に伸びている。壁に煤《すす》は見られない。煤が生じない、高価な品を使っているのだ。

メイセンの屋敷で使われている蠟燭は、煤が多く出る。おかげで壁はいつも薄汚れていた。その上とても短く、一本を使い切るのにさほどの時間は必要ない。そんな、短くて屋敷を汚す蠟燭を、侍従長は大切に使う。どうやれば一本で三日もつか、いつも模索しているようだった。

エルンストは元老たちを見る。上等な衣装を身に着け、血色もいい。軍人であるアルティカ侯爵や青年である国王の子ら以外はみな、一様に肥えていた。

メイセンで太った者などいない。家畜でさえ、痩せていた。

エルンストの青い目が眇《すが》められる。

同じ国に住む国民で、この差は一体何なのだ。

とても長い時間を重い沈黙が覆う。誰もが口を開かなかった。

だが静けさを破り、こつり、こつり、と指で机を叩く音が聞こえた。エルンストの真後ろからである。元老十三人のうち、エルンストの視界に入っている者、そして座り位置の配置から考えるとこれは、皇太子の母を娘に持つカタリナ侯爵だ。

エルンストは背中に、刺すような視線を感じた。

「国家予算の半年分を、と言うが、その試算に根拠はあるのか」

斜め後ろから声が聞こえた。声質から初老の男、デューク・アル・ポーツ公爵だとわかる。先代国王の末子で、現世国王の侍従長である。

国王の子はみな、大なり小なり、名ばかりの役職に就いて生涯を食べていく。あるいは、都市と呼ばれる領地に領主として赴く。エルンストのように辺境地の貧しい領主になることなどまずなく、ポーツ公爵のように侍従長などという職に就く者は皆無だ。ポーツ公爵の母が、とにかくどうにかして、息子を王宮に入れたかったのが理由だと言われていた。

「根拠、と言われるか……」

背後の者と会話をするのは居心地が悪い。背後に立つ優位をもって議案者を問い詰めるつもりなのか。

「そう、根拠だ。国家予算の半年分と簡単に言うが、本当に半年分で済むのか。試算が甘く国家予算の一年分、いや、二年分、三年分と増えていった場合、どうやって責任を取るつもりなのか」

腹に響く、冷たい声だった。

口を開こうとしたエルンストを制して、正面右側に座る中年の男が言った。

「私がざっと見たところ、国家予算の少なくとも二年分は必要な工事となるでしょう。半年分だと軽く見て、この者の口車に乗ったら大変なことになりますよ」

にやにやと下卑《げび》た笑いを浮かべる。

この者の名は、ゲル・ダーリ伯爵。リンス国の道路整備や河川事業、山林事業を行う国土府の長である。

しかしそれらの整備は通常、領主が行い、国土府が関わるのは予算が莫大なときやいくつもの領地に跨る工事のときだけである。そのため実質稼働は少なく、国土府はあまり旨味のある府ではない。なぜならば稼働率が他の府に比べて極端に少ないため、私腹を肥やす算段もできないからだ。

ダーリ伯爵は、侯爵の位にある者たちが嫌がる府の長にまんまと収まった感がある。突出した能力も財力もないが、餌を嗅ぎつける能力だけはある、と評したのは国の現状を憂えた国家歴史学の教授だった。

そんな国土府において、今回エルンストが議案に上らせたリンツ谷の整備は、本来ならば歓迎すべきことである。数十年に及ぶだろう巨大工事となることは想像にかたくなく、予算は莫大な額となる。上前をはねる機会を常に狙っている国土府の長としては願ってもないことなのだ。

しかしこの絶好の機会を逃してまで阻もうと動いたのは、今、エルンストの背後で微かに机を叩き続ける人物の顔色を窺ってか。

やはり、とエルンストは考える。

この元老院、いや、リンス国で最大の権力を誇るカタリナ侯爵、この者を制さなければリンツ谷の整備は実現しない。

「国土府の長が仰っているのだから、本当に二年分の予算が必要なのでしょう。ああ、よかった。採決を下した後では取り返しのつかないことになっていたでしょうから」

ネンゲア子爵がすかさず賛同する。リンス国の元老たちは流れを読むことには長けているようだった。エルンストは内心で溜め息をつく。

「二年分など到底認められん。国の金は貴方の小遣いではない」

国中に緊縮財政を強いながら、自らはより多くの金を懐に納めようと画策するロジル財政府長が強い声で断じた。

金がないと言っては事業を凍結し、金がないと言っては役人の給金を削減する。本当に金がないのならばまず、元老の報酬をこそ削減すべきだ。彼らはみな、本職を持っている。つまり、元老の報酬とは別に、本来の役職や領主としての収入があるのだ。

一年間でメイセンが国に納める税の二年分を食い潰す十三人の元老を、エルンストは冷えていく心のまま見つめた。

国土府の長、ダーリ伯爵が口にした試算額で元老たちは息を吹き返したようだった。失笑を浮かべ、あるいは憮然とした表情でエルンストを口々に非難する。机を叩く音は止んでいた。趨勢《すうせい》が元老に傾き、満足しているのだろう。

エルンストは無言で、彼らの声を聞いていた。腹の底ではふつふつと、怒りが湧き上がってこようとしていた。

ざわついた空気を正すように、正面に座る元老院長グーテン・ダイス・リンフォール公爵が木槌を叩いた。元老院の長として百年以上その職にあるリンフォール公爵は、先々代国王の末子である。二百歳を過ぎた体は椅子に座るのにも難儀していた。

「メイセン領主、リンツ谷整備の試算根拠について答えよ」

嗄《しゃが》れた声が届く。

エルンストは顔を上げて、リンフォール公爵を見た。

「私が答える必要があるだろうか」

エルンストがそう言うと、静まった議場が先ほど以上に乱れた。

「なんとっ！　そなたが議案を持ち込んだのだ。説明する義務があるっ！」

正面左側に座った男が初めて口を開いた。

カムナ・カタリナ侯爵、現皇太子の祖父であるライト・カタリナ侯爵の息子である。元老に名を連ねるため、親子で侯爵を名乗るという暴挙に出ていた。親子でエルンストを挟み、視線で意思を交わし合ってでもいるのか。何度もちらちらとエルンストの背後、父に向けて視線を送っていた。親鳥の指示がなければ口も開けぬ哀れな雛鳥《ひなどり》。

エルンストはゆっくりと、カムナ・カタリナ侯爵に向けて話した。

「リンツ谷整備の重要性と必要性について、私は言葉を尽くして説明する義務がある。だが、整備にかかる費用について、事細かに指し示す義務まであるだろうか」

「あるに決まっているだろう！」

顔を紅潮させたまま、カムナ・カタリナ侯爵が叫ぶ。

この男、判断力も忍耐力もないらしい。

やはりこの元老院は、ライト・カタリナ侯爵を御せば全てが決する。

「議案者は現状を訴え、改善を要望する者である。議案を審査し、承認するかどうかは元老院が決めること。そして、元老院が承認し、国王陛下がお認めになった案を実行に移すのは各府の仕事である。つまり、私の議案を通すかどうかの判断基準を、メイセン領民の命や国土を守るという重要性ではなく、あくまでも金に置くと元老院が判断するのならば、いくら必要なのか、それを算出する義務は元老院側にある」

「くっ……」

カムナ・カタリナ侯爵は、ぶるぶると震えながらも口を閉じる。どうやら、父から指示が出されたようだ。

「貴方は、ご自分の立場がわかっておられるのか」

背後から声が聞こえた。

ライト・カタリナ侯爵。現皇太子の祖父であり、スミナーカ領の領主である。

リンス国には、その位置における重要性や人口の多さなどにより、都市と呼ばれる領地がある。二百六十の領地の中で、都市と呼ばれる領地は十あった。中でも、人口百五十万を超えるスミナーカ領は王都の隣地ということもあり、先代国王、もしくは現世国王の子が領主を務めることになっていた。

だが、先代国王の第四子であった先代領主が他界したとき、国王の子で存命していたのは皇太子だけであった。後に現世国王の侍従長となるポーツ公爵はまだ生まれておらず、慣習に従い、隣地ミセウス領の領主であったカタリナ侯爵が、正式な領主が定まるまで治めることになった。

しかしポーツ公爵の母が、生まれたばかりの息子と共にスミナーカ領へ向かうことを頑なに拒否した。領主を決める行政官府は頭を悩ませ、当時皇太子であった現世国王に第二子が生まれるまで、という条件付きでカタリナ侯爵が治め続けることを認めたのだった。

だが実際には、現世国王の第二子であるコウナカクト公爵が生まれた後も、カタリナ侯爵がその裕福な領地を手放すことはなかった。その上スミナーカ領主となってから一気に巨大化していった権力にものを言わせ、まるで正当な領主であると言わんばかりの顔で居座り続けている。

結果的に、リンス国にある十の都市は王族に連なる公爵が治めると決められていたはずが、一番大きく、一番重要なスミナーカ領の領主が侯爵であるという歪《いびつ》さを生んでしまったのだった。

エルンストは背中に緊張を走らせ、目に見えぬ相手に向けて声を発する。

「立場……と」

「そうだ。貴方はもはや、皇太子殿下ではない。ただの、ひとりの、貴族である」

ただの、と殊更強調してカタリナ侯爵は言った。

「これまでの貴方の物言いはいかにも皇太子然としている。我らが無条件に平伏し、貴方の意見に従うべきだと言わんばかりだ。しかし、本来であればこれほどの議案、一貴族が元老院の協議にかけるべきものではない。我ら元老が自ら是非を問い、各府と協議した上で決めるべきこと。一貴族ごときが口出しすべきものではないのだということを、わかっているのか」

カタリナ侯爵はどうやってでも、エルンストを陥れたいようだった。エルンストの頭を押さえつけるようにして、皇太子ではない、と強調する。ただの貴族だと何度も口にし、周りの元老たちに印象づけていた。

エルンストが王都に出現し、自らの孫である現皇太子が廃されるとでも恐れているのか。

エルンストは腹の中で乾いた笑いを浮かべる。リンス国の行く先を決めていく元老院は、歪だった。ある者は道理を捻じ曲げ、ある者は借り物の椅子に固執する。自己満足に邁進する者がいれば、他に我慢を強いて私腹を肥やす者がいた。議案を真っ当に審議しようとする者はどこにもいなかった。

そして、この場にいる誰ひとりとして、国一番の窮《きゅう》乏《ぼう》地《ち》であるメイセンの、民の様子を聞こうとしない。国の中枢部にいながら誰ひとりとして、国境地であるメイセンの現状を知ろうとする者はいない。

ふつふつと、怒りが湧き出してくる。

皇太子であった頃、国を今以上によくするためには、国民の生活を守り、より多くの者が幸せに暮らしていくにはどうすればよいのか、とよく考えた。リンス国民一千万人の生活がこの肩に乗るのだと思えばこそ、勉学に励み、我慢もしたのだ。

生まれてから六十年、そうやって生きてきた。

何段も上からエルンストを見下ろし、憚《はばか》ることなく嘲笑を始めた元老たちを見る。エルンストが守りたいと決意していた国の、中央の椅子には、これほど腐った者たちが座っていたのか。エルンストが守りたかった国は、こんな者たちに蝕《むしば》まれていたのか。こんな者たちのせいで、メイセンは百年も領主がおらず、民は困窮に喘いでいたのか。

怒りが蛇のように体中を駆け巡り、エルンストは戦うべきときが来たのだとわかった。

「立場と……言うか」

静かな、冷たい声でエルンストは言った。

「元老院の議場において、議案者の立場を論じるのか」

すっと顔を上げ、正面に座る元老院の長、リンフォール公爵を見た。

「何者の訴えであろうとも、諮問委員会及び元老院は公平に扱わなければならない。国家平定法第十三条の一第一項第一号にそう記されてはいなかったか」

嘲笑を浮かべていた元老たちが静まり返る。

「それでもなお、立場を問題とするのならば、そなたらこそ立場を弁《わきま》えよ。元老院長、リンフォール公爵に問う。公爵と侯爵、位が上なのはどちらか」

「公爵である」

リンフォール公爵は淡々と答えた。

「そのとおり。では、ネリース公爵に問う。その名に国名と人種名を抱く者と、抱かぬ者、どちらの位が上か」

「……抱く者だ」

ネリース公爵は渋々答えた。

「そのとおり」

エルンストはゆったりと椅子に座ったまま、元老たちを見渡した。そして、あえて彼らに再認識させたくはなかった事実を口にする。

「我が名は、エルンスト・ジル・ファーソン・リンス・クルベール公爵である。この国において、我より上におられるのは、国王陛下と皇太子殿下のみである」

十三人の元老が息を呑む中、エルンストはゆっくりと足を組み、鷹揚に構えた。

重い空気に押し潰されそうになった議場に、エルンストに促されリンフォール公爵が振り下ろした木槌の音が響く。

全ての協議は終了した。

審議結果は十日後に言い渡される。

5

協議が終了しても元老院を出ることはできなかった。朝が来なければ出られないのだ。無駄な規則だと思うが仕方がない。エルンストは部屋へと戻り、協議の内容を思い浮かべる。

手応えは、ある。議場での会話、元老たちの口調、振る舞い、表情、行動を反芻《はんすう》する。手応えは、あった。勝敗は六割、いや、八割でエルンストの勝ちだ。

リンツ谷の整備で一番難点となるのはやはり、それにかかる巨額の費用だ。金額の大小だけで論じるのは間違っているが、金額の大小に目を閉じるのも現実的ではない。エルンストが言った国家予算の半年分というのは当然、嘘だ。国土府長ダーリ伯爵の二年分でも甘いと思っている。

費用が最も嵩《かさ》むのは材料費ではなく、人件費だ。谷の整備には多くの人手を必要とする。リンツ谷のような難所を工事する場合は、予定以上の月日を要することがある。月日が延びれば延びるほど、人件費が嵩む。工事日数が延びても工法を変えなければ材料費にはさほどの影響は出ないが、人件費はそうはいかない。

約二十年前に行ったザイツ領を横断するヒョウゲ河の橋梁工事では十五年の月日を要し、通算で国家予算の二年分が使われた。ヒョウゲ河はバステリス河の三倍の川幅を持ち、川底も深い。流れが比較的緩やかだというのが唯一の救いであったが、それでも二年分であり、過去二百年で一番の巨大工事であった。ダーリ伯爵はこの橋梁工事を元に二年であると言ったのだろうが、それはリンツ谷を見ていない者の愚かな言《げん》である。

リンツ谷は深い谷底を持ち、足場を組むことができない。岩肌を崩さぬように削っていくのか谷の両端から橋を延ばしていくのか、国土府がどのような工法を選ぶかは専門家でもないエルンストにはわかりようもないが、国家予算の半年分や二年分で済むはずがない。全てが順調に進んだとしても、整備が終わるまでに五年分は必要ではないかと考えていた。

金の問題を論じ続けられたならば、エルンストに勝機はなかった。元老たちはエルンストの言葉で費用の根拠を示す責任が自分たちにあると思い込んだだろうし実際にそうなのだが、あれでエルンストが話の論点を外したのだということには気づいていない。

審議結果を十日後に出さなければならないというのはこちらに有利だ。十日ではリンツ谷に着くのが精一杯で、谷の状況を見て工事金額を試算することはできない。整備が必要であると決定されれば即座に、国王の決断を仰ぐためにエルンストは動く。国王の決断は元老院とは違い、一日で下される。

しかし、エルンストの置かれた立場を改めて認識させたのは、本意ではなかった。

元皇太子という立場はこの国において、非常に異質なものだ。エルンストは、自分が生きながら皇太子の位を降りられた陰には、自らの命を懸けて尽力した者が幾人もいるのだと気づいている。本来であれば、エルンストは人知れず殺されていたのだろう。それが、国のためであったかもしれない。

あの頃、皇太子宮に流れる不穏な空気に当然気づいていたが、努めて平静を保ち、心穏やかに過ごした。あまりにも無防備な者を前に、強い殺意を持ち続けられるものではない。幸いにも皇太子宮に出入りする者はみな、暗殺の訓練を受けた者たちではなかった。

当時はどちらがよかったのかわからなかった。皇太子として殺され、次代の皇太子に位を渡したほうがよかったのか、生きて位を降りたほうがよかったのか。国を考えれば前者であろうが、まだ、生きてみたかったのだ。王宮ではない世界を見てみたかった。

今はもちろん、生きていられることを何よりも感謝している。愛しい伴侶に巡り合えて、愛されて、これほどの喜びがあるだろうか。皇太子を廃されたときは何も感じなかった。だが今は、喜びしかない。

しかし、至極《しごく》あっさりと己の運命を受け入れたエルンストとは対照的に、国の中枢部にいる者たちは今でもエルンストの処遇について迷っている。

隣国であるリュクス国やシルース国を見れば、エルンストが国王になりたいと野望を抱き内乱を起こすのではと恐れる気持ちもわからないでもない。もっともエルンストにしてみれば、非常に迷惑な話なのだが。

できれば、王都には近づきたくはなかった。一生を、メイセンという閉ざされた土地で終えようと思っていた。それが国のためでもあった。なぜならば、エルンストが望むと望まざるとにかかわらず、かつてのその地位を利用しようとする者がいることを知っている。

どの国にも、自分の国に不満を持つ者はいる。仲間内の愚痴だけで終わればいいが、動乱を望む者がいる。

当然、リンス国でもそうだ。

そのような者が国家転覆《てんぷく》を謀《はか》ろうと思えば頭上に据える人物には、周りを黙らせるほどの実力者か、周りが黙って付き従うほどの身分を持った者を選ぶだろう。

だがリンス国では、皇太子とそれ以外の王の子に明確な差をつけている。そのため国民にも、皇太子とそれ以外でははっきりと、違う者という認識がある。王の子であるという理由だけでは説得力がない。

そこに、エルンストが降ってきた。

かつて、皇太子として六十年を過ごした者だ。貴族の意識の中ではまだ、皇太子といえばエルンストだ。もし誰かが、前皇太子殿下は私欲に走った不届き者に廃位された不遇の皇太子である、とでも叫べば賛同する者は多いだろう。再びその地位にお戻りいただくために戦おう、と叫べば内乱に加わる者もいるだろう。

エルンストの意思は関係ない。言うことを聞かないのなら軟禁してもいい。皇太子殿下は安全な場所にいる、とでも言えば周囲は納得する。

そして、エルンストにはもうひとつ、懸念があった。

それは、エルンストを排除しようと画策する者を焦らせてしまうことである。

エルンストがメイセンにいれば落ち着いていられた者も、王都に出てくれば心穏やかではないだろう。

それでもエルンストが終始、メイセン領主としてメイセンのために尽くそうとする姿勢だけを見せていれば、あるいは無事に済んだかもしれない。

だが、エルンストがかつてと現在の位を威光として使った今では、そうではない。エルンストが自分たちの仕打ちに気づき、復讐しようとしているのではないか、そう恐れているだろう。

まずは、メイセンへと送り込むために動いた者たちだ。エルンストの位を考えれば誰の目にも、メイセン領主というのは奇妙に映る。エルンストより遥かに低い位の者たちが、メイセンよりも豊かな領地の領主となっているのだ。もしエルンストがそれについて問い詰めた場合、行政官府も動かざるを得ない。そして誰かの手から、それなりに富を生む領地を取り上げ、エルンストにあてがうことになる。

エルンストは頭に浮かんだいくつかの顔を思い浮かべ、彼らの次の行動を読む。

事が起きるとすれば、この十日間だ。

エルンストを排除したいと思う者にすれば、今は、絶好の機会だ。元老院が結論を出すまでエルンストは王都にいる。その結論が可であれば国王の決を仰ぎ、エルンストは即座にメイセンへと戻る。メイセンという土地は、見慣れない者を寄せつけない辺境地だ。安全にエルンストを殺したければ王都、もしくはメイセンまでの街道しか機会はない。

議案が却下された場合、エルンストは再度諮問委員会に議案を提出し、元老院に臨《のぞ》む。そのため、却下であればエルンストは王都を離れない。しかしそのようなことを襲撃者は予想していないだろう。通常、議案が却下された者が即座に同じ議案を査問委員会に提出することはない。襲撃者は可否どちらの結果が出たとしても、元老院の協議結果が出る十日後までに事を起こしたほうが確実だと判断するだろう。

エルンストの頭の中は目まぐるしく動き、王都に連れてきた領兵たちと自分の身を守るために考えを重ねていく。頭に浮かぶいくつもの顔、顔、顔。最も怪しいのは誰だ。追い詰められているのは誰だ。感情が切れそうなのは誰だ。思案を重ね、数人に絞り、彼らの手口を考えた。

エルンストは行きと同じように、正装して馬車で迎えに来たガンチェやタージェス、ブレスらと宿に戻る。宿の外でミナハが出迎えた。朝も早く、宿の周囲はまだ眠っているようだった。エルンストは静かに言葉を交わしただけで宿へと入る。

朝食ができるまで、エルンストは領兵らと部屋で過ごした。ミナハが、エルンストがいなかった二日間を楽しそうに報告してくれる。タージェスは明るくなったり思い悩んだり、脅したり沈んだり、そりゃ大変だったんですよ、と。タージェスに小突かれながら、ガンチェの様子も報告してくれた。ガンチェは部屋から一歩も出てこず、部屋を訪ねても、目を閉じて置物のように椅子に座っていただけだと驚いていた。

エルンストには驚きでも何でもない。ガンチェは、静と動の切り替えがはっきりとしていた。待つ態勢に入れば、岩のように動かない。

朝食の準備が整い、宿の一階部分にある食堂へと向かう。領兵らは殊更に明るく振る舞い、エルンストを気遣う。だが、どうだったと首尾を聞いてくる者はいなかった。審議結果が出るまでは、どう答えたとしてもそれは憶測でしかなく、何の意味もない。不確かな情報を決して口にしないエルンストならば、手応えはどうだと聞いても困らせるだけだとわかっているのだ。

エルンストは気遣いを嬉しく思いながら、温かな食事をとった。

三夜続いた元老院での協議に疲れ、うつらうつらと現実と夢の間を行き来する。三日ぶりの愛しい伴侶ともっと語り合いたいし抱き合いたいのだが、ガンチェと再会できた安心からかどうにも睡魔が襲ってくる。

椅子に腰かけたまま、時折かくりと頭を落とすエルンストの耳に、くすりと笑うガンチェの声が届く。お疲れなら眠ればよいのに。そんなことを言いつつ逞しい腕が軽々とエルンストを抱き上げる。寝台に運んでくれるのだな、と遠のく意識の狭間《はざま》で思う。

ふわりと愛しい匂いに包まれて、まだ眠りたくはないと抱きつく。大きな手が宥めるようにエルンストの髪を撫で、一緒に寝台に横たわってくれた。

愛しい匂いを胸いっぱいに吸い込んで意識を手放した。


ふっと目覚める。薄暗く、まだ元老院にいるのかとエルンストは錯覚した。だが愛しい香りを近くに感じ、そうではないと思い直す。

「エルンスト様、お目覚めですか？」

分厚い胸に鼻を寄せたエルンストに、ガンチェが静かに声をかけた。

「お疲れだったのですね。とてもよく眠っておられましたよ」

ガンチェがエルンストの髪を優しく撫でる。その大きな手に頬を寄せ、エルンストは口づけた。

「今は、深夜過ぎだろうか」

窓の外を行き交う者も、宿の中を動く者の気配も感じられない。

「はい。あと数刻で朝が来ます」

ガンチェのその言葉にエルンストは驚く。元老院から戻ったのは早朝で、エルンストはほぼ一日を眠っていたことになる。

「すまない。ガンチェは、ずっとここにいてくれたのだろう？」

「エルンスト様と離れがたくて」

ガンチェは秘め事のように囁くと、エルンストに深く口づけた。

「エルンスト様、湯を使われますか？」

少し考え、エルンストは首を横に振る。

「このような時間に湯の準備を命ずるわけにはいかない」

そう言ってエルンストは自分の手首を、すん、と嗅いだ。

「匂うだろうか？」

窺うように聞いたエルンストを、ガンチェが笑う。

「まさか。エルンスト様はいつだって、芳《かぐわ》しい水桃の香りですよ。私のほうが匂うでしょう？　エルンスト様をお迎えに上がるときに湯を使いましたが、それきりですし」

エルンストは目の前の太い首に顔を寄せ、ぺろりと舐めた。

「何を言う。ガンチェは若草の香りだ。強い、命の香りだ。ガンチェの香りに包まれていると、私はいつも、新たな命の煌きを感じるのだ」

エルンストはガンチェの、大きな喉骨で盛り上がったそこに吸いついた。ガンチェの香りが一層深くなり、愛しい伴侶がその気になってくれたのを感じ、笑みが浮かぶ。

「エルンスト様……」

凛々《りり》しい眉を寄せ、ガンチェがエルンストの名を呼ぶ。困惑を浮かべる目に、エルンストは笑った。

「役目は終わった。結果が知らされるまで、私にできることはもはや、何もない。ならば、よいだろう？」

寝台に座り、エルンストは自分の衣服に手をかける。不器用に脱ごうとしたその手を制し、ガンチェが脱がせてくれた。

「ガンチェも……」

エルンストが伸ばした手を恭しく握り、その指先にガンチェが口づけた。そうして音もなく寝台を降り、ガンチェが服を脱ぎ捨てる。薄暗い部屋の中でどっしりと立つガンチェを、エルンストはうっとりと見つめた。

「……素晴らしい」

手を伸ばし、ガンチェの熱い体に触れていく。太い腕、硬く引き締まった腹、力強い足。

「我が国の、軍務府の長を知っているだろうか？」

ガンチェを見上げ、エルンストは言った。

「たしか……アルティカ侯爵だったと思いますが」

さすが、傭兵として身を立てるグルード郡地出身者だ。各国の軍事に関してガンチェは非常に明るかった。

「そう、ガイジアス・アルティカ侯爵だ。総大将でもあり、元老でもある」

「元老院でお会いになられたのですか？」

ガンチェの目が、エルンストの全身を隈なく走ったのを感じた。

「何もされてはおらぬ。あのような場で剣を抜くほど愚かでもなかろう。睨まれはしたが……」

「エルンスト様が？」

ガンチェの声に怒りが滲む。悪いとは思いつつ、エルンストの胸に喜びが広がる。エルンストよりも先に、ガンチェがエルンストのことで怒ってくれる。それが何とも心地よかった。

「さすが、総大将と言うべきか。通常の者であれば肝《きも》が冷える眼力だろう。だが、私は何とも思わぬ」

寝台で膝をついて立ち、手を伸ばしてガンチェの頬に触れた。

「私はガンチェを知っている。雄々しいダンベルト人に比べ、クルベール人など高が知れている。いかに鍛えようとも、ガンチェの逞しさには誰も敵わぬ」

ガンチェが片膝をつき、エルンストと視線を合わせる。少し照れたように、年下の伴侶が笑っていた。

「クルベール人になど負けぬだろう？」

笑って聞けば、ガンチェも笑って頷く。

「はい。シェル郡地の人なら誰であろうと、何人かかってこようと、決して負けません。それに、エルンスト様が私の後ろにいらっしゃれば、グルードであろうとシスティーカであろうと負けません」

金の目で宣言するガンチェに顔を寄せ、深く口づけた。

「ガンチェはいつも、私の心の中にいてくれる。元老院でひとりきりにされても、私は孤独を感じることはなかった。ただ、ガンチェが誘惑されはしないかと、それだけが気がかりだった」

「誘惑……ですか？」

「そうだ。ガンチェほど素晴らしい人はいない。ならばこそ、ガンチェを欲する者はいくらでも現れるだろう。ガンチェは優しい。ガンチェが欲しいと泣く者を前に、慰めて肩を抱いてやるくらいならしてしまうかもしれぬ。……すまない。悋気《りんき》が過ぎるな。自分の心の狭小《きょうしょう》さを恥じながらも、どうしても案じてしまうのだ」

ガンチェは驚いたように目を見開き、エルンストを抱き寄せた。

「何を仰います。私の心にもいつも、エルンスト様がおられます。それに、私を欲してくださるのはエルンスト様くらいで……いえ、もちろん、エルンスト様だけで満足と言いますか、これ以上ない幸福なのですが」

ガンチェは寝台に上がり、エルンストを膝に座らせた。

「私の目は、エルンスト様しか見えません。私の耳は、エルンスト様の声しか聞こえないのです。そして、この心はエルンスト様でいっぱいで……他の何も、誰も、入り込む余地などありません。もし万が一、エルンスト様が恐れておられるようなことが起きたとしても、私はその泣いている者を跨いで歩き去ってしまうでしょう」

断言され、エルンストはガンチェを見上げた。

「ガンチェの長い足ならば、簡単に跨げてしまうだろうな」

「そうですよ。ですからどうぞ、ご安心ください」

笑うガンチェの顔がはっきりと見えて、エルンストは窓を振り返る。暗い空が白々と明けてきていた。

「しまった……時間を無駄にしてしまった」

思わず呟いたエルンストにガンチェが笑う。

「では、急いでいたしましょう。朝食まで、あと二刻くらいですよ」

エルンストもそうだが、ガンチェの体の中にも時計がある。告げられた時間にエルンストは焦り、ガンチェの男根を両手で握った。

「まずは、二刻を楽しもう。今宵の夕食は早めに済ませ、じっくりと深いのを夜に与えてくれ」

「はい」

ガンチェは金の目で頷くと、エルンストに深く口づけた。

厚い舌がねっとりと口中を巡る。太い指が様子を窺うように、下に触れる。エルンストは微かに腰を後ろに引き、ガンチェの指を誘った。

朝の静かな空気が水音に震える。頭の奥がくらくらと酩酊し、エルンストはうっとりと愛しい伴侶を見上げた。金の目が情欲に溢れ、エルンストを熱く見つめていた。

「ガンチェ……」

エルンストの肩をガンチェが優しく押し、寝台に横たえさせる。大きく開いたエルンストの足の間に手を差し込み、ガンチェが具合を探っていた。

「構わぬ……早く……っ」

「いけません」

誘っても命令しても無駄だった。繋がることに関して、エルンストが歯痒く思うほどガンチェは慎重だった。

太い指が二本、三本と入ってくる。長い指が奥まで挿し込まれ、エルンストは目を閉じる。ガンチェがエルンストの表情を窺っているのを感じた。痛みを隠してはいないか、男として獣に化そうとしている金の目で探っていた。

「……ん……っ」

エルンストは広い寝台に両腕を広げ、快感を見せる。感じていると全身で表現し、ガンチェを安心させた。

ガンチェが、ほっと息をついたのがわかった。

エルンストの両足を、二本纏めてガンチェが片腕で抱える。その形のまま硬く屹立する自分を入れようとして、はた、と止まる。ガンチェの濡れた硬い頭がエルンストの股間を突いていた。

「……難しいようです」

苦笑するガンチェの腕を励ますように、エルンストは撫でた。

「ガンチェは逞しいからな」

照れたような、誇らしいような笑みを浮かべ、ガンチェが優しくエルンストの足を開く。それぞれを肩に担ぎ、ぐっと腰を突き出した。

「あっ……」

押し開かれる感覚にエルンストは仰け反る。エルンストの息に合わせ、ずっ、ずっ、とガンチェが挿入された。

「エルンスト様……」

ほぉ、と満足の息を吐き、ガンチェの腰が止まる。エルンストも甘い吐息をついた。

「とても……心地よい……」

「私もです」

ふたりで視線を合わせ、ふふ、と笑う。

「ようやく、納めるべきものを納めた、そんな風に感じる」

「不思議ですね。私がエルンスト様に挿入させていただいているのになぜか、私も空っぽだった何かが満たされたように感じます」

ガンチェが身を倒し、エルンストに深く口づけた。繋がるふたりの形が変わり、ガンチェの尖った頭がエルンストを抉る。

「もはや……一時も、ガンチェと離れては……おられぬ……っ」

太いガンチェを身の内深くに納め、息が詰まる。快感の涙で目を潤ませエルンストが宣言すると、同じだと告げるかのようにガンチェが強く抱き締めてきた。

「エルンスト様……っ……申し訳ありません……た、耐えられそうにありません……っ！」

「構わぬ。早く、ガンチェ……私の、中に……っ」

強い若草の香りがエルンストを包み込んだ。


朝食を済ませひと息ついた頃、タージェスが来客を知らせに来た。エルンストは軽く頷き、了承を示す。

ガンチェを傍らに椅子に腰かけるエルンストの元に、タージェスに連れられ、男が入ってきた。男は、エルンストを見てわなわなと震えたかと思うと崩れるように跪き、床に頭を擦りつけ嗚咽《おえつ》を漏らし始めた。

男の慟哭《どうこく》は長く続いた。それは、男が今まで抱えてきた罪の意識の重さを感じさせる。ガンチェは困惑した表情を浮かべ立っていた。心配はないと、タージェスを下がらせる。

エルンストはゆったりと腰かけて、男が落ち着くのをただ、静かに待っていた。

「落ち着いたか」

男の声が小さくなるまで待ち、エルンストは声をかけた。びくりと薄い肩を震わせ、男がおずおずと顔を上げる。

泣き濡れた男の顔は、エルンストがよく知るものだった。だが、随分とやつれた気がする。皺も多くなり、クルベール人特有の金髪は白金のように薄い色に変わっていた。いつも威厳に満ち、背筋を伸ばして立っていた姿からは想像もつかない。手入れもされていない皺だらけの衣服を身に纏い、床に跪く姿など、エルンストは見たくなかった。

「久しぶりだな。侍従長」

「お……お久しぶりで……ございます。皇太子殿下におかれましては……お変わりなく……何よりでございます」

消え入りそうな声で答えた。

エルンストの前で跪くこの男は、かつて皇太子宮でエルンストに仕えた侍従長であった。

「私は皇太子ではない。エルンストと、名を呼べばよい」

そう言うと、侍従長はまた額を床に擦りつけた。

侍従長に聞きたいことはたくさんあった。エルンストが王都に入れば、いつか侍従長が訪ねてくるだろうということはわかっていたのだ。

「侍従長」

静かに問いかけると、泣き濡れた顔を上げた。

エルンストはその顔をじっと見て、感情を殺した声で問い質《ただ》す。

「なぜ私に、盛《も》ったのだ？」

びくり、と侍従長が震えた。

「……やはり、お気づきでございましたか……」

「いや……王宮にいた頃には気づいていなかった。メイセンの領主となり、メイセンの民を見て、気づいたのだ」

「殿下は非常に聡《さと》い御方でございます。いつかは必ず、お気づきになるだろうとわかっておりました。……弁解にしかならないことはわかっております。信じてはいただけないだろうことも。……ですがっ！　……誓って！　私は皇太子殿下を害そうと思ったわけではありませんっ！」

必死の形相《ぎょうそう》で訴えてくる侍従長に苦笑してエルンストは頷いた。

「今のその様子を見れば、信じるしかないだろう」

「あ……ありがとうございます……」

あまりにあっさりとエルンストが信じたからか、侍従長は虚《きょ》を衝かれたような顔をして、そして、慌てて頭を下げた。

長い間、侍従長は頭を下げたままだった。皺だらけの衣服に包まれた細い肩が震えていて、侍従長の中で葛藤が起きているのだとわかる。

エルンストは静かに、侍従長が言葉を紡ぎ出すのを待っていた。

「……私は、決して、殿下に害を為そうとは思っておりませんでした」

侍従長は呟くように話し始めた。

「ただ、お強くなっていただきたかっただけなのです。……皇太子殿下にあられましては、お生まれになられたときはとても小さく、また、お小さい頃よりあまりお食事を召し上がられず、とても小さくて、本当に小さくて……。お熱もすぐに出てしまって、私はとても、案じたのです。……ですから、殿下の御体が少しでもお強くなればと、あのようなものを……！」

床につけた痩せた手をぐっと握り締めた。

「しかし、もちろん、安易に使用したわけではありません！　毒味もしましたし、王宮に収められている文献でも調べましたし、教授方にも訊ねたのです。効能は、はっきりしませんでしたが、少なくとも毒であるという話はどこからも出ず。……私は、それでも迷ったのです。毒ではなくとも効能が明確ではないものを殿下の御口に入れさせていただいてよいものかどうか。ですがあの頃、殿下のご容態は常に悪いものでした。お熱が数日間続くことも多く、そのたびに御体が一層小さくおなりで……私は不安で不安で、どうしようもなかったのです。医師たちは、お力になるものをお召し上がりいただくようにとそればかりで……よい薬も手立てもなく……。私はありとあらゆる食材を用意し、幾人もの料理人に命じ、あらゆる料理を作らせました。……ですが、やはり殿下の御口には合わなかったようで、あまり召し上がってはいただけませんでした」

エルンストにも記憶がある。今もあまり食べるほうではないが、子供の頃は特に食が細かった。エルンストが小さい頃、食事時にはいつも、たくさんの料理が並んでいた。色鮮やかなもの、甘いもの、辛いもの、冷たいもの、温かいもの。今思えばあれは、エルンストがどれかひとつでも口にするものはないか、侍従長の苦心の策だったのだ。

一国の皇太子を死なせるわけにはいかない侍従長の心痛は、想像を絶するものだっただろう。

「もはやこれしかないのだと、私は愚かにも、そう思い始めていたのです。料理長に命じ、粥にしました。……皇太子殿下はその粥を口にされ、そして、お熱が下がったのです。私は感謝しました。手にしたものが殿下をお救いする唯一のものだと、思い込んだのです……」

エルンストは味の薄いものを好んだ。熱で浮かされ体力の落ちたときに差し出された異国の料理、粥は、エルンストの好みの味だったのだ。

「侍従長は、いつ気づいたのだ」

「……五年ほど、前になります。ある日、毒味役の者が若々しいままだということに気づいたのです。五人の御食事を毒味する者は五人いました。五人がそれがそれぞれ時間をずらし、毒味をいたします。殿下が離乳食ぞお召し上がりになられる頃より仕えている毒味役が五人とも、若いままなのです。彼らはみな、百五十歳を越えているはずなのに、どう見ても百歳頃にしか見えません。五人が五人とも、そうなのです。……これは普通ではないと、思いました」

侍従長の顔は青ざめていた。

「五人をそれぞれ別々の町医者に診せました。どの町医者も、同じ診断を下しました。成人しているから非常にわかりにくいが……クルベール病の可能性が高いと」

それはエルンストも初耳だった。クルベール病は少年少女で成長を止める病だ。成人してからでも成長を止めるのか。

「その頃にはもう、殿下はクルベール病を患っておいででした。毒味役もクルベール病の可能性が高い。……いいえ、私は確信を持っていました。毒味役らは間違いなく、クルベール病に侵されていると」

侍従長の痩せた体が震え出す。

「私は……国王陛下の御前で、事の次第をご説明申し上げなければならなかった。殿下の御前で、お詫びしなければならなかったのに……どちらもできませんでした。どちらもできず、私は卑怯にも全てのことに目を閉じ、全てのことから逃げたのです」

成長を止めたエルンストを前にして、侍従長はどれほど苦しんだのか。多くの者の前で全裸にされ、男ではないとエルンストが判断されたとき、その場に侍従長も立ち会っていたのだ。どれほどの葛藤があったのだろう。

エルンストは、目の前で項垂れて跪く老人を見ていた。かつての威厳は全く感じられず、身形《みなり》も構わない、ただの薄汚れた老人となってしまった侍従長を見下ろす。エルンストが苦しんだように、侍従長もまた苦しんでいたのだ。だが、侍従長の苦しみは、エルンストのそれとは比べようもないものだったのだろう。

そして侍従長の苦しみは今もなお、続いているのだ。

「毒味役らは、どうしたのだ」

「金を握らせて……王宮から追い出しました」

毒味役らが口封じで殺されてはいないことに、エルンストはほっと息をつく。

「それで、侍従長はどうしたいのだ？　私に詫びて、それで気が済んだだろうか」

侍従長の性格から、そのようなことはないだろうとわかっていたが、エルンストは問いかける。

「いいえ！　いいえ……私はっ！」

がばりと侍従長が身を起こす。ガンチェがエルンストを守るため一歩踏み込もうとしたのを、エルンストは片手で止めた。

「……殿下がせめて、都市の領地をお治めになられるよう、微力ながら私も行政官府に働きかけておりましたが、私などの力ではどうしようもなく……殿下がメイセンなどというところに行かれたと聞き、居ても立ってもいられなくなりました。このまま何食わぬ顔で王宮に留まることなどできなかったのです。私は、殿下がメイセン領主になられると耳にしたその日に暇《いとま》を願い出て、今はただ、その日暮らしの身です。今の私はただの……老いぼれです」

涙に潤んだ侍従長の青い目が、じっと、エルンストの手を見ていた。

「どうか……この命をもって、お詫びさせてくださいい……」

まるで首を差し出すかのように、侍従長は深々と頭を下げた。

治める領地がなかなか決まらず離宮での暮らしが長引いた理由を今、エルンストは悟る。エルンストの位に見合わぬ領地を押しつけようと画策する者たちに抗った者がいる。正論だけでは太刀打ちできぬ権力者相手に戦ってくれた者がいる。それが誰だったのか、エルンストは今、はっきりと理解した。

エルンストと離れ王宮に残り、この侍従長が戦ってくれたのだろう。

エルンストは微かに笑みを浮かべ、そして言った。

「侍従長の命をもらったところで、私に益はない」

侍従長は弾けるように頭を上げた。

「しかし、殿下……！」

「殿下ではないと言うのに……。私はただの、エルンストだ」

苦笑を浮かべて見上げると、侍従長はその視線を彷《さ》徨《まよ》わせていた。エルンストが生まれたときよりずっと、皇太子として扱ってきた者だ。六十年そう呼び続けたものをすぐさま変えろと言われても無理なことだろう。

「……色々あったが、私は侍従長に感謝している。そなたの行動がなければ、私は愛しいガンチェと結ばれることはなかった」

エルンストがガンチェを見上げると、侍従長もエルンストの傍らに立つ大きなダンベルト人を見上げた。

「御伴侶様をお迎えになられたとか……」

「そう、私の大事な伴侶。ガンチェだ」

「これは……お初にお目にかかります」

ぴしりと頭を下げる侍従長に倣《なら》い、ガンチェもぺこりと頭を下げた。ガンチェは本当に、仕草の一つひとつが可愛らしい。エルンストは口元が緩むのを止められなかった。

「ご立派なお方ですね。本当に……ご立派なお体と、目をしてらっしゃる。よいお方様を御伴侶様にお選びになられましたね。さすがでございます」

皇太子宮の湯殿で下男として仕えていたということを、侍従長は当然知っているだろう。侍従長が、エルンストの命を守るために湯殿の下男をダンベルト人にしたのではないのか、そう感じていた。相手が契約に縛られる傭兵ならば詳しい話をせずともよい。ただ、主君を守れと契約書に書けばよいだけだ。侍従長はそうやって事を明確にせず、だが確実にエルンストの命を守ったのだろう。

「……そなたもそう思うか。そうだろう、そうだろう。ガンチェは、私にはもったいないほど素晴らしい人なのだ」

エルンストは侍従長の評に満足して何度も頷いた。そうなのだ。ガンチェほど素晴らしい人はいないとエルンストは信じて疑わないのに、誰もガンチェを称《たた》えようとはせず、必ず一度は聞いてきたのだ。なぜ、ダンベルト人を伴侶に……？　と。

ガンチェを、ではなく、ダンベルト人を、と聞いてくることにもエルンストは密《ひそ》かに腹を立てていた。ダンベルト人ではなく、ガンチェを選んだのだ。他のダンベルト人をこの王都で随分と見かけたが、どれもこれもガンチェとは全く違った。

ようやく同志を得たような気がしてエルンストはにっこりと笑う。やはり自分を育てたと言っても過言ではない侍従長だ。ガンチェの良さをひと目で見抜いた。

「エ……エルンスト様……」

ガンチェが遠慮がちに声をかけてきて、はっと我に返る。

「そういうことだ、侍従長。そなたのしたことは皇太子を害する結果となり、本来ならば重罪に処さねばならない。だが、その事実を知る者は少なく、また、私はこれ以上、そなたを苦しめる気はない。そなたはもう十分に償《つぐな》ったのだ。それは、その姿を見ればわかるというもの」

「ですが……っ！」

「……もし、どうしても、そなたがそれでも罰を受けたいと申すのならば……私と共にまいるか？　……メイセンへ」

かつてそう聞き、畏《おそ》れながら、と断られた記憶が蘇る。

侍従長は驚いたように目を見開き、そして、みるみる間に涙を溢れさせた。

「よろしいので、ございましょうか……？　私などがまた、殿下の御側で仕えさせていただいて……本当に、よろしいのでございましょうか？」

「幸せな場所ではない。メイセンは生きていくだけでも厳しい。それに、屋敷には既に、私に仕えてくれる侍従長がいる。そなたをメイセンに迎えたからといって、屋敷に入れることはできない」

「ええ、もちろんでございます。ご立派に侍従長を務めてらっしゃる方がおられるのに、私などが出しゃばることなどできようもありません。私は、殿下の御領地にいられるだけで幸せなのです」

立派な侍従長かどうかはわからないが、とエルンストは思いつつ続けた。

「そなたにはしてほしいことがある。我がメイセンでも一番厳しい生活を強いられている、キャラリメ村、アルルカ村、イベン村という三つの村がある。屋敷から遠く、私はなかなか訪れることができない。そなたには三つの村のどれかに住み、子らに字を教えてやってほしいのだ。その他、計算や法律、礼儀など、子らに吸収する力があるのならば、どこでも生きていけるように、力をつけてやってほしい」

「字……でございますか？　畏れながら……その村というのは、農民の村では……？」

「そう、農民の村だ。私は屋敷近くに住む村や町の子らを集めて字を教えている。我がメイセンでは、どの位でも関係なく学を与えている。メイセンで字を読める者はとても少ないのだ」

「さすがでございます……！　殿下！　ああ……私は何という罪を犯してしまったのでしょう！　皇太子殿下が国王陛下となられたならば、この国はどこまでも発展したでしょうに……！　私は国民から名君を奪ってしまった……！」

　侍従長は再び跪くと両手を床に打ちつけ、震え泣く。だがすぐに、がばりと立ち上がり叫んだ。

「かくなる上は！　……殿下！　その三つの村の子らにしっかりと学を与え、貴族にも負けぬほどの者にしてみせましょう！」

　勢い込む侍従長の姿にエルンストは嬉しくなる。もはや、部屋を訪れたときのくたびれた老人の姿はどこにもなく、活《い》き活《い》きと目を輝かせていた。

「そなたが力となってくれるのならば、これ以上心強いことはない。だが、この三つの村は貧しく、その生活は厳しい。食べる物もなく、着る物も不足し、家屋はみすぼらしく暖も取れない。年を重ねたそなたの体には毒としかならぬものばかりだ。……もし、無理だと判断すれば、すぐさま立ち去ってよい」

「お気遣いありがとうございます。ですが、無用にございます。一度捨てる覚悟をしたこの命。いつどこで落とそうとも惜しくはございません」

　侍従長はそう言うと、この部屋に入ってきて初めて、しっかりとエルンストの目を見た。

「ところで、私はもうひとつ、そなたに訊ねたいことがあったのだ」

「何でございましょう？」

「そなたの名は、何という？」

　エルンストの傍らでガンチェが声を上げて笑う。ガンチェの賑やかな声に掻き消されぬよう、侍従長は声を張り上げた。

「畏れながら……。私は、トーデアプス・スリートと申します」


　肩の荷が下りたような顔をしてトーデアプスが部屋を出ていく。去り際にエルンストはもうひとつ、訊ねた。自分は皇太子としてどうであったのか、と。

　王宮を出て、色々な経験を重ねた。当たり前のことが、当たり前ではなかったと気づく。王宮の人々を人として見ていなかったことに気づく。最低の皇太子ではなかったのか、面倒ばかりをかけたのではないのか。

エルンストはそれが気がかりだった。

　トーデアプスは不思議そうな顔をすると、エルンストにこう告げた。

「とても御立派な皇太子殿下でいらっしゃいました。我々のこともお気遣いいただき、とてもお優しく、そして、我慢強い皇太子殿下でいらっしゃいました」

　本当か、と重ねて訊ねたエルンストに、安心させるような笑みを浮かべて頷いた。それはあの皇太子宮で何度も見た、頼りになる侍従長の顔だった。

　トーデアプスにメイセンへの帰還予定日を告げ、その頃に再び来るよう言い渡した。トーデアプスは皇太子に仕えた一流の侍従長だ。この日に来いと言えば、必ずその日に来る。自分勝手に気を廻すことはない。

　トーデアプスとの再会はエルンストにとっても、ずっと気に掛かっていたことの終結を意味した。常に心の奥に溜まっていた澱《おり》が、全て溶けてしまったかのような安堵感に満たされていた。

「エルンスト様。ひとつ、お聞きしたいことがあるのですが……」

　躊躇いがちに聞いてくるガンチェにくすりと笑い、両手を伸ばす。ガンチェは椅子に座ったままのエルンストを、優しく抱き上げてくれた。

「トーデアプスが私に盛ったもののことだろう？」

　力強い鼓動を聞きながら、エルンストは目を閉じる。

「私がクルベール病を患う原因となった、ものだ」

「原因がわかったのですか⁉　あの病気は原因も治療法もわからないのではなかったのですか⁉」

　エルンストは厚い胸板に手を添わせた。

「そう、世間的にはそうなっている。治療法は私にもわからないが、原因はわかる。というより、想像がつく、といったところか」

　メイセンの民の姿が頭に浮かんだ。

「メイセンの民を見ていると、不思議に思うことはないか？　キャラリメ村の発病率が高く、ヤキヤ村で低いのは何故だろう。メイセンの土地に多いというのならば、ヤキヤ村にも相当数のクルベール病の者がいなければならない。ではやはり、貧しい者の病なのか。しかし、それならば、同じように貧しいイイト村で数が少ないのは何故だ」

「そう言われると……そうですよね。メイセンでクルベール病の者が多いのは、キャラリメ、アルルカ、イベン、そしてメヌ村です。貧しいだけで言えば、イイト村も同じように貧しいですし、他の村も同じようなものですし……一番貧しいアルルカ村よりキャラリメ村のほうが発病率は高いですよね……」

「これらの村々の違いは、何だと思う？」

ガンチェは寝台まで歩くと腰かけ、エルンストをその膝の上で抱き締め、頭を捻る。

「なんでしょう……うーん……違い……違い……」

「重要なのはイイト村だ。イイト村は、メイセンでは特殊な村だ。さて……何が特殊だった？」

眉を寄せて頭を捻るガンチェに小さな導きを与える。

「あれは、グルード郡地に近い村でしたよね。特殊、ですか？　あ、水不足でした！　……水ですか？」

目を輝かせるガンチェの頭をよしよし、と撫でてやる。

「いや、違う。ガンチェは森で鹿を捕らえただろう？　イイト村の民は、とても喜んでいた」

ガンチェは、頭を撫でていたエルンストの手に頬を擂り寄せる。大きな犬のようなその仕草に、エルンストは優しく笑う。

「大きな鹿でしたから、随分と食べていけると感謝されました。あの村は作物が育たないのでしたよね……だから干し肉ばかりを食べていて……。もしかして、食べ物、ですか？」

「当たりだ。厳密に言えば、口にするものの内容だ。例えば、畑で採れたものを口にしても病気にはならない。狩ってきた獣も大丈夫だ。キャラリメ、アルルカ、イベン、メヌ村の民が多く口にするもの。それは、野草だ」

「野草……ですか……」

「そう。だから私はイイト村で問うたのだ。森で草を採って食べることはないのか、と」

そんなもの食べませんよ。即答したイイト村の民を思い出す。

「かつて、私が王宮で目にした文献には載っていない植物を、キャラリメ村の民は食べていた。王宮の書庫には国中の知識が詰まっているはずだった。多少の間違いがあったとしても、全く載ってもいない植物があるのかと不思議だったのだ。しかも、メイセンの民はそれを食べている」

見かけは普通の野草だった。アルルカ村で振る舞われた薄いスープにも入っていた。

「屋敷の書庫に古い植物辞典がある。その草は、その本に載っていた。名は、アステ草と書かれていた。苦みが強いが一日雪に埋めておくと苦みは取れる。あるいは、水に数時間さらすだけでもいい。さすれば匂いもなく、食すことは可能。そして、このような記述もあった。……傷を負った獣が好んで食べる、と」

ガンチェを見上げる。

「どういう意味だと思う？　傷を負った獣は、怪我を治すために食べるのか。それとも、ただ単に消化がよくて食べるのか。しかし先代領主の誰かが手書きで追記していた。……アステ草を口にする村に多い、と」

赤茶色の目が見開く。

「何が多いのか、メイセンで暮らしていればすぐにわかる。アステ草というものは、シェル郡地であればどこにでも生えているものらしい。しかし、野山や路地裏に生えている草を好んで食べる者はいない。特別美味というものでもなければ。それでも食べるとすればそれは、やむにやまれぬ事情がある者だ。それしか食べるものがない、そういう事情を抱える者だけだ」

「……メイセンの領主が気づいたことに、なぜ、医師は気づかないのでしょうか……？」

ガンチェが遠慮がちに聞いてくる。

「気づいていないと思うか？　もちろん、医師の全てが気づいているわけではないだろう。だが少なくとも、薬師府長は気づいている」

エルンストはガンチェと向き合い、真剣な目でガンチェを見た。

「これは、決して口外してはならない」

ガンチェがしっかりと頷くのを見て、続けた。

「現薬師府長プリア侯爵がその地位に就いたのは、今から百二十年前だ。父親である前薬師府長からその地位を引き継いだ形で、若くして薬師府長となった。プリア侯爵がその地位に就いてまずはじめにしたことは、国中にある薬草辞典及びそれに連なる文献を焼き捨てるよう各地の領主に命じることだった。医療行為は知識と経験を重ねた医師が行うもので、本を頼りに医師でもない者が無闇に薬草を処方してはならない、間違った処方は命の危険をも伴う。そう先代国王に進言し、承認されたものだった」

王宮には薬草辞典があった。いかに薬師府長が触れを出し行った国策だとしても、王宮の書棚に収められている薬草辞典の全てを焼き払うことはできなかった。

だが、一番の狙い目であったアステ草が載っている文献の処分には成功したのだ。

「なぜ薬師府長がそんなことをするんですか？　病を抑えるのが薬師府の役目ではないのですか？」

　もっともな疑問に、エルンストは目を伏せた。

「……庇うわけではないが、苦肉の策と言えなくもない。アステ草を食べるなと命令を出すことは簡単だ。だが、野草を食べなければ生きていけぬ、ぎりぎりの者がいるということを、私たちは知っているだろう？……それにクルベール病というのは、決して悪いだけの病ではないのだ」

「……なぜですか？」

「クルベール病の者は、死ぬその瞬間まで若者の体力を持っている。確かに成人に比べて力は弱く、持久力もない。だが、少年特有の快復力の速さがあるのだ。つまりクルベール病の者は、どれほど疲れていようとも、ひと晩眠ればまた元気に動き出すことができる。そして、死を迎えるその瞬間まで働くことができるのだ。老人になったからといって労働力が落ちない。一生を通じての労働力を考えた場合、クルベール病の者とそうでない者とでは案外、クルベール病の者のほうが高いのかもしれない」


　アステ草がもたらす害に薄々気づいていながら放置しなければならなかった医師たちの心境を思い、エルンストは溜め息をつく。

「……メイセンのように貧しい領地では、働けない老人を多く抱えて生きていくのは非常に困難だ。メイセンでは、クルベール病になったほうが生き抜いていける。だから……先代領主たちもその原因に気づいていたが、何も手を打たなかったのだ」

　メイセンでは、クルベール病でない者は百四十歳などという、王都ではまだまだ働き盛りの中年期を境に急速に老いていく。足腰が弱り力仕事もできず、満足に自分の身の回りのこともできなくなる者もいる。しかしクルベール病の者は同じ百四十歳であっても少年のようにきびきびと動き、忙しく立ち働いていた。もちろん、出稼ぎにも率先して出ていく。労働力が低いと言われ、その給金は普通の者より不当に低く抑えられていたがそれでも、一生を通じて働き続けられるのがクルベール病の者の強みだ。

「……エルンスト様は、そのアステ草を召し上がっていたのですか……？」

「そういうことになるな」

「王宮で、なぜそのような草を……」

「私の侍従長であったトーデアプスが使えと言って料理長に渡したならば、料理長は使わねばならない。しかし使い続けたのは、その効能に確信が持てたからだ。……トーデアプスは言っただろう？　アステ草の入った粥を食べ、私の熱が下がった、と」

「それは偶然ではないのですか？」

「案外そうとも言い切れない。メイセンにあった文献にも、確かではないが、という注釈付でアステ草の効能について書かれていた。アステ草の効能とは、治癒力を高める、というものだ」

「治癒力ですか？　それは、怪我が治りやすいとか、病が治りやすいとか、ですよね」

「そうだ。私の熱が下がったというのも偶然ではないのかもしれない。……メイセンの民は貧しさ故に野草であるアステ草を食べているが、もしかすると、経験で知っているのかもしれない。アステ草を口にすると、体調を良好に保ちやすいと」

窓から漏れ聞こえていた雑踏の声が大きくなっていた。夜が近づき、外を出歩く者が多くなっていく。

「治癒力を高めるというのは体調を常に万全な状態に保ち、疲労回復能力を高めるということだ。獣が怪我をしたときにのみ食べるのは、アステ草の副作用を知っているからかもしれない。人は食べすぎるから病になるのだ」

「ではエルンスト様は、王宮でずっとアステ草を……」

「そういうことになるだろうな。調理されればアステ草が入っていたかどうかもわからないが、この体がそうだと言っている」

どうだ、というように両腕を広げた。

「侍従長にアステ草を渡したのは誰なのでしょうか？　エルンスト様は、その者に気づいておられるのではありませんか……」

ガンチェの硬い胸筋に指先を添わせる。思案するように胸、腹、首筋、肩へと指を巡らせた。

「……ガンチェは、誰だと思う？」

「薬師府長でしょうか」

「ふむ。プリア侯爵はアステ草について書かれた文献を焼き捨てている。医師や国民からアステ草についての知識を奪った人物だ。確かに、怪しいと言える」

「……違うのですね？」

「わかったか」

悪戯っぽくエルンストが笑うと、ガンチェは得意そうに胸を張った。

「わかりますよ。私は今、誰よりもエルンスト様の側にいますからね。僭越《せんえつ》ながら最近では、エルンスト様のお考えになられていることも多少ならわかってきました」

「さすがだ、ガンチェ。私の伴侶は本当に素晴らしい」

得意がって口角の上がった口元に、エルンストは口づけを与えた。

「プリア侯爵は確かに怪しいが、私を病にさせたところで何の得もない」

「ではやはり、カタリナ侯爵でしょうか?」

「カタリナ侯爵は、私が罹患《りかん》し皇太子の位を降りたことにより、現皇太子の祖父となっている。……確かに、私を病にさせたことで得をしている」

「……違いますね?」

「む。……これからはガンチェには隠し事ができないな」

「隠し事など、なさらないではありませんか」

「ふふ。そうだな。ガンチェに隠しておかねばならないことなど何もない。……カタリナ侯爵は、私が皇太子の位を降りたことで一番得をした人物と言える。だが、私がアステ草を摂取し始めたのはトーデアプスの話から換算すれば、六十年前だ。……さて、その頃、カタリナ侯爵は、数十年後に自分の娘が国王陛下の御子を産むと考え、私にアステ草を食べさせようとするだろうか?」

「そんなことはしませんよね……あとは、誰がいるのですか?」

「……これは絶対に、誰にも、話してはならない」

エルンストはガンチェと目を合わせ、声を落として言った。

「誓います。決して、口にはいたしません」

ガンチェは誓い、強く頷いた。エルンストはガンチェの太い首に抱きつくと、耳元で囁いた。

「ナビル・デソン・トリ公爵だ。正確には、トリ公爵の母、そしてその父である前トリ侯爵であろう」

ガンチェはきょとんとした顔をした。誰の名を告げられたのかわからないのだろう。精悍な顔をしたガンチェがそんな無防備な顔をするとたまらなく可愛い。

エルンストはガンチェの頭をしっかりと抱き寄せ、茶色の巻き毛に何度も口づけた。

「ナビル・デソン・トリ公爵とは、国王陛下の第五子だ。元老のひとりでもある。私と第五子であるトリ公爵までは、時をおかずに生まれているのだ。……ところで、リンス国の皇太子はどうやって決められているか知っているだろうか？」

「国王の第一子です。もし現皇太子に何かがあれば、その時点で生まれている王の子のうち、末子が皇太子となる」

「そのとおりだ。当時、国王陛下にはなかなか子が生まれず、ようやく生まれたのが私だ。そして、私が生まれてから一年と半年ほどの間に四人も生まれた。しかしその後、どの妃も妊娠の兆候がなく、結局第五子から四十年間、誰も生まれなかったのだ」

「現在の皇太子は七番目の方なんですよね？」

「そうだ。つまり、第五子であるトリ公爵は長い間、私がいなくなれば皇太子の座に就く者だったのだ」

元老院で見たトリ公爵の姿を思い出す。青白い顔をした血色の悪い男だった。ネリース公爵や第四子であるオオスエス公爵が夏の太陽のような明るさを持っているのとは反対に、暗い目をした陰鬱《いんうつ》な空気を纏っていた。

「トリ公爵の祖父であるトリ侯爵は当時、財政府長であった。そしてプリア侯爵の母は、トリ侯爵の祖母の姪にあたる。年も近く、ふたりの侯爵は同じ教授に学んでいた。教授の名はヒリアス。当時、国一番の知識人と言われた人物であり、トリ侯爵の大叔父だ。ふたりの侯爵は当然、顔見知りであっただろう。ヒリアス教授はその後、私の講義者となっている。……さて、トーデアプスにアステ草を渡したのは、誰だろうか？」

「トリ侯爵とヒリアス教授のどちらか、ですよね？……うーん……侍従長と日常的に会えるのはヒリアス教授……ですよね……」

「ヒリアス教授が私の講義者となったのは、私が五歳の頃だ」

「もし、エルンスト様がもっと小さな頃からアステ草を食べていたということになれば……トリ侯爵ですか？」

「さあ、どちらだろう……？」

「……わかりません」

ガンチェは両手を上げて降参を示した。

「プリア侯爵は知識を与えただけだろう。私を害しようと意図してかどうかはわからないが、トリ侯爵にアステ草を教えたのはプリア侯爵だ。世間話として披露したたけかもしれない。どちらにしろ、アステ草について教えたのはプリア侯爵、これは間違いない」

「ではやはり、トリ侯爵が侍従長に渡したのですか」

「そうかもしれないし、ヒリアス教授かもしれない。……これは、明確にしないほうがよい」

「……どうしてですか」

「知ってしまえば罰しなければならない。皇太子を害するというのは重罪だ。当人はもとよりそれに連なる者、第三親等までを死刑としなければならない。……しかし、リンス国では今まで、王族を傷つけた者はいないのだ。もしこれが公《おおやけ》になれば、国が揺れる。私はそのようなことは望まない」

「このまま放っておくのですかっ！　エルンスト様が苦しまれたことは、どうするのですかっ!?」

エルンストのことなのに、いつもガンチェが先に怒る。優しい伴侶に胸が熱くなる。

「ガンチェ……私は本当に感謝しているのだ。私がクルベール病にならなければ、ガンチェと語り合うことも触れ合うこともできなかった。私は、そのような人生は歩みたくはない。確かに当時は思い悩みもしたが、今では感謝しかない。……それともガンチェは、大きな体の私がいいのだろうか……？」

「そんなこと、あるはずがありませんっ！」

強く抱き締められ、若草の匂いに包まれる。

「エルンスト様の体が大きくても、小さくても、エルンスト様でさえあれば、私は愛しているのです」

「ならば、これでよいのだ。六十年前に何があったとしても、よいではないか」

愛しい者に抱かれながらうっとりと目を閉じ、哀れな弟を思う。エルンストは早々にいなくなるだろうと、中途半端な教育を与えられたのだろう。未来の国王になるのだと我慢を強いられ、教育を押しつけられ、四十年間をそう過ごし、第六子が生まれたことで全てが無駄に終わった。歪んだ心のまま、陰気な目をした、弟。

エルンストは両手いっぱいの幸せの中、血の半分を分けた弟の行く末を案じた。

「しかしガンチェ、これで思わぬ敵が生まれたかもしれぬ」

ガンチェの衣服の襟元を広げ、啄《ついば》むように口づけながら、そう告げた。

「トリ侯爵もヒリアス教授も死去しているが、トリ公爵とプリア侯爵は生きている。そして、アステ草と私の関係も知っているだろう。もし、この宿がふたりに見張られていたとしたら、トーデアプスが私に会いに来たことを邪推するはずだ。私が真実を知り、自分たちを罰しようとするだろうと」

悪巧みをする者は多くの敵を抱える。実際の敵と、自分の心が作り出す妄想の敵だ。

「本当に関わっていようといまいと関係はない。私がひと言、お前だ、と言えば罪に落とされるかもしれぬと恐れているのだ。そのため、私を亡き者にしようと全力で向かってくる可能性は高い……」

トーデアプスが今まで無事に生きていたことは奇跡に近い。だが、エルンストに再会した今では、トーデアプスの危機は去ったと言える。今更トーデアプスを殺したところで意味がなく、現在、危難の全てはエルンストにある。だからこそ王都を離れるそのときまで、トーデアプスを遠ざけるのだ。

「どう出るでしょうか」

エルンストに迫る黒い災いを敏感に感じ、ガンチェの目が金の色を帯び出した。

「もうひとり、私に危害を加えようと画策する者がいる。私の杞憂《きゆう》に終わればよいが……」

「……誰ですか？」

今やガンチェの目は完全な金色に変わっていた。

「カタリナ侯爵だ」

「……それは、もしや、エルンスト様が再び皇太子となられることを完全に阻止するためですか？」

「いや、そうではない。真相がどうであろうとも私がクルベール病であることに変わりはなく、子種がないことは事実だ。一度廃位にした皇太子を再びその座に据えたところで、子種がなければ王としての一番の務めが果たせない」

「では……？」

「カタリナ侯爵が私を排除したいのは、スミナーカ領のためだ。あの地は王都の隣地であり、領主の収入も多い土地だ。スミナーカ領は本来、国王の子が治める場所と決められており、カタリナ侯爵は百三十年前、領主として相応《ふさわ》しい王の子が不在であった当時、仮に治めただけにすぎない。それを居座り、現在に至るまで治め続けているのだ」

「王の子、ということは、エルンスト様が御領主様となる可能性があるということですか？」

「可能性があるというより、私が一番相応しいと考える者が多数いるのだ。スミナーカ領はその場所から、国の中核と目《もく》されている。つまり、信頼のおける者でなければ領主とはさせられない。王の第一子であり、皇太子としての教育を受けた私であれば、これ以上の人材はないと思われているのだ」

「エルンスト様……メイセンを去るのですか？」

「それはない。スミナーカ領など、不便であろう？　王都に近いということは、言い換えれば、元老院などという国の重鎮《じゅうちん》たちの目がいつも光っている場所なのだ。口もよく出してくるだろう。元皇太子なのだからと私の言動や行動に難癖《なんくせ》をつけてくるだろうことは、想像に難くない。スミナーカ領に私がいれば、伴侶であるガンチェについて何か言ってくるに決まっている」

　金色の目から赤茶色の目へと戻り、顔に不安を張り付けた年下の伴侶の頬を撫でる。

「ガンチェを手放すことは絶対にない。どれほど口やかましく言われようと、強要されようと、絶対に離れはしない。そのために、あれほどの契約を交わしたのだ」

　伴侶契約など、一枚の紙で十分に事足りる。その伴侶契約書に八十六枚もの枚数を使用したのは全て、このためだ。どこからも、誰からもガンチェを奪われないように、それはそれは慎重に、周到に、強固に、言葉を重ねていったのだ。

　ガンチェがほっと肩の力を抜いた。ガンチェを安心させるようにしっかりと抱き締め、巻き毛を撫でた。

「だが、私がいくらスミナーカ領に興味はないと言ったところで、カタリナ侯爵は信じないだろう。欲にまみれた者は、誰もが自分と同程度の欲を有していると決めつけるものだ」

「どうなさるのですか？」

「カタリナ侯爵にしろ、トリ公爵にしろ、プリア侯爵にしろ、私が死ねば安心するのだろう。……私を殺そうと、今頃計画を練っているのだろうな」

「……っ！　私が、絶対に、そんなことはさせませんっ！」

　きつく、抱き締められる。

「ガンチェが側にいてくれて、とても心強い。……しかし、私が三人の元へと赴き、話し合ったところで意味はない。今はまだ、三人の誰も尻尾を出してはおらず、私が指摘したところで本心を隠し、認めはしまい。反対に、図星を指されて狼狽した者が何をしでかすか……」

エルンストは溜め息をついてガンチェを見た。抱き締めてくれる逞しい腕。決して失いたくはない人だ。

だがやはり、誰より頼れる者も、ガンチェでしかないのだ。

「ガンチェ……頼みがある」

「なんでもしますよ」

意を決してそう言ったのに、ガンチェは即答で答えた。

「……内容を聞かないのか」

「エルンスト様の頼みで私が断れるものなど、何もありませんよ」

呆れて見上げるエルンストを、当然でしょう、と言わんばかりの目で見つめていた。

おかしくて嬉しくて、声を上げて笑う。ガンチェもつられるように笑い出し、しばらくふたりで寝台を軋ませつつ笑っていた。

ようやく笑いが収まり、エルンストは涙目でガンチェを見上げた。

「元老院が結論を出すのは十日後だ。多分……私の要望は承認されるだろう。そうなれば、私はその日のうちに国王陛下の決断を仰ぐ。陛下は余程火急の要件が他にない限り、一日で判断を下される。陛下の正式な承認書をいただき、私はすぐにメイセンへと戻る。トーデアプスに申し付けたように十二日後には王都を出て、順調に街道を進めば、今からおよそ三十日後にはメイセンに戻っているだろう」

ガンチェが小さく頷いたのを見届けて、話を続けた。

「私が狙われるとすれば、メイセンに戻るまでの間だ。メイセンは領民でなければ歩いているだけでも注目を浴びる土地柄だ。そのようなところに刺客を潜り込ませることはできない」

「そうですね」

「これから十日間、元老院の結論が出るまで、私はこの宿に閉じ籠る。不用意に歩き、他の者を危険に晒すわけにはいかない。……ガンチェに頼みたいのは、私を襲ってくる賊を、捕らえてほしいのだ」

「捕らえる、のですか？」

窓から見える空に夕闇が混じる。昼食は食べ損ねてしまった。だが空腹など感じない。気を利かせてか、トーデアプスを送り出した後、タージェスら他の領兵たちは部屋を訪れはしなかった。

エルンストはガンチェの引き締まった腿に座り、静かに語って聞かせた。

「この国においては、国王の子であろうと、皇太子の母であろうと祖父であろうと、国政に対して何ら影響力はない。しかしそれは、私にしても同じこと。元皇太子というのは、みなが思うほどには権力はない。だが……非常に微妙な立場ではある」

神妙な顔をしてエルンストの話を聞いている年下の伴侶が愛おしい。膝で立って腕を伸ばし、眉間に皺が作られるのを指で撫でてやる。

「もし、私が正当な理由なくカタリナ侯爵らを害した場合、国家転覆を狙っているとして重罰が与えられるだろう。私が国王の座など望んでいないといくら叫んだところで、現皇太子の祖父を傷つけた理由をそこに求める者も出てくる。……私を排除したいと願う者は、この国には多いのだ」

「エルンスト様はそのようなこと、決してなされません！」

叫んで強く抱き締めてくるガンチェの大きな背中に手を廻し、感情を抑えるようにゆっくりと撫でた。

「そう信じてくれる者ばかりではないのだ。私は足を掬われないように、気をつけなければならない。特に、ここ王都では」

わかるな、と目で問いかければ渋々頷いた。

「ガンチェ。もし、相手を捕らえられない場合は、無理をしなくていい。殺せ」

可愛くて愛しい伴侶。誰よりも大事なこの世の宝に、他人の命を殺《あや》めろと命じるのは辛い。手を汚すのならば自分が汚したい。罪を背負うのならば自分が背負いたい。この身がこれほど小さくなければガンチェを守ってやれるのに。極上の真綿で包み込むようにして慈しみ、守ってやれるのに。

溢れる思いを抑えつけて見つめるエルンストに、唇同士が触れるような近さでガンチェは囁いた。

「私はエルンスト様の伴侶なのです。全て、私に命じてください。誰にもこの栄誉を渡すことなどないように……。エルンスト様の御命令を違えることなく行えるのは、このガンチェだけです」

間近で強い目に射られる。

「トリ公爵とプリア侯爵が手を結んでいれば、少しは楽なのだが……。このままでは三つ巴《どもえ》ではなく、四つ巴だ。……ややこしいことこの上ない」

エルンストは思案するように額を押さえる。これではガンチェの負担が大きすぎる。

「王都で襲うか、街道にするか……」

街道で襲えば、犯行の疑いの目が自分たちに向かう可能性を低くできる。ムティカ領からの街道は盗賊も多く、その仕業《しわざ》に見せかけることも簡単だ。その上、途中のムティカ領、グリース領、リンツ領はさほど裕福ではない。つまり、いざとなれば領主に金を握らせて真実を変えることもできる。

「やはり、街道で襲うほうが成功率も高いだろう。……タージェスらも交えて話し合わなければならないな」

「そうですね」

ガンチェも頷き、続けた。

「ですが、この宿で襲われた場合、隊長たちには手を出さないように言っておきましょう」

「この宿の廊下は狭いからな……」

「やはり、お考えのうちでしたか」

ガンチェが、ふっと笑って言った。


タージェスらを呼ぶため、ガンチェが部屋を出ていく。エルンストはひとり窓辺の椅子に座り、下の道を行き交う人々を見ていた。

メイセンを一歩外に出ると、どこの民もそれなりに肥えて楽しそうだった。王都の民は特に多種多様である。あらゆる種族が行き交い、みな元気でよく笑いよく話し、そして諍《いさか》う。メイセンの民のように、どんよりと沈んだ者は少ない。

それでもこの王都にも、クルベール病の者がいるのだ。どこにでも生える野草を食べ続けなければならないほど、貧しい者たち。

クルベール病はその名のとおり、クルベール人だけが罹る。だが今となっては、その認識自体、怪しいものだと思う。クルベール病は、リンス国にしかいないのだ。国民の九割がクルベール人であるリンス国であればこそ、病を患う者がクルベール人に限られるのではないのか。

シェル郡地には、シェルの種族が築いた国があとふたつある。このふたつの国にはクルベール病の者はいない。ふたつの国で暮らすクルベール人は病に罹らない。それは、病に罹るほど野草を食べざるを得ない状況にはないということだ。他国に食料を売りに行くほど作物を収穫できる国の国民が、野草を食べなければならないとは。

窓の下を行き交う人々を見ながら、皮肉な状況にエルンストは口元を歪めた。

「雪原の月影　満月」に続く

メイセンの春

三日三晩降り続いた吹雪が止んだとき、雪は外へと通じる屋敷の扉を全て閉じてしまっていた。

エルンストは領兵隊の訓練を見下ろす二階の廊下へ行き、下を見る。新雪は動きの自由を奪うのだろう。不満を漏らす領兵に、いい訓練だと笑うタージェスの声がエルンストの耳にまで届く。

ガンチェが雪の上に立つとその重さで雪が沈む。腿にまで届く雪をものともせず、ガンチェは雪を蹴散らして走る。ガンチェが通った場所は雪が踏み固められ、領兵らがガンチェの後ろを行こうとする。タージェスが大きな声を上げ領兵を叱責し、楽をしようとした領兵をガンチェが雪の上に放り投げる。誰も踏み固めていない新雪に投げ飛ばされ、幾人もの領兵がずぶずぶと雪に沈んでいった。

空からちらちらと降り始めた雪が眩しく輝く。投げ飛ばされた領兵に向け、残りの領兵らが盛大に笑い声を上げた。つられ、エルンストの顔にも笑みが浮かぶ。

「エルンスト様！」

白い息を吐きながら、ガンチェがエルンストの執務室に入ってきた。エルンストはその大きな手を取り暖炉の前に導く。自作の椅子に座ったガンチェの膝に向かい合って座った。

「寒かっただろう？」

大きく荒れた手をさする。

「エルンスト様はお寒くありませんか？」

長年修繕を怠られた屋敷には隙間風の吹き込む箇所が多い。屋敷内だがエルンストは、薄手の外套を着込んでいた。

「外で訓練を行うガンチェほどではない」

エルンストがそう言うと、ガンチェは笑って顔を寄せてきた。

「ああ、本当に。エルンスト様は温かいですね」

ガンチェの冷たい頬がエルンストの頬に触れる。

「訓練は終わりか？」

「はい」

朝から始まった訓練は昼を挟んで続けられた。いつもは半日が訓練に充てられていたが、今日は一日行ったことになる。

「隊長は、こういう日が好きなんでしょうね」

ガンチェが含み笑う。

「こういう日、とは？」

「普段とは違う日、ですよ。笑いながら雪を掘っていましたよ」

「雪を掘ってどうするのだ？」

「さぁ？　宝物でも埋めているんでしょうかね？」

頭に思い浮かべ、エルンストも笑う。

「メイセンは雪が多い土地ですから、雪が降ったときの訓練は重要です。隊長が言うことも正しいのですが、どうしても、あの顔を見ると遊びの部分が多いような気がして……」

「苦しい訓練も楽しく行えるタージェスはすごい」

エルンストがそう言うと、ガンチェは一瞬黙り、そして笑った。

「ええ、確かにそうですね。盛大に不満を漏らしていた領兵も、結局最後まで隊長についていきましたから。今は小隊長たちが乗馬の訓練を始めていますよ」

「馬？」

「はい。隊長の命令で、小隊長以上は馬に乗れなきゃいけないことになりましたから。深い雪では慣れていなきゃ乗りにくいですし、いい訓練になると自分たちから始めてしまいました。それに、雪が積もっていれば落馬しても痛くありませんし」

「そうか。雪が受け止めてくれるから落馬しても大丈夫なのだな」

エルンストの頭に案が浮かぶ。だがそれを口にする前にガンチェが言った。

「いけませんよ。エルンスト様は馬に乗ってはいけません」

「む……何故だ」

下から少し睨むと、ガンチェは申し訳なさそうに眉を寄せた。

「ええと、多分、その……エルンスト様は……馬は、ちょっと……」

「私は馬を乗りこなすことができないと言いたいのだろう？」

言いにくいことをエルンストが口にすると、大きな体を竦めるようにしてガンチェが頷いた。

「申し訳ありません。ですがエルンスト様、乗馬には力が必要ですから」

「騎士のように乗りこなそうとは思っておらぬ。ただ、乗ってみたいだけだ。座っているだけなら私にもできる。メイセンに入る時にも馬に乗ったのだから」

「……それは両隣に従者が立ち、エルンスト様の足や腰を押さえ、姿勢を保つ手伝いをしてくれていたからですよ」

「む……だが、訓練すれば私にもできる」

「馬は動きますよ？」

「わかっている」

「前後左右に揺れますから、落ちないようにしっかりと手綱を握って、足で馬を挟んでいなければなりませんよ？」

「その程度なら私にもできる。それほど非力ではない」

年下の伴侶を見上げて言ったが、全く信用していない目で見下ろされた。

「エルンスト様も今日のお仕事は終わりですか？」

片手でエルンストを抱き上げ、ガンチェが椅子から立ち上がる。

「む……話を逸らそうとしているだろう？」

ガンチェの顔に手を当て、こちらを向かせる。赤茶色の目が泳いでいた。

「まあ、よい。仕事は終わった。部屋へ戻ろう」

ふっと笑ってエルンストが言うと、ガンチェはほっと笑って扉に向かった。


「皇太子宮を出てから自分ですることが増えた。日々、歩く距離も増えた。故に、多少は鍛えられたと思う」

暖炉の前で胡坐《あぐら》をかくガンチェの膝に座る。ガンチェはエルンストの腕を優しく撫でていた。

「そうですか」

笑いを含んだ声で言われ、む、と眉を寄せる。

「ガンチェには敵わぬが、手綱を引くくらいなら私にもできる」

「エルンスト様は乗馬をされたいのですか？」

後ろから抱き竦められ、エルンストは頷く。

「ああ、乗ってみたい。馬の背に乗れば、視界が開けて楽しいだろうと思うのだ」

「高さなら、お屋敷の二階のほうが高いですよ」

「……それはそうだろうが……」

「開けた場所での高さなら、私の肩にお乗りください。エルンスト様が速さを楽しまれたいのなら、馬に負けないほど速く、私が走ります」

エルンストは背後のガンチェを見上げる。

「ガンチェは、私が馬に乗ることが嫌なのか？」

「嫌、と言いますか……エルンスト様がお怪我をされるのを避けたいのです」

ガンチェの手がエルンストの上衣の裾から潜り込み、腹をそっと撫でる。

「冷たくはありませんか？」

「ああ。ガンチェの手は温かい」

胸の飾りを優しく摘《つま》まれ、エルンストはうっとりと目を閉じる。

「……私の書斎から三つ隣の部屋に、絵が飾ってあるだろう？」

「そう、ですか……？」

部屋に入ったことがないのか絵に興味がないのか、ガンチェが首を傾げる。エルンストはふふと笑って膝で立ち、ガンチェに向き直った。

「馬に乗った少年の絵だ。草原に立ち、遥か遠くを見ている。私が馬に乗ることができれば、メイセンを移動するのも楽だろう。今は馬車でしか行けぬ。それでは時間がかかりすぎる」

「御領主様はそういうものですよ。これほど広い領地を、御領主様が隈《くま》なく見ていくのには無理がありますし、そのようなことをする領主がエルンスト様以外にいるとは思えません」

領主は自分の屋敷から出ることはない。確かに、そういう領主は多い。屋敷を出ても行先は縁戚や知人の貴族の屋敷で、移動には馬車を使うだろう。

「私が馬に乗って、エルンスト様には御同乗いただきましょう。そうすれば速く移動できますよ。もちろん、領兵隊は置いていきましょうね」

ガンチェは嬉しそうにそう言うと、エルンストを抱き締めた。

「ガンチェにしてもらってばかりではいけない。それでは負担になるだろう？　私は、ガンチェの重荷になりたくはないのだ」

茶色の巻き毛をそろそろと撫でる。優しいガンチェにも限界はある。エルンストの要望ばかりが大きくなり、ガンチェがもう嫌だと言い出すのではと恐れる。そんなエルンストの恐れをどう思ったのか、ガンチェが声を出して笑った。

「ははは っ！　エルンスト様を重いなどと私が思うはずがありません。エルンスト様は私の剣よりも軽いのですから」

そういう重さではないし、ガンチェももちろんわかって言っている。ガンチェの気遣いが嬉しく、エルンストは苦笑を浮かべて言った。

「そのようなことはないだろう。いくら私でも剣よりは重い」

それを証明しようと、壁に立てかけられたガンチェの剣に触れる。並んで立つとエルンストの肩まである大きな剣の鞘《さや》を握る。

だが、両手で剣を握ったが、びくともしなかった。

「エルンスト様より重いでしょう？」

エルンスト様より重いかどうかはわからないが少なくとも、エルンストの渾身の力でも動かせそうにはなかった。溜め息をついて諦める。

「ガンチェは本当に、力が強いのだな」

見上げて感心すると、ガンチェは嬉しそうに笑った。エルンストをそっと抱き上げ、広い肩に乗せる。

「エルンスト様は羽根のように軽い」

ガンチェの肩に乗って手を伸ばしても、高い天井には届かない。エルンストは両腕を大きく広げた。

「エルンスト様、どちらにでもお命じください。いかにメイセンが広くとも、私がどこにでもお連れいたしますよ」

命令を受ける騎士のように空いた右手を胸に当て、おどけてガンチェが言う。エルンストは笑って行先を示す。

「ならば、まずは寝台へとまいろうか」

「御意《ぎょい》」

笑う赤茶色の目に金が走る。


寝台に上がるまでに服は脱ぎ捨てる。エルンストは手を伸ばし、熱いガンチェを握る。胸の飾りを強く吸われ、エルンストの背が弓なりに反る。

「エルンスト様……っ……ご夕食までに終わらせられるかどうか、自信がありません……」

寄せられた凜々しい眉にエルンストは指を添わせる。

「よい。夕食の時間までに間に合わなければ、今宵は何もなくてよい」

ガンチェが驚いたように目を見開く。

「用意された夕食を食べないのは心苦しいが、私にとってガンチェに勝るものは何もない」

熱い楔から手を離し、大きな顔を両手で挟んで触れて甘く口づける。すぐに、熱い舌がエルンストの口中で踊った。

「大丈夫ですよ。残された食事は誰かが喜んで食べてくれるでしょうから」

ガンチェの言葉に額を触れ合わせ、ふたりで笑う。

貧しいメイセンの食事内容は領主であっても変わらない。当然、領兵隊も屋敷で働く者たちも、いつも腹を空かせていた。

「ならば、心おきなく……」

「はい。心おきなく、エルンスト様を食べてもいいですか？」

「私がガンチェを食すのだ」

エルンストは体を起こすとガンチェの太い首、分厚い胸、割れた腹へと口づけ、天を衝くガンチェから美酒を啜《すす》る。

「エルンスト様っ……」

ガンチェの切羽詰《せっぱつ》まった声にエルンストの魂《たましい》が震える。悦《よろこ》びと期待に、自然と足が開いていく。太い指がそこに触れるのがわかった。

ぐっと、体の中心に栓が差し込まれるようだった。

ガンチェと抱き合っていると、そこに何も挿《さ》し込まれていないのが耐えられないほど空虚に感じる。ガンチェの指でも、この太い楔でも構わない。あるべき場所に収めたく思う。

ガンチェで、エルンストの顔はしとどに濡れているのだろう。熱に浮かされた目でとろんと見上げると、ガンチェの目は金に輝いていた。

両脇に手を差し込まれ、軽々と引き上げられる。震える膝で立ち、ガンチェが首に、胸に吸いつくのを見ていた。エルンストの未熟な芽がガンチェに向けて首を伸ばす。太い指が絡めるように触れていた。

「ガンチェ……早く……」

硬い手を取り、そこへと導く。指先が入り口に触れ、撫でていた。

「中に……？」

「そう、中に」

広い肩に口づける。熱い体にぴたりと寄り添い、エルンストは天を衝くガンチェに腹を抉られる。

「ガンチェが入ると、私のここにまで届くのだ」

僅かに身を離し、腹を抉るガンチェの頭に触れる。

「試して、みたくはないか？」

濡れた目でガンチェを見上げ、年下の伴侶を誘う。

「ここ……ですね……っ」

ガンチェの手がエルンストの腹に触れる。自分のもので濡れる薄い腹を優しく撫で、エルンストの腰を掴む。

「エルンスト様、息を……」

「ああ……」

ガンチェに教えられたとおり、深く、ゆっくりと呼吸を続ける。硬い手がエルンストの腿を持ち、片方の足を上げさせる。体勢が崩れるエルンストを、もう片方の手で支えていた。優しく開かれたエルンストのそこに、ガンチェの尖った頭がゆっくりと潜り込んでいった。

「っ……！」

「息を、してください。ゆっくりと、そう、ゆっくり……」

浅くなる息をガンチェに励まされ、深く、ゆっくり、大きくする。エルンストの呼吸に合わせ、ガンチェがゆっくりと潜り込んでくる。

「エルンスト様、御覧ください」

ガンチェの声に笑う風が含まれる。ぎゅっと閉じた目を開け、金が躍るガンチェの目が示す下を見た。

引き締まったガンチェの腰が、ぐっと持ち上がる。

「あぅっ……！」

エルンストは仰け反り、ふぅ、と息を吐く。そうしてまた、下を見る。自分の、薄い腹を見た。

ガンチェがまた、腰を突き上げる。だが今度は優しく、甘く突いていた。とん、とん、とガンチェが突くたびに、エルンストの薄い腹が蠢く。中からの悪戯を、エルンストの薄い腹は隠すこともできず見せていた。

「エルンスト様が仰るとおり、ここにまで私が届いていますね」

ガンチェの熱い手がエルンストの腹に触れる。その手に自分の手を重ね、エルンストはガンチェに口づけた。

「ガンチェが優しく私を突いている」

エルンストはうっとりと目を閉じ、ガンチェを楽しんだ。ふつふつと噴き出すガンチェの熱に、腹が中から焼かれそうだった。愛しさが体中に広がっていく。

「エルンスト様が優しく私を抱き締めてくださっているのですよ。もっともっと奥へと貪欲に欲しがる私を宥めてくださっています」

「宥めてなどおらぬ。もっと奥に、ガンチェを与えてくれ」

潤む目で睨んでも、ガンチェは苦笑しか浮かべなかった。

「私の頭が届くのはここまでです。奥には、私のものを届かせましょう」

「ガンチェの、美酒だ」

「はい。私の酒をお楽しみください」

「ふふ。しっかりと味わおう」

咥え込んだそこに力を入れ、きゅっと締めつける。精悍な眉を寄せ、ガンチェが低く唸る。

「……エルンスト様っ……！」

太い両腕がエルンストの背に廻され、ぐっと抱き締められる。エルンストも精一杯腕を伸ばし、広い背を抱き締めた。互いの手に指が届かない。

「エルンスト様っ！　エルンスト様っ！」

耳元でガンチェの声が響く。切羽詰まったその声に煽られ、エルンストの腰が震える。ガンチェより早く達したエルンストの芽をガンチェが摑み、中に残った僅かなものまで扱き出す。そうして太い指を舐め、エルンストを味わっていた。

強く腰を抱き寄せられたまま、エルンストは至近距離でその光景を見ていた。ガンチェは指を舐めながら、何度も力強く腰を突き上げる。がくがくと揺さぶられ、馬に揺られるとはこういうものかと頭のどこかでぼんやりと考えた。

確かに、力が必要だった。

「あぅっ！」

エルンストの背を寝台に戻し、両足を肩に担ぐ。エルンストの足が開きすぎないようにそうやってから、ガンチェは腰を躍らせた。エルンストの腿を熱い手が摑む。大きく抉るような動きから、小刻みに打ちつけてくる。ガンチェの終わりを感じ、エルンストは太い楔をきゅっと抱き締めた。

「……エルンスト様……っ……‼」

熱いガンチェを奥に叩きつけられる。うっと息を詰まらせ、エルンストは下腹に力を込めた。どくどくと溢れるガンチェを逃すものかと閉じ込める。やがて、ガンチェがふぅと息を吐き、落ち着いた。

「エルンスト様」

ガンチェが優しくエルンストの髪を撫で、赤茶色の目で笑っていた。

「好いところに私は届きましたか？」

顔を上げ、ガンチェに口づける。

「ああ。とても好い場所に来てくれた」

「それはよかった」

ガンチェも、ちゅっと音を立てて口づけてくると、ゆっくりとエルンストの中から身を引いた。

「エルンスト様。あと半時ほどでご夕食の時間ですよ」

ガンチェは寝台に腰かけ、その膝の上に抱き起こしたエルンストを座らせる。

「どうされますか？」

瞬時考え、エルンストは苦笑を浮かべて頷いた。

「着替えてまいろうか。なかなか日々の予定は崩せぬものだな」

毎日時間どおりに動いてしまう自分自身をエルンストが笑うと、ガンチェも同じように笑っていた。

「仕方ありませんよ。皇太子様が気まぐれに予定を変えてしまうと、何百という人々が右往左往してしまいます」

「私はもはや皇太子ではない。今の私が気まぐれに動こうと、このメイセンの人々は何とも思わぬ」

「まあ……そうでしょうね」

凜々しい眉を寄せ、ガンチェが笑う。

「だがそれが、心地よい」

続けたエルンストの言葉に、ガンチェは温かな笑みを浮かべた。それはまるで、分厚い雪雲から陽が顔を覗かせたような、ほっとする笑みだった。


メイセンに遅い春が来たら草原を走ってみよう。まずは、自分の足で走ってみるのだ。エルンストが予定どおりに動かなくても誰も何も言わない。エルンストが走っていても、馬に乗っていても、メイセンに咎める者はいない。

メイセンの遠い春を思い、エルンストの胸は期待に躍る。愛しい伴侶と共に、これから何十回もの春をこの地で迎えるのだ。

次巻予告
最貧領地メイセンを守るため、
ガンチェと共にあらゆる策を
実行するエルンスト。
やがて予期した通り
隣国がメイセンに戦を仕掛け…！
雪原の月影
満月
2021年10月19日発売予定

初　出

朔月
閑話　伴侶契約書の夜
閑話　ガンチェの修繕
閑話　ガンチェのお風呂
三日月
閑話　三日月の裏側
閑話　主従の会話
閑話　タージェスと白金の小袋
上弦の月

＊上記の作品は「ムーンライトノベルズ」（https://mnlt.syosetu.com/）
掲載の「雪原の月影」を加筆修正したものです。
（「ムーンライトノベルズ」は「株式会社ナイトランタン」の登録商標です）

メイセンの春………書き下ろし

『雪原の月影　三日月』をお買い上げいただきありがとうございます。
この本を読んでのご意見、ご感想など下記住所「編集部」宛までお寄せください。

アンケート受付中
リブレ公式サイト　https://libre-inc.co.jp
TOPページの「アンケート」からお入りください。

雪原の月影
三日月

著者名　月夜

発行日　2021年9月17日　第1刷発行

発行者　太田歳子

発行所　株式会社リブレ
〒162-0825 東京都新宿区神楽坂6-46 ローベル神楽坂ビル
電話　03-3235-7405（営業）　03-3235-0317（編集）
FAX　03-3235-0342（営業）

印刷所　株式会社光邦
装丁・本文デザイン　ウチカワデザイン

Printed in Japan
ISBN978-4-7997-5413-9